Fosca Donati

C'ERA UNA VOLTA ED ERA LA PRIMA

VALLARDI

Antonio Vallardi Editore s.u.r.l.
Gruppo editoriale Mauri Spagnol

www.vallardi.it

Per essere informato sulle novità del Gruppo editoriale Mauri Spagnol visita:
www.illibraio.it

Cura editoriale di Isabella Polli

Redazione e impaginazione: Antonella Palumbo - Studio N.d.R., Torino

Ristampe 2026 2025 2024 2023
7 6 5 4 3 2 1 0

ISBN: 978-88-5505-875-9

Alla mia mamma e al mio babbo che non hanno mai osato sbirciare nei miei diari, insegnandomi il rispetto dei confini.
E a Fede e Brando, grazie ai quali so cosa significhi volersi bene.

«Il tuo passato è solo una storia. E una volta che te ne rendi conto, ascoltarla non ha alcun potere su di te.»

(Chuck Palahniuk)

[Ovviamente non è vero.]

«Pioverà fino a che non arriverai.»

(Aua+Division, *Goodbye*)

Ode alla Smemoranda*

Nel 1993 avevo dodici anni, ero una «ex bambina non ancora ragazzina» e frequentavo una scuola media di provincia.

Era una scuola come tante ma aveva i muri esterni verde acidissimo e delle enormi vetrate.

Durante le ore di lezione, da quelle finestrone si potevano osservare i quattordicenni neodiplomati vantarsi dei loro cinquantini nuovi di pacca. Sfrecciavano avanti e indietro sul rettilineo adiacente la scuola, rumorosissimi.

I quattordicenni, a noi ex bambine di prima media, ci affascinavano da morire ma ci spaventavano anche.

Alcuni di loro lavoravano già e venivano nel cortile della scuola a fare i galletti durante la loro pausa pranzo. Sputavano, dicevano le parolacce e stavano in cerchio a parlare dei loro incredibili mezzi. Erano fintamente incuranti degli sguardi curiosi delle studentesse che, suonata la campanella, tornavano a casa riversandosi nel cortile.

Noi ex bambine di prima media, andavamo a scuola in tuta o con i vestiti ereditati da fratelli maggiori e usavamo oggetti di cartoleria perlopiù anonimi o che ci eravamo trascinati dalle scuole elementari, come il mitico astuccio di Poochie.

Le alunne di terza, invece, quelle erano fighissime e inarrivabili. Ai nostri occhi erano già donne. Esibivano con sicurezza look decisi e ben connotati: jeans stretti a vita alta, cinture di pelle con le borchie tonde di metallo e bomber – bordeaux, blu petrolio o verde militare,

* Parzialmente pubblicata sull'edizione Smemoranda 2020-2021.

rigorosamente oversize e con l'interno arancione. Si truccavano gli occhi con matita e mascara, portavano frange e ciuffi altissimi a onda, tenuti in piedi da ore di phon mattutino e fiumi di lacca Malizia. Avevano rimpiazzato lo zaino di scuola con la Mandarina Duck – o con la Mandarancia Drink, quando andava male – e tutte, ma proprio tutte, avevano la Smemo.

Le alunne di terza, ne ero certa, avevano un sacco di storie da ricordare e, negli anni Novanta, se volevi fermare qualcosa nel tempo, era sulla Smemo che lo scrivevi.

Settembre 1994, finalmente, è stato l'anno della mia prima mitica agenda. Gialla, gigante.

La mia trasformazione in ragazzina era agli esordi. Sebbene fossi emozionata e fiera della mia conquista, i contenuti personali da affidarle scarseggiavano. Del resto avevo solo tredici anni.

In ogni caso, non mi sognavo nel modo più assoluto di contaminare la mia Smemo con faccende scolastiche tipo compiti e orari delle lezioni. Per quelli c'era e ci sarebbe per sempre stato il diario scrauso.

Sulla Smemo collezionavo i ritagli delle interviste ai gruppi rock che trovavo nei giornali di musica di Fede (mio fratello maggiore, più grande di me di sei anni), appiccicavo gli adesivi colorati del *Cioè* – aspirazionalissima rivista di riferimento per le teenagers dell'epoca, zeppa di poster e gossip relativi ai personaggi più fighi del momento nonché di consigli esplicitamente «sentimental-sessuali» – scrivevo i testi delle canzoni che passavano in radio e le citazioni dei libri che leggevo. Andavano forte anche le frasette motivazionali che ci si scambiava tra compagne: «Meglio bruciare in fretta che ardere lentamente. Jim Morrison». L'avrà mai detto davvero, poi?

Dal 1994, non ho mai più smesso di aspettarla la Smemo, ogni settembre. Come sarebbe stata la nuova edizione? All'interno di ogni agenda c'era una cartolina: «Di che colore vorresti la Smemoranda dell'anno prossimo?»

Compilavi il tagliando, lo spedivi e, mesi dopo, scoprivi se il tuo desiderio era stato esaudito.

Nel passaggio da ragazzina a ragazza e, infine, a donna, la Smemo è rimasta con me.

Mi è sempre piaciuto scrivere, forse anche perché mi è sempre piaciuto leggere. A quindici anni ho scoperto *Noi, i ragazzi dello zoo di Berlino* di Christiane F. L'ho finito d'un fiato e poi l'ho ricominciato per dodici volte di fila.

Ero completamente ossessionata dalla vita di Christiane e non era tanto la faccenda della droga a tirarmi in mezzo.

Lei raccontava a cuore aperto e con una naturalezza disarmante la sua infanzia e la sua adolescenza: i primi traumi, pesantissimi. I primi amori, intensissimi. Le prime amicizie, preziosissime. La musica e i locali bui, fumosi. I primi capi d'abbigliamento che hai scelto tu e non vuoi toglierti mai perché diventano parte della tua identità. Le tinte ai capelli di colori eccessivi. I comportamenti ribelli, quando quello che vorresti davvero è solo sentirti normale.

Negli anni del liceo la mia vita, come quella degli adolescenti di ogni epoca, era infilata in un gigantesco frullatore emotivo: quasi ogni giorno incappavo in esperienze relazionali e incontri nuovi e incredibilmente eccitanti. A quindici anni è tutto nuovo e anche le persone sono una scoperta continua.

Allo stesso tempo, le dinamiche familiari si facevano sempre meno comprensibili, più cupe e spiacevoli e il liceo che avevano scelto per me non mi appassionava.

Nel 1996 ho scoperto il Nautilus: quello che succedeva in quell'enorme discoteca del varesotto era pura emozione e, a tratti, in qualche strano modo, quando ero lì mi sentivo un po' come Christiane quando stava al Sound.

Raccontare sulla Smemo la mia vita fuori dalle cose che non mi piacevano era diventata la mia salvezza, la mia via di fuga: rispetto a tutto il resto, era più accettabile concentrarsi sul fatto che il ragazzo di cui ero innamorata partisse per la naja. Sicuramente era più interessante.

Scrivevo in classe, piegata sul banco, durante le lezioni. Scrivevo in treno, nel tragitto tra casa e scuola, cercando di fermare il tempo.

Scrivevo a casa, in camera mia, con la musica a palla e il vocabolario aperto a coprire il diario in modo che mia madre, con le sue entrate improvvise, pensasse che stessi studiando.

Scrivevo a letto, prima di addormentarmi, con le cuffiette del Walkman nelle orecchie.

Tra il 1996 e il 1998 ho scritto così tanto che di Smemoranda ne avevo due: una grande, che compilavo in classe e dove le mie compagne si divertivano a sbirciare o scrivere e una piccola, privata, ricca di riflessioni intime e segrete.

Quello che stai per leggere è tutto questo, più quello che c'è stato prima e quello che c'è stato dopo.

Prima di cominciare...

22 dicembre 1996

Il 1996 sta finendo, ormai è quasi Natale.

Questo è stato un anno un po' difficile.

È iniziato con una quasi trombata e ancora non so come finirà. La notte dello scorso Capodanno, infatti, stava per succedere qualcosa di davvero importante con A.

Cavolo, pensare a lui fa ancora così male che nemmeno riesco a scrivere il suo nome per esteso. Dicevo, stava per succedere qualcosa che, forse, ci avrebbe tenuti uniti più a lungo e che spesso rimpiango non sia accaduto. Quella nottata è ancora tutta nella mia mente, come fosse successo ieri.

Abbiamo aspettato la mezzanotte a due feste diverse, per poi sgattaiolare via dai rispettivi amici e ricongiungerci in piazza. Ci era sembrato il modo migliore per unire il divertimento con le nostre rispettive compagnie e la possibilità di passare del tempo insieme, da soli.

Sapevo che i miei sarebbero rientrati solo al mattino e che, per la prima volta da quando stavamo insieme, avremmo potuto avere una casa libera a disposizione. Nei mesi precedenti ci eravamo avvicinati molto e scoperti poco a poco nella nostra fisicità e ormai sentivo di essere pronta.

Quando ci siamo trovati mezzi nudi nel mio letto, però, è stato così strano. Mi sono sentita improvvisamente piccola. Troppo piccola. Non è stato necessario spiegarlo. Non so come, lui lo ha capito e siamo semplicemente rimasti a coccolarci: «Ma io ti amo», gli ho detto. «Anche io» mi ha risposto. Ero felice così. Sentivo il bene che ci volevamo e che il giorno giusto, prima o poi, sarebbe arrivato. Invece no.

In questi mesi A. mi è mancato davvero tanto ma adesso sono felice che non sia più nei miei pensieri.

E comunque lo ringrazio: lo ricorderò per sempre come una persona importante, l'ho amato davvero.

Mi ha lasciata ad aprile, a un anno esatto dall'inizio della nostra storia.

Ha sempre negato che la causa della fine fosse il suo interesse per la Gattamorta, ma si sono messi insieme praticamente il giorno dopo.

Ho sofferto a lungo per lui, passando una primavera e un'estate orribili: i miei sei mesi dell'anno preferiti e tanto attesi, completamente deturpati da una sensazione di mancanza. È così che ho compreso il senso della battuta dell'Angelo de *Il cielo sopra Berlino*. Mancanza.

Poi, una sera di settembre, al Nautilus, è successo l'imprevedibile: ho conosciuto il mitico Michi – l'uomo più lunatico del mondo – e, poco dopo, il suo amico Fabri – soci inseparabili.

Chi l'avrebbe mai detto che due amici che Fede frequenta in discoteca sarebbero diventati così importanti per me?

Con Marlon e Axel, che poi sono i migliori amici di mio fratello, non mi è mai successo di entrare troppo in confidenza. Sono sempre stati carini con me ma hanno anche sempre tenuto una specie di distanza: sicuramente è data dai sei anni che ci separano, ma credo dipenda anche dal rispetto che hanno per Fede. È come se mi avessero adottata, come fossi un po' anche la loro di sorellina.

Per questo non mi sarei mai potuta aspettare che con Michi e Fabri sarebbe stato tutto così diverso.

Dal momento in cui ho visto Michi per la prima volta, A. e la compagnia della piazza non sono più esistiti e io ho cominciato a vivere solo per il Nautilus.

Anno scolastico
1996-1997

31 agosto 1996

Bella serata da schifo!

Fino a mezzanotte non sapevamo nemmeno se saremmo riusciti ad andare al Nautilus perché erano spariti tutti chissà dove. A una certa, Livio e Cocco sono rispuntati in piazza dal loro cannette-tour e, finalmente, siamo partiti.

Non solo avevano bevuto come i cani fino a dieci minuti prima ma Livio ha anche pensato di fermarsi a metà strada per un altro giro di Campari. E già lì, li avrei uccisi: era tardissimo!

Io, la Paola e la Linda li abbiamo aspettati in macchina, sperando che questo li avrebbe spinti a darsi una mossa ma niente: ci hanno lasciate lì con le quattro frecce per una vita.

Al Nautilus ci ero già stata alcune volte con A. ma, onestamente, sto realizzando soltanto adesso quanto sia figo quel posto.

Credo che in zona non esista una discoteca più grande e assurda. La forma è ispirata a quella di un enorme sottomarino e i portelloni che danno sul parcheggio esterno sembrano degli oblò. Entrare al Nautilus vuol dire dimenticarsi della noiosa realtà e immergersi negli abissi della musica.

Le sale, collegate da scale e corridoi stretti e bui, sono dislocate su tre livelli.

Al piano rialzato c'è la sala liscio per i nonnetti, dove la serata inizia alle nove: troppo presto per noi, ovviamente.

Al piano terra c'è una sala più piccola, la Giuditta, che suona solo musica pop e trash – tipo le Spice e la Carrà – e poi c'è la nostra casa: la mitica sala Rock. Gigante, buia, assordante, piena di divanetti a bordo pista e di luci abbaglianti che ruotano sul soffitto. E, soprattutto, è qui che c'è la mia zona preferita: il palchetto rialzato, una parte della pista leggermente sopraelevata e circondata da enormi casse assordanti.

Al piano interrato, infine, ci sono la Symbol – ovvero: truzzi & musica elettronica – e la Fossa: il paradiso degli sballoni cannaioli amanti del reggae.

Ma torniamo alla serata.

La musica della sala Rock rimbombava dalle casse fino all'ingresso: mentre pagavo il biglietto avevo il cuore a mille, ero gasatissima, come fosse la mia vera prima volta lì.

Allo stesso tempo, ero un po' preoccupata per come mi ero vestita. Non ho vestiti fighi da discoteca e, per l'occasione, avevo chiesto una maglietta in prestito a Fede.

Mi ha fatto scegliere dal suo guardaroba e ho preso quella grigia con la valvola dell'ampli in primo piano, che poi è una delle sue t-shirt più fighe. Ho pensato che sarebbe stata bene con il nero scuro dei miei Levi's 501.

Per me era gigante, ovviamente, così ho fatto un nodo in vita e i risvoltini alle maniche: da scappata di casa a pin-up in un batter d'occhio.

Temevo di essere troppo appariscente ma, una volta salita in macchina, mi sono rassicurata vedendo che la Linda aveva osato più del solito... E ben più di me.

Si era fatta una pettinatura fighissima: aveva due specie di chignon ai lati della testa, fissati con dei nastri e delle forcine rosa. E fino a qui tutto bene. Per l'abbigliamento, invece, aveva pescato tra i suoi capi più improbabili: jeans viola cangianti a zampa d'elefante, abbinati a un top rosa ricamato a maglia e con il fondo delle maniche a campana. Non conosco nessuno più hippie di lei. Livio la sfotte sempre tantissimo per questa cosa e devo ammettere che mi piace il fatto che lei non si faccia influenzare dai suoi commenti stronzi, nonostante lui le piaccia un sacco.

La Paola, invece, era impeccabile e sobria, come sempre. Capelli lisci, sciolti alle spalle e riga in mezzo. Top bianco a maniche corte appena sopra l'ombelico, 501 blu scuri e il suo piccolo tocco di pazzia: gli inseparabili Dr. Martens a fiori.

In macchina avevamo tutti strombazzato la marija ma con la testa c'ero, ero lucida. Perlomeno fino a quando, all'ingresso, non ho visto entrare Michi.

In effetti, lo avevo già incrociato tempo fa, in un'altra occasione, ma a quei tempi ero fidanzata con A. e non badavo più di tanto agli amici di mio fratello.

Cazzo, mi ha fulminata.

Passandogli accanto, mi sono ricordata che la Raffa parlava spesso di lui e ho realizzato il perché: capello lunghetto ben curato, 501 che gli mettevano in evidenza quel culo pazzesco, stivali 883 neri, maglietta Harley Davidson stretta il giusto, sorrisetto stampato e passo sicuro.

Dentro al Nautilus c'era già anche la Raffa. Era da un sacco che non la vedevo ed ero troppo contenta che ci fosse anche lei. Con il fatto che è molto più grande di tutte noi, ha mille altri amici, abita in un paesello diverso dal mio e ha finito le superiori da un pezzo, non è facile riuscire a beccarla.

L'ho avvisata della presenza di Michi e abbiamo passato buona parte della serata sedute sul divanetto a guardarlo e fare commenti su di lui, cercando di non farci notare.

A un certo punto, Michi era vicino a noi e ho realizzato che stava per accendersi una sigaretta e allora tac: è scattata l'operazione siga!

Ho aspettato che i nostri sguardi si incrociassero e ho colto l'occasione: ho mimato il gesto, portando medio e indice alla bocca. Sono andata verso di lui. Ha tirato fuori dalla tasca posteriore dei jeans un pacchetto di Chesterfield light, l'ha aperto e me l'ha allungato. Intanto, mi fissava la maglietta: «Ma sei la sorella di Fede?!», mi ha chiesto.

Ero eccitata per la sua domanda e per il fatto che mi avesse «riconosciuta» ma non volevo che si accorgesse della mia emozione: «Sì... e grazie per la siga!» gli ho risposto, tagliando corto. Mi tremavano le mani, temevo che avrebbe sgamato la mia eccitazione da questo dettaglio.

«Eh... la maglietta!» ha specificato lui, ammiccando.

Da vicino è ancora più figo: è davvero bello, ha un sorriso stupendo, un timbro di voce pazzesco e un modo sicuro di parlare: con tutte quelle «e» aperte mi ha mandata fuori di testa.

Hanno messo i Rage con *Bulls on Parade* e mentre lui ballava, appena sotto al palchetto rialzato della sala Rock, io e la Raffa abbiamo continuato a guardarlo per tutto il tempo: «Raffa, se non la smettiamo va a finire che lo consumiamo!», le ho detto a un certo punto.

Dopo un po' ci siamo ritrovate con le altre, sedute sulle scalette che portano giù in pista. Michi mi è passato di fianco e, salendo, mi ha appoggiato una mano sulla spalla. Io grezza, ho fatto finta di niente e sono rimasta immobile ma dentro stavo letteralmente impazzendo. Quel contatto mi ha elettrizzata: volevo solo che tornasse indietro e, senza dire una parola, mi sbattesse al muro per limonarmi.

Verso le due e mezza sono andata con la Paola a cercare la Linda. Iniziava ad essere tardino e solo dopo un bel pezzo, quando è rientrata per chiamarci, abbiamo scoperto che era uscita dal Nautilus con Livio: i due geni si erano imboscati nel parcheggio senza avvisare nessuno.

In questi casi la Linda non la capisco proprio e mi fa incazzare. Ma poi tutto 'sto casino per andarsi a imboscare con Livio? Sono mesi che la tratta di merda davanti a tutti e le fa battute stronze per ogni cosa: «Ma come parli? Ma come sei vestita?» E poi niente, le fa una moina e lei cede. Ma la dignità?

Vabbè. Mentre salutavo la Raffa, ho visto Michi che si provava la giacca di pelle di un tizio super antipatico e menoso che conosce anche Fede: «Oh, come sto?!», ha chiesto Michi a voce alta, pavoneggiandosi al centro del palchetto.

«Eh, come stai?! Sei proprio un toro, cazzo!» Sono stata zitta, ovviamente, ma è ciò che avrei voluto dirgli nella realtà.

Mentre mi stavo allontanando verso l'uscita l'ho sentito urlare: «Ciao sorella-Fedeeee!» e praticamente gli ho visto anche lo stomaco per quanto ha spalancato la bocca.

Nel frattempo, Livio e gli altri della compagnia della piazza si erano messi nei casini: noi ragazze siamo uscite seguendo i buttafuori che tenevano per la gola tutti – tutti! – quegli animali che, dicano quello che vogliono, sono davvero delle bestie. Era la seconda volta di fila che si facevano cacciare dal Nautilus.

Ero arrabbiata, mi vergognavo per essere lì con loro ed ero spaventata da quella violenza. Piangevo e dicevo: «Ragazzi, smettetela! Dobbiamo andare» e a Michi già non ci pensavo più.

Durante il ritorno, in macchina, mi sentivo una cretina e avrei voluto scomparire: Livio schiacciava fortissimo sull'acceleratore e sclerava con la Linda, la Paola e Cocco limonavano di fianco a me. Presumo sia stato un effetto collaterale della sua sbronza, perché la Paola non ha mai manifestato interesse alcuno per Cocco. È un bravo ragazzo ma non li vedo assolutamente affini.

Io piangevo in silenzio, con la testa appoggiata al finestrino, pensando che quando stavo con A. era tutto diverso. Con lui mi sentivo sempre al sicuro, mai sola.

Odiavo tutti i ragazzi della compagnia. Volevo solo buttarmi a letto e dimenticare quelle facce da culo che sanno fare bene solo le canne.

1 settembre 1996

Questa mattina Fede ha svegliato me e Brando alle undici perché facessimo colazione noi tre insieme: troppo bello. Io ho solo bevuto un caffè con due biscotti: non volevo rovinarmi l'appetito, visto che solo un paio d'ore dopo ci saremmo messi a tavola.

Più tardi sono arrivati a casa nostra Marlon e Alex, anche detti i «Bulls on Parade»: i mitici componenti del gruppo di Fede che la sera avrebbe suonato alla festa in piazza. Mentre aspettavamo che fosse pronto in tavola ho chiesto come mai avessero scelto proprio quel nome per la band. Axel ha detto: «Perché siamo troppo dei tori».

So benissimo che il nome l'hanno preso da un pezzo dei Rage Against the Machine ma so anche che loro ascoltano solo hard rock, quindi non mi spiegavo la scelta. Con la band, perlopiù, fanno cover di Guns, Motley e Bon Jovi quindi non aveva molto senso, se non per il fatto che loro tre usano l'espressione «toro» al posto di «figo» ogni volta che possono: «Cazzo che toro!», «È proprio un toro!» e così via. Settimana scorsa ho curiosato in camera di Fede e ho trovato il testo di una canzone che ha scritto lui. Ricordo solo un pezzo, diceva: «Viviamo cagando hamburgers e mangiando patatine fritte».

La mamma ha preparato il pranzo e abbiamo mangiato tutti insieme. Più tardi Fede, Axel e Marlon sono andati in piazza per montare gli strumenti e fare le prove.

Erano davvero bellissimi, stilosi come quando vanno al Nautilus: con i loro jeans aderenti, le bandane svolazzanti attaccate ai passanti dei pantaloni, gli stivali a punta, gli occhiali da sole a specchio e i capelli lunghi sciolti sulla schiena. Axel aveva anche il suo cappello bianco da cowboy.

A metà pomeriggio, dal sole che c'era, all'improvviso è sceso il diluvio: a quel punto io ero già uscita di casa da un pezzo ed ero vestita troppo leggera per quel clima.

A. è stato gentile: si è offerto di accompagnarmi a casa in macchina perché prendessi una felpa. Speravo fosse un'occasione per avvicinarci di nuovo e parlare, ma con noi è venuta anche la Linda: «No, che noia: mi lasciate qui da sola con gli altri?!» ha detto, per poi infilarsi in auto. Cazzo di Linda: delle volte mi chiedo come faccia a non arrivarci. Per un secondo ho sentito anche un pizzico di rabbia e mi sono chiesta se lo stesse facendo apposta: forse non voleva che stessimo soli? Anche perché, mi sento un po' stronza ad ammetterlo, non posso negare che più volte ho pensato che la Linda abbia messo il suo zampino nel far partire la storia tra A. e la Gattamorta, visto che le due in quel periodo erano amiche. E vabbè. Al nostro ritorno ci hanno raggiunte in piazza anche la Raffa e la Paola. Poco dopo, dal nulla, è spuntato anche Michi. Fede e i suoi amici non avevano assolutamente fatto cenno al suo arrivo e io non ero pronta. Poi abita a Milano, lontanissimo: chi se l'aspettava? È stata una sorpresa emozionante.

Era fighissimo. Aveva delle All Star alte azzurre, un paio di Levi's slavati corti, tagliati al ginocchio, una magliettina bianca e una giacchetta antivento verde, leggerissima: «Eh oh, a casa mia faceva caldo!» ha detto con quel suo modo di fare un po' spaccone ma simpatico, mentre aggirava una enorme pozzanghera.

Noi ragazze siamo state sedute a un tavolo a fumare, bere una birra e chiacchierare per una mezz'oretta. Non so di cosa, perché io non capivo un granché: la presenza di Michi mi aveva mandato in pappa il cervello. Cercavo di intercettare le sue conversazioni senza farmi sgamare, volevo capire più cose possibile di lui.

A un certo punto è venuto a sedersi di fianco a me. Io fuori sembravo impassibile ma dentro ero in panico: non sapevo come comportarmi né cosa dire. Per fortuna lui parlava con la Raffa.

Poi Fede lo ha visto lì: «Michi, è già tua!», gli ha urlato. Che figura di merda!

Michi mi ha messo un braccio intorno alle spalle ridendo e con la mano libera mi ha accarezzato il viso.

Dio, nessuno può immaginare come mi sia sentita in quel momento. A quel punto, però, Fede ha detto: «Giù le mani!» e ci siamo messi tutti a ridere.

Verso sera hanno iniziato a suonare, anche abbastanza bene, ma la voce di Axel si sentiva poco: mi sa che il microfono della festa non era 'sto granché. Hanno anche suonato *Born to be my baby*, il pezzo dei Bon Jovi che dedicano sempre ad Axel, di solito storpiandolo per prenderlo in giro: «Na na na na na na naso di merdaaaa...» In questo caso, ovviamente, sono rimasti fedeli all'originale. Che poi, in realtà, Axel è bellissimo: gli faranno venire i complessi a furia di sfotterlo per niente.

Dopo il concerto, mentre aspettavo che Fede finisse di smontare gli strumenti, mi sono avvicinata a Michi. Ho fatto un po' la figa sicura di sé: «Fede, ciao! Io vado via con lui!», ho urlato.

Michi ha sorriso, mi ha abbracciata e ha colto subito la palla al balzo: «Ciao Fede», ha detto, fingendo di allontanarci insieme.

Fede ha guardato Michi e ridendo si è passato il pollice sul collo, mimando un minaccioso: «Ti taglio la gola!»

A fine serata Michi è tornato a Milano mentre io, Fede e i suoi amici siamo andati a cenare al Burghy.

Più tardi ho raggiunto nuovamente le altre in piazza. Ero esaltatissima e felice per la giornata. Michi mi piace tantissimo.

2 settembre 1996

Passata l'eccitazione per il weekend mi resta dentro una specie di senso di abbandono.

Ho solo voglia di piangere, pensando a quanto cazzo Michi abiti lontano. Come faccio per rivederlo?

Ho telefonato alla Astrid per raccontarle tutto.

Evidentemente ero parecchio agitata perché quando ha risposto mi ha chiesto subito se fosse successo qualcosa di brutto con A.

Quando le ho spiegato del mio colpo di fulmine per Michi mi ha detto che aveva già intuito qualcosa dal mio resoconto dell'altra sera al Nautilus.

Mi ha messa un po' in guardia: ha la sensazione che sia troppo sicuro di sé e che sia uno che si dà un bel po' da fare con le ragazze. In ogni caso, concorda sul fatto che sia un figo.

Mi piacerebbe saperne di più su di lui ma non voglio fare troppe domande a Fede, se no poi tra lui e i suoi amici me la menano tantissimo. Mi ha promesso la Astrid che indagherà lei per me. Che grande! Io so solo che sto impazzendo: devo vederlo di nuovo.

A volte penso alla fortuna assurda che ho avuto nell'incontrare la Astrid, in quei lunghi pomeriggi in piazza, due anni fa, subito dopo il voltafaccia della Carola, quella stronza! Alle medie eravamo migliori amiche ed ero felicissima di averla trovata. Era molto più sgamata di tutte le altre mie coetanee, stravedevo per lei e sentivo di avere incontrato una specie di anima gemella: sempre in giro con lo stesso taglio di capelli, vestite uguali, con le nostre fedeli Superga color carta da zucchero o le All Star bianche ai piedi.

Pensavo saremmo state sorelle per sempre, invece poi non solo s'è messa con quello che mi piaceva – che vabbè, questa gliel'avrei anche perdonata – ma, dopo essersi fidanzata, è sparita dai radar. Non si faceva più vedere in giro né trovare a casa quando la cercavo e non mi richiamava mai. Mi ha veramente spezzato il cuore.

Però, c'è un però, se tutto questo non fosse successo io non sarei stata da sola a cazzeggiare in piazza, che poi è dove ho conosciuto la Astrid, la Paola e la Raffa. Quindi, alla fine, bene così.

6 settembre 1996

Ieri sera sono andata dalla Astrid, che è già riuscita a informarsi su Michi tramite Fede. Mi ha detto che è al secondo anno di ingegneria, studia in una città lontana da Milano. Cioè non è solo bellissimo, è anche intelligente! Poi c'è una storia stranissima: nei weekend torna sempre dai suoi a Milano, per mia fortuna, ma durante la settimana vive in un camper. Non ho mai sentito di uno studente in campeggio!

Con suo padre siamo passate a prendere la Paola e alle dieci e mezza eravamo al Nautilus: c'era già un casino di coda per la serata di inaugurazione della stagione ma ce la siamo comunque cavata in fretta.

Dentro, ho visto subito Axel e Marlon e ho chiesto se Michi sarebbe venuto: «Dimenticatelo! Sarà anche un ragazzo bello, dolce, simpatico e tutto quello che vuoi... ma lascialo perdere!», mi ha freddata Marlon.

Poi Axel ha aggiunto: «No, Michi non viene, è andato in montagna! L'ho chiesto prima a Fabri, il suo socio!»

Che delusione.

Tutto questo tempo passato a fantasticare su di lui, solo per riempire l'attesa, e mi ritrovo punto e a capo. Cazzo.

Poi, dimenticarlo. E perché?

Gli amici di Fede insistono nel dire che Michi è troppo grande per me e che ha un sacco di ragazze in giro.

Ci sono rimasta male ma spero che quest'anno andremo al Nautilus molto spesso.

15 settembre 1996

Non scrivo niente da un sacco di giorni. È tutta colpa della scuola: da quando è ricominciata ho uno scazzo assurdo addosso. Sono già stufa.

È appena finito l'intervallo. Quest'anno Antonello ha uno stile pazzesco, è impossibile non notarlo: da qualche giorno s'è fatto la cresta e questa mattina s'è presentato addirittura con le punte blu. Ovviamente mi ispira un casino.

Al ritorno da scuola ne ho parlato con Dario, che lo conosce bene. Dice che dovrei farmi avanti: «Gli piacevi già l'anno scorso ma non te lo sei mai cagato, non te lo ricordi?! Se ci provi ci sta, vedrai!»

Non so, io vorrei che fosse lui a fare il primo passo.

22 settembre 1996

Questa mattina ho detto a Dario che mi sarebbe piaciuto telefonare ad Antonello e proporgli di uscire. Si erano già sentiti tra loro: Antonello sarebbe stato via con i suoi, quindi era inutile chiamarlo, non l'avrei trovato.

Nel pomeriggio, allora, sono tornata a Varese con la Paola e Dario. Più tardi ci hanno raggiunte anche la Raffa e la Astrid e tutti insieme siamo andati allo Scottish.

Nel tavolo di fianco al nostro c'era un gruppo di coglioni che ci tirava addosso le patatine fritte.

A un certo punto ci hanno lanciato anche un goldone e poi lo rivolevano indietro. Ma col cazzo! Io me l'ero già imboscato.

Mentre venivamo via, al bancone ho intravisto un profilo conosciuto: era A. Ci siamo salutati in fretta. Di fianco a lui c'era la Gattamorta, ci siamo ignorate reciprocamente.

Questa notte ho sognato Michi: eravamo a casa della nonna e lui e Fede giocavano a saltarsi addosso, intanto io facevo panini con la Nutella per tutti.

Poi ho sognato anche Antonello: ci facevamo di brutto. Magari!

23 settembre 1996

Questa mattina ho detto ad Antonello che gli dovevo parlare. All'intervallo non ho avuto il coraggio di affrontarlo ma all'uscita gli faccio: «Senti, io volevo dirti che mi piaci veramente un casino!»

Ha risposto con un: «Eh…»

(Ma vaffanculo, «eh»!)

«No… nel senso, volevo fartelo sapere!», ho specificato.

«Be' dai, ne parliamo domani!» ha chiuso lui.

«Va bene!»

(Ma va bene un cazzo, brutto stronzo!)

25 settembre 1996

Ho telefonato a Dario, mi ha detto che aveva già sentito Antonello: l'altro giorno era di fretta per paura di perdere il bus. Dario ha aggiunto che Antonello ci starebbe con me ma non vuole una storiella tipo «roba delle medie».

Insomma, vorrebbe farlo.

Non so. Sicuramente lo scorso anno con lui sono stata un po' stronza snobbandolo ma, comportandosi in questo modo, mi pare un po' stronzo anche lui.

Non so perché faccia così il freddo con me, forse è per fare il figo con gli amici o per farmela pagare.

Forse è solo perché in fondo non gli interessa mettersi con qualcuno.

Non so bene che fare, anche perché non credo che mi accontenterei di un'avventura. Cazzo, io ho troppa voglia di avere una storia bella, di avere un ragazzo che mi voglia bene e sia affettuoso con me.

Pensavo potesse essere lui quello giusto ma, visti i presupposti, direi che mi sbagliavo.

Questa mattina in corridoio ho incontrato Dedo, il suo amico punkettone. Mi fa:

«Allora, con Antonello?!»

(Ma come lo sa?! Allora ho ragione: è vero che fa il figo con i suoi amici!)

«Boh, non mi caga», gli ho risposto.

«Perché?»

«E che ne so... mi ha detto che ci saremmo parlati ma poi non mi ha mai più cercata. 'Sticazzi comunque, io quel che dovevo dire gliel'ho detto!»

«Sì ma come sei grezza!»

«Eh oh, Dedo: si vede che non gliene frega niente!»

«Se è una domanda trabocchetto io non so niente, mi spiace!»

«Be', vado in classe, ciao!»

«Ciao.»

Maschi. Che cazzo di fatica.

26 settembre 1996

Oggi è una bellissima giornata di sole e io sono felicissima: questa mattina ho parlato con il punk della mia vita.

L'intervallo era già iniziato da qualche minuto ma Antonello non si vedeva. Ho spento la sigaretta a metà perché non volevo passare l'intervallo a fumare e sono rientrata, conservando il mozzicone avanzato per l'ora seguente. Merda ma quanto puzzano le sighe fumate a metà, una volta reinfilate nel pacchetto.

Mentre stavo chiedendo alla Yuna e alla Betta se lo avessero visto nei corridoi, Antonello è comparso e ci ha raggiunte. La Yuna ha dovuto trascinare via la Betta per un braccio, per lasciarci da soli.

Ci siamo salutati e gli ho detto che ero stata aggiornata da Dario sulla loro conversazione, aggiungendo che quelle cose avrebbe anche potuto dirle direttamente a me.

Allora lui, troppo tenero, mi fa: «... Comunque scusa!»

Mi sono avvicinata a lui e ci siamo dati un paio di bacini veloci. Poi, con molta tranquillità, ci siamo baciati seriamente. È stato troppo bello, era un limone molto lento: super tenero!

Che poi io ero troppo scomoda perché comunque è un bel pezzo più alto di me e dovevo stare sulle punte e penso che anche lui lo fosse, visto che era un po' piegato in giù.

Avevo le sue braccia sui fianchi mentre le mie erano appoggiate sulle sue spalle.

A un certo punto gli faccio: «Come sei bello!», guardandolo negli occhi. Lui non ha detto niente ma ci siamo presi per mano ed era una cosa carinissima.

Gli ho chiesto cosa vorrebbe e m'ha risposto: «Eh boh, tu?»

«A me andrebbe bene se stessimo insieme.»

«Sì, anche a me!»

Siamo andati avanti a sbaciucchiarci finché è suonata la campanella. A quel punto ha tirato una bestemmia e ha aggiunto: «Devo andare a copiare greco!»

Ci siamo dati un altro bacio, mentre stava andando via gli faccio: «Aspetta!» e mi ha baciata di nuovo.

Poi vabbè, lui è andato da una parte, verso la sua classe, io dall'altra.

Appena arrivata al mio banco, la Yuna, la Betta e la Fly – che, nel frattempo, era stata aggiornata dalle altre – mi sono saltate addosso tutte gasate per farsi raccontare la storia.

Al cambio dell'ora sono uscita, speravo di vederlo ma lui non s'è palesato, penso sia rimasto in classe. Comunque è stata una mattinata incredibile, gli voglio già strabene.

Questa sera chiamo la Astrid e la aggiorno su tutto.

27 settembre 1996

«Se avessi a disposizione un altro paio di vite, forse mi risparmierei alcuni dei miei eccessi ma non è così, quindi chi se ne frega!» (Anonimo)

La Betta mi ha detto che questa mattina Antonello è arrivato a scuola prestissimo, alle otto meno venti, però io sono arrivata troppo al pelo, sulla seconda campanella: non ci siamo visti e ho dovuto aspettare l'intervallo. Che palle.

Alle undici l'ho raggiunto in cortile con una siga accesa e l'ho abbracciato da dietro.

Ci siamo salutati con un bacio e mi ha chiesto dove fosse l'anello che porto al naso: l'avevo lasciato in classe.

«E perché lo metti e lo togli? Tienilo sempre su, mi piace!», ha detto.

Quanto interesse per un inutile anellino al naso. Boh.

Per fare un po' di conversazione, gli ho detto che sto pensando di farne un secondo nell'altra narice.

«Naaaah» s'è limitato a commentare, bocciandomi l'idea.

Stava zitto, così gli ho chiesto che farà domani ma ancora non lo sa. Prima della fine dell'intervallo è andato via, rincorrendo un suo compagno che doveva passargli i compiti di mate. Non volevo che se ne andasse. Gli ho detto che sarei passata a salutarlo a mezzogiorno, prima che andasse a casa.

All'uscita, però, ho fatto tardi: quando sono arrivata, la sua classe era già vuota e non ci siamo beccati.

Mi piace un casino stare con lui.

28 settembre 1996

> «Soffrire vuol dire volere troppo bene a un figlio di puttana.» (Anonimo)

Verso metà intervallo ho raggiunto Antonello e siamo stati insieme fino a che non è suonata la campanella.

Mi ha detto che nel pomeriggio ci saremmo potuti vedere a casa sua.

Dopo l'intervallo io e la Yuna, che quest'anno è la mia vicina di banco, abbiamo fatto una fuga: siamo andate allo Spizzico a trovare un suo amico che lavora lì.

A fine mattinata siamo tornate nei paraggi della scuola e sono rimasta in attesa di Antonello, perché facessimo insieme la strada verso la sua fermata del bus.

Il tragitto è stato super bello e, mentre aspettavamo, ci siamo baciati un po'.

Ci tenevamo (cioè, io lo tenevo) per mano finché mi fa:

«No, per mano no!»

«Ah già, me l'aveva detto Dario che odi 'sta cosa!»

«Brava, ti trovo preparata!»

Non capisco se è tutta una scena per sostenere la sua immagine da punk con il cuore di pietra o se, davvero, è solo una testa di cazzo. Un po' lo odio e un po' lo adoro.

Poi è arrivato il bus, ci siamo salutati e io sono andata al treno.

Dopo pranzo l'ho chiamato per avvisare che sarei tornata a Varese alle quattro meno venti: mi è venuto a prendere in stazione. L'ho visto appena scesa dal treno. Stava fumando una sigaretta. La cresta perfettamente in piedi, i suoi anfibi ultra usati e con la punta di ferro tenuti insieme dalle stringhe rosse annodate all'altezza della caviglia, dei pantaloni marroni con i tasconi laterali e una giacca militare. Ero davvero contenta che un figo del genere fosse lì ad aspettare proprio me.

Che bello per strada: siamo andati a piedi fino a casa sua, camminavamo abbracciati e non smettevamo un attimo di parlare. Era al cento per cento nella versione di lui che adoro: affettuosa e chiacchierina.

Casa sua sembra stupenda e gigante ma ho visto solo ingresso e soggiorno perché ci siamo subito chiusi in camera.

Ha messo su un disco dei Ramones che non avevo mai sentito e che, prima di andare, mi sono fatta prestare: *Acid Eaters*. Troppo figo.

Il pomeriggio da lui è stato bellissimo: siamo stati sul suo divanetto ai piedi del letto a chiacchierare e baciarci. Ho notato che ha degli enormi occhi verdi, non ci avevo fatto troppo caso ma oggi mi sembravano proprio stupendi.

Tra le altre cose, gli ho raccontato un po' della mia storia con A., specialmente dal punto di vista sessuale. Non che con A. abbia fatto chissà che, ma lui mi ha detto che non ha assolutamente un'esperienza paragonabile.

A un certo punto ci siamo ritrovati a baciarci con una foga pazzesca: ero a cavalcioni sopra di lui e mi teneva per i fianchi. Era una sensazione stupenda e sarei andata avanti così per ore e ore.

Poi ha spostato la mano e cercava di slacciarmi il primo bottone dei jeans, che però era incastrato e non riusciva a sganciarlo.

In ogni caso, non avremmo potuto fare molto altro perché – grazie al cielo – avevo le mie cose:

«Fino a quando sei inagibile?» mi ha chiesto.

(Inagibile?! Non sapevo se ridere per la sua creatività lessicale o mettermi a piangere per la brutalità dell'espressione!)

«Fino almeno a lunedì credo.»

«Aspetteremo», mi fa. Sembrava un po' deluso ma 'sticazzi. Io invece ero sollevata: salvata dalla tentazione di fare delle schifezze con Antonello dal caro vecchio mestruo.

Dopo un po' ci hanno raggiunti Dario e Dedo che erano appena stati a comprare il fumo.

Abbiamo passato il resto del pomeriggio tutti insieme a gremare in camera sua, poi alle sei Dedo mi ha voluta accompagnare in stazione con il Ciao: troppo bello!

Sono stata bene con Antonello ma voglio che ci andiamo piano, ancora non ho molta fiducia nei suoi confronti.

Spero che domani non vada a vedere i suoi amici che suonano, così stiamo ancora insieme.

29 settembre 1996

«La musica è bella perché copre il rumore del mondo che va in pezzi.» (Anonimo)

Come non detto: ovviamente Antonello è andato a vedere i suoi amici suonare. Che palle! Vabbè.

Ci siamo sentiti poco prima di pranzo e mi ha detto che era dispiaciuto ma doveva proprio partecipare alla serata, così io sono uscita con le mie amiche.

Stare in piazza con gli altri era uno scoglionamento incredibile: pensavano solo a far su e fumare, fumare, fumare!

Noi ragazze ci siamo isolate per i fatti nostri e ci siamo aggiornate un po' sulle novità.

Verso le sei è arrivata anche la Linda, fresca di parrucchiere: sta da Dio con il frisè.

Ci ha raccontato di quanto Livio sia stato stronzo con lei dopo quella sera in cui si sono imboscati al Nautilus. Le è stato dietro per mesi – se pure a suo modo, visto che in pubblico la sfotteva in continuazione – e, adesso che hanno scopato, non la caga più. Non solo: evidentemente ha raccontato a tutti i dettagli della loro nottata perché ora, in compagnia, le frecciatine si sprecano. Che storia acidissima. Maschi. Che orrendi sanno essere.

A. e la Gattamorta non si sono parlati per tutto il pomeriggio: al bar, lui era da una parte e lei dall'altra. Poi è venuto in piazza da solo ed è rimasto lì fino a sera, finché non è andato a casa. Non si sono praticamente mai guardati: sono contenta.

Chissà per che cosa sclerano? Quali sono le ragioni dei loro litigi? Che poi, lei è così petulante che posso anche immaginarmele: tutte minime cagate. Be', alla fine hanno sempre ragione loro: le scassacazzo. Sono loro le più brave a tenersi i ragazzi. Io e lui non litigavamo mai e guarda come siamo finiti.

Che poi non mi importa niente di A.: continuo a ripensare a ieri sul divano, quando ero distratta e Antonello mi ha abbracciata stretta da dietro, all'improvviso, e mi ha tirata verso di sé.

Cazzo, stamattina Fede mi ha detto che Michi ha mollato l'Università, martedì andrà a tagliarsi i suoi bellissimi capelli e presto partirà per la naja. Ci sono rimasta troppo male. Non può farlo! E poi, se va a militare, quando lo rivedo?

2 ottobre 1996

Sono entrata prestissimo a scuola per copiare le versioni di latino e greco.

All'intervallo sono uscita in cortile per stare un po' con Antonello. L'ho intercettato nel casino e sono andata da lui senza farmi vedere. L'ho abbracciato da dietro ma non si è scomposto un granché. Sono rimasta lì con lui e i suoi amici anche se ero super impacciata e non sapevo cosa dire.

Quand'è suonata la fine dell'intervallo siamo rimasti soli per un istante e Antonello mi ha rinfacciato di essere una PIOVRA e di stargli sempre attaccata: ci sono rimasta malissimo e ci ho pensato su per tutta l'ora seguente.

Perché dovrebbe essere un problema il fatto di passare del tempo vicini? Non abbiamo deciso di stare insieme? Come si fa a stare insieme senza stare insieme?

'Fanculo Antonello. Una piovra. Io. Mica gli leggo nella mente, che ne so di quanto desidera avermi accanto e quando no? Dovrei stare ferma al mio posticino, a disposizione per assecondare i suoi desideri?

Alle dodici sono uscita dalla classe ed era alle macchinette con Dedo. Quando li ho raggiunti, Dedo ha fatto per salutarci e andare via per i fatti suoi ma Antonello gli ha detto: «Stai qui, tanto lei adesso se ne va!»

Quanto è stronzo.

Dedo è andato via lo stesso e io Antonello siamo andati verso la sua fermata del bus. Durante il tragitto sono esplosa e gli ho detto tutto quello che penso su di lui, compreso il fatto che quando ci sono i suoi amici è insopportabile.

Non ha parlato per un po', non ha ribattuto in nessun modo. Poi, dal nulla, mi ha chiesto quando ho intenzione di tornare a casa sua.

’Fanculo Antonello, veramente.

Penso che non ci andrò, mi sembrano chiare le sue intenzioni e ho la sensazione che stare con me o un’altra per lui non faccia differenza, salvo il fatto che ho la particolarità di avere l’orecchino al naso.

Mi ha detto che dovrei ringraziarlo perché lo scorso weekend ha passato buona parte del sabato pomeriggio con me e ha specificato che, di base, lui vorrebbe soprattutto uscire con i suoi amici: «... E poi, magari, stare anche un po’ di tempo con te che, possibilmente, non sia l’intervallo».

A me ’sto tipo m’ha già rotto i coglioni. Ma chi cazzo si crede di essere? Gli do una settimana per cambiare atteggiamento o con me ha chiuso.

Ha detto che mi chiama domattina, vedremo!

4 ottobre 1996

Mi sto ascoltando la cassettina dei Sangue Misto, *SxM*. È un regalo di A. Ce l’aveva sempre su in macchina, gliel’aveva registrata un suo compagno di naja ma io ne ero così innamorata che, alla fine, l’ha ceduta a me. Mi piace come si parla del fumo: Neffa ti fa proprio entrare nella dimensione della fattanza con quella sua voce tutta flemmatica.

Che figata: questa settimana la Astrid mi porta la marija, a proposito di sfasciarsi.

Antonello non ha chiamato.

Questa mattina io non l’ho cagato e lui da me non è venuto. Che si fotta.

Nel pomeriggio ho telefonato a Dario e siamo stati a chiacchierare per una bella mezz’oretta.

Domani devo parlare con Antonello e chiarire per benino questa storia.

5 ottobre 1996

Questa mattina ero di ottimo umore. All’uscita, ho trovato Antonello e Dario ad aspettarmi fuori da scuola.

Abbiamo fatto la strada insieme fino alla fermata del bus e abbiamo riso davvero un casino.

Dario ha proseguito da solo verso la stazione e da quel momento in poi Antonello ha ricominciato a fare lo stronzo cinico come al solito. Ci siamo dati appuntamento allo Scottish per la serata.

Appena è arrivato il suo bus, l'ho salutato senza entusiasmo e ho raggiunto la Yuna e la Betta allo Spizzico.

Siamo rimaste in giro fino a metà pomeriggio, poi sono tornata a casa, doccia veloce e ho raggiunto la Astrid. Verso sera, sono tornata a Varese con lei e le altre.

Antonello s'è presentato allo Scottish con Dedo e Dario. Era preso benissimo, davvero simpatico ma decisamente sbronzo. Si sono volatilizzati quasi subito: avevano un sacco di fumo e il loro piano per la serata era di imboscarsi per finire di devastarsi. Tenendo conto che alle undici in punto suo padre lo aspettava a casa, non oso immaginare le condizioni con cui ci è arrivato. Che poi, che sfigato, le undici: almeno io quest'estate sono arrivata a strappare l'una, ai miei. Prima di andare mi ha baciata e ha detto che mi chiama domattina. Certo, certo.

6 ottobre 1996

Non ha chiamato.

Nel pomeriggio sono andata al minigolf con quelli della piazza. Naturalmente quei coglioni si son messi a far su anche lì. E andatevene affanculo.

Cioè, bello fumare ma 'sti sgami in mezzo alle famigliole no, cazzo.

Io e la Astrid abbiamo cenato da lei e ci siamo guardate *Il Corvo* per la centesima volta. Mi ha prestato un cd dei Bad Religion (che non fanno punk ma hardcore melodico).

Oggi ho pensato un casino ad Antonello, comunque.

Anche se è un grandissimo stronzo, noioso, vecchio dentro, cinico bastardo, io un pochino mi ci sto affezionando.

8 ottobre 1996

Nel pomeriggio l'ho chiamato io e siamo stati al telefono un casino, abbiamo parlato di un sacco di cose e a un certo punto si è scusato per essere scappato via subito, sabato sera: era di cattivo umore per un litigio con suo padre.

Ha aggiunto che non vuole che i suoi problemi familiari diventino una giustificazione per comportarsi male con me e ha detto che domani non verrà a scuola.

È stato proprio bello, quando vuole è un chiacchierone.

Per fortuna non è come A. che al telefono rispondeva solo a monosillabi. Forse ce la stiamo facendo a diventare una coppia vera.

10 ottobre 1996

È il compleanno di Dario e questa mattina me ne sono completamente dimenticata. Che amica di merda. Siamo quasi soci di compleanno dalla prima elementare, come cavolo ho fatto? Poi ho recuperato: gli ho regalato una cannetta di marjia che ci siamo fumati prima di entrare a scuola.

Antonello ha detto a Dario che adora prendermi per il culo e fare lo stronzo con me perché tanto io non mi arrabbio mai.

Non sono la persona giusta con la quale fare queste stupide prove di forza. 'Fanculo, Antonello. Non mi avrai su questo piano: continuerò a non arrabbiarmi mai e restare impassibile. Questa cosa l'ho imparata dal babbo che non cede mai alle provocazioni della mamma, nemmeno quando lei gli dice le peggio cose con lo sguardo da pazza isterica.

Comunque, non era a scuola nemmeno oggi: sono quattro giorni che non lo vedo. Alla prossima occasione gli faccio un bel discorsetto.

Mi sto facendo una cura di Bad Religion.

Mi ha detto Fede che Michi s'è tagliato i capelli. Noooooooooo!

12 ottobre 1996

«... Ma prenditela, almeno un po'!»

«Hahaha... ma ti pare? Non avrai da me un'altra occasione per divertirti, mi sembra che tu te la sia già spassata abbastanza!»

«Guarda che ti sbagli se pensi che mi sia divertito!»

E così m'ha anticipata e mi ha scaricata lui. Antonello del cazzo. E vabbè.

Se ci penso in realtà mi viene da piangere: comunque mi piaceva. Ripenso a quel sabato a casa sua, alla strada insieme per arrivarci dalla stazione, al suo odore – sa sempre di erba mista a sudorino quel ragazzo. Era stato bello. Forse solo per me?

Pomeriggio a Varese. Avevo su la maglia nera che mi ha dato la Astrid, quella con la svastica sbarrata che lei teneva appesa alla porta della camera: che spreco lasciarla lì. È stata una figa a regalarmela e io non smetto più di indossarla.

In centro, però, un gruppo di stronzi mi ha minacciata di darmi fuoco, di morte e di strapparmi i vestiti. Sinceramente, a un certo punto, ho anche avuto paura di prenderle per davvero. Varese è proprio piena di fasci.

Ho fatto un giro con la Betta ma, a essere onesta, non so di cosa abbiamo parlato perché per tutto il pomeriggio nella mia testa ripassavo tutti i ricordi belli che ho con Antonello.

Chissà cosa sta facendo e se è contento della decisione che ha preso? Non gli manco nemmeno un po'?

Maschi. Che tristezza.

Stasera non so, mi sa che resto a casa.

P.S.: Ho sentito Dario che mi ha detto che Antonello si è messo con la Morena.

Che sfigato senza fegato, poteva dirmelo lui.

16 ottobre 1996

È il mio compleanno: quindici anni tondi tondi!

Per festeggiare siamo andate tutte al cinese per la prima volta. È venuta anche la Raffa, ero troppo contenta che ci fosse: con il fatto che si è diplomata l'anno scorso e la mattina non prende più il treno, ci vediamo davvero raramente. Mi dispiace un sacco beccarla così poco perché è sempre di buon umore e fa ghignare tantissimo con le sue battute. È fortunata la Paola: abitano nello stesso paese e a poca distanza, quindi loro continuano a vedersi spesso.

Le ragazze hanno messo una candelina nelle nuvole di drago e ci siamo fatte un po' di foto con la Kodak Fun.

È stato davvero fighissimo: io ho preso la polpa di granchio e gli spaghetti di soia ai gamberi. Alla fine anche il gelato fritto e il sakè. Siamo uscite tutte belle allegrette.

È figo anche mangiare con le bacchette, ti fai i muscoli alle dita.

Quindici anni, finalmente. Non vedo l'ora di averne diciotto come la Astrid e fare tutto quello che mi pare.

E sabato? Nautilus.

19 ottobre 1996

Pomeriggio a Varese con Dario e Oliver. Abbiamo festeggiato il mio compleanno: canne e birrette nel retro del Burghy. Super divertente.

Poi, la sera: Nautilus!

Fede ha accompagnato me e la Astrid dalla neopatentata Paola e alle undici siamo partite. Non ci sembra vero che una di noi abbia la macchina: mai più piani assurdi per organizzare le serate al Nautilus! Mai più passaggi dai mostri della piazza!

Era ancora prestissimo, quando siamo entrate non c'era ancora un cane e abbiamo ammazzato il tempo gironzolando un po' per le sale: è interessante vederle riempirsi a poco a poco della loro popolazione.

Verso mezzanotte c'era un bel pienone ma di Michi nemmeno l'ombra e stavo già per disperarmi.

A una certa sono andata nel bagno della sala Rock, c'era una truzza della Symbol con lo zainetto pieno di vestiti, si cambiava e si truccava. Chissà che cazzate dice ai suoi quando va fuori la sera?

Uscendo dal bagno, l'ho visto:

«Ciao!» ci siamo detti, in contemporanea. Mi ha abbracciata.

«Pensavo non saresti venuto!»

«Io vengo sempre!», ha precisato.

«Ma dai… ti sei tagliato i capelli!», gli ho detto.

Mi ha fatto un gesto con indice e medio in aria, come a dire «M'è venuto lo schizzo».

Siamo andati insieme verso il palchetto rialzato e nel tragitto gli ho scroccato una siga: è ufficiale, fuma sempre le Chesterfield light. Quando l'ho finita, mi sono tenuta il filtro come ricordo: dopo lo appiccico qui con un po' di scotch. Mi farà puzzare la Smemo di morte per un po' ma 'sticazzi, questo e altro per conservare la sacra saliva di Michi.

Io e la Astrid siamo andate al bar a prenderci una vodka alla pesca con la Lemonsoda. Ero abbastanza tranquilla all'inizio, poi mi sono presa benissimo e avevo una voglia pazzesca di ballare, anche perché la musica era proprio figa.

Fino alle due siamo state in pista, poi siamo crollate sui divanetti e iniziavo ad annoiarmi.

Ho intravisto Michi parlare con una ragazza, cercavo di non guardarli ma la tentazione di tenerlo d'occhio era più forte di me. Poco dopo, lei si è allontanata e Michi si è seduto da solo, sul divanetto di fronte al nostro. Gli sono andata vicino, restando in piedi.

«Quando ci sposiamo?», gli ho chiesto nell'orecchio. Ha un profilo stupendo.

«Ci sposiamo adesso!», ha risposto, girandosi verso di me. Quella bocca. Ha allungato una mano, invitandomi a sedermi accanto a lui. Io sciolta.

Mi ha tirato su la spallina del reggiseno che era scivolata giù: aveva le mani caldissime.

Comodamente seduto a gambe larghe, portando indietro la schiena, ha frugato nei pressi del suo pacco, tirando fuori il pacchetto di sigarette dalla tasca anteriore dei jeans.

Si è messo in bocca una Chesterfield, offrendomene una dal pacchetto ormai semi vuoto. Mentre me la stava accendendo, gli faccio: «Non mi piace la tua ragazza!»

«Quale ragazza?», ha ribattuto lui.

«Ci stavi parlando un secondo fa...»

«Ah... – quel sorriso – ma va', ma quale ragazza!?» Che sollievo.

Era proprio bello. Aveva una maglia verde militare, un paio di 501 slavati e i suoi immancabili 883.

Mi piaceva stargli vicino, sarei rimasta lì per sempre ma mi sono alzata lo stesso. Fanno così quelle brave a farsi desiderare? Se ne vanno lasciandoli con la voglia? Poi si è spostato anche lui, per andare a prendersi da bere.

Poco dopo le due e mezza stavamo per andare via. Passandogli vicino, gli ho toccato una spalla e ho accennato un sorriso, salutandolo con la mano.

«Vai già a casa?», m'ha chiesto.

S'è avvicinato e ci siamo dati un bacio sulla guancia.

Sulla soglia dell'uscita, con le altre abbiamo incrociato un amico della Astrid e ci siamo fermate un pochino con lui. Michi è venuto da me, ha aperto le braccia, mi ha stretto a sé e se ne è uscito con: «Il tuo moroso dov'è? Mi ha detto tuo fratello che ha la cresta!»

«Ah... no, non ce l'ho più: mi ha lasciata.»

«Non è possibile! Che coglione!» mi ha risposto, sorridendo. Poi mi ha dato un buffetto sulla testa e se n'è andato.

In quell'istante è passato Marlon:

«Hei, guarda che ti controllo! Stagli lontana!»

«Ma perché?! È così carino!»

«Sì... chiedilo alle sue ex!»

A me basta vederlo al Nautilus, davvero: non voglio altro. Mi piace un casino.

29 ottobre 1996

Questa mattina, a scuola, la Fly si è ufficialmente messa con Dedo.

Dedo è il punk più punk della scuola e quando lui e Antonello sono in giro per i corridoi è impossibile non notarli: anfibi con le punte di ferro, creste e crestini, punte dei capelli di colori allucinanti, chiodi di pelle – che manco fossimo negli anni Ottanta – toppe, scritte spray sui vestiti, lucchetti e catene.

Dedo sta nella classe di fianco alla nostra ma è in seconda liceo, quindi, se gli va bene, il prossimo per lui sarà l'ultimo anno.

Puntava la Fly dai nostri primissimi giorni del ginnasio e ha passato tutto lo scorso quadrimestre cercando di conquistarla: è persino diventato simpatico con me, pur di avvicinarsi a lei.

Fisicamente non è proprio il mio tipo e poi è troppo piazzato ma sono super contenta per la Fly: finalmente si è decisa a dargli una chance, lasciandosi alle spalle la storiaccia con il suo ex.

All'intervallo ero con loro due e ci ha raggiunti anche Antonello: dice che mi porta una catenella che posso collegare dall'orecchino del lobo all'anellino del naso, come Slash. Mentre io e lui parlavamo di questa cosa, la Morena era ferma vicino alle macchinette e ci guardava. Boh. Cazzo vuole?

L'unica cosa bella di questa scuola sono Dedo e Antonello.

31 ottobre 1996

Stasera sono andata al Nautilus con la Raffa e alcune sue amiche mai viste prima. Non ricordo nemmeno un nome.

C'era un po' di coda all'ingresso ma siamo riuscite a non perdere troppo tempo.

All'inizio abbiamo girato per le varie sale senza troppa energia: eravamo tutte un po' in scazzo. Man mano che il Nautilus si riempiva, ho incontrato un bel po' di persone che conoscevo e, tra saluti e chiacchiere, il tempo è passato e mi sono ricaricata un po'.

Verso mezzanotte e mezza, stavo prendendo la mia vodka alla pesca con la Lemonsoda e ho visto Fabri. Michi non era con lui. Fabri è bello. È asciuttissimo, ha un viso più duro di Michi e sorride poco ma con me è stato carino.

«Ciao! Michi non c'è?»

«No, mi spiace», ha risposto facendo una faccina super tenera.

«È rimasto a far serata a Milano?»

«No, è andato a una cena con gli ex compagni di classe. Se fa in tempo, dopo viene! Cioè in realtà dovrebbe arrivare adesso! Tuo fratello dov'è?»

«È andato a Milano! Pensava di venire qui anche lui ma poi ha cambiato programma.»

«Ah ok, digli che è una cacazza!» Cacazza. Il loro insulto preferito.

«Ahahaha... va bene! Se Michi non viene, salutamelo!»

Sono andata a ballare con Oliver e Dario, che ci ha subito lasciati soli in pista. Forse pensava potesse succedere qualcosa con Oliver? Ma zero, io aspettavo mio marito!

A un certo punto, ho visto che Fabri parlava con Michi. Da lontano sono davvero uguali: stessa altezza, stesso stile, sembrano gemelli! Li ho raggiunti sulla pista rialzata.

«Ah eccola!», fa Fabri, indicandomi.

Ho abbracciato Michi con irruenza, spostandolo di un metro.

Ci siamo dati due bacini e, presa dall'entusiasmo, gli ho dato un bacio sul collo. Quel profumo.

«Pensavo non saresti venuto!»

«Sono appena arrivato!»

Sono tornata a ballare ed ero felicissima così.

Ballavo con uno che non so come si chiami ma lo vedo ogni volta, è nella stessa compagnia di un ragazzo biondo bellissimo di Gallarate: «Oh ma, per essere una ragazza, sei cattiva quando balli», mi ha detto. Wow, grazie del complimento, estraneo.

Quando mi capitava di passare vicino a Fabri, nella mia spola palchetto-bagno-bar, mi toccava la testa per poi girarsi e far finta di nulla. Mi piaceva che giocasse con me.

A un certo punto, sono andata in bagno e ho beccato la Linda con una sua amica, che figata: c'eravamo proprio tutti! Anche la Linda era bella messa: continuavamo ad abbracciarci.

Ecco: quando è così presa bene la adoro e mi fa dimenticare completamente dei suoi lati egoisti.

A un certo punto, sono uscita a prendere un po' d'aria perché ero proprio fuori. Mi sono ripresa in fretta e, tornando verso la pista rialzata, ho finto di non vedere Michi. Mentre gli passavo vicino, ho sentito una mano sul culo. Ero certa fosse stato lui, non mi serviva controllare. L'ho abbracciato e gli ho dato un bacio lentissimo sul collo. È rimasto immobile e ho sentito tutta la sua incertezza: sono sempre la sorellina quindicenne del Fede. Fossi stata la sorellina diciassettenne, magari…

Forse mi sbaglio, forse esagero e sono solo presuntuosa ma penso di piacergli, almeno un pochino. Altrimenti non verrebbe a sedersi vicino a me ogni volta che sono sola, non mi passerebbe la sua sigaretta per fumarcela insieme, non mi accarezzerebbe la testa, non mi abbraccerebbe, non mi toccherebbe il culo ogni tre per due e, soprattutto, non avrebbe... Lo scrivo dopo!

Sono tornata a ballare ma la musica è peggiorata e mi sono seduta sui gradini del palchetto ad aspettare che arrivassero canzoni migliori.

Michi si è piazzato davanti a me, in piedi. Mi fissava e ha iniziato ad accarezzarmi il lobo dell'orecchio. Io, in estasi, mi godevo le coccole e avevo una mano appoggiata alla sua gamba. Poi, si è seduto di fianco a me, proprio appiccicato. Quel profumo. Ero agitata ma non volevo che lo sapesse.

«Quand'è che parti per militare?» gli ho chiesto, giusto per dire qualcosa e smorzare la mia tensione.

Mi ha risposto aprendo le braccia e spostando il labbro inferiore in fuori. Le nostre facce a dieci centimetri di distanza e le nostre gambe appiccicate. Quel contatto.

Si è steso all'indietro, spostando la schiena e gli avambracci sui gradini. Senza pensare, ho portato la mia gamba sopra la sua, avevo così voglia di stargli addosso. Siamo rimasti seduti così, vicinissimi, per un tempo che a me è sembrato infinito. Desideravo che facesse una mossa e le sue mani addosso in qualche modo. Ma lui restava lì immobile e guardava avanti. Era serio, pensieroso, sembrava quasi incazzato.

È passata una sua amica a salutarlo: «Michi, cos'hai?», gli ha chiesto.

Lui nemmeno le ha risposto. Poco dopo, le altre sono venute a chiamarmi: «Devi andare?» mi ha chiesto.

Mi sono avvicinata. S'è tirato su con la schiena e mi ha messo una mano sul fianco. Ci siamo dati i tre bacini, il primo ha preso metà delle nostre bocche, lasciandomi un po' gasata e un po' delusa: «A 'sto punto dammi un bacio vero!» gli ho detto – perché non so stare zitta? Perché elemosino?

«Meglio di no» mi ha risposto.

Mi sono messa a ridere e gli ho dato un bacio sulla guancia.

Quando sono arrivata a casa, però, ero un po' triste.

9 novembre 1996

Questa sera è stato a dir poco bellissimo.

Sono andata con Fede a prendere la Linda e la Astrid e siamo andati al B&B ad aspettare Axel. E già lì, birretta.

Verso le undici siamo andati al Nautilus ma Fede ci ha raggiunte dopo: ci ha lasciate al parcheggio e ha fatto tappa al Circolino per continuare a bere con i suoi amici.

Noi ci siamo spiaccicate sulle poltroncine della sala Rock e abbiamo aspettato che l'ambiente si riempisse. Per ammazzare l'attesa, la Linda ci ha insegnato il balletto tattico che si fa quando parte *Personal Jesus* dei Depeche.

Mentre lo provavamo, sono venuti a salutarmi Marlon e altri ragazzi della compagnia di Michi, che è salito sulla pista rialzata, dove c'eravamo anche noi. Ci ha viste benissimo ma non è venuto a salutarci: stava lì con i suoi amici, parlava con loro, gesticolava e faceva tantissimo il figo.

A un certo punto gli è arrivata una gomitata in faccia da un tizio che stava ballando ed è venuto a sedersi proprio di fianco a me, tenendosi il naso tra le mani.

«Ciao Michi!» gli ho detto, con il tono più controllato che ho potuto.

«Ciaoooo» ha urlato lui e mi ha abbracciata.

Poi ha continuato a tenersi per un po' il naso tra le mani: «Cazzo che male» ha detto, ridendo.

Non sapevo che dire, ero solo felice che fosse vicino a me.

Poi, il dolore per la botta deve essere passato e abbiamo chiacchierato un po'. Gli ho chiesto da accendere e gli ho scroccato una cicca. Siamo rimasti a fumarci una sigaretta insieme, poi io la Linda e la Astrid siamo andate a ballare.

Michi era un bel po' ubriaco: quando passavo nei paraggi, mi abbracciava sempre e, se in zona c'era qualche amico di Fede per «controllare» la situazione, mi abbracciava ancora di più, provocando tutti esplicitamente.

Io, un po' ballavo, un po' parlavo con gli altri e coi vari tipi che venivano a ronzare intorno alla Astrid, ma l'unica cosa che mi interessava davvero erano le attenzioni di Michi.

Axel mi ha raccontato che Michi e Fabri sono super amici ma che una volta, una sola, hanno litigato per una tipa, una certa L. Questa L. è stata, in momenti diversi, la fidanzata di entrambi. Mi intriga la faccenda: che figa incredibile devi essere, per conquistarli tutti e due?

Alle due e mezza il padre della Linda è venuto a prenderci. Ci sembrava troppo presto per andare via, così io e la Astrid abbiamo deciso di restare e tornare a casa più tardi, con Fede.

Continuavo ad andare dalla pista rialzata al bagno, un po' per rinfrescarmi e un po' perché, ogni volta che ci incrociavamo, Michi mi abbracciava e questo nostro gioco mi faceva impazzire.

Si è seduto sul muretto della pista rialzata. Io e la Astrid ci siamo appollaiate a parlare sulle scale, subito sotto di lui.

Visto che stava fumando, gli ho fatto «pat pat» con la mano sulla gamba per chiedergli due tiri dalla sigaretta. Non ha capito e mi ha preso la mano: l'ha tenuta tra le sue e, dolcemente, me la accarezzava. Non capivo più niente.

Prima di andare via sono andata a salutarlo, ci siamo dati i tre bacini e gli ho messo le braccia intorno al collo.

Lui ha messo un braccio intorno alla mia vita, l'altro è rimasto tra me e lui e con la mano premeva dolcemente la mia pancia. L'ho percepito come un contatto molto intimo, non me ne sarei mai andata. Ci siamo abbracciati stretti stretti.

Fede stava parlando con Marlon: avevo ancora qualche istante prima che andassimo davvero. Così son tornata da Michi, ci siamo presi le mani:

«Quanto sei bello» gli faccio – cazzo! L'ho fatto ancora. Perché mi do via così?

«Eh, adesso...» ha sorriso, mi ha portata verso di lui e ci siamo abbracciati. Gli ho dato un bacio sulla guancia e lui, improvvisamente, mi ha baciata sul collo, che era inclinato. Saliva piano piano con una serie di piccoli baci, avvicinandosi lentamente alla mia bocca. Non stavo capendo più un cazzo. Ero pronta. Ho alzato la testa, avvicinando le mie labbra alle sue e lui ha detto:

«Noooooo», sorridendo. Non lo capisco quel ragazzo.

Comunque nessuno mai, nemmeno A., m'ha fatto venire dei brividi del genere. Poi con quel viso da ragazzino mi fa proprio impazzire.

Ogni tanto mi sembra di sentire il suo profumo e mi viene da piangere. Come adesso, che so che per rivederlo dovranno passare almeno due settimane.

Chissà lui che pensa, chissà se ci pensa.

All'uscita, Marlon mi ha detto: «Senti: se lo capisce bene, se no vuol dire che è cretino e son cazzi suoi!»

Ma poi che flash, quando l'altro suo amico, quello super antipatico che conosce anche Fede, ci ha visti abbracciati e gli fa:

«Lei ti ama, Michi!»

Non ho sentito la sua risposta, so solo che alla fine Michi ha fatto un gesto che indica la lunghezza del cazzo.

Maschi. Che idioti superficiali sanno essere.

10 novembre 1996

Dopo pranzo siamo partiti dal parcheggio delle scuole con la compagnia della piazza e siamo andati al Garage.

Verso le tre e mezza sono arrivati al locale anche Dedo e Antonello, con la sua mitica maglietta dei The Exploited. È davvero un bel tipo, nonostante il più delle volte abbia quell'aria da sbruffone che lo rende proprio respingente.

La Fly, dopo cinque minuti dal loro ingresso, ha convinto Dedo a sganciarci il popper che si erano portati dietro: ce lo siamo sparate in bagno. È un po' una fuffa: l'effetto non è 'sto granché, ma nel complesso della giornata direi che c'è stato.

Dedo e la Fly sparivano di tanto in tanto, per imboscarsi. In uno di quei momenti, ho visto Antonello seduto da solo e sono andata a parlargli.

Mi ha raccontato liberamente di lui e della Morena. Dice che non stanno propriamente insieme: ha ammesso che a lui piace molto ma non hanno una vera storia e che può fare ciò che vuole. Quindi ci siamo baciati per tutto il pomeriggio.

C'è stato un momento in cui eravamo davvero presissimi sui divanetti. Era anche bello, però io pensavo solo: «Cosa darei per essere in braccio a Michi».

Antonello continuava a dirmi di sentirsi uno stronzo nei confronti della Morena. Che falso. E, se anche fosse vero: che cazzo me ne frega dei suoi sensi di colpa? Non sono io quella con una non-storia che va in giro a limonare appassionatamente con i suoi ex.

Alla fine, per me, è stata una bella domenica. Ho ballato un bel po' e il resto del tempo l'ho passato con Antonello.

Cazzo, era stranissimo perché, visti da fuori, sembravamo proprio una coppia vera: la cosa bella era che, quando eravamo lontani, con lo sguardo ci cercavamo sempre e quando eravamo vicini lui mi abbracciava in continuazione. Mi piaceva moltissimo questa situazione, specialmente perché so che era momentanea: è ovvio che, dopo come mi ha trattata, non vorrei mai più essere la sua ragazza.

Prima di salutarci mi ha proposto di pranzare da lui, domani.

Mah, sappiamo benissimo qual è la sua vera motivazione, specialmente dopo una giornata arrapante come quella di oggi – alla fine abbiamo limonato tutto il giorno – e ci ho pensato: non voglio farlo la prima volta con uno a cui non importa un cazzo di me.

L'unico per cui cederei a questa condizione è Michi. Mi piace troppo e poi è grande, non è un ragazzino inesperto. Non farebbe cazzate e si impegnerebbe sicuramente per farmela vivere bene.

Ogni volta che io e Michi ci becchiamo succede qualcosina in più: andando avanti così, forse tra una decina d'anni, potremmo farlo davvero.

Ecco, lo sapevo: questa era la pagina di Antonello e invece scrivo di Michi. Mi rendo conto che vorrei vederlo sempre più spesso ma con la mamma e il babbo il patto è «Nautilus due volte al mese».

A tra due sabati, allora.

11 novembre 1996

L'invito a pranzo di Antonello mi gira in testa. Non so cosa fare, se andarci o no. Sono tentata ma so anche che, di base, è solo un quindicenne immaturo. Dovrei controllare tutto io, senza potermi lasciare davvero andare e poi sicuramente metterebbe i manifesti a scuola: «Oh, io quella me la sono scopata». Già lo vedo. Per 'ste cose è un ragazzino.

Mi sento la testa che pulsa e mi fa un male cane.

Mi viene da piangere, continuo a pensare a Michi. Altro che Antonello, mi sa che mi sono innamorata.

È mezzogiorno meno un quarto: se voglio andare a pranzo da Antonello devo deciderlo adesso.

Sento il profumo di Michi dappertutto.

Alla fine ci sono andata a casa di Antonello. Appena arrivata, ho messo in chiaro le cose: non voglio farlo con lui, perché non gli frega un cazzo di me. Non credo mi inviterà mai più a pranzo.

20 novembre 1996

Che palle! Ogni sera a cena gli stessi discorsi: i miei dicono che penso solo alle uscite e non mi interesso allo studio. Che pretese: hanno scelto la scuola al posto mio e adesso si lamentano. Non mi sarei mai iscritta a quel liceo se non mi avessero obbligata, solo per vantarsi di avere una figlia diplomata al classico. Mi sembra già un grande successo riuscire a galleggiarci dentro senza farmi segare. Sono ancora convinta che le magistrali a indirizzo socio-psicopedagogico sarebbe stata la scelta giusta per me. Le osservo ogni mattina le ragazze che vanno lì, durante il tratto di strada comune che facciamo insieme. Mi chiedo quanto sarebbe stata più semplice e serena la mia vita se avessi potuto seguire le mie aspirazioni.

Comunque, dicano pure quello che vogliono, ormai a me interessa solo poter andare al Nautilus.

22 novembre 1996

Secondo buco al naso, a Varese con la Astrid. Nessuna reazione da parte dei miei: ottimo! Mi aspettavo le menate al mio rientro, invece mi sa che non se ne sono nemmeno accorti.

In effetti, quando sono rincasata, ho avuto la netta sensazione di essere piombata nel bel mezzo di una discussione e che la mia presenza li abbia un po' spiazzati.

Rispetto al passato, il loro rapporto è sicuramente diverso. Non li ho mai visti né sentiti litigare davvero, per fortuna, ma mi è molto chiaro che tra loro non va più bene da tempo: la mamma non guarda quasi mai il babbo in faccia, specie quando gli parla.

In ogni caso sembravano parecchio distratti e pensierosi e io ho approfittato della situazione. Ho chiesto alla mamma se sabato posso andare al Nautilus.

Risposta: «Vediamo domani».

Vuol dire sì, se no avrebbe fatto una scenata isterica delle sue. Evvai, cazzo.

24 novembre 1996

Sto ascoltando *18 and Life* degli Skid Row. Mettici «Michi», al posto di «Riky» nella frase iniziale e Sebastian Bach ha ragione in pieno: ha davvero il cuore di pietra, adesso lo so. Marlon e gli altri amici di Fede avevano ragione.

Non so bene come definire la serata di ieri, di sicuro la mattinata di oggi è stata tristissima.

Continuano a venirmi in mente i flash del Nautilus e mi fanno stare male. Per fortuna che sul momento ho resistito e non mi sono messa a piangere, sai che figura?

Mi fa un male assurdo. Lo scrivo tutto adesso di getto, per non tornare a pensarci mai più.

La Linda è passata a prendermi con i suoi dopo cena. Ci siamo fatte lasciare al Circolino, per non entrare troppo presto, mentre loro sono andati a spassarsela con il loro amato liscio.

Nell'attesa, abbiamo parlato un bel po', mi sono divertita e il tempo è volato. Ultimamente lei e Livio stanno scopazzando parecchio e lei è felice della cosa. Non so bene cosa pensare di questa relazione senza senso ma, contenta lei... Da brave mortaccione, abbiamo preso una birra in due, spendendo solo tremila lire. Cioè!

Alle dieci e mezza ci hanno raggiunte al Circolino le altre e siamo state insieme un'oretta. Io e la Linda eravamo un po' stufe di restare lì, così a una certa ci siamo dirette al Nautilus a piedi. Non eravamo sicure della strada e siamo tornate indietro a chiedere indicazioni. Per mezzanotte eravamo tutte nuovamente riunite, gasatissime per la serata che stava partendo.

Io ho intravisto alcuni ragazzi della compagnia di Michi nella ressa. Sono andata verso di loro per cercarlo ma c'era troppo casino e non l'ho beccato.

Quando sono tornata dalle altre, sui divanetti del palchetto c'erano Fabri e Michi.

Sono andata a salutare Fabri che ci ha messo un attimo a riconoscermi. Mi ha fissata, mi ha fatto un sorriso a mille denti e poi ha socchiuso gli occhi.

Michi era seduto vicino a Fabri. Aveva lo sguardo spento e la faccia bianca da far paura. Sembrava così vulnerabile, in quello stato. Mi ha fatto così tanta tenerezza. Gli ho sfiorato la guancia con una carezza. Ha aperto un secondo le palpebre e mi ha fissata, ha fatto ciao con la manina e ha richiuso subito gli occhi.

Mi sa che, tra tutti e due, erano proprio sbronzi marci.

Dopo una ventina di minuti, Fabri s'è ripreso ed è andato a ballare. Michi è corso verso il bagno, con la fretta di uno che sta andando a vomitare. Quand'è tornato era ancora un po' in aria ma sicuramente più in forma. Dopo poco, era in pista e stava ballando anche lui.

Era sul palchetto rialzato, gli sono passata vicino e, ridendo, gli ho detto: «Hei, cretino!» Mi ha tirata su di peso. Continuava a dirmi: «Ciaoooo!» a ripetizione, tutto felice.

Verso metà serata, ero in pista con le altre e lui era di ritorno dal bagno. Quando ci siamo incrociati mi ha abbracciata, mi ha dato un tenerissimo bacio sul collo e ci siamo stretti forte. Mentre mi teneva tra le braccia ho provato un'emozione gigantesca. Ho pensato che, in qualche strano modo, ci vogliamo bene e ci piace toccarci ed ero proprio felice.

Io e la Astrid siamo uscite in cortile a far su una canna. Una volta pronta, rientrando, ci siamo mescolate alla folla per fumare. E ho visto Michi.

Stava baciando una. Una ragazza alta, con una gonna nera, lunga. La stava baciando in quella stessa maniera che avevo fantasticato fosse sua, con una sensualità prepotente. Erano in piedi. Lei spalle al muro, lui contro di lei e le mani che premevano contro la parete. Era così maschio, cazzo. Erano bellissimi e appassionati e *lei*... avrei voluto essere *io*.

Sono rimasta in fissa un secondo che mi è sembrato infinito. Ho distolto lo sguardo e fatto un tiro assurdo dalla canna. Mi è salita una nausea potentissima e sono uscita di corsa dal casino per respirare di nuovo. Che dolore, cazzo.

Michi ha passato il resto della sera un po' a ballare e un po' con lei, si baciavano continuamente. In pista, sui divanetti, sulle scale del palchetto.

Ho girato al largo per un po', non ne potevo più di averli sotto agli occhi.

Sono andata al bar a prendere dell'acqua e ho incrociato Axel. Gli ho detto che ero delusa dalla vita.

Quando sono tornata verso la pista rialzata, la tipa con la gonna era sparita. Ho visto Axel andare da Michi. Sarà anche bellissimo ma, oh, quello stronzo non si tiene proprio niente, manco mezza confidenza, cazzo!

Ero sui divanetti del palchetto con la Astrid e Michi ha fatto per venire verso di noi. Salendo i gradini, si stava uccidendo da solo, inciampando sui suoi stessi stivali. La Astrid è scoppiata a ridere ma io no. Che coglione.

È venuto verso di me col sorrisone e le braccia spalancate. Io, da seduta, ho allungato una gamba per tenerlo lontano e gli ho gridato che se ne andasse affanculo. La Astrid se n'è andata e io non sapevo come affrontarlo. Avrei solo voluto non esistere o, puff, scomparire magicamente.

Si è seduto di fianco a me e ha messo le sue gambe sulle mie.

«Perché sei arrabbiata?»

«Non sono arrabbiata.»

«Dimmi perché.»

Io non rispondevo e lui non se ne andava.

«La tipa con la gonna lunga se n'è andata?» gli ho chiesto.

«Chi?»

«Dai, quella di prima, lo sai!»

«Chi è?»

«Dai, non fare il cretino! Lo sai chi è. Si chiama L.? È la tua ex storica?»

«Ma chi?»

«Dai, piantala!!!»

«Come fai a sapere di L.?! Cosa sai?»

«So che è una tua ex e che è anche ex di Fabri.»

«No, non è L.»

La rabbia che provavo si era un po' smorzata, averlo vicino era bello. E poi, che cosa potevo pretendere da lui? Che diritto avevo di essere arrabbiata?

«Lo sai che lunedì ho telefonato a Fabri?», ho cambiato discorso.

«Sì, me l'ha detto oggi appena sono tornato da Roma.»

A quel punto avevo come dimenticato tutto il resto, volevo solo toccarlo, che mi baciasse come aveva baciato quella là. Gli ho chiesto:

«Se mi siedo in braccio a te cosa succede?»

Ha alzato le spalle con fare un po' distaccato. La sua reazione ha smorzato ogni entusiasmo e, in me, ho sentito rinnovarsi quel male. Delusione mista a frustrazione.

La Astrid mi ha fatto cenno di raggiungerla. Sono andata da lei e io e Michi non ci siamo più visti.

Avevano tutti ragione: sarebbe stato tanto meglio dimenticarlo subito.

Dopo un po' mi sono resa conto che c'era questo tizio con il cappello da cowboy e gli stivali a punta che faceva di tutto per farsi notare.

A un certo punto è venuto a presentarsi ma non mi ricordo assolutamente come si chiama. Cercava di attaccare bottone ma io non ero un granché dell'umore. Ricordo solo che, quando ha capito che sono la sorella di Fede, ha iniziato a ripetermi: «Allora conosci anche Axel, è troppo un grande!»

In effetti, è un po' la fotocopia di Axel. Ci ho fatto caso quando li ho visti insieme che parlavano: il Cowboy lo imita un casino. È anche carino, ma non sarà mai figo come Axel.

1 dicembre 1996

Ho telefonato ad Antonello, mi ha risposto sua mamma e per chiamarlo ha urlato:

«Antoneeeeeeello», aggiungendo che c'ero io al telefono. Sua mamma mi conosce? Sa della mia esistenza? O si è limitata a ripetere il mio nome, visto che mi sono presentata?

Abbiamo cazzeggiato un po' al telefono, eravamo presi bene e gli ho chiesto se gli andava che andassi a trovarlo. Ha riso.

«Cazzo ridi?!» gli ho chiesto.

«Tu mi vuoi venire a trovare?»

«Eh be'? Sei stato a scuola solo un giorno questa settimana, almeno ci vediamo e ridiamo dal vivo!»

«Due giorni! Comunque no: ci sono i miei, me la meno.»

Maschi. Che fatica.

Non mi sembrava un piano così complicato.

Alla fine gli voglio bene, magari davvero un giorno scoperemo. Sempre se si sveglia un po' fuori.

Pomeriggio in centro con la Astrid, troppo ridere cazzo. A una certa ci è venuta fame ma eravamo senza soldi, come sempre. Siamo andate al super a fare un giro e abbiamo fottuto la merenda infilandocela in tasca di soppiatto: giusto un paio di Mars.

Quando siamo scese in stazione mi ha preso un improvviso senso d'angoscia all'idea di tornare a casa. Non ci sto bene a casa mia, mi si spezza il fiato appena varco l'ingresso, divento tutta rigida e mi si stringe lo stomaco. Sento che sto di nuovo respirando solo quando esco da lì e mi chiudo il cancello alle spalle. Non ho detto niente alla Astrid di questa cosa, ci siamo salutate e ognuna per la sua.

Ho fatto il giro lungo del paese per prendere un po' di tempo e sono passata per la piazza. Lungo il tragitto, mi sono beccata a sperare di incontrare A., così, per vedere che effetto mi avrebbe fatto. Ma no, lui non era da nessuna parte.

Una volta a casa, ho beccato Fede in cucina: ieri sera è andato al Nautilus e ha visto Michi e Fabri. Dice che mi salutano.

4 dicembre 1996

Ho chiamato Fabri.

«Pronto?» Credo fosse sua mamma.

«Pronto, buonasera, cercavo Fabrizio per favore.»

«Un attimo!»

«Pronto?!»

«Fabri?!»

«Ciao!» (normale)

«Sono io…»

«Ciaoooooo…» (contento)

«Stavi dormendo?»

«Eh sì.»

«Scusami, non so mai quando beccarti, non so mai a che ora finisci di lavorare in negozio!»

«Ma non fa niente! Allora?»

«Tutto bene! Senti, ma domenica lavori?»

«Eh sì, col Natale che arriva lavoro sempre: gli accessori per le Harley stanno andando forte quindi oltre a vendere le moto devo occuparmi anche del resto del negozio, star dietro agli ordini… Due palle!»

«Quindi sabato niente Nautilus?»

«No ma va', certo! Lavoro nel pomeriggio e nel we posso fare tardi: ci siamo al cento per cento! Tu?»

«Se trovo il passaggio, sicuramente!»

«Vieni con tuo fratello! No?»

«Eh guarda è qui con me! Aiutami a convincerlo a venire!»

Si sono dati vicendevolmente della cacazza al telefono, mi facevano ridere.

È simpatico Fabri, ha anche una bella voce.

7 dicembre 1996

Nautilus: serata fantastica!

Fino all'ultimo momento, non sapevamo se saremmo andati – quindi panico – poi Fede – grande! – ha deciso che sarebbe venuto – quindi eccitazione estrema.

Siamo passati a prendere la Linda, la Astrid e Axel. Abbiamo fatto una colletta di gruppo e abbiamo messo insieme il minimo indispensabile per non restare per strada: diecimila lire. Siamo andati a fare benzina in Autogrill. Poi ci siamo fermati in un bar per bere qualcosa.

Il posto era stracolmo e, dopo quasi mezz'ora di attesa in piedi per un tavolo che non si liberava mai, abbiamo deciso di andare direttamente al Circolino vicino al Nautilus.

Una volta lì, siamo partiti con un giro di whisky.

Quando sono tornata dal bagno in cortile – bagno che però non esiste e quindi ho pisciato dietro una macchina – mi sono sentita chiamare: era Fabri.

L'ho aspettato, ci siamo abbracciati e siamo entrati insieme.

Era arrivato con Michi, Marlon e altri della loro compagnia che erano tutti già dentro, s'era attardato solo lui. Immagino che anche Fabri avesse avuto bisogno del bagno che non esiste.

Marlon si era preso una Ceres ma, alla fine, struso dopo struso, gliel'abbiamo bevuta tutta io e la Linda.

Così poi ha ordinato una Sambuca col ghiaccio. Gli ho bevuto un po' anche di quella. Ne voleva una seconda ma non aveva voglia di alzarsi per andare al bancone così ci sono andata io.

Mentre aspettavo che il barista mi servisse davo le spalle a quel nostro grande gruppo che s'era venuto a creare e mi sono resa conto che tremavo dall'emozione. Ero così piena di eccitazione e felicità, non ci potevo credere: eravamo davvero tutti lì, tutti insieme. Tutti a bere in un normale pre-serata, come fossimo amici da sempre.

Io e Marlon ci siamo steccati anche la seconda sambuca.

Finito di bere, siamo usciti tutti insieme dal Circolino. Fabri mi ha chiamata: l'ho aspettato fuori dalla porta del bar, ci siamo presi sottobraccio per fare le scale e siamo andati insieme verso le macchine. Cosa potevo chiedere di più? Ero ufficialmente una di loro.

Michi era dietro al gruppo, scazzatissimo. In effetti era stato abbastanza sulle sue anche dentro al Circolo. Boh, cazzi suoi.

Una volta dentro al Nautilus ho visto subito che lì c'era una bella fetta della compagnia della piazza. Ho salutato Livio e mi sono accertata che non ci fosse anche A.: era andato al cinema con la Gattamorta. Via libera, non avrei fatto brutti incontri.

Nella sala Rock faceva un caldo pauroso. Straripava di gente, la musica era bella, le casse spingevano a un volume folle. Siamo andati tutti subito a ballare, poi a bere e di nuovo e poi ancora via in pista, belli felici.

Mentre ballavo, Michi m'ha dato una pacchetta sul culo. All'improvviso mi ha abbracciata da dietro. Ho sentito il suo corpo premere sul mio: «Hai finito di fare casino?!» mi ha chiesto nell'orecchio. Gli rideva la voce. Sarebbe stato un momento bellissimo, in un'altra occasione, ma a me girava ancora il cazzo a mille per la tipa con la gonna lunga, così l'ho ignorato.

Più tardi sono scesa a fare un giro in Symbol: dietro alla porta della sala c'erano Michi e Fabri. Parlavano con dei ragazzi, tra loro c'era quel tizio antipatico che conosce anche Fede. Mi aspettavo una delle sue odiose battute fuori luogo su me e Michi e invece, attenzione, si è fatto i cazzi suoi, per una volta. Nel frattempo, Fabri mi ha chiamata e mi sono fermata lì con loro. Mi ha abbracciata e gli ho dato un bacio sulla guancia. Non vedevo più Fede in giro così ho chiesto a Fabri se l'avesse incrociato:

«No, non lo vedo da inizio serata!»

«Si sarà imboscato con la Didi? Se non salta fuori mi porti a casa tu?» Ovviamente ero certa che sarebbe ricomparso prima o poi ma volevo mettere Fabri un po' alla prova.

«Vuoi farmi fare i chilometri, eh?! Va bene, comunque!» ha detto ridendo, poi è tornato nella sala Rock.

Michi è rimasto lì a chiacchierare e mi sono spostata verso di lui. Man mano che mi avvicinavo di un passo, lui si allontanava della stessa distanza, sogghignando.

Mi piace quando giochiamo: sento che c'è qualcosa di strano tra di noi e che lui si trattiene un sacco.

Anche la Linda e la Astrid erano andate a farsi un giro. Quando sono tornate sono venute a cercarmi in bagno: all'improvviso mi ero sentita malissimo e mi sono rifugiata al cesso. Sono rimaste con me finché non ho vomitato l'anima ed ero pronta a riprendere la serata, fresca come un fiorellino.

La Astrid si è prodigata a tenermi i capelli e la fronte, come sempre. Ormai lei è la donna delle mie sboccate. Vabbè. E pensare che fino a cinque minuti prima che iniziasse a girarmi tutto, andavo in giro a dire al mondo che ero felicissima!

Una volta uscite dal bagno, sono andata a sedermi un po' per riprendermi. Sentivo che non ero ancora a posto. Avevo già perso un sacco di tempo al cesso per i miei gusti e non volevo che questo malessere prolungasse l'interruzione della mia serata: sono tornata in bagno, mi sono cacciata due dita in gola e ho buttato fuori il resto.

Mentre vomitavo, è entrata la Didi e mi ha vista: è andata al bar ed è tornata con dell'acqua e limone. Fino a poco prima era imboscata con Fede sui divanetti della fossa: «Sono tornata su giusto in tempo per salvarti!», ha detto ridendo. Che gentile che è la Didi. L'ho ringraziata per il resto della serata, ogni volta che la incrociavo in giro.

Adoro la Didi e sono contenta che «stia» con Fede. Ormai sono almeno un paio d'anni che si frequentano e sono certa che lei ne sia super innamorata. Non ho mai capito perché lui non voglia ufficializzare la cosa e la frequenti quasi solo al Nautilus. Non li ho mai visti fare cose da coppia e non credo si siano visti spesso in nottate che non siano quelle dei weekend. Eppure lei, secondo me, è magica: è bella, ha un sorriso stupendo ed è davvero dolcissima.

Finalmente mi sono ripresa del tutto e sono andata a cazzeggiare sul palchetto rialzato.

Sono rimasta un po' sul divanetto e Michi è venuto da me. Ci siamo smezzati una sigaretta. Poi è arrivata una tipa e loro due si sono messi a parlare. Mi guardavo un po' intorno, alla ricerca delle altre. Fabri era appollaiato poco distante da noi, sulle scale del palchetto, e sono andata un po' da lui:

«Sei triste?», mi ha domandato.

«No, perché?»

«Non so, ti ho vista là seduta con l'aria depressa!»

«Ah no, sono solo stravolta dal mal di stomaco.»

Gli ho scroccato una sigaretta e abbiamo parlato un po'. A un certo punto s'è avvicinata una e gli fa:

«Fabri, ho sboccato!»

«Ah davvero?!» le ha risposto. La tipa se n'è andata subito.

Lui ha guardato me, ridendo e mi fa:

«Ma a me cosa me ne frega?!»

«Ma daiii, anche io ti ho detto che avevo mal di stomaco, prima. Quindi l'hai pensato anche di me?»

«No: tu sei tu!!» Ufficialmente, una di loro.

Mi ha chiesto se avessi sete e siamo andati al bancone. Mi ha comprato una coca. Nel mentre è ricomparso anche Fede e loro due hanno iniziato a rincorrersi, insultandosi amorevolmente.

Mi sono appollaiata sul muretto e Fabri si è seduto davanti a me, tra le mie gambe.

Tra le varie cose, mi ha chiesto di Brando: è ancora troppo piccolo per il Nautilus ma tra qualche anno io e Fede lo portiamo con noi.

Siamo stati zitti per un po'. Ho appoggiato la testa sulle sue spalle, lui ha avvicinato la sua testa alla mia e siamo rimasti così, appiccicati, per il tempo di una canzone. Mi sentivo davvero bene.

Poco prima della chiusura mi ha dato tre bacini e se n'è andato.

Fabri è proprio tenero. Da quando l'ho conosciuto è sempre stato carino e non mi ha mai trattata da «sorellina di Fede».

12 dicembre 1996

Oggi pomeriggio mi annoiavo, così ho chiamato Antonello.

Mi ha risposto sua mamma che, questa volta è stato palese, non sapeva chi fossi – quindi la volta scorsa avevo preso un abbaglio, cosa confermata dallo stesso Antonello: non ha mai parlato di noi a casa, al contrario di me. Sapeva di lui persino Michi!

Mi sa che per lui tira una pessima aria. Questa mattina, dalla scuola hanno chiamato i suoi, brutta storia. Ho capito che non gli andava di parlarne, così abbiamo solo sparato un po' di cazzate. Sono preoccupata: fa un casino di assenze, non studia mai e sempre più spesso è di pessimo umore. Non ne parla mai davvero ma so che litiga malissimo con suo padre. Lo vedo che ci sta male.

Mi ha detto che per l'ultimo dell'anno non ha programmi. Be', almeno qualcosa in comune ce l'abbiamo.

13 dicembre 1996

Sono troppo rincoglionita, non sto capendo più un cazzo: questo pomeriggio ho dormito dalle tre e mezza alle sei. Andare a scuola mi distrugge.

Questa mattina abbiamo fatto un compitino dall'italiano al latino, difficilissimo cazzo: avrò preso quattro.

Se scrivo di cos'ho fatto a scuola sto messa male, comunque: è proprio una vita priva di contenuti la mia.

Passiamo ad altro.

All'intervallo Antonello è venuto nel nostro cortile, sono andata da lui che mi ha accolta con un:

«Ciao schifezzina!»

«Ciao scemo... comunque bello 'schifezzina'!»

«Eh, mica tanto!» ha commentato Dedo.

A me è piaciuto, ci vedo qualcosa di tenero e intimo, non come quando fa il freddo e mi chiama con quell'odioso «carissima» – «Ciao carissima!» 'Fanculo Antonello, carissimo.

Non vedo però perché debba parlare di Antonello quando al mondo esistono Michi e Fabri.

Ogni tanto mi vengono in mente le mosse che fanno al Nautilus, quando ballano: sono veramente dei fighi.

Michi ce l'ho in mente quando il ritornello di *Bulls On Parade* diventa cattivo: si gira di scatto, con quel suo modo di ballare che fa un sesso incredibile.

Fabri, invece, sempre su *Bulls on Parade*: piegato sulle ginocchia, con quella sua bellissima schiena tutta rivolta all'indietro. Anche lui fa sognare un bel po'.

Ecco, quando penso a queste cose, mi chiedo: perché la vita li fa e poi non ce li dà?

L'ho chiesto alla Astrid, dice: «Perché è stronza!»

16 dicembre 1996

Pomeriggio in giro per Varese con la Astrid: troppo bello.

La sera ho telefonato a Fabri: è stato dolcissimo. Mi ha detto che ieri sera era al Nautilus ma che io ho fatto bene a non andare perché la musica non è stata un granché. Questo mi ha un po' intristita perché avrei preferito sentirgli dire che ha sentito la mia mancanza ma vabbè. Mentre parlavo con lui, mi saliva un senso di nostalgia e mancanza per aver saltato il Nautilus.

Chissà cosa sarebbe potuto succedere? E quando avrò una nuova occasione di vederli?

Poi dal niente, Fabri mi fa:

«... E poi il 2 gennaio vado a militare.»

«Cosa?!!»

Non ci posso credere che debba partire. Non è possibile, perché esiste questa merda del militare? È una condanna. È un furto. Porta via persone che non hanno la minima intenzione di andarsene, strappandole dalla loro vita di tutti i giorni.

«Ma io sapevo che sarebbe partito Michi!», ho detto.

«Sì, anche! Lui non sa ancora quando, però!»

«No, ma non ci credo... Io pensavo che tu l'avessi già fatto!»

«Eh, magari! Poi mi dovrò tagliare i capelli!»

«Vabbè, ma quello è il meno!»

«Come è il meno!?»

«Ma no ma dai, non ti vedo più.»

«C'è sempre Michi.»

«Michi è stronzo!» Si è messo a ridere. «Ci vedremo quando tornerò a casa... mi manderanno a casa ogni tanto! Spero...»

«Sì, ma io come farò a saperlo?!»

«Eh, te lo farò sapere.»

«Ma a Capodanno che fate?»

«Montagna! Comunque sono al Nautilus subito dopo Capodanno, il sabato dopo e se non sbaglio quello dopo ancora.»

«Ci saluteremo!»

«Eh sì dai, ci sono ancora un po' di serate!»

«Oh, mi raccomando la cartolina dalla montagna!»

«Non ho l'indirizzo, aspetta che recupero la penna!»
«Mi raccomando, non ti dimenticare eh!»
«No ma va', mi ricordo! Te la faccio scrivere da Michi!»
«Ma no, scrivimela tu! E mandamela, se no ti vengo a prendere in caserma!»
«... allora non te la mando!»
Quando ha fatto questa battuta non ho capito più un cazzo!

24 dicembre 1996

Questo pomeriggio dovevo vedermi con Antonello. Avevamo appuntamento alle quattro e un quarto in stazione ma quando sono arrivata lui non c'era ad aspettarmi: che cazzo, mica è colpa mia se il treno era in ritardo di trenta minuti.

Da una cabina della stazione ho chiamato la Astrid per chiederle di raggiungermi a Varese ma non avrebbe fatto in tempo a prendere il treno e sarebbe diventato troppo tardi.

Ho fatto un giro in centro da sola e in corso Matteotti ho incontrato Dedo: m'ha detto che aveva incrociato Antonello e che stava vagando nella speranza di beccarmi. Tornando verso la stazione ho incontrato Dario, anche lui alla ricerca dei suoi amici. Alla fine, abbiamo passato il pomeriggio insieme io e lui: ognuno dei due alla ricerca di qualcun altro, ma è stato comunque divertente. Voglio proprio bene a Dario.

Non posso nemmeno dire di essere incazzata con Antonello per non essere rimasto al binario: alla fine, se l'avessi beccato in giro, l'avrei abbracciato quel cazzo di punk disadattato!

Però, che coglione, poteva aspettare in stazione, prima o poi sarebbe arrivato il mio treno.

Maschi. Manco con il capostazione parlano.

La Astrid al telefono mi ha detto che qualche giorno fa è andata a studiare da una sua compagna di classe, la Bea, e ha conosciuto un suo amico storico. Si chiama Lupo. Il nome vero non me lo ricordo ma Lupo come soprannome spacca tantissimo. Non mi ha detto molto di lui, ha solo fatto cenno al fatto che la Bea lo conosce da sempre, che è un ragazzone enorme e che è molto divertente. Nel parlare di lui, ha usato un tono eccessivamente distaccato e ha tagliato corto abbastanza in fretta. Se conosco bene il mio pollo, sentirò presto parlare di nuovo di questo Lupo.

29 dicembre 1996

Pomeriggio al Garage. Niente di speciale.

Ho ballato un po' con il solito amico di Dario che continua a provarci. Mi ha dedicato *Ain't my bitch*, andandola a chiedere al dj. Che carino.

Mi sono stufata quasi subito di ballare, non ero in gran forma. Sono andata sui divanetti con la mia birretta e, dopo pochissimo, un thrasher carino amico della Paola è venuto a sedersi con me. So che gli piaccio e da parecchio, la Paola me lo ricorda di continuo e poi si vede perché mi viene sempre a cercare.

Mi ricordo che, quando stavo con A., ogni tanto lui e i suoi amici passavano dalla piazza, in macchina, con la musica thrash metal a tuono.

I ragazzi della piazza li guardavano male. La Astrid dice che: «Come per gli animali, è una 'becera faccenda di femmine & territori'». Ha senso, visto che i thrashers non sono nostri compaesani.

Maschi. «Come per gli animali», direi che rende l'idea. Il ragionamento della Astrid mi ha fatto tornare alla mente quello che dice sempre mia madre: «I maschi sono esseri semplici: se tu hai il controllo di te stessa e della situazione, puoi far fare loro ciò che ti pare».

Non sono completamente convinta che sia vero: una parte di me si illude che possano avere la nostra stessa profondità e non siano così babbi. È anche vero che, spesso, la realtà mi smentisce e mi tocca darle ragione.

È capitato che noi ragazze facessimo serata con i thrashers, qualche volta, e devo ammettere che è stato davvero divertente: sono assolutamente dei cazzo di fuori di testa, sparano un sacco di minchiate e fanno stra-ridere con la loro fissa assoluta per il thrash metal. C'è da dire che con i jeans elasticizzati, le toppe dei gruppi, le Reebok pump e i capelli lunghi danno parecchio nell'occhio e le reazioni delle persone che li vedono in giro sono proprio esilaranti.

Oggi vedendo il thrasher «che mi ama», come mi dice la Paola, mi sono detta che avrei potuto dargli una chance. Così, dopo che si è seduto vicino a me, abbiamo parlato un po' e poi ho lasciato che mi baciasse.

Forse influisce il fatto che non provi nessuna attrazione nei suoi confronti o forse è solo che bacia male, in ogni caso è stato davvero bruttissimo: mentre limonavamo non sentivo assolutamente niente. E poi ha la lingua strana, tutta un po' a punta.

9 gennaio 1997

Che palle, questa mattina abbiamo fatto il compito di francese ed era difficilissimo. In realtà non me ne frega un cazzo di come possa essere andato, perché c'è una cosa che mi ha svoltato la giornata. Quando sono tornata a casa, in bella vista sul tavolo della cucina, c'era una sorpresa fantastica: una cartolina. La cartolina! C'era scritto: «Alla ragazza più tora del Nautilus. Un bacio. Fabri e Michi». Sono troppo, troppo felice. Non ci speravo, nel modo più assoluto. Che botta di vita!

Che grande Fabri! Alla fine, l'indirizzo l'avevo dato a lui, quindi sono certa che l'iniziativa sia stata sua. Che ridere immaginarlo allo stand cartoline dell'edicola che sceglie quella da mandarmi. Ma allora ci tiene a me? Mi pensa almeno un po'?

Dopo pranzo ho telefonato alla Astrid. Questa mattina non era in stazione e mi sono insospettita. Infatti è a casa, imbottita di supposte, con trentotto di febbre. Povera. Nonostante l'influenza, era abbastanza su di morale: siamo state al telefono mezz'ora a sparare cazzate. Le ho raccontato della cartolina, ovviamente. «Pippi, non te lo vuoi proprio togliere più dalla testa questo Fabri!» mi ha detto. Già. Le voglio troppo bene.

Ci ho rimuginato su tutto il pomeriggio, poi mi sono fatta coraggio e ho telefonato a Fabri per ringraziarlo della cartolina. Ha risposto lui alla chiamata. Aveva un tono strano, mi sembrava giù, non era allegro come le altre volte in cui ci siamo sentiti e non aveva molta voglia di parlare. Mi sono sentita così stupida ad averlo chiamato.

Comunque, mi ha detto che sabato ci sarà sicuramente perché deve salutare il Nautilus prima di partire.

L'umore depresso di Fabri mi ha contagiata. Non è successo nulla di che, niente di grave ma adesso mi sento svuotata, come se la mia esistenza fosse insulsa e non avesse senso esserci.

Poco fa pensavo ad Axel. Di recente, al Nautilus, ha conosciuto la Dora. Colpo di fulmine: si sono visti, hanno parlato, sono usciti a bere qualcosa e ora stanno insieme. Non è un sogno irraggiungibile. Può succedere. Chissà se a me capiterà mai?

Tra l'altro la Dora è perfetta per Axel: anche lei è sempre vestita da cowgirl e ha degli stivaletti marroni stupendi, glieli invidio da morire. Fede mi ha detto che sono dei Sendra, costeranno almeno duecentomila lire. Non vedo l'ora di finire la scuola e avere un lavoro, cazzo.

10 gennaio 1997

Questa mattina Antonello è tornato a scuola, dopo una marea di assenze. È quasi rasato a zero. Mi sa che c'è lo zampino di suo padre in questo addio alla cresta. Comunque sta stra-bene e i capelli corti fanno risaltare quei suoi occhioni verdi.

Ho chiamato la Linda e dice che domani si va al Nautilus. Così a cena, mentre si parlava a tavola con i miei, ho azzardato un disinvolto:

«Forse domani sera vado al Nautilus con la Linda!»

«Ah sì? Ma non dovevi andare con la Astrid?» Mi è sembrato un sì non ufficiale da parte della mamma: stavo portando a casa il risultato!

«Sì, il piano iniziale era quello ma la Astrid ha la febbre e la Linda va su presto con i suoi. Sarebbe da sola per ore, le faccio compagnia!» ho specificato.

Improvvisamente, la mamma si è imbruttita e ha cambiato completamente atteggiamento: «Invece di preoccuparti delle serate, dovresti impegnarti nello studio! Quando arriverà la pagella vedremo se poi potrai ancora andare al Nautilus».

Che palle! Ma che cazzo vuole?! Non la sopporto quando fa la stronza e sfrutta i miei punti deboli.

Io domani ci vado e pure sabato, a costo di scappare di casa di notte. Che poi tanto, minimo per un mese, il Nautilus non lo vedo manco col binocolo!

Questa discussione m'ha mandata in para: in effetti, sono un po' preoccupata per le prime due ore di domani: c'è la possibilità che mi becchino in storia e sarebbero cazzi. Sicuramente, poi, le ultime due ore approfitto della giustifica, che non faccio i compiti da settimane.

11 gennaio 1997

> «Sono molto depressi i miei amici, e conosco il motivo di questa solitudine. Vi starò sempre vicino, amici, confidatevi, io per voi ci sarò sempre.» (rhcp)

Serata pazzesca: troppo bello!

Stavo già disperando perché non ero riuscita a combinare con le altre. Ho perso un casino di tempo al telefono e, nel frattempo, la Linda era già uscita con i suoi, quindi ho perso anche il loro passaggio.

Ma non mi sono persa d'animo e sono andata in piazza, dove ho beccato Dario con i suoi amici rappusi. Incontrare Dario è sempre una figata. Ci conosciamo dal primo giorno della prima elementare e ci siamo piaciuti subito, nonostante l'inizio tra noi sia stato turbolento. Mi riferisco ovviamente a quando, in prima elementare, ha volontariamente spezzato la zampa del mio cavallo bianco di Barbie o a quando ha fatto in mille pezzi il mio album di figurine di Denver, che avevo quasi completato. Superati questi fattacci, siamo diventati amici per la pelle. A volte ci vediamo o sentiamo ogni giorno, altre spariamo dai radar per settimane. Ma quando ci ritroviamo è sempre come ci fossimo visti un'ora prima.

In questi ultimi anni Dario ha cambiato diverse compagnie e ultimamente lo vedo uscire con questi rappettari. Sono un po' ridicoli con i loro pantaloni extra larghi della Intro e le giacche oversize da snowboarders ma, quando non fanno gli spacconi finti gangster di 'sto cazzo, sanno essere anche simpatici.

Siamo rimasti sulle panchine a far girare un paio di canne e sparare cazzate. Hanno citato mille battute tratte dal loro film preferito del momento: *L'odio*. Io non l'ho ancora visto ma, sentendo quanto sono gasati, deve valerne la pena.

Che poi, mi chiedo: perché i maschi hanno tutto questo spazio nel cervello per memorizzare interi spezzoni e infinite battute dei film? C'era una bella atmosfera, anche se stavamo congelando dal freddo. Più tardi ci siamo diretti al Nautilus, facendo prima tappa al mitico Circolino.

Mettendo insieme tutto quello che ho bevuto, è un bel mischione: una birretta, una sambuca con ghiaccio, una vodka alla pesca con la Lemonsoda. Quando siamo usciti dal Circolino ero un po' in aria ma c'ero.

La Linda, ovviamente, era già dentro al Nautilus e appena ci siamo beccate ci siamo sbattute sui divanetti a cazzeggiare un po', fino a quando non ho visto arrivare Fabri.

Gli sono corsa incontro e ci siamo abbracciati, ero veramente felice. Ho salutato anche Michi e gli ho scroccato una cicca che ho masticato per tutta la sera.

Verso l'una sono arrivate anche tutte le altre: la Astrid, la Paola con Mino – che è il suo nuovo ragazzo – e la Raffa. Che sorpresa: troppo bello! Eravamo tutti gasatissimi, anche se la musica era un po' una merda.

Avevo con me la macchina fotografica della zia Tata e ho scattato qualche foto qua e là. La Linda è andata a farne un paio a Michi e Fabri al posto mio, perché io mi vergognavo.

Ogni volta che ci incrociavamo, Fabri mi acchiappava: mi metteva una mano sulla pancia e con l'altra mi abbracciava. Stupendo, adoro la sensazione che mi dà avere le sue mani addosso. A un certo punto, era di spalle, l'ho abbracciato da dietro. S'è girato e non era lui:

«Scusa!! Pensavo fossi Fabri!», gli ho detto.

«Eh no, mi dispiace» ha detto Michi, sorridendomi e aprendo le braccia. Per un attimo, quella posa e i suoi capelli vaporosi, mi hanno fatto pensare a Jim Morrison.

Comunque, questa storia che Michi e Fabri si vestono nello stesso modo, sta un po' sfuggendo di mano!

Sono andata verso il vero Fabri, stava parlando con Marlon e mi ha accolta con un abbraccio.

Sono andata a sedermi per fumare una sigaretta e Michi mi ha raggiunta, sedendomi accanto. Senza dire una parola, ha preso la sigaretta dalle mie dita e ha fatto qualche tiro.

Ho appoggiato la mano sulla sua gamba, la facevo scivolare su e giù, accarezzandolo. Mi ha guardata, fissandomi per un secondo, mi ha appoggiato la sigaretta tra le labbra e si è alzato, allontanandosi verso il trespolo del palchetto rialzato. Mi fissava da lì: lo vedevo con la coda dell'occhio e me l'ha detto anche la Paola.

Mi sono alzata per sgranchirmi un po' le gambe e mi sono sentita abbracciare da dietro. Era Fabri. Che bello!

Vedendoci, si è avvicinato a noi Marlon, che gli ha detto:

«Lasciala stare!»

«Ma cosa vuoi?! È la mia fidanzata!» ha detto Fabri. Madonna è troppo carino, lo adoro. Mi ha chiesto cosa volessi da bere. Non mi andava nulla ma mi ha detto che si sarebbe offeso e ha insistito. Mi ha presa per mano e siamo andati insieme verso il bancone del bar.

Mentre aspettavamo da bere, si è spostato dietro di me e mi teneva abbracciata, stretta. Le mie spalle appoggiate al suo petto, le sue mani sulla pancia. A quel punto, avrei anche potuto morire lì così, talmente ero felice.

Ho bevuto un po' del mio cocktail e mi sono mangiata il limone che c'era dentro, il resto del drink l'ho smezzato con la Paola.

Stavo scambiando due chiacchiere con lei e vedevo Fabri armeggiare con il bracciale d'argento che aveva al polso.

Ha preso il mio braccio sinistro e me l'ha allacciato. Ci siamo guardati negli occhi ed era tutto pazzesco, non ci potevo credere. Gli ho preso il viso tra le mani e gli ho dato un bacio a stampo sulla bocca:

«Ricordati che devo partire!», mi ha detto.

«Lo so bene che parti, cazzo, mi viene da piangere ogni volta che ci penso!»

Ha riso.

«Cosa cazzo ridi?! Guarda che è vero!» ho aggiunto.

«È pesante… è davvero pesante!» ha detto, scurendosi in volto.

Non ho potuto far altro che abbracciarlo forte, aveva degli occhioni, continuava a ripetermi: «Ricordati che parto!»

Poi, mentre mi teneva tra le braccia s'è messo a ridere e ha detto: «Ti mando una cartolina anche dalla Liguria?»

«Sei serio? L'indirizzo ce l'hai ancora?» gli ho chiesto.

Ha guardato nel portafoglio e ha fatto no con la testa: «Dai scrivimelo di nuovo!»

Siamo andati dalla cassiera del bar, che ci ha dato un pezzo di carta e una penna. Già che c'ero, ho aggiunto il numero di telefono.

In quel momento è tornata da noi la Paola, dicendo che era ora di andare e che si era già occupata Linda di recuperare tutte le giacche al guardaroba.

Io e Fabri ci siamo salutati, ci siamo abbracciati e gli ho detto: «Ti voglio troppo bene».

Mi mancherà tanto.

12 gennaio 1997

Ovvero… le emozioni e i pensieri del giorno dopo.

È tutto così forte. Non riesco a smettere di guardarmi il polso: il gesto di Fabri è stato incredibile e commovente.

Stavo ripensando a quando mi ha detto: «Ricordati che devo partire» e ci siamo abbracciati stretti. Lì lui mi ha baciato i capelli. Che flash.

Comunque ho paurissima: che cambi, che si scordi di me.

Forse lui non ha idea di quanto valga il suo gesto: mi ha donato una cosa sua, un oggetto che indossava. Nessuno aveva mai fatto una cosa del genere.

Come faccio? Lo so che non cambia paese per sempre, starà via solo un anno ma un anno è infinito, cazzo.

Verso sera mi ha chiamata la Fly e ci siamo aggiornate a vicenda. La sua storia con Dedo sta andando davvero bene e sono felice per loro. Mi ha raccontato dei nuovi casini di Antonello: i suoi gli hanno beccato una canna. Suo padre s'è incazzato da morire e gli ha vietato completamente di uscire, può solo andare a scuola.

Conoscendolo si sarà preso malissimo, si chiuderà in se stesso ancora di più. Vorrei poterlo aiutare ma non ho davvero idea di cosa potrei fare per lui.

15 gennaio 1997

Questo pomeriggio sono andata con la zia Tata a ritirare le foto che ho fatto al Nautilus con la sua Olympus.

Ero gasatissima. Purtroppo ci sono stati un sacco di casini: foto sovrapposte, scatti neri.

Alcune foto si sono salvate anche se in quella fondamentale, quella con Michi e Fabri abbracciati che ha scattato la Linda, Fabri ha gli occhi chiusi. E vabbè.

Perché il tempo passa e non abbiamo il potere di fermare gli istanti, proprio come fanno le macchine fotografiche?

Perché non può essere sabato scorso per sempre, in un eterno loop?

16 gennaio 1997

Non riesco a riprendermi e non mi va di farlo. Ho solo voglia di sprofondare in questa sensazione di vuoto che sento alla bocca dello stomaco.

Sono cinque giorni che non mi lavo i capelli, sono super sporchi. La cosa bella è che non me ne frega assolutamente un cazzo e non ho nessuna voglia di sistemarmi.

La mamma mi sta addosso, è peggio che mai. È incazzatissima e mi fa solo venire voglia di starle lontana, infatti mi sono rifugiata in camera. Non so perché sia stata così ingenua da confidarmi con lei ma, nella speranza che potesse capire quanto stessi male, ho provato a spiegarle cosa mi stia succedendo. Non ho nemmeno finito la storia che mi ha interrotta con una frase allucinante. Ha detto: «Ma quante palle che hai per la testa: non sono mica queste le cose importanti della vita!»

Come ho fatto a illudermi che mi avrebbe ascoltata? Se non sono queste, le relazioni umane, le cose importanti della vita, quali lo sarebbero? I soldi? Forse per lei.

Forse è solo preoccupata ma, sta di fatto, l'unico modo che conosce per esprimersi è la rabbia e questo me la rende insopportabile.

Dice che la mia noncuranza verso me stessa denota quanto io sia assolutamente indifferente a qualunque cosa mi succeda.

In questi giorni sono così distrutta per la partenza di Fabri che non ho nemmeno la forza per aprire un libro, leggere e concentrarmi.

Quindi sì: effettivamente non mi frega un cazzo di niente.

È appena venuta in camera mia. Senza bussare, come sempre. Ha trovato la porta chiusa a chiave e ha iniziato a sbatterla, urlando. Quando le ho aperto, è entrata come un carro armato e mi ha aggredita con quel suo tono orrendo.

Ok, me li lavo, più che altro per rispetto di chi mi circonda. Bla bla bla. Ma vaffanculo.

Già che c'ero, ho optato per una cosa lunga e ho fatto un bel bagno, il che mi ha dato un sacco di tempo per tirarmi un po' di storie. Alla fine, la cosa che mi spaventa di più è l'idea che, le volte in cui io non sono al Nautilus, Fabri possa innamorarsi di un'altra.

Metti che sabato sera si fa una e poi ne sento parlare dagli amici di Fede? Non gli rivolgerei più la parola!

Comunque non penso regali bracciali d'argento a tutte quelle che incontra. Almeno, spero!

18 gennaio 1997 - always and forever

Ultimo sabato da uomo libero di Fabri.

Questa sera non sarei nemmeno dovuta uscire ma poi mi sono preparata super veloce e sono schizzata fuori.

Avevo paurissima che nessuno andasse al Nautilus, invece quelli della piazza si sono schiodati senza dover insistere. Livio mi ha chiesto se avessi notizie della Linda ma non avevo idea di cosa avrebbe fatto questa sera. Comunque mi ha colpita che abbia indagato così apertamente, di solito fa sempre il figo distaccato quando si tratta di lei. Si starà prendendo bene anche lui?

Siamo arrivati lì poco dopo mezzanotte e, appena abbiamo parcheggiato, ho visto Michi e Fabri.

Sono scesa di corsa dalla macchina e li ho raggiunti.

Michi andava stortissimo, era visibilmente fuori. Si è appoggiato a me per reggersi e siamo entrati noi tre insieme. Continuava a straparlare, diceva cose senza senso e in modo teatrale:

«Ho trovato la donna della mia vita, mi sorregge anche quando sto male!»

Al che, Fabri fa: «No be', aspetta un attimo!»

Continuavano a punzecchiarsi dicendo cose surreali, tirandomi in mezzo. Io non dicevo niente e fingevo un po' di indifferenza ma, dentro, mi stava scoppiando il cuore di gioia.

Una volta dentro, io e Fabri abbiamo sorretto Michi fino al palchetto rialzato. S'è lasciato cadere su un divanetto e mi ha detto: «Grazie tesoro!», dopodiché ha chiuso gli occhi e non si muoveva più.

Sono andata verso il bagno e ho beccato anche le altre, che erano appena arrivate. C'era una bella energia ma mi sentivo stanca, non avevo voglia di ballare e avevo fumato troppo.

Fabri era sul divanetto vicino a Michi, l'ho raggiunto e mi sono seduta di fianco a lui. Mi ha preso il polso, ha guardato il bracciale e mi ha sorriso. Ci siamo guardati un po', senza dirci niente. Si è avvicinato e abbiamo iniziato a darci dei bacini sulla bocca. Desideravo tantissimo che mi baciasse ma non avevo il coraggio di fare la prima mossa, temendo che potesse tirarsi indietro.

Invece poi, finalmente, ha posato con dolcezza le sue labbra sulle mie e ci siamo baciati sul serio. Era dolcissimo, stavo davvero bene.

Dopo un po' ho appoggiato la mia testa sulla sua spalla e lui ha chiuso gli occhi. Penso avessero bevuto davvero troppo prima di entrare e che gli fosse salita la sbronza tutta di botto.

Sono andata a ballare e, quando sono tornata, sono rimasta sul palchetto a schitarrare un po'.

Michi aveva ripreso colore e sembrava in forma. Ci siamo messi a ballare schiena contro schiena e culo contro culo, poi lui mi ha preso le mani ma io le ho tirate via di scatto.

Mi sono seduta un po' sul divanetto in zona palchetto.

Michi mi ha raggiunta e, senza esitare né darmi il tempo di valutare se la cosa mi stesse bene, mi è salito in braccio, a cavalcioni. Continuava a parlarmi ma non ricordo assolutamente cosa stesse dicendo. Le sue cosce, spalancate su di me, mi tenevano inchiodata al divanetto. Era un contatto assolutamente imprevisto ma così eccitante. Gesticolando, gli ho inavvertitamente sfiorato il pacco:

«Sì, però non toccarmi il pisello che è già mezzo duro e non so cosa può succedere!», mi ha detto nell'orecchio. Potevo sentire distintamente il suo profumo.

Se ne stava lì, sopra di me, sfatto, a due centimetri dalla mia faccia, con tutta l'aria di uno che, invece, sì che vuole che glielo tocchino.

Ha preso la mia mano e l'ha appoggiata proprio lì. Ridendo, ha mimato il gesto di una sega. Quindi sì che ne voleva.

So che avrei dovuto resistere ma non ce l'ho proprio fatta ad andarmene quando ha iniziato: non ho nemmeno avuto il tempo di ragionare. Mi faceva impazzire il fatto che l'iniziativa fosse stata tutta sua e poi la cosa era davvero troppo eccitante per mandarlo via.

All'improvviso, mi ha infilato un braccio sotto la maglietta, poi dentro al reggiseno. Ha impugnato uno dei miei seni, stringendolo. Con l'altro braccio mi ha afferrata per la schiena. Ha avvicinato il collo alla mia bocca. Glielo baciavo mentre lui premeva il mio corpo al suo. Io non ci capivo più un cazzo.

Ci siamo fissati dritti negli occhi, si è avvicinato e, finalmente, mi ha baciata. Le nostre lingue si sono sfiorate.

Poi è impazzito.

Si è staccato di scatto. Ha mollato la presa, sempre stando a cavalcioni su di me e ha iniziato a urlarmi di andare affanculo. Non smetteva mai.

Gli continuavo a chiedere:

«Perché?!» ma non mi rispondeva. Diceva solo: «Vaffanculo! Vaffanculo, cazzo!»

Poi ha aggiunto: «Se solo la tua mamma e il tuo papà avessero pensato a te qualche anno prima!»

All'improvviso si è alzato, e si è allontanato. Si è appoggiato al muro, completamente stravolto, continuando a fissarmi. Dio, quant'era bello.

Mi ha mandata di nuovo a fare in culo, accompagnando il tutto con entrambe le dita medie alzate. Poi se ne è andato.

Io ero sconvolta. In pochissimi minuti si erano alternati una serie assurda di eventi ed emozioni.

Ero come paralizzata, ancora seduta sul divanetto. Sedotta, abbandonata e tramortita.

Dovevo avere un'aria sconvolta perché il Cowboy, che stava passando di lì, è venuto a sedersi al mio fianco, mi ha messo una mano sulla spalla e mi ha chiesto se fosse tutto ok.

Non avevamo mai fatto grandi conversazioni ma ero così in aria che mi sono lasciata andare, sfogandomi con lui.

Gli ho raccontato della serata, sia di Fabri che di Michi. Ha sentenziato: «Quelli sono due coglioni! Non capisco cosa ci trovi in loro, stagli lontana! E poi Michele avresti dovuto mandarlo tu a fare in culo, chi cazzo pensa di essere?»

Michi stava tornando da me, il Cowboy l'ha visto e si è alzato: «Me ne vado se no gli metto le mani addosso!», m'ha detto.

Michi si è avvicinato con l'aria divertita e, per l'ennesima volta, ha esclamato: «Vaffanculo».

È tornato da me e ho allungato le braccia, nel tentativo di cacciarlo via. Mi ha acchiappata per i polsi e mi teneva stretta. Cercavo di liberarmi ma lui non mollava la presa e non se ne andava.

«Sono proprio una cretina: prima ero con Fabri e stava andando così bene! Poi sei arrivato tu a rovinare tutto!»

Mi ha lasciata andare, ha indietreggiato e ha detto: «Cazzo! Vi siete fatti tu e Fabri!?»

Poi ha aggiunto: «Ok, comunque la lingua in bocca a me non me l'hai messa!»

Sentivo le lacrime arrivare: «Arrivi qui, inizi a fare il coglione... e io deficiente che ci casco!»

A quel punto Michi si è trasformato, improvvisamente è diventato dolcissimo. Mi ha spostato i capelli dietro l'orecchio e mi ha baciato la fronte: «Scusa!»

Non dicevo una parola.

«Scusa, ho detto», ha aggiunto.

Di botto ho iniziato a sentire un gran freddo. Volevo andare a cercare Fabri, avevo paura che avesse visto tutto.

«Dai Michi, levati per favore! C'è solo da star male con te!»

Ho intravisto Fabri nella folla e l'ho raggiunto. Nel dubbio che potesse aver assistito a quel delirio e di avere rovinato tutto, gli ho detto: «Il tuo amico Michele è proprio un coglione!»

«Perché?! Cos'ha fatto?!»

Stavo per raccontarglielo ma ho capito che non sapeva niente e ci ho ripensato. L'avrei perso sicuramente. Non mi avrebbe mai più voluta. Mi sono seduta su una cassa e l'ho preso per un braccio: «Ricordati che ti voglio bene».

Mi ha stretta forte e ci siamo dati un bacio stupendo. Stava un po' male e si è seduto per terra: «Se mi alzo vomito!», mi fa.

Mi sono seduta sul pavimento con lui, prendendolo per mano. Ci siamo abbracciati e mi ha dato un bacio proprio tenerissimo. Non me ne sarei mai andata.

Ero super triste e lui continuava a dirmi di sorridere, che non mi voleva vedere così. Mi ha dato un bacino sulla fronte. Ho ricambiato dandogli un bacio sulla testa e sono andata a cercare Fede e i suoi amici, per capire se fosse arrivato il momento di andare.

Poco dopo, Michi e Fabri sono venuti a salutarci. Michi mi ha dato un bacio sulla guancia ma io non ho partecipato, rimanendo immobile. Me ne ha dato comunque un altro. Io sempre impassibile.

Fabri mi ha abbracciata e ci siamo dati un bacio sulla bocca. Così, davanti a tutti, come fosse la cosa più normale del mondo. Gli voglio davvero molto bene.

25 gennaio 1997

Mi ha chiamata la Linda per fare due chiacchiere. Mi ha aggiornata un po' sul suo tira e molla con Livio. Dice che in questi ultimi giorni lui è stato molto carino con lei: una sera l'ha addirittura portata fuori a cena. Al ristorante, però, le ha fatto una scenata di gelosia, accusandola di fare la scema con il cameriere. La Linda è convinta che questa sia una cosa positiva: «È geloso, vuol dire che ci tiene!», mi ha detto.

Io penso che siano tutti e due un po' fuori di testa. Se il tizio con cui esco mi insultasse perché sono una persona educata e sorrido al cameriere che mi sta gentilmente servendo, credo che lo manderei affanculo. Specie se appena giro lo sguardo, è lui il primo a fare il piacione con qualunque essere femminile vivente nei dintorni.

Mi ha anche raccontato un po' del Nautilus di ieri sera: Michi e Fabri non c'erano. In questi casi posso tirare un sospiro di sollievo: restando a casa non mi sono persa niente.

Questo pomeriggio sono stata in centro con la Fly e Dario. Lei e Dedo, ultimamente, sono un po' in crisi. La Fly mi ha fatto una richiesta un po' assurda: «Puoi evitare di cagare Dedo quando lo vedi? Se viene a parlarti o a fare il simpatico… sì, insomma, tu non dargli corda, ok?»

All'inizio pensavo fosse perché, avendo loro due litigato, le sembrava importante la mia alleanza. Insomma, mi son detta, vuole che sia chiaro che se loro scazzano, io sto con lei. Invece, alla mia richiesta di spiegazioni, la Fly mi ha detto che teme che lui abbia un interesse per me.

Posto che a me Dedo sta super simpatico – e non è assolutamente il mio tipo – dubito fortemente che io possa piacergli. Da dove le viene 'sta paranoia? La Fly è una delle ragazze più fighe e alternative della scuola. È perfetta! Non ha nessun senso pensare che Dedo possa preferire il mio metro e cinquantotto al suo metro e settanta con misure da modella, condito da lunghi capelli biondi, occhi azzurri e faccia da svedese.

Mi dispiace che non potrò parlare con lui per un po' perché mi fa veramente molto ridere ma se la Fly si sente più tranquilla così, ok, cercherò di evitarlo.

E comunque, speriamo che se la risolvano in fretta e che si torni a spaccarci tutti insieme al più presto senza menate perché è la sola cosa che mi rende accettabile la vita in questa cazzo di scuola.

28 gennaio 1997

10.55 - intervallo

Questa mattina sono entrata alle nove, ho preso il treno più tardi del solito con la Astrid e siamo andate ai giardini io, lei e la Bea. Ho cercato di trovare uno spazio nella loro routine e devo ammettere che ci siamo divertite.

La Bea è una bella tipa, ha un modo di fare affascinante ma non sono certa che sia completamente «una di noi». È figlia unica, arriva da una famiglia super benestante e mega conservatrice e, a volte, ho la sensazione che si sia avvicinata alla Astrid e al suo gruppo solo per fare un po' la ribelle, diciamo. Lo dico perché non le interessa molto la musica – che invece per me è fondamentale – ma si veste comunque come noi. Sarà solo una fase o diventerà davvero parte del nostro gruppo? Magari presto si stuferà e si adeguerà agli standard delle famiglie di spandi che frequentano i suoi? La cosa irritante è che riesce a farsi comprare dai suoi tutti i vestiti più fighi dei negozi su cui noi sbaviamo per mesi e questa cosa mi fa un'invidia pazzesca. In questo senso, mi sembra un po' viziata. È anche figa ma sono sicura che è grazie al suo atteggiamento che conquista i ragazzi che le piacciono – si capisce da come parla di loro. Mi chiedo: li conquista perché è molto sicura di sé o è sicura di sé perché è una che ottiene sempre quello che vuole? Ho sicuramente molto da imparare da lei. La osserverò.

Ci siamo sedute sul ciglio della fontana degli Estensi per fumarci una canna e ho fatto caso che qualcuno, con un pennarello indelebile, ci ha scritto su: «Ti spolperei la figa come un gamberetto». Sarà che eravamo un po' fatte ma, dopo averlo letto, abbiamo riso per un quarto d'ora. Quale mente contorta può aver partorito un pensiero del genere?

Ho raccontato alle ragazze dell'ultimo Nautilus.

La Bea ha voluto conoscere tutti i dettagli su Michi e Fabri: «Prima o poi dovrò vederli questi due! Specie per la faccenda del bel culo, devo giudicare di persona!»

Ho detto che le ultime serate sono state così perfette che adesso potrei anche morire.

La Astrid ha detto: «Ma come? Scusa ma non vuoi sapere cosa succede dopo? Non vorresti sapere com'è farlo con Fabri?»

Be' sì, ha ragione, certo che lo vorrei. In effetti morire vergine, che spreco sarebbe? La Bea, allora, ha aggiunto il carico da novanta: «Ma fammi capire, visto che secondo me sei alle cozze per tutti e due: a 'sto punto farti dare una botta anche da Michi, no eh? Anzi, facciamo un gioco: se potessi scegliere con chi farlo, chi vincerebbe?»

Bel dilemma. Ma a questo punto, fantastichiamo per bene: perché scegliere? Mi farei una nottata un bel po' cattiva con Michi e, sicuramente sì, con Fabri vorrei proprio farci l'amore.

Che tenerona, eh?

3 febbraio 1997

Questa mattina ho incontrato Antonello fuori dalla stazione. Mi ha detto che il suo bus era arrivato con un po' di anticipo e non aveva voglia di farsi la strada da solo, così ha pensato di aspettarmi.

Di per sé, sarebbe anche una cosa carina ma lui ha questa incredibile capacità di far passare ogni cosa come una specie di «non avevo di meglio da fare, quindi eccomi qui con te».

'Fanculo Antonello. Non mi stancherò mai di mandartici.

Tra la stazione e l'ingresso della scuola è riuscito a farmi ridere ma anche a farmi girare il cazzo: mi ha detto che sono brutta, grassa e bassa. Sinceramente, non ho capito se scherzasse oppure no.

Non mi sono scomposta un granché, comunque: gli ho detto che, poverino, è solo un immaturo. E no, io non scherzavo.

Al cambio della prima ora Dedo è entrato nella nostra classe. Pensavo fosse lì per la Fly, invece mi ha portato la cassettina dei Misfits. Che grande! Non ricordavo nemmeno più di avergliela chiesta – e per fortuna che hanno fatto pace, se no chi la sentiva la Fly.

L'ho ascoltata nel pomeriggio: mi fa abbastanza cagare. Me la sono comunque duplicata perché c'è su *Last caress* e quella mi piace – anche se la versione che ne hanno fatto i Metallica, per me, è notevolmente migliore.

Domani o dopo vado a comprarmi dei jeans, così avrò qualcosa di nuovo da mettere per il prossimo Nautilus.

Prima di mettermi a letto, ho chiamato Radio Gufo. Ho chiesto il pezzo di Marilyn Manson, quello lunghissimo che si intitola *Sweet Dreams*. Lo mettono sempre al Nautilus ed è lì che l'ho sentito per la prima volta. Vorrei che quella fosse la mia casa. Io lo amo quel posto.

6 febbraio 1997

Oggi pomeriggio sono andata a Varese con la Astrid: ho preso un paio di 501 neri scurissimi, la 26! Era perfetta!

A volte mi chiedo se Fabri possa essere arrabbiato con me: magari Michi gli ha raccontato di quella famosa serata. Spiegherebbe perché non si sia mai fatto sentire.

Comunque è incredibile: non passa giorno che non lo nomini o non lo pensi. Questa cosa mi fa incazzare con me stessa perché mentre io mi ammazzo di viaggi e paranoie per lui, magari Fabri sa anche cos'è successo con Michi ma non gliene frega un cazzo.

In ogni caso, sta di fatto che non si fa sentire e la sua cartolina dalla Liguria non arriva: è comunque un segnale.

Ok, basta con le seghe mentali: domani o, mal che vada, tra qualche altra settimana, saprò cos'è successo.

Sul treno del ritorno, questa sera, riflettevo con la Astrid che è un anno esatto che un ragazzo non mi tocca – che non mi tocca nel vero senso della cosa. Da quella volta che io e A. siamo rimasti in macchina a farci i cazzi nostri mentre gli altri facevano serata. Un anno!

8 febbraio 1997

Che delusione! È brutto quando ti aspetti che succedano delle cose che poi, invece, non accadono.

Ho passato da mezzanotte all'una a tenere d'occhio le porte della sala Rock per vedere entrare Fabri ma niente.

Fortunatamente c'era la Didi e abbiamo avuto modo di chiacchierare un po'. Le ho chiesto come stia andando con Fede e mi ha detto: «Bene, anche se sai com'è fatto tuo fratello: a volte è un po' complicato».

Le piacerebbe avere una storia vera ma rispetta la regola base che lui ha imposto; mi ha detto qualcosa tipo: «Fino a che sta studiando all'Università, deve concentrare le energie sullo studio. Dopo la laurea potrà metterci la testa e sarà tutto diverso».

Povera Didi. Non le ho detto niente ma mi sembra un discorso un po' campato per aria: faccio fatica a capire come lo studio sia un impedimento se sei innamorato di qualcuno.

Il Cowboy deve avere notato che aveva campo libero e cercava continuamente di attaccare bottone. Era tutto tenero e mi ha detto anche delle cose spiritose ma non avevo assolutamente testa per lui. A fine serata, quando sono andata via, non avevo voglia di cercarlo e non l'ho salutato.

Mi sta davvero sul cazzo essermi giocata il jolly Nautilus per una serata così insulsa ma, vabbè, non tutte le uscite possono essere perfette.

Settimana prossima c'è la festa di carnevale: sicuramente ci sarà più gente interessante e la serata sarà divertente. Noi ci travestiamo per forza da sguasce.

Tra una settimana partirà anche Michi: farà in tempo a venire alla festa o sarà già via?

Se è vero che il CAR dura venti giorni, come mi ha spiegato A. tempo fa, credo che domani ci sia il giuramento di Fabri.

Mi manca. Mi mancano i suoi sorrisi, le sue mosse, le sue espressioni del viso, i suoi occhi, le sue mani sulla mia pancia, gli abbracci, le volte in cui mi tirava su di peso e i suoi baci. Ma più di tutto, specie dopo ieri sera, mi manca la certezza di andare al Nautilus e sapere che lui sarà lì, sulla pista rialzata e che mi viene incontro quando mi vede.

Nel primo pomeriggio ho chiamato la Astrid, m'è parsa un po' distante. Come temevo, è così presa dalla nuova compagnia di Lupo e della Bea da non avere testa per altro. Al telefono ho parlato quasi solo io, non mi ha raccontato niente.

Non mi piace l'andazzo che sta prendendo la nostra amicizia.

E così un altro we è giunto al termine.

Domani scuola, non ce la posso fare.

14 febbraio 1997

I genitori della Astrid oggi erano via e ho passato la giornata intera da lei. Ci siamo divertite un sacco.

Mentre rientravo verso casa pensavo alle mie amicizie e devo ammettere che le cose sono proprio strane ultimamente. È come se tutto fosse sempre in costante cambiamento.

Con la Astrid va davvero a momenti e sono un po' preoccupata. Mi mancano un casino i pomeriggi in camera sua, sul letto a fumare e cazzeggiare mentre mi racconta tutta gasata le trame dei libri che sta leggendo.

Ultimamente era entrata in fissa con i fumetti di Andrea Pazienza e andava a caccia delle sue tavole anche al Libraccio, nella speranza di allargare il più possibile la sua raccolta o beccare edizioni uniche da collezione: chissà se ha trovato qualche pezzo nuovo, di recente? Non so più niente.

Nell'ultimo periodo ci sono state tantissime situazioni in cui non l'ho riconosciuta: parla in modi che non sono suoi – o nostri – e anche negli atteggiamenti è strana, diversa. Comunque, in generale ho la sensazione che di me non le importi più molto e non dia molto peso al distacco che si sta creando. Tutto questo inizia a farmi stare sul cazzo Lupo.

Con la Paola e la Raffa ci vediamo davvero pochissimo: capisco che la Paola sia meno interessata alle serate da quando sta con Mino. Che poi, se penso alla loro storia, è la più assurda di sempre. Mino e la Paola sono vicini di casa fin dai tempi delle elementari e non si sono mai cagati: si sono sempre limitati a un disinteressato «ciao» – «ciao», quando si incrociavano sul vialetto, ma niente più. Poi una sera la Paola ha perso il suo gatto, Gizmo. Lo ha cercato disperatamente per tutto il quartiere e, alla fine, dov'era? Bello pacifico nel giardino di Mino. La Paola l'ha visto attraverso il cancello, ha citofonato, Mino ha acchiappato Gizmo, gliel'ha portato fuori e loro due si sono parlati per la prima volta. Mino qui è stato abbastanza un figo, secondo me, perché le ha detto qualcosa tipo: «Ti ho ritrovato il gatto, sei in debito: mi accontento di portarti fuori per una birra, come ringraziamento!» E il resto è storia: Paola lentamente è sparita dai radar.

C'è da dire, però, che quando riusciamo a vederci è sempre bello, tutto come sempre.

Anche con la Fly il rapporto è altalenante. Ha un sacco di alti e bassi con Dedo e questo si ripercuote anche nell'amicizia. Ha il bruttissimo vizio di eclissarsi quando le cose vanno bene con lui e tornare solo per sfogarsi, quando sta male. Io ci sono, finché non mi stufo, ma penso che potremmo condividere anche i periodi belli. Fortunatamente ci vediamo tutti i giorni in classe, se no lei è un'altra che si farebbe vedere ogni morte di Papa.

Femmine. In amicizia siamo meno intelligenti dei maschi.

Con la Betta e la Yuna, grazie al cielo, va tutto bene: siamo sempre noi, le scappate di casa dell'ultimo banco.

In effetti la Yuna è stata una vera scoperta: all'inizio del ginnasio era tutta timidina e un po' chiusa nel suo guscio ma ho notato che, forse anche grazie alla nostra amicizia, sta tirando sempre più fuori il suo carattere e mi piace un casino.

E poi c'è la Linda. La più scoppiata di tutte, nonché quella che riesce a darmi più sui nervi e, paradossalmente, quella con cui il legame – almeno in questo momento – è più sereno. Speriamo che duri!

16 febbraio 1997

Subbuglio esistenziale.

Si prospettava una serata praticamente fantastica e invece…

Sono andata dalla Linda dopo cena e suo padre ci ha accompagnate al Nautilus sul presto. Con noi sono venute anche la Betta e la Yuna, quindi eravamo un bel gruppetto!

Abbiamo cazzeggiato fino a mezzanotte, poi è iniziata la musica bella e siamo andate a ballare.

Dopo un po' sono arrivati Michi e Fabri e non ricordo assolutamente come né quando ci siamo salutati, forse perché metà del pre-serata l'abbiamo passato a bere whisky. Vabbè.

Mi ricordo, però, che ho chiesto a Fabri come stiano andando le cose a militare e mi ha detto: «Ma insomma… benino!»

Aveva una bandana blu, per coprire la testa rasata. Comunque, se anche l'avesse tolta, il suo aspetto non avrebbe perso nessun punto. Ora che ha tagliato i capelli, ho anche fatto caso che ha dei piccoli orecchini ad anello ai lobi. È davvero troppo un figo. Ha ballato tutta la sera, non l'ho visto seduto mezza volta. Io, invece, mi sedevo ogni due per tre, ero devastata dalla stanchezza e le gambe non mi reggevano.

Ero insospettita dal fatto che Fabri si tenesse sempre a distanza da me, visto che ultimamente abbiamo passato le serate appiccicati, così sono andata da Michi:

«Tu ti ricordi cos'è successo l'ultima volta?!» – domanda retorica.

Ha fatto una faccia del cazzo con un ghignetto sorridente.

«Non è che, per caso, lo hai raccontato a Fabri?» gli ho chiesto.

«Sì, ovvio! È il mio migliore amico!»

«Cazzo! Be' vaffanculo Michi però!! E lui?»

Non mi rispondeva.

«Oh! Dai cazzo!! E lui?»

«E lui niente!»

«... Ok, di preciso cosa cazzo gli hai detto?»

«Che m'hai messo la lingua in bocca!»

«Ah quindi gli hai pure mentito? E tutta la parte prima? Saltata? Cazzo se sei stronzo!»

Mi sono girata verso Fabri, che nel frattempo si era avvicinato:

«Guarda che non è vero che gli ho messo la lingua in bocca! Non è andata proprio così!»

Ha fatto segno che non riusciva a sentire, con un'espressione super seria. Non mi guardava mai in faccia.

«Fabri, sei incazzato?» Gli ho chiesto.

Ha fatto no con la testa, senza aprire bocca. Non avevo energie né voglia per districarmi in questa situazione, in più c'era la musica a un volume folle e sovrastarla con la voce era faticosissimo, così sono tornata dalle altre. Mi sono messa a ballare con la Linda.

Sono andata a prendere dell'acqua e, mentre ero al bancone, mi sono sentita due mani sui fianchi. Finalmente: quindi con Fabri era di nuovo tutto a posto. Mi giro. Era un perfetto sconosciuto. Che sfigata, cazzo!

Poco dopo, però, il vero Fabri mi è passato accanto e mi ha abbracciata: gli ho scroccato una cicca. Volevo solo avere una scusa per tenerlo lì e parlare un po' ma, dopo avermela data, si è dileguato. A quel punto ero nervosa, incazzata e tristissima.

Mi sono spostata sui divanetti a cazzeggiare, sperando che Fabri mi avrebbe raggiunta e ci saremmo chiariti. Invece era il Cowboy che continuava a venire da me. Era in forma, bello carico e agguerrito e continuava a provocarmi e tirarmi le storie. Io non reagivo nemmeno ma, a un certo punto, pesantissimo, mi fa:

«Apri gli occhi: a Fabrizio non gliene frega un cazzo di te! E, siccome io sono stronzo e i cazzi miei non me li so fare, sono anche andato da Axel a chiedergli come stanno le cose. Me l'ha detto anche lui che a Fabri di te non frega un cazzo. Vi siete fatti solo perché era ubriaco! Ma poi cosa pretendi? Hai quindici anni e lui venti! Io queste cose te le dico perché, al contrario di quello stronzo, ti voglio bene... e poi voglio stare con te!»

Che rabbia. Queste parole mi hanno demolita. Stavo così male che sono andata a chiudermi dentro al cesso per stare da sola, lontana dal casino e, soprattutto, dal Cowboy.

«... Dopo tutto, tu hai quindici anni: Fabrizio venti!»: questa frase del cazzo del Cowboy continua a girarmi in testa.

«Ok, lui ne ha venti e per lui ho perso la testa, tu ne hai diciassette e per te non provo assolutamente nulla, anzi potendo tornare indietro eviterei anche di limonarti». È così che avrei dovuto rispondergli.

Ieri sera Fabri era distante, voleva esserlo, voleva che mi togliessi ogni tipo di illusione: voleva solo farmi capire che per lui non sono niente di importante. Diciamo pure che per lui non sono niente.

Ho sbagliato, ho sicuramente dato importanza a cose che lui ha fatto con leggerezza.

Dopo A. ho sbagliato tutto, mi sono imbattuta solo in persone sbagliate. Forse lui era davvero l'unico col quale potevo stare bene: quel fantastico giorno di aprile del '95 è arrivato lui e mi ha resa la persona più felice del mondo, per un anno intero. Pensavo non sarei mai stata capace di dimenticarlo ma un bel giorno ho incontrato Michi e per lui mi sono proprio umiliata: non dimenticherò mai la serata in cui si faceva la tipa con la gonna lunga. Poi è arrivata la storiella con Antonello – come cazzo ho fatto a finire con un quindicenne? – Alla fine ho conosciuto Fabri, pieno di carinerie e attenzioni: come non volergli bene? Avrei dovuto scoprirlo prima! E adesso mi mancava giusto il Cowboy. Tenero sì, però che palle!

Non so se sia stato più stronzo perché non si è fatto i cazzi suoi o perché mi ha aperto gli occhi, senza mezzi termini.

Evidentemente ero l'unica a non vedere la realtà. Chissà quante risate si sono fatti alle mie spalle, tutti quanti.

E comunque Michi è proprio un bello stronzo: viene lì, mi abbraccia, mi mette le mani addosso. Poi va dal suo amico e rigira la frittata.

Ma la cosa che mi manda più fuori è Fabri. Le volte in cui mi abbracciava non era ubriaco, la cartolina non me l'ha scritta da ubriaco – credo. Le volte che siamo andati insieme a bere per mano non era ubriaco. E il bracciale? A questo punto, se lo può anche riprendere.

17 febbraio 1997

E adesso eccomi qui, in treno. Primo giorno di scuola dopo dieci giorni di vacanza.

Cazzo, sono a pezzi, la sveglia stamattina è stata devastante.

Questa notte, poi, ho fatto un sogno del cazzo. Michi mi aveva telefonato e, mentre parlavamo del più e del meno, arrivava sua madre. Continuava a interromperci e a chiedergli cosa stesse facendo.

«Mamma lasciami in pace, sono al telefono!» diceva lui.

«Sì ma con chi?!»

«Ma saranno fatti miei?!» ribatteva.

«Be' ora basta, attacca: devi decidere adesso se vuoi venire con me o stare con tuo padre!»

«Vengo con te, te l'ho già detto!» rispondeva lui.

E poi sua madre interrompeva la chiamata, buttando giù la linea.

I sogni sono allucinanti: è ovvio che questa sia la mia di vita e quella sia la mia di madre.

Sono squallidi anche i miei sogni, non solo la mia esistenza.

Sono a scuola e sono solo le 10.50. Oggi non passa più.

Ho approfittato dell'ora buca per studiare geo, ho appena finito. Mi sento la testa leggerissima, sono un po' brasata. Sono tranquilla, rilassata e ho la paradossale sensazione che la mia vita appartenga a qualcun altro, come se io non ci fossi davvero.

«Astrid, mi sembra di vivere la vita di qualcun altro». Lei ride sempre quando glielo dico ma io sono seria. È davvero una sensazione che avverto spesso. Ultimamente mi capita con anche maggiore frequenza del solito.

Non so come descriverlo in altro modo se non con quelle parole. È come un senso di distacco da sé. È come vedere la propria vita scorrere: fai delle cose, parli, vivi ma non ci sei davvero, succede tutto grazie al pilota automatico. Sei parzialmente sconnesso da te stesso.

Succede solo a me o è una sensazione che tutti provano?

Al netto di questo, pagherei per poter tornare a casa adesso e buttarmi a letto.

Chissà se Michi è già partito a quest'ora? Oggi è il giorno.

Penso di sì: non so perché ma me li immagino andare via di mattina presto, quelli che iniziano la naja. Quindi, oltre all'anno della vita rubato, c'è anche la pena della sveglia con il buio: un incubo in piena regola.

Da questo punto di vista, essere maschi non dev'essere bello per niente.

Questa faccenda del militare comunque, mi ricorda quando stavo con A. Era in licenza quasi ogni fine settimana ma non mi chiamava mai quando tornava dalla caserma. Mi doveva sempre andare di culo che ci beccassimo in piazza quando aveva i weekend liberi. È anche vero che non gli ho mai detto esplicitamente che avrei voluto che mi avvisasse. Forse mi piaceva il brivido della sorpresa. Ci sarà? Non ci sarà? Passeremo un bel fine settimana o sentirò la sua mancanza fino al prossimo?

Pensavo che A. fosse ormai storia vecchia ma mi sorprendo spesso a vagare nei ricordi, specie in quelli dei primi mesi insieme. Ora mi sembra completamente un'altra persona, qualcuno che non conosco.

Mi prende un po' la malinconia, se ci penso.

25 febbraio 1997

Sto mettendo in pratica il mio piano dimagrimento: voglio assolutamente perdere almeno tre chili. Se non sarò mai alta, almeno voglio essere magra come la tipa con la gonna lunga che si è fatta Michi. È veramente bellissima.

Devo ammettere che non mi sta costando fatica: ho lo stomaco chiuso e non sento mai la fame, quindi mangiare poco o saltare i pasti non mi richiede grande impegno.

Ieri sera non ho cenato e oggi sono stata attenta. Per cena ho mangiato una mela.

Oggi pomeriggio sono andata a vedere *Trainspotting*. Niente da ridire sul film: è molto bello! C'è quella scena del bambino nella culla, però, che m'ha presa un po' male e continua a tornarmi in mente.

Anche a cena non ho mangiato quasi un cazzo: tre patate arrosto. Dopo cena, stavo per bere una camomilla in santa pace in cucina, ascoltando la musica che mi piace e pensando ai cazzi miei, ma poi è arrivato Fede. Ho versato il resto della tazza nel lavandino e sono salita in camera.

Non mi piaccio più.

Mi sento brutta, grassa e antipatica.

Ho voglia di fumare: ho sempre voglia di una sigaretta ma se inizio anche a casa sto messa proprio male.

Si avvicinano le vacanze di Pasqua, non vedo l'ora.

«Fai agli altri ciò che loro hanno fatto a te...»

La Linda mi ha scritto questo pezzo di canzone dei Metallica sulla Smemo. Ha saltato la parte più importante del testo, il che stravolge completamente il concetto della canzone:

«... ma dove diavolo va a finire questo mondo?»

Ecco, ora è tutta un'altra storia.

Che bello: domani assemblea, cazzeggio totale!

28 febbraio 1997

Ok che oggi volevo starmene a casa ma la febbre non la volevo. Mi sono svegliata alle sei e mezza con i crampi allo stomaco, poi ho vomitato un paio di volte. Mi è salita la febbre a 38 e ho dormito tutto il giorno.

Come tutte le volte in cui sono ammalata, mi sento super vulnerabile e mi viene da piangere per qualunque cazzata. In più sto leggendo *Meno di zero* di Bret Easton Ellis che è fighissimo ma anche una mazzata assurda e forse per come è compromesso lo stato della mia emotività al momento, potrebbe non essere esattamente il libro più azzeccato. La storia gira attorno a una manica di giovani stronzi ricchi e superficiali. Possiedono talmente tanto che non sono più capaci di emozionarsi con niente e, pur di provare qualche sensazione, arrivano a fare cose sempre più mostruose. A tratti, mi fa un po' pensare alle teste di cazzo viziate della mia scuola, anche se mi auguro che tra loro non ci sia nessuno in grado di compiere cattiverie così estreme.

Mi gira tantissimo il cazzo: domani sera le Porno riviste suonano a Gavirate. Non sono eccessivamente amante del punk ma le Porno sono la band più figa del Varesotto. Tommy, il cantante, è un figo allucinante e i suoi testi vanno completamente al di là dello stereotipo legato a quel genere musicale. Mi sto consumando la cassettina che mi ha prestato la Fly e ci terrei un sacco a vederli suonare dal vivo. Io e lei, poi, avevamo deciso che ci saremmo andate con Dedo e Antonello, invece è ovvio che salta tutto, almeno per me.

Verso le sette Axel è venuto a trovare Fede. La sua storia con la Dora procede a gonfie vele, si capisce che Axel è uno da storie lunghe. Fortunata lei, la Dora, con quei suoi incredibili stivali e un fidanzato bellissimo che le vuole bene. La mamma lo ha invitato a restare per cena: pizza e coca cola per tutti. Axel piace davvero a chiunque, persino alla mamma. È incredibile come diventi simpatica e ospitale quando c'è lui nei paraggi.

Ero contenta che restasse a mangiare con noi ma, allo stesso tempo, rivederlo mi ha fatto ripensare alle cose brutte che ha detto al Cowboy di me e Fabri.

Ci ho pensato un po' e mi sono accorta che non sentivo niente.

Sono diventata insensibile al tema?

Guardo il bracciale che mi ha regalato e non provo più nulla, penso alle serate con lui e non provo nulla.

Ce la sto facendo.

6 marzo 1997

È quasi ora di cena. La Astrid e la Linda sono andate via poco fa. Abbiamo passato il pomeriggio a fare esperimenti con la candeggina e mi sono appena accorta che ho macchiato un pochino la maglietta bellissima della Onyx che avevo addosso. Cazzo. Siamo state tutto il tempo giù di sotto, nel locale lavanderia della mamma: ognuna di noi ha portato un capo d'abbigliamento che non mette da un po' e abbiamo provato a farlo scolorire. Avevo letto da qualche parte che se fai dei nodi ai vestiti e li lasci a mollo in acqua e candeggina, il tessuto si cuoce un po' e dove c'era il nodo, la colorazione si trasforma: in pratica il capo esce a macchie ma macchie fighe. La Linda ha portato una maglietta rossa e la Astrid una sua vecchia maglia dei Queen. Io ho fatto l'esperimento con una canottiera nera. Non mi sono fidata a osare con qualcosa di troppo figo: ho pochissime cose belle, metti che poi si sputtanano?

Prima di cena scendo a recuperare tutto: li sciacquo e li stendo. Devo stare super attenta a lasciare i vestiti a bagno il tempo esatto perché scoloriscano tatticamente, che se rimangono a mollo per troppo tempo si bucano e sono da buttare.

Un tipo di Vigevano ha appena telefonato a Radio Gufo, ha chiesto una canzone, poi ha detto: «È dedicata a Michi e Fabri, dicendo loro di non volare troppo».

Ma sono quei Michi e Fabri? Però il tipo è di Vigevano mentre loro sono di Milano. Forse è solo un caso.

Fatto sta che un minuto fa non ci stavo pensando a quei due e adesso eccomi qui.

Le magliette sono uscite una bomba, specie quella dei Queen della Astrid che adesso ha delle striature fighissime che sembrano fatte apposta: che culo! La maglia della Linda è passata da rossa a rosa e ha degli effetti incredibili. La mia è carina ma non so se la metterò molto, vediamo.

8 marzo 1997

Festa della donna: Nautilus.

La Astrid ha passato il pomeriggio dalla Raffa, così dopo cena ho preso il treno delle dieci e mezza e sono scesa ad Albizzate per incontrarle. Sono arrivate in stazione quasi subito dopo il mio arrivo. Appena sono salita in macchina, abbiamo stappato uno spumante da bere durante il viaggio.

Abbiamo fatto tappa al Circolino: io e la Astrid ci siamo prese un whisky. Abbiamo aspettato lì la mezzanotte, poi siamo entrate al Nautilus. Abbiamo imboscato i maglioni dietro ai divanetti del palchetto rialzato per non pagare il deposito. La Astrid aveva su una magliettina sopra l'ombelico, bianca e con le maniche corte un po' svolazzanti: stupenda. Mi ha detto che gliel'ha regalata sua mamma qualche giorno fa e che se mi piace qualche volta me la presta.

Io avevo la mia canottierina nera candeggiata, con i 501 neri stava abbastanza bene.

Poco dopo sono arrivati anche Michi e Fabri: erano bellissimi! Questa volta anche Michi aveva la bandana blu per coprire la rasata. Sono venuti sul palchetto rialzato e ci siamo salutati. Ma poi, che stronzo Michi, gli faccio:

«Non mi fai gli auguri?»

«E perché?» m'ha chiesto.

«Be', vedi te: è l'otto marzo!»

«Ah... e adesso saresti una donna?!»

Mi son messa a ridere ma in realtà ci sono rimasta male: perché gli rivolgo ancora la parola?!

Sono andata a ballare con le altre, poi siamo uscite a fumare una canna.

Quando siamo rientrate mi sono seduta su un divanetto. Mi si è seduto a fianco un ragazzo che non avevo mai visto. Capelli lisci fino alle spalle biondi, pizzetto, bel fisico, camicia a quadri, jeans e stivali da cowboy. Era davvero un figo.

Mi ha offerto una Lucky Strike e abbiamo parlato un po': è di Bologna. Da Bologna per il Nautilus. Tra una chiacchiera e l'altra ci siamo anche baciati un po'.

Non me lo ricordo benissimo di faccia ma era davvero bello e con un accento stupendo. Be' finalmente un bel figo anche per me, cazzo! Nonostante tutto questo, mentre ci baciavamo non ho sentito niente, mi mancava completamente il fattore psicologico.

Durante la serata, poi, ci siamo persi di vista e non l'ho più incontrato.

Il Nautilus era strapieno, c'era un bel po' di gente della mia scuola e di quella della Astrid e, a un certo punto, è arrivato anche Lupo con la Bea. Era troppo bella, aveva i capelli raccolti in ciocche arrotolate sulla testa, tenute ferme con delle forcine: una pettinatura fighissima.

Verso fine serata ho visto Michi su un divanetto e sono andata da lui. Mi ha messo un braccio sulla gamba, mi ha detto che la naja sta andando bene ma che comunque non gli passa un cazzo. Giovedì finisce il CAR e lo rispediscono a Milano. Poi, dal niente, se ne è uscito con: «Come siete belle stasera tu e le tue amiche!» Ovviamente si stava riferendo alla Bea. Ho sorriso, senza dire niente.

Poco dopo ci ha raggiunti anche Fabri. Erano tutti e due di buon umore e abbiamo scherzato un po'.

A turno, continuavano a tirarmi su le spalline del reggiseno che però mi cascavano in continuazione:

«Ma che scombinata sei? Ma come cazzo vai in giro!?» m'ha detto Michi a un certo punto.

Prima di andare mi hanno dato i tre bacini, Fabri mi ha anche accarezzato una guancia.

Più tardi siamo venute via anche noi e per le cinque meno un quarto ero a casa.

9 marzo 1997

Doppietta al Nautilus, anche di domenica!

Mi sono divertita un casino, ci sono tornata anche oggi, a distanza di dieci ore da quando sono rientrata a casa.

Ho preso il treno per Gallarate con la Yuna: tutte e due senza biglietto. In realtà la Yuna avrebbe voluto comprarlo ma alla fine l'ho convinta che era meglio risparmiare i soldi, visto che saremmo scese già dopo poche fermate. Che punks!

Durante il viaggio mi ha confidato che si è resa conto di avere una cotta per un compagno di classe di Dedo. Ho capito subito di chi stava parlando: è un tipo minuto, biondino, mette sempre il cappellino tipo da baseball e i maglioni a righe slabbrati alla Kurt Cobain. In effetti ultimamente li vedevo un po' presi dalle chiacchiere, all'intervallo, come ho fatto a non arrivarci? La Yuna mi ha chiesto di mantenere il segreto sulla sua cotta, visto che tra loro non è successo niente e non riesce a capire se lui sia interessato. Dice che, per il momento, preferisce che lo sappia solo io. Per non farci beccare se qualcuno ci sentisse parlare di lui, abbiamo pensato di dargli un nome in codice. Ho suggerito di chiamarlo Carletto perché per me è troppo uguale al protagonista del cartone *Carletto, il principe dei mostri* e poi perché non mi ricordo mai come si chiami davvero.

Sul vagone avremmo dovuto incontrare la Betta e la Fly ma non c'erano. Una volta scese in stazione, abbiamo chiamato a casa della Fy. Hanno fatto tardi, le abbiamo aspettate in stazione e ci hanno raggiunte qualche treno dopo.

Io e la Yuna abbiamo approfittato di questo tempo da sole per parlare di lei e Carletto: come prima cosa bisogna scoprire se è fidanzato o gli piace qualcuna. Le ho suggerito di coinvolgere la Fly: potrebbe indagare tramite Dedo ma la Yuna è perplessa, teme che poi Carletto venga a sapere che le piace. Torneremo sicuramente sul tema: devo darle una mano.

Siamo entrate al Nautilus che era già metà pomeriggio, abbiamo preso da bere e ci siamo fatte un giro tutte insieme.

Poi ci siamo divise: io e la Yuna nella Rock, le altre in Symbol e, più tardi, ci siamo ritrovate in Fossa.

Al Nautilus ho visto il biondo bellissimo di Gallarate.

Eravamo in pochissimi nel locale, rispetto alle serate, e lo si vedeva da Dio in mezzo alla poca gente: è davvero pazzesco, cazzo.

Aveva su dei pantaloni di pelle nera – con dentro quel culo da calciatore – una t-shirt bianca strettina un po' lisa e dei guantini senza le dita, sempre di pelle nera.

L'ho osservato un pochino e ho notato un paio di cose: ha il vizio di spostarsi continuamente i capelli dietro l'orecchio e ho fatto caso che, ogni tot, va in bagno a specchiarsi. È peggio di noi ragazze! Ho scoperto, tramite amici in comune, che ha solo un anno più di me. Sembra molto più grande. Comunque, è sempre circondato da fighe assurde. Credo sia il personaggio del Nautilus più inarrivabile, lo guardo da lontano e non ci faccio nemmeno un pensiero.

Io e le altre abbiamo ballato tutto il pomeriggio ed è stato una figata anche il viaggio di ritorno, sia quello in pullman che quello in treno – di nuovo con la caga che passasse il controllore.

Ora sono le nove e sto già per morire a letto, sono distrutta.

14 marzo 1997

Questa mattina a scuola, abbiamo seguito un corso sull'AIDS e s'è discusso anche del rapporto con i nostri genitori, più che altro di quello con la madre.

Ci sono cose che non le racconto, non le capirebbe. Semplicemente, apparteniamo a generazioni diverse. In realtà, una volta le dicevo tutto ma lei era diversa e forse lo ero anche io. Non mi giudicava così tanto e poi ultimamente ha la pessima abitudine di rinfacciarmi le cose, quindi confidarsi con lei è un boomerang. È passato un secolo, ormai, ma non potrò mai scordare quanto mi sia sentita umiliata quella volta in cui, emozionata e felice, sono corsa in cucina da lei per dirle che A. mi aveva appena telefonato per darmi appuntamento in piazza. «Non andare in giro a fare la scema!» è stato il suo commento. La sua durezza ha smorzato tutto il mio entusiasmo: quella frase continuava a girarmi in testa e non ricordo assolutamente nient'altro di quel pomeriggio con A. Forse è lì che ho deciso che avrei smesso di parlarle di me e che non le avrei più permesso di influenzare la mia vita fuori dalle mura di casa.

Non so da dove le venga fuori tutta questa cattiveria. Vuole dirmi delle cose utili per la mia crescita ma non sa farlo in modo decente o è solo invidiosa di tutto il tempo che io ho ancora davanti?

Forse è solo triste per il suo matrimonio e si sfoga su di noi. Forse le sue aspettative sono state così ampiamente deluse che qualunque cosa le ricordi le relazioni «maschio-femmina» le suscita solo sentimenti e commenti negativi.

18 marzo 1997

Ho finito di leggere *It*: è bellissimo. Era da tanto che non leggevo Stephen King – da quando ho finito *Cujo* – e nemmeno questa volta mi ha delusa. È un mattonazzo di oltre milletrecento pagine, ma nonostante questo vola via che è un piacere. Al centro della storia, prima ancora di tutta la faccenda orrorifica, c'è il bellissimo legame di amicizia tra i personaggi: sento quasi la loro mancanza, adesso che ho finito di leggerlo. Da questo punto di vista mi ha ricordato anche un po' *Stand by me*: anche lì i protagonisti erano dei ragazzini legatissimi tra loro.

Questa mattina la prof mi ha mezza sgamata in latino e, l'ora seguente, quello di mate ha beccato me e la Yuna a copiare durante il compitino. E vabbè.

In realtà tutte e due stavamo copiando da Tommy ma il prof ha pensato che la Yuna stesse copiando da me, quindi io ne sono uscita pulitissima.

Ho deciso che da domani tengo un diario in cui annoto tutto quello che mangio e mi voglio iscrivere a un corso di nuoto. Oggi ho fatto schifo: ho mangiato una fetta di torta, una merendina e un casino di biscotti. Poi ho provato a mettermi due dita in gola ma non ci sono riuscita. Non so perché ma, anche se lo voglio tantissimo fare, c'è qualcosa che mi blocca, una specie di senso di colpa che si presenta all'ultimo e mi impedisce di andare fino in fondo con le dita.

Eppure so qual è il punto esatto, perché al Nautilus ce la faccio sempre quando sono al limite massimo con l'alcool e riesco a vomitare da sola prima che tutto inizi a girare.

20 marzo 1997

Sono sul treno che torna a casa e mi sto letteralmente cagando addosso: dopo la scuola, io e la Fly siamo passate al negozietto dove il mese scorso ho spazzato una maglietta della Onyx, per fregarne un'altra a testa.

Abbiamo seguito il mio stesso metodo della volta scorsa.

Ne abbiamo scelte un paio a testa, siamo entrate nei camerini per fingere di provarle, imboscando nello zaino quella più bella. Uscite dal camerino, abbiamo rimesso a posto la maglia scartata per non dare nell'occhio.

Fino a qui tutto bene solo che questa volta quelli del negozio hanno messo gli allarmi anti-taccheggio e, all'uscita, la fotocellula ha suonato.

Non ero assolutamente pronta a questa cosa, non avevo mai visto allarmi da nessuna parte.

Ho detto «Corri Fly!» e siamo scappate fuori dal negozio come delle pazze. Il commesso – un cazzo di armadio palestratissimo – ci ha inseguite e raggiunte, nonostante ci fossimo nascoste dietro a una macchina. Gli abbiamo dovuto lasciare i nostri dati, compreso il numero di telefono. Ha minacciato di chiamare gli sbirri. Dopo una menata lunghissima, ci ha lasciate andare. Io e la Fly siamo sbiancate completamente. Abbiamo davvero paura che chiamino a casa. Devo dirlo io ai miei, prima che lo facciano loro.

Cazzo, il babbo me l'ha tirata quando mi sono vantata a tavola del mio furto precedente e mi ha detto di finirla, che presto mi avrebbero beccata.

Alla fine la cosa non è stata nemmeno drammatica: a cena il babbo non c'era e la mamma non s'è incazzata troppo, ha solo detto che un po' di riformatorio mi farebbe bene.

Chissà alla Fly com'è andata?

Dormo che sono a pezzi.

22 marzo 1997

Quelli del negozio non hanno mai chiamato a casa e la Fly, ai suoi, non ha mai detto niente.

Come sempre, la babba sono io.

Nautilus: serata stupenda!

Appena entrate, io e la Linda ce la siamo fatta sottissimo dalla paura: che cogliona, in cassa mi hanno sentita dire che ho venduto alcuni biglietti omaggio del venerdì sera.

Solitamente, li regalano con il biglietto del sabato sera. Fede e i suoi amici non li usano perché al venerdì vanno sempre a Milano, così un po' di tempo fa ho pensato di piazzarli a cinquemila lire, per tirare su qualche soldo – è comunque un affare per chi lo compra e non ha l'omaggio, perché non paga il prezzo pieno!

Comunque, un buttafuori enorme ci ha preso e fotocopiato i documenti, dice che se ci becca in flagrante ci denuncia: per fortuna, quand'è successo, i genitori della Linda erano già nella sala liscio e non si sono accorti di niente.

È ufficialmente la mia settimana dei problemi con la giustizia.

Dopo che siamo entrate, eravamo così spaventate che non abbiamo aperto bocca per un'ora.

Ci siamo messe buone buone sui divanetti e, ancora un po', pur di non disturbare, sporcare o dare nell'occhio, ci saremmo scazzate le sigarette in mano, mangiando il filtro.

Per fortuna, poi, è partita la serata e 'fanculo al buttafuori, non ci abbiamo più pensato.

Verso le undici e mezza era già arrivata un bel po' di gente. C'era anche il Cowboy, dal quale cercavo di nascondermi. Purtroppo, però, m'ha vista subito ed è venuto a fare l'appiccicoso.

Cercavo di essere gentile perché non mi va di trattarlo male ma tentavo anche di fargli capire che vorrei che fossimo solo amici e non mi interessa nessun altro tipo di rapporto.

Non sono certa di esserci riuscita, è così insistente!

A un certo punto, per la gioia della Linda, è arrivato il cugino di Oliver. Sono contenta che sia in fissa con lui, anche se ancora tra loro non è successo niente: ultimamente parla spesso di lui e sempre meno di Livio e questo mi sembra già un successone. Poco dopo, per la mia di gioia, è entrato anche Fabri. Era stupendo.

Sono corsa verso di lui e gli ho dato un colpetto con le anche. Ha fatto una mossa da cartone animato, mi ha tirata su di peso e mi ha fatta girare, poi mi ha messa giù: «Allora?!»

«Allora?!» ho ribattuto io. Poi, gli ho raccontato dello sgamo all'ingresso e lui, ridendo, mi ha messo una mano sulla testa, accarezzandomi i capelli.

Gli ho chiesto dove fosse il suo socio: «In caserma!», ha risposto.

Mi ha raccontato un botto di cose della naja, principalmente che è una palla incredibile e non gli passa mai. Ah e che lui è in ufficio. Che gli hanno insegnato a sparare ma comunque lo si fa una sola volta all'anno. Che non ha fatto in tempo a obiettare, perché pensava lo avrebbero esonerato e invece... sorpresa!

Abbiamo parlato un sacco e c'era un'atmosfera stupenda, stavo benissimo. Era super sereno e disponibile, gli volevo così bene!

Sono andata a ballare con la Linda e lui è rimasto appoggiato al muro, ad aspettare i suoi amici.

Quando non c'è Michi sembra un'altra persona. Poi non l'avevo mai visto con quello stile così «lercio», aveva un paio di Levi's super chiari e super consumati, con degli sbreghi sotto al culo e sotto alle ginocchia. A quei tagli nei jeans sotto le sue chiappe ci ho pensato tutta la sera!

Mentre io e la Linda stavamo ballando, è arrivato da me il Cowboy, infrangendo la regola numero uno – mai rompere il cazzo a qualcuno che sta ballando! Voleva sapere a che ora me ne sarei andata:

«Non so, la mia amica va via alle due, se non trovo un altro passaggio vado via con lei!»

«Allora tra poco vengo a prenderti e ci facciamo un giro!» mi fa. Non ho detto nulla.

«Dimmi qualcosa, dammi un segno: devo venire o no?!»

«Dipende da cosa vuoi!» gli ho detto.

«Voglio te!» o «Secondo te!?» non so, non ho ben capito ma in ogni caso l'ho trovato sfacciato, eccessivo e pretenzioso. Cazzo voleva?

«Allora è meglio se non torni!» gli ho risposto e ho ricominciato a ballare. Se n'è andato con la coda tra le gambe.

Ho beccato Laveno, un tizio delle mie parti che ho conosciuto al Nautilus e che ogni tanto dà gli strappi a casa a me e alla Astrid. Sarebbe andato via per le tre e mezza, a me andava stra-bene.

Fabri è venuto da me e mi ha chiesto se il Cowboy mi stesse stressando:

«Ma neanche tanto, dai», ho risposto.

«Mi sta sul cazzo perché imita tantissimo Axel! È geloso come tipo?» mi ha chiesto.

«Penso di sì! Di te sicuramente: dice sempre che sei uno stronzo!» gli ho detto, ridendo.

«Vieni!» mi ha abbracciata.

«No dai Fabri, questo è proprio da merda!» gli ho detto.

Però lui mi ha abbracciata lo stesso, ha iniziato a camminare e abbiamo attraversato la pista così, passando davanti al Cowboy e fingendo di non vederlo.

Siamo arrivati fino al fondo della sala, dove ci sono tutti i divanetti imboscati al buio. Ho pensato: «Ok, adesso mi porta lì, adesso mi porta lì» e lo volevo così tanto.

Invece no, Fabri non ha neppure guardato in quella direzione. Mi sono staccata dall'abbraccio. Mi ha spostato una ciocca di capelli dietro all'orecchio e mi ha tirata dolcemente di nuovo verso di sé.

Ci siamo riabbracciati e siamo passati di nuovo in mezzo alla pista. Lui puntava a passare ancora davanti al Cowboy ma a me scazzava, mi sembrava una cattiveria gratuita, così ho deviato il percorso:

«Dai Fabri, mi sento un verme!»

«Bisogna essere cattivi delle volte! Io, per esempio, sono un bastardo!»

«Ma dai non è vero! Anzi, sì: un po' con me lo sei stato!»

«Con te? Mai!»

«Seeeee, mai!!»

Ha adocchiato il bracciale: «Pensavo lo avessi buttato!», ha detto.

«Veramente stavo per farlo ma è un bel ricordo, mi dispiaceva!»

«Non ci posso credere: hai davvero pensato di buttarlo?!»

«Ma se m'hai appena detto che l'hai pensato anche tu? Vedi che sai di essere stato uno stronzo!?»

Ci ha pensato un secondo: «Hai ragione» – logica impeccabile.

Era un discorso sul filo del paradosso ma era vero che, nei momenti peggiori, avevo pensato di buttare il suo bracciale.

Ha iniziato a farmi il solletico e mi ha abbracciata. Gli ho dato un bacino sul collo.

Hanno messo un pezzo dei Nirvana e ha iniziato a saltellare. Mi son messa a ridere: «Scusa, puoi rifarlo?», lo prendevo per il culo.

Mi ha fatto una faccina da finto arrabbiato. Siamo rimasti insieme a chiacchierare un po' e a un certo punto della canzone c'era un frase che si ripeteva: «Fabri, non ti sembra che qui dica proprio: 'Vai a najaaaaaaa... vai a naaaajaaaa'?!»

«A me sembra che tu questa sera mi stia prendendo un po' troppo per il culo!»

Ridevo: «Dai, lo sai che in realtà ti voglio bene!»

Faceva il gesto per dire: «Sì, sì, continua pure».

Ha tirato fuori le sigarette, ha fatto per allungarmene una ma ha tirato subito indietro la mano: «Fa male fumare!», mi fa.

Allora ho tirato fuori il mio di pacchetto dalla tasca.

«Oh, fumi anche tu le Merit? Come me!»

«Cambio sempre, oggi mi sono capitate queste!» – bugia. Me l'ha accesa lui. Intanto, ci è passato vicino uno della compagnia della piazza e ci siamo salutati.

«Anche lui è geloso?», m'ha chiesto Fabri.

«Hahahah: no, lui no...» Che scemo.

Sono andata a sedermi sulle scale. Laveno – il mio passaggio – mi ha raggiunta e abbiamo chiacchierato un pochino.

Ho visto gli amici di Fabri andare verso l'uscita e lui con loro.

Sono andata da lui:

«Te ne vai senza salutarmi?»

«Scusa, pensavo fossi già andata via.»

Ci siamo dati i tre bacini e ci siamo abbracciati. S'è messo a ridere e s'è abbassato un pochino verso di me. Ci siamo baciati sul serio, finalmente, e poi mi ha detto:

«Salutami Fede.»

«Ok... E se non ci vediamo prima del 7, auguri.»

«Come fai a sapere del mio compleanno?», m'ha chiesto.

«Me lo ricordo: me lo avevi detto tu!»

Ci siamo dati un bacio lungo, stupendo. Mi ha dato una pacchetta sul culo e ha detto «Dai, vado!» e poi è uscito.

Non ci capisco più un cazzo, davvero non gliene importa niente?!

28 marzo 1997

Questo pomeriggio sono stata in giro per Varese con Dario, Oliver e alcuni loro amici, poi ci hanno raggiunti anche la Yuna e la Astrid.

Oliver è veramente simpatico, mi fa tantissimo ridere. Mi ha raccontato un casino di aneddoti su Kurt Cobain. È veramente il grungettone più fan dei Nirvana che abbia mai conosciuto: sa tutto di loro e si è tradotto tutti i testi delle canzoni da solo, parola per parola. Mi chiedo come potrei fare per beccarlo un po' più spesso.

Ho realizzato che è dal corso di inglese delle elementari che ho un piccolo debole per lui. Da quella volta che, durante una lezione, abbiamo scoperto che «to born» significa nascere e lui aveva citato *Born in the Usa*. Chiaramente, nessun altro dei nostri compagni aveva intercettato la citazione, forse nemmeno la prof. È sempre stato un tipetto avanti.

Io, la Yuna e la Astrid siamo tornate a casa prima dei ragazzi, che hanno deciso di rientrare con il treno della sera.

Siamo salite su un vagone intermedio, puntando dritte al piano superiore che era semi deserto. Io e la Yuna eravamo vicine, mentre la Astrid era seduta davanti a noi.

Non ricordo nemmeno di cosa stessimo parlando, forse stavamo citando qualche battuta fatta da Dario e Oliver nel pomeriggio perché ricordo che ridevamo.

Anche la Astrid rideva, almeno fino a che, all'improvviso, si è zittita e scurita in viso: un tizio, semi sdraiato sul sedile alle nostre spalle, s'è sparato una sega davanti a lei! Lo ha intravisto dal buco tra il sedile e il poggiatesta. Che schifo, cazzo. Lei ha anche provato ad avvisarci facendo strani segni, ma non abbiamo capito subito. La nostra fermata è arrivata in fretta e, quando siamo scese, ci ha raccontato tutto, aggiungendo che, sul momento, si è sentita come paralizzata. Proprio lei, che si mostra sempre così sicura, con la battuta pronta, è rimasta spiazzata. Del resto, come si affronta una cosa del genere? Forse, essendo in tre, avremmo potuto urlare o cercare il controllore per denunciarlo. Sì, avremmo dovuto denunciarlo. E se fosse successo a una ragazza seduta da sola? Non ci posso pensare.

Perché certe persone fanno così schifo?

1 aprile 1997

Nel pomeriggio ero un po' annoiata, così ho chiamato Dario per distrarmi un po' e fare due chiacchiere. Siccome lo ha nominato, gli ho detto che Oliver mi piace come persona. L'ho buttata un po' lì, senza spingere troppo, per testare la sua reazione: «Sì, ci sta dentro!» ha ribattuto.

Maschi. Non colgono proprio al volissimo.

«Non ti ha mai detto niente su di me?» – dai Dario, andiamo al punto!

«In che senso?» – Dai, Dario!!!

«Che ne so… battute, commenti, non so! Qualunque cosa!»

A quel punto Dario ha detto che, in effetti sì, più volte Oliver ha fatto battute su di me e che è capitato insistesse perché andassero al Nautilus, sapendo che lì ci sarei stata anche io.

Alleluja Dario!

Più tardi ho chiamato anche la Astrid e le ho accennato di queste news-non news – sì, mi piace uno nuovo e no, non è successo niente: «Che bello, questo piace anche a me!», ha commentato.

Al momento non ho dato peso alla sua uscita, poi ci ho ripensato, specialmente al tono con cui l'ha detto. Suonava proprio come se intendesse dire che «finalmente, almeno questo» è Astrid-approvato. Mi fa un po' girare il cazzo: chi ha detto che ho bisogno della sua benedizione?

Dopo cena ho sentito la Linda e le ho fatto un riassunto veloce di tutta la Oliver-faccenda, anche se lei era già abbastanza sul pezzo.

Ho bisogno di soldi, tra due domeniche ho il mercatino dell'usato con la Yuna, ha prenotato una piazzola per noi due. Speriamo di tirar su due lire. A furia di pescare nel vaso dei resti del pane che c'è in cucina, non c'è rimasto quasi più niente. Chissà se la mamma s'è accorta che ogni tanto mi scavallo quelle monetine per comprarmi le sigarette?

In questa casa non sopporto più nessuno, davvero, vorrei vivere da sola. La mamma e il babbo sembrano molto presi da loro stessi o comunque dalla loro situazione: non ho ben chiaro cosa stia succedendo né come la cosa evolverà ma non prevedo niente di buono. Cerco di non pensarci troppo perché un po' il futuro mi spaventa. Ne ho parlato un po' con Fede. Anche lui ha la sensazione che la mamma e il babbo siano infelici e impegnati con le loro beghe ma mi ha detto di non preoccuparmi, perché noi tre, qualunque cosa succeda, gli uni per gli altri ci saremo sempre. Specie per Brando, che è ancora piccolo.

2 aprile 1997

È un periodo che le giornate sono pazzesche: il sole è caldo, il cielo sempre limpidissimo e il buio della sera cala sempre più tardi. Adoro questo clima, non so cosa darei per vivere in un posto dove è sempre primavera.

Nel pomeriggio mi ha chiamata la Linda: questa mattina ha bigiato con Oliver e i suoi amici. Mi ha detto che in qualche occasione è uscito il mio nome, così a un certo punto lei ha cercato di tastare un po' il terreno. Ha detto di aver fatto una battuta a Oliver su quanto ci vedrebbe bene insieme. Da una parte la strozzerei, dall'altra stavo morendo di curiosità mentre me lo raccontava:

«Dai, Linda, che figura di merda!!!! Ma lui?»

«Eh, lui prima ha ridacchiato un po' compiaciuto, poi ha detto, cito: 'Ma va', con me non ci starebbe mai!'. Se era un test, è furbino!»

«Oh mamma! E a quel punto tu che sei una vera amica, ti sei fatta i cazzi tuoi, vero? Dimmi che non m'hai sputtanata del tutto!»

«Quanto sei pesante! Gli ho solo risposto che non ci scommetterei!»

«Ok, pensavo peggio! Bene! Poi?»

«E poi niente, abbiamo cambiato discorso. Comunque, fidati: era stra-sorpreso dall'idea di avere una possibilità. Mi sa che non pensava assolutamente di interessarti. Almeno fino ad oggi!», e s'è messa a ridere.

Chissà che altro si sono detti, cazzo di Linda maledetta. Comunque ci sto pensando un po' troppo a Oliver, non va mica bene 'sta cosa.

8 aprile 1997

Oggi sono uscita da scuola all'una e sul treno Oliver non c'era. Probabilmente questa settimana ha i corsi pomeridiani e torna a casa più tardi.

Verso le quattro stavo cazzeggiando in camera mia e mi ha chiamata Fede dalla cucina, dicendo che c'era una telefonata per me. L'ho presa da su, con il cordless.

Avevo il cuore in gola, non so perché ma ero certa che fosse Fabri.

Rispondo. E niente, dall'altra parte una voce che non avevo mai sentito prima. Dice di essere un ragazzo che mi ha vista a Varese e si è innamorato di me: ventuno anni, quarta superiore.

Andiamo bene, quante cazzo di volte s'è fatto segare? Ma poi chi è 'sto fuori di testa?! Come ha trovato il mio numero sull'elenco del telefono? Perché sa dove abito?

Ecco, questo è il genere di persone a cui piaccio: i deficienti. Non l'ho fatto finire e gli ho attaccato il telefono in faccia. Ho detto a Fede: «Se richiama il coglione di prima io non ci sono!» Sicuramente è uno scherzo di qualche idiota che conosco.

Chissà la Astrid, intanto, dov'è? Sabato dovrebbe tornare da Praga, ci è andata con la gita della scuola.

Questa mattina mi annoiavo a morte. Tommy era da solo visto che il suo vicino di banco è a casa con la varicella. Mi sono andata a sedere vicino a lui e ci sono rimasta tutta la mattina. La Betta è andata al mio posto, vicino alla Yuna.

Nessuno dei prof ha fatto una piega, penso nemmeno si siano accorti dei cambiamenti. Il che è assolutamente assurdo: non si può non notare una stranezza nel vederci vicini, visto che io sono io – capelli lunghi scombinati davanti alla faccia, anelli al naso, unghie disastrate, cardigan extra large di mia madre, maglia a righe che fa molto grunge, jeans strappati, Dr. Martens verdi – e Tommy è il classico fighetto strafottente del liceo classico di Varese – capelli corti ben in ordine, cardigan Ralph Lauren appoggiato sulle spalle coordinato alla camicia d'ordinanza a sua volta Ralph Lauren con colletto tirato su, jeans color pastello di una qualche cazzo di marca bon ton e mocassini. Dai: due pianeti.

Sotto tutto quel suo pessimo gusto nel vestire, c'è comunque un bel ragazzo: ci ho fatto caso oggi. E poi profuma tantissimo. Ha un odore che associo a una qualche polvere tipo gesso ma sicuramente non è quello, sarà un'eau de parfum da un milione di dollari.

È lo stesso profumo che si sente tantissimo per i corridoi quando passano quelli come lui, ce l'hanno su tutti gli spandimerda varesini che si rispettino.

Comunque stamattina con Tommy è stata una figata: abbiamo passato le prime tre ore filate a parlare di sesso e schifezze annesse e adesso so che ci sono un paio di cose che devo assolutamente sperimentare. Facciamo anche tre.

La differenza tra me e lui è che ha una ragazza fissa da un anno, quindi ovviamente non si fanno mancare niente. Tra l'altro lei fa il ginnasio qui, come noi, è pure a portata di mano.

M'ha detto che, a volte, si imboscano nel cesso della scuola, dove va a finire che lei gli fa le seghe. Questo, in effetti, lo fanno anche Dedo e la Fly. In qualcosa, quindi, spandimerda e lerci sono simili.

Adesso che lo so, starò certamente più attenta al tempo che sta via, quando chiederà il permesso per andare al cesso.

Alla quarta ora eravamo un po' provati da tutto questo attizzarci a vicenda con gli argomenti zozzi: tre ore di discorsi, aneddoti, esempi e racconti dettagliati di vita vissuta senza poter combinare un cazzo. Per non impazzire del tutto, abbiamo deciso di cambiare argomento.

E niente, ci siamo dati al gioco dell'impiccato.

10 aprile 1997

Dopo scuola io e la Yuna siamo rimaste in zona con la Betta, visto che nel pomeriggio saremmo andate al comitato studentesco.

Io e la Yuna avevamo da fumare, giusto un deca che ci siamo procurate tramite un suo amico.

Ci siamo imboscate dentro al cespuglio sotto la finestra della nostra classe e abbiamo fatto su.

Ha voluto fumare anche la Betta: sarebbe stata la sua prima volta e non mangiava da due giorni – tutto questo ce lo ha detto dopo la tragedia, ovviamente!

Ha fatto un tiro bello intenso e – sbam! L'ho vista cadere a terra come un pezzo di legno. Che impressione, cazzo.

Per un secondo sono rimasta impietrita, sconvolta dalla scena. Non avevo mai visto nessuno svenire e non sapevo che potesse succedere fumando, quindi ci ho messo qualche secondo a realizzare cosa cazzo stesse succedendo.

Mi sono detta: «Ok, ci piglia per il culo, sta scherzando!» Invece no, cazzo, era svenuta sul serio.

Ho cominciato a scuoterla, a chiamarla. Niente, non dava segnali.

Ho chiamato la Yuna che non s'era accorta di niente ed era già bella fuori. La cosa più impressionante erano gli occhi aperti. A un certo punto sono andati in su e poi si sono chiusi. Che angoscia, porca puttana. Io mi sono vista in galera: un bel concorso in omicidio non me lo toglie mai più nessuno. E il senso di colpa? Nemmeno quello, vai tranquilla.

Ho cercato di capire se stesse respirando, ma dalla gola le uscivano dei suoni stranissimi.

Ero terrorizzata, una paura paragonabile a questa io non me la ricordo proprio, penso di non averla mai provata.

A quel punto, ho iniziato a urlare che qualcuno chiamasse un'ambulanza ma intorno a noi non c'era nessuno, visto che per non farci sgamare col fumo avevamo cercato il posto più imboscato del parchetto. Urlavo e urlavo finché, a un certo punto, mentre le tiravo su le gambe, la Betta s'è svegliata.

Dio, che sollievo.

Non si rendeva assolutamente conto di cosa fosse successo. Glielo abbiamo raccontato e abbiamo cercato di farle mangiare i biscotti che la Yuna aveva in borsa. Ogni due minuti le chiedevo come stesse e lei se la ridacchiava, tutta sfatta.

Anche la Yuna continuava a ridere.

A quel punto, l'unica sana ero io. 'Fanculo, maledette fattone irresponsabili.

12 aprile 1997

Ieri mi sono spaventata da morire, mi sento così in colpa con la Betta. Mi chiedo cosa sia successo all'interno del suo corpo, mi piacerebbe saperlo: perché si perdono i sensi?

Un medico saprebbe sicuramente spiegarlo ma, prima, mi denuncerebbe e mi farebbe arrestare, quindi temo che questa domanda non avrà mai una risposta.

Questa sera i miei sono usciti a cena, così io ne ho approfittato per sgattaiolare fuori: sono passata a sorpresa dalla Linda e l'ho trovata in pigiama. Guardava la tv con sua mamma mentre mangiavano un gelato.

Praticamente l'ho salvata. Si è cambiata al volo e siamo uscite. Non avevamo voglia di farcela a piedi, così abbiamo tirato su il suo Ciao scassato e siamo passate dal bar della piazza.

Abbiamo beccato quelli della vecchia compagnia, c'erano quasi tutti tranne A. e Livio.

Cocco ci ha aggiornate un po' sull'andazzo generale e ci ha raccontato degli sgami del pomeriggio: un botto di loro sono stati schedati, li hanno beccati al campetto a fumarsi i chilom.

Che cazzo di storiacce acide che ruotano sempre attorno a questi qui, per fortuna che non li vediamo praticamente più.

A ogni modo, stare in quel bar, con quelli della vecchia compagnia, m'ha riportato alla memoria un casino di vecchi episodi.

Quante cose sono cambiate.

Ho tanti di quei ricordi, lì dentro. Tutti legati a A. I pomeriggi nella saletta dei videogiochi a baciarci, le partite a calcetto, i gelati che prendevamo sempre uguali, le Kim alla menta fumate in bagno, le serate ai tavoli a cazzeggiare e prendere di mira qualcuno della compagnia e tanto altro.

Mi dispiace e non so nemmeno definire bene il perché. È stranissimo ammetterlo ma forse ad A. ci penso ancora. Ha giocato un ruolo serio nella mia vita. È stato proprio importante, nel bene e nel male.

Lo dimenticherò mai? Che poi, perché dovrei dimenticarlo?

Mi spiace solo non avere avuto abbastanza tempo e che la mia prima volta non sia stata con lui. Sarebbe stato così giusto.

Appena arrivata a casa, in preda alla nostalgia, ho messo su *Buon compleanno Elvis*, il cd di Ligabue che mi ha regalato lui.

Ce l'aveva in macchina e l'ho pregato per un weekend intero di prestarmelo. No, no, sempre no. Il fine settimana seguente, si è presentato con una copia nuova di pacca, ancora incellophanata: «Per te». Per me.

La colonna sonora dei nostri ultimi mesi insieme. L'estate più bella della mia vita.

Ogni volta che parte *Certe notti* mi sale una nostalgia incredibile: è davvero un pezzo malinconico. Lo stesso effetto me lo fa *Viva* ma per ragioni diverse: è una dedica d'amore stupenda, secondo me. Non necessariamente d'amore-amore, intendo «amore in senso lato»: il testo parla chiaramente di un uomo che «vede» e descrive una donna esattamente per quella che è, con tutte le sue caratteristiche. È una canzone che dice «io che ti ho osservato per bene, so chi sei: sei fatta così». Be', wow. Chissà cosa si prova, sapendo di avere ispirato un testo del genere?

13 aprile 1997

Questa mattina io e la Yuna ci siamo trovate in piazza verso le otto e abbiamo allestito il tavolo con le nostre cose del mercatino. La mamma m'ha dato un po' di soprammobili che aveva in cantina e altre cianfrusaglie da vendere.

La giornata con la Yuna è stata bellissima e le devo riconoscere il merito perché l'iniziativa è stata interamente sua. Io nemmeno mi immaginavo fosse possibile avere uno stand tutto nostro e non mi sarebbe mai venuto in mente di informarmi.

All'inizio della giornata mi sentivo un po' impacciata, non avevo mai venduto niente a nessuno e mi sentivo un po' stupida. Ho osservato la Yuna e mi è piaciuto un sacco vederla all'opera con le persone che si avvicinavano alla nostra bancarella. Mi sono resa conto che ci sa veramente fare con la gente: come venditrice è davvero convincente.

Questo è un lato di lei che non conoscevo per niente e mi ha colpito molto vederla così sicura di sé.

«Ormai è quasi un anno che faccio i mercatini: ci ho fatto la mano. E poi mi diverte un sacco parlare con i vecchietti!» mi ha detto. In effetti, il pubblico era abbastanza anziano.

Era da un po' che non mi aggiornava sulla sua situazione con il tizio della scuola che le piace, il sosia di «Carletto, il principe dei mostri», e le ho chiesto se ci fossero novità. Dice che la faccenda è abbastanza statica e che sta un po' perdendo le speranze che possa succedere qualcosa. Si scambiano battute all'intervallo, di tanto in tanto lui le scrocca una sigaretta ma niente più. Insomma: nessuno dei due si decide a fare una mossa. Non so bene cosa suggerirle perché, come ho detto anche a lei, faccio fatica a capire se siano due imbranati – ovvero: si piacciono ma non sanno come approcciare la cosa – o se da parte di lui non ci sia proprio interesse per lei.

Eppure la Yuna è stra-carina e ha il suo stile. Da che la conosco porta il caschetto corto alle orecchie, liscio, con la frangia lunga. Ha i capelli rosso fuoco. Tutti tranne la frangia: negli ultimi mesi ha iniziato a decolorarla e ogni tot si presenta con un colore diverso. A me piace un casino quando la lascia bionda deco. Potrebbe tranquillamente essere una delle Spice Girls. La spice-grunge, con i suoi pantajazz neri infilati negli anfibi slacciati e i cardigan a righe. Talmente extralarge che le maniche arrivano a coprirle interamente le mani.

Sarebbe perfetta con Carletto: speriamo che quello si dia una svegliata!

Oggi, comunque, mi sono proprio divertita e abbiamo tirato su cinquanta carte a testa. È andata proprio bene!

Nel pomeriggio è passato anche Oliver a salutarci, era in giro a raccogliere i soldi delle offerte con i coscritti.

È ripassato da noi verso le sei, mentre stavamo sbaraccando. Mi ha aspettata, siamo andati insieme al bar e siamo stati lì a raccontarcela su, mentre ci smezzavamo la Morettona da 66.

Gli ho detto che i miei hanno intenzione di partire per qualche giorno – sempre se mia madre non cambia idea all'ultimo, cosa più che possibile, conoscendola.

Mi ha subito proposto di fare una festa, aggiungendo che se si devasta resta lì a dormire. Be'...

Che tipo Oliver, mi piace proprio.

20 aprile 1997

Ho passato il pomeriggio intero al bar. C'erano sia la compagnia di rappusi di Dario che gli amici di Oliver. Dopo un po' sono andati via praticamente tutti ma Oliver si è fermato con me.

È davvero simpaticissimo, abbiamo riso tutto il tempo.

Ci siamo anche fatti qualche partita a calcetto con dei clienti abituali del bar che però non mi ricordo come si chiamino.

Io e Oliver sempre in squadra insieme, lui in porta perché a me parare fa cagare e sono incapace.

È stato divertente, anche se per colpa mia abbiamo perso miseramente.

Mi piaceva averlo di fianco, eravamo così vicini e, a tratti, un po' mi emozionavo e cercavo di osservarlo senza farmi troppo sgamare.

Ridendo e scherzando, mi son fatta fuori quasi un pacchetto di sighe: ora di sera me ne avanzavano solo due o tre, che tra l'altro ho dimenticato al bar.

Che ridere comunque, io e Oliver siamo lì tutti e due che facciamo finta di niente ma in realtà...

Sabato, forse, andiamo al Nautilus tutti insieme. Sono curiosa di vedere che succederà.

24 aprile 1997

È da due giorni che sono a casa con la febbre. Oggi pomeriggio mi ha chiamata la Yuna per sapere come stavo e fare due chiacchiere. Mi ha detto che sta valutando l'idea di farsi avanti con Carletto. È stufa di stare in questa incertezza e vuole capire se ha una chance con lui. Sono d'accordo con lei: stare nel limbo troppo a lungo non ha molto senso. Bisogna però escogitare un modo per giocarsela ma senza sputtanarsi troppo. Non so come aiutarla, non sono abbastanza lucida, qui dal mio letto di dolore ma, appena mi ripiglio, dobbiamo assolutamente buttare giù un piano.

Oggi me ne sto ancora a letto super schiscia: devo troppo guarire ed essere in forze per il weekend in arrivo.

Per fortuna esistono i libri e i fumetti a farmi un po' compagnia. Mi sto rileggendo *Hi e Lois, famiglia s.p.a.* L'ho comprato, se ricordo bene, a una fiera del libro a Varese qualche anno fa. Era da un po' che non ci rimettevo il naso e fa sempre ridere. La mia pagina preferita è sempre la stessa: la mamma entra nella disordinatissima stanza del figlio e commenta il casino: «Quando imparerai a mettere le tue cose a posto?», chiede. Lui, senza voltarsi, continua a giocare e a fare le sue cose e come niente fosse ribatte: «Quando tu imparerai a servire puntuale la cena!» La scena successiva è censurata. Mi fa spaccare. È esattamente così che andrebbe anche qui, se rispondessi anche io in quel modo alla mamma.

Ho scoperto, parlando con Fede, che Axel è super appassionato di fumetti e che ha anche quello del *Corvo*: è da lì che hanno tratto il film. Mi ha detto che appena lo vede gli chiede se me lo presta. Che figata.

Oggi faccio la brava ma se domani sera ho ancora questa febbriciattola, al Nautilus ci vado lo stesso.

26 aprile 1997

«Una volta mollata l'anima, tutto procede con estrema certezza, anche nel mezzo del kaos...»
(Anonimo)

Nautilus. No: proprio non ci riesco a definire questa serata.

Sono andata su con la Linda. Abbiamo parlato un casino. Si è confidata un po' sulla situazione di casa sua: sospetta che sua madre sia in una specie di fase di depressione. Parla pochissimo, ha perso molto peso, è sempre giù di morale, passa tanto tempo a letto e, cosa che mi ha colpita un sacco, nonostante avesse smesso di fumare da oltre vent'anni, ha ricominciato con le sigarette. In passato, quando lei era molto piccola, aveva già avuto un lungo periodo di down e la Linda teme che stia avendo una ricaduta. È molto preoccupata e non sa bene cosa fare. L'unica cosa positiva è che, nonostante tutto, i suoi non rinunciano mai a venire a ballare il liscio al Nautilus al sabato sera. Anche per loro, quindi, questo posto è la salvezza.

La storia della Linda mi ha impressionata e mi sono sentita una stronza: non immaginavo assolutamente cosa stesse passando. A volte mi sembra si comporti da persona «leggerina» ma forse, in realtà, fare la superficiale è solo il suo modo per reagire a questa situazione un po' del cazzo e cercare di non pensarci quando è fuori casa.

Con tutti questi discorsi, l'attesa tra le nove e la mezzanotte mi è volata come non mai. Mentre cercavamo di farcela passare, per tirarci un po' su di morale dopo la chiacchierata peso, mi ha sfidata ad attaccare bottone con tutti quelli che mano a mano entravano e ci passavano accanto. È stato super divertente, specie trovare di volta in volta una scusa per scambiare due parole senza sembrare una psicopatica o una che ci sta ed è in cerca di attenzioni. Intanto lei era lì, sul divanetto di fronte al mio, che se la faceva sotto dal ridere.

Le voglio tantissimo bene, anche se è completamente fuori. O forse, proprio per quello.

Più tardi sono arrivati anche Dario, Oliver e un paio di loro amici che vedo sempre ma dei quali non ricordo i nomi.

Ho visto arrivare Michi e ci siamo salutati.

Mentre stavamo parlando, ho visto entrare anche Fabri che, però, m'ha ignorata volontariamente e ha tirato dritto.

Ci stavo già rimanendo malissimo. Poi, di scatto, si è girato e mi ha abbracciata, ridendo. Che gag! Ero troppo felice.

Io e la Linda ci siamo lanciate a ballare, hanno anche messo la canzone che aspettavo da mesi, quella che era su quando ho visto Michi la prima volta.

Non so di chi sia, è stupenda, dice tipo: «foreign affair take a trip in the air to a tropical beach…».

Michi non ci cagava granché, la Linda lo teneva d'occhio per me e m'ha detto che ogni tanto buttava uno sguardo ma, nel complesso, aveva l'aria abbastanza indifferente.

Fabri invece non lo capisco. C'è stato un momento in cui ero seduta sulle scale a fumare e, parlando con non mi ricordo chi, stavo dicendo: «Eh, ma l'uomo della mia vita è lui» – indicandolo.

Fabri si è avvicinato saltellante, con un mega sorrisone, pensando che volessi chiedergli qualcosa.

«Ah no, niente, stavo dicendo che sei l'uomo della mia vita!»

«Bene» ha detto, mi ha baciata a stampo sulla bocca, poi è saltellato di nuovo via.

Wow. Be', niente da ridire, se lo facesse tutte le volte sarei la persona più felice del mondo.

Sia lui che Michi erano stra-esaltati, di ottimo umore. Direi proprio felici. Forse perché si ritrovavano insieme a far serata dopo tanto tempo?

Comunque, ho fatto segno a Fabri che avrei voluto tornasse da me. È venuto subito lì e ci siamo baciati di nuovo. Stupendo come, ormai, sia diventata una cosa normale. Non mi sembra vero.

Fabri mi piace da morire ma giocare con Michi resta ancora uno dei miei passatempi preferiti al Nautilus. A un certo punto, era nella posizione perfetta per tirargli un bel calcetto dritto sul culo. Stavo prendendo le misure ma se ne è accorto in tempo. Mi ha acchiappata e mi ha stretta fortissimo:

«Cosa pensavi di fare, tesorino?!», non mi mollava più.

Fabri ci ha visti in quella posa e ha urlato verso di noi. Qualcosa tipo: «Oh, cos'è 'sta storia?!» E, fino a qui, tutto stupendo.

Mentre sparavo due cazzate con il Cowboy, ho visto una della sua compagnia, la Sonia, andare verso Michi.

Ero stupita, non li avevo mai visti parlare ma, forse, voleva solo scroccargli una sigaretta. Ho chiesto al Cowboy:

«Ma dai? Ma da quando la Sonia conosce Michele?»

«Non conosce Michele ma Fabrizio: se l'è fatto un paio di volte!»

Doccia gelida. M'è crollato il mondo addosso. È scomparsa la gente, s'è spenta la musica, non c'era più niente. Avrei voluto sparire, prendermi a schiaffi, fare qualunque altra cosa ma non essere lì.

Non riuscivo nemmeno a incazzarmi o a provare odio per loro due.

In realtà, lo stavo provando solo per me stessa. Che fallimento: perché mi affeziono così? Perché mi illudo in questo modo? Quanto sono stupida?!

Facciamo un ripasso, rinfreschiamoci la memoria con le parole del Cowboy: «A lui non frega un cazzo di lei, se l'è fatta solo perché era ubriaco». Certo aveva parlato con Alex ma sapeva anche di Fabri e della Sonia: ecco perché aveva tutta questa sicurezza quella volta in cui si è lanciato a farmi la morale.

Magari con la Sonia fa sul serio.

«Se l'è fatta un paio di volte». Non una, a caso. Almeno due: insomma, allora gli piace. Se così fosse potrei anche essere contenta per loro, davvero, senza ipocrisia. Comunque è stato bruttissimo saperlo.

Fortunatamente, non li ho visti baciarsi ma li ho visti, a un certo punto, passarmi davanti tenendosi per mano. È la stessa pantomima da stronzo che Fabri ha messo in piedi con me, per far incazzare il Cowboy? Lo stava facendo per ferirmi?

Michi ha visto tutta la scena. Mi ha guardata con un ghignetto del cazzo che ho inteso come un:

«Ahi. Te l'ha messo in quel posto il nostro Fabri, eh?!» Poi mi si è avvicinato e mi ha chiesto se il Cowboy fosse il mio moroso.

«Ma no, dai! È un mio amico e lo sai bene. Piantala di fare lo stronzo!»

Mentre continuavo a parlare con il Cowboy, ho visto che Fabri s'era avvicinato a noi ed era a poco meno di un metro da me – tutto sempre più simile a quella scenetta di noi due abbracciati, che passiamo davanti al Cowboy per farlo impazzire. Lo stava facendo apposta davvero? Ma perché ferire me, che stravedo per lui? Che gli ho fatto di male per meritarmi questo dispetto?

Non avrei retto assolutamente il suo sguardo, dopo tutta questa storia, così sono andata in bagno.

Mi sono guardata allo specchio. Ho aperto l'acqua gelida e ho messo i polsi sotto al getto, sperando che mi aiutasse a darmi una calmata.

Al polso avevo il suo bracciale. In effetti non l'avevo mai tolto da quando me lo aveva allacciato lui stesso. Non ci ho pensato un secondo: l'ho sganciato e l'ho gettato nel cestino vicino al lavabo.

Ero appena uscita dal bagno ma qualcosa mi ha bloccata. Non ero pronta a spezzare davvero il legame. Sono rientrata, ho frugato nel cestino stracolmo di bicchieri, cannucce e pezzi di limone e l'ho ripescato. Gli ho dato una lavata veloce e l'ho infilato in borsetta.

Non riuscivo a buttarlo, ok, ma sicuramente non volevo vedermelo addosso.

Quando sono tornata al palchetto rialzato, il Cowboy aveva già parlato con la Sonia. Appena mi ha vista, è venuta da me.

Ha esordito con: «Non sapevo che Fabri ti piacesse», per poi aggiungere che invece a lei la sua presenza al Nautilus la lascia completamente indifferente.

Ma che cazzo?! Ho lasciato perdere il discorso, non aveva veramente nessun senso.

Tra l'altro, Sonia è bravissima come tipa, mi è sempre stata simpatica ed ero tanto dispiaciuta che questa cosa potesse influire negativamente sul nostro rapporto. Non siamo amiche-amiche ma mi fa sempre piacere quando ci becchiamo al Nautilus.

La cosa più incredibile per me, comunque, è che quello che è successo con Fabri per lei non abbia nessun valore.

Le volte che ci siamo baciati per me sono state pazzesche, ero così emozionata.

Roba che, quando mi ha messo il suo bracciale, ero a tanto così da mettermi a piangere dalla commozione.

Lei se l'è fatto presentare da un'amica comune e zac, è stata con lui. Semplice e senza paranoie.

E non si tratta di una che lui aveva puntato – almeno, credo. Non l'aveva mai vista prima e nemmeno l'aveva notata. Avrebbe potuto essere chiunque!

Ogni volta che ci penso, mi si spezza il cuore.

1 maggio 1997

Ieri ho fatto un salto al bar e ho beccato Oliver.

Era da diverso tempo che non ci si incrociava. Ultimamente non lo stavo nemmeno pensando e mi ero convinta di non provare più nessun tipo di attrazione nei suoi confronti. Invece dopo averlo visto ho preso fuoco.

Era davvero carino, anche se si è fatto i dreads – bleah – devastando tutti quei bellissimi capelli lunghi che aveva. Indossava le sue solite All Star blu, i jeans slavati con gli sbreghi alle ginocchia e la sua amata maglietta degli Alice in Chains. Cento per cento Oliver.

Mi ha chiesto se ci fossero novità per quella fantomatica festa che avrei dovuto dare a casa, in assenza dei miei. Gli ho detto che alla fine non se ne sarebbe fatto più niente, che non ne avevo voglia: «Magari la prossima volta, dai», ha detto lui, prima di salutarmi. Sembrava parecchio di corsa ed è praticamente scappato poco dopo il mio arrivo.

È vero che io non l'ho mai chiamato ma anche lui non è che si sia dato una mossa. Bah.

Oggi mi ero ripromessa di fare ancora un salto al bar, per provare a incontrarlo di nuovo ma, alla fine, mi sono piantata davanti alla tv e ciao. Magari mi faccio un giretto domani sera.

Ora che l'ho incontrato di nuovo, mi si è acceso qualcosa.

3 maggio 1997

Nautilus. Non ho parole. Cioè no, le ho: IO LO AMO FABRI.

No, davvero, non è una cazzata.

Sono le tre meno dieci e sono appena tornata, con l'orario ho fatto la bravissima: serata breve ma intensa.

Non dormo fino a che non ho scritto tutto. Andiamo con ordine.

È passata a prendermi la Paola – finalmente in libera uscita da Mino: non la vedevo da un sacco – e siamo andate ad acchiappare la Linda a casa.

Siamo andate a mangiarci una pizza. Seh, il cazzo: troppe emozioni e non sto connettendo.

Avremmo voluto andare a mangiare la pizza ma la nostra pizzeria preferita non è che fosse semplicemente chiusa: era proprio in vendita.

Abbiamo cercato un bar e ci siamo prese un toast. La differenza risparmiata dalla pizza, ce la siamo spesa tutta in birrette.

Il tempo insieme è volato, abbiamo riso e parlato tantissimo. La Paola ci ha aggiornate un po' sulla sua storia melensa con Mino ma tra loro va tutto talmente bene, è tutto talmente normale e liscio che i suoi racconti ci annoiavano mortalmente. Io e la Linda abbiamo fatto tutto il tempo a prenderla per il culo: «Dai Paola, raccontaci del vostro esaltatissimo ultimo fine settimana a casa davanti alla tv». E giù tutte a ridere. Mi sono proprio affezionata a loro due. Che poi, povera Paola, in realtà lei è felice così e probabilmente ha ragione. Oddio, forse non sarà la fidanzata più innamorata ed esaltata del mondo ma sicuramente lei e Mino hanno il loro bell'equilibrio pacifico. Non è che le storie debbano sempre essere complicate e tormentate, no?

Verso le undici siamo entrate al Nautilus e abbiamo trovato già lì la Yuna e la Fly: abbiamo cazzeggiato finché non è iniziata la musica più bella.

Ci siamo prese da bere e, mentre eravamo alla ricerca di un divanetto libero, sono inciampata sulle Dr. Martens di un tizio. Era seduto con le gambe lunghe distese lungo il corridoio stretto che c'è tra un divano e l'altro. Attraversandolo, non avevo fatto caso all'ostacolo. Non ho fatto in tempo a scusarmi, attenta a non ribaltare il prezioso contenuto del mio bicchiere, che quello mi fa: «Oh, occhio a dove vai, bella!» Era il biondo bellissimo di Gallarate. Cazzo, che figura di merda.

Pensavo che Fabri non sarebbe venuto, poi però a un certo punto della serata ho visto Alex con Marlon, poi alcuni della sua compagnia e mi si è accesa la speranza. Ero tentata di chiedere informazioni ma non volevo attirare l'attenzione sul mio interesse. Ho fatto un giro della sala per scoprire se ci fosse anche lui ma niente.

Solo più tardi, ci siamo beccati casualmente in mezzo al delirio di gente. Ci siamo abbracciati:

«Ciao stronzo!», gli ho detto. Ero stra-felice.

«Ah, adesso sono stronzo.»

«Be'... ti fai le mie amiche!»

«A parte che non avevo idea che fosse una tua amica, ma poi guarda che ho chiuso con la Sonia dopo che ho saputo che ti sei incazzata!»

«Non è che mi sia incazzata, ci sono solo rimasta male! Poi è chiaro che sei liberissimo di fare ciò che vuoi.»

Mi ha abbracciata e ci siamo detti altre cose ma non me le ricordo. Però mi ricordo che era caldissimo, infatti era uscito nonostante la febbre.

«Cavolo! Anche io ce l'avevo sabato scorso!», gli ho detto.

«Alta come la mia? Avevo quasi 38 prima di uscire!»

«No, vabbè, te sei pazzo. Avevo qualche linea, tipo 37, ma avevo avuto la febbre alta tutta la settimana!» Sapevo che mi avrebbe presa per il culo ma sono stata comunque sincera. Infatti, mi fa: «Oh mamma, che febbrona, poverina!» Ammetto che quando mi prende in giro così, mi fa morire.

A un certo punto Fabri ha guardato la mia maglietta, quella nera di Walt Disney con su Daffy Duck – in questo periodo sono fissata con le t-shirt da bambini, sto cercando tantissimo la maglietta di Slash con su la puzzola francese ma è introvabile! Quella che adoro davvero delle mie è la bianca, quella con su *La carica dei 101* ma stasera era da lavare.

Comunque, Fabri ha detto che gli piaceva.

«È più bella la tua» ho ribattuto.

«Ti piace? Ho un amico che le stampa. Se me ne fa un'altra uguale, te la porto». Che carino! Sicuramente, in quel momento, mi saranno brillati gli occhi. La Astrid dice sempre che mi brillano gli occhi per queste cose.

A un certo punto eravamo abbracciati e gli ho dato un bacio sulla guancia. Me lo ha dato anche lui. Poi mi ha baciata sull'altra guancia, sfiorando il mio naso con il suo, per poi appoggiare le labbra sulla mia bocca e darmi un bacio a stampo. Che bello, adoro i dettagli di questi piccoli gesti inaspettati e amo quando prende queste iniziative.

«Un altro?» gli ho chiesto.

Fingeva di non sentire a causa del volume della sala – oggettivamente altissimo – e gliel'ho ripetuto, alzando il volume della voce. A quel punto, ha fatto finta che l'avessi assordato ed è andato avanti un po' con la recita. Poi s'è accorto che mi stavo sentendo in colpa. Ha riso, mi ha preso il viso tra le mani e mi ha dato un bacio stupendo. Sul più bello, è partita *Motorbreath* dei Metallica e s'è staccato: «Lanciati in pista, Fabri!» gli faccio.

«Eh ma sono da solo, non vedo Michi!», mi ha presa per mano e siamo andati a ballare insieme.

È arrivata quasi subito l'ora di andare. Ci siamo salutati tra baci e abbracci.

Quando ci siamo divisi sono rimasta impigliata alla sua maglietta con il mio orecchino. Dopo che sono riuscita a sganciarlo, mi ha tirata su di peso, facendomi girare e chiedendomi scusa. Ci siamo dati un altro bacio.

Sono così contenta quando mi dedica tutte queste attenzioni.

Mentre attraversavamo l'atrio dell'uscita, la Fly mi fa: «Cazzo ma che teneri che siete».

Non avevo mai pensato che, visti da fuori, potessimo essere teneri. Mi piace da morire l'idea.

12 maggio 1997

Sono le undici meno un quarto e scrivo dal mio letto.

Questa sarà l'ultima cosa che farò oggi: 12 maggio 1997. Questo giorno non tornerà mai più, non ci sarà mai più un altro 12 maggio 1997.

Pensavo a quanto la nostra percezione del tempo sia labile: a volte non passa mai e a volte scorre in un baleno. Non mi è mai piaciuto che non lo si possa fermare.

Manca un mese alla fine della scuola, quest'anno è volato: sono felice e ho paura allo stesso tempo.

Sono contenta che arrivino le vacanze ma mi mancherà la routine con i miei compagni.

A settembre la nostra classe verrà smistata e non saremo più gli stessi, l'anno prossimo.

La Betta mi ha detto che sono la sua compagna preferita. Non me lo aveva mai detto nessuno e nessuno mi ha mai chiesto tanti consigli come lei, la Yuna e la Fly in questo anno. Spero di non perderle. Smistamento di merda.

Nel pomeriggio ho chiamato la Astrid. Mi ha detto che ieri una sua compagna ha bigiato con Dedo. Va in giro a dire che sta cercando una nuova tipa perché adesso è single.

Cazzo, che merda. Ovviamente non è assolutamente vero. Ma poi che babbeo, Varese è un buco: certe cose si vengono a sapere dopo dieci minuti che ti sono uscite dalla bocca.

Non so se devo dirlo alla Fly: ci resterebbe troppo male. Bel dilemma. Mi dice sempre che lui le vuole molto bene. Sarà anche vero ma se poi appena non è con lei fa la merda così!

La verità è solo una: possiamo amare qualcuno ma non possiamo pretenderne l'amore indietro.

14 maggio 1997

La mamma non vuole darmi i soldi per una canottiera con le piume che avevo visto a Varese con la Linda. È finito l'effetto benefico delle vacanze ed è tornata la stronza di sempre. Non voglio sembrare una stronza viziata: anche se lei e il babbo non ne parlano mai apertamente davanti a noi, mi rendo conto che la mamma è sempre preoccupata per i soldi. Mi è chiarissimo che ci sia qualcosa che non va. Non siamo più la famiglia benestante di quando eravamo piccoli e ok, però a volte mi sembra che esageri. Davvero darmi ventimila lire distruggerebbe l'equilibrio economico di casa? Non vedo l'ora di finire il liceo: come prima cosa mi cerco un lavoro e faccio in modo di avere i miei di soldi. Il primo stipendio lo faccio fuori tutto in vestiti, cazzo.

Ma il vero punto è: cosa metto sabato? 'Fanculo.

Oggi sono insopportabile, non riesco ad avere un contatto civile con le persone.

Questa mattina, prima di entrare in assemblea, la Yuna mi ha offerto un paio di tiri dalla sua tromba.

Non era mai successo che mi facesse un effetto del genere ma mi sono sentita diventare cattivissima, provavo un senso di rabbia molto forte.

Avevo solo voglia di stare sola e che nessuno mi parlasse, invece c'era sempre qualcuno a tirarmi in mezzo con cose che mi sembravano inutili e stupide e delle quali non me ne fregava un cazzo.

Ho mantenuto un certo autocontrollo sulla cosa ed è proprio questa mia reazione che mi ha aperto gli occhi. Penso che come specie siamo assolutamente degli ipocriti: nessuno dice mai cosa pensi davvero e come si senta. L'essere umano è così falso e opportunista.

Ci troviamo tutti su questa terra e, invece di aiutarci, ci limitiamo a badare al nostro orticello, nel tentativo di sopravvivere e andare avanti.

A questo proposito, ho capito quale fosse la cosa più corretta da fare rispetto alla faccenda della Fly.

Non sono come quelli che si fanno i cazzi loro per il quieto vivere, non è giusto. E poi io, nei suoi panni, avrei voluto saperlo. Perché deve prenderla per il culo?

Questa sera l'ho chiamata e le ho detto quello che sapevo della storia di Dedo.

Ora sa con chi ha a che fare e starà a lei decidere.

15 maggio 1997

Questa sera, prima di salire in camera mia, sono rimasta sulle scale a giocare con Fede e Brando a chi arrivava prima all'ultimo piano.

Correvamo per tutta la casa come dei gatti pazzi. Erano anni che non facevamo insieme questo genere di giochi, troppo bello!

La pacchia, ovviamente, è durata poco perché dalla cucina sono arrivate quasi subito le urla isteriche della mamma: «Me la fate crollare la casa! Smettetela subito!! Andate fuori a correre!»

Così ci siamo fermati a guardare dei vecchi album. C'era una foto della mia classe delle medie: quanto siamo cambiati.

Sono veramente una nostalgica. Pensare al tempo passato mi provoca sempre delle emozioni assurde: è tutto così malinconico.

Guardiamo al futuro: manca sempre meno alla fine della scuola. Chissà che cosa succederà nelle vacanze estive? Speriamo non siano terribili come quelle dell'anno scorso.

Sabato si potrebbe andare al Nautilus ma non ho ancora chiesto il permesso, speriamo che non mi rompano il cazzo.

La cosa che mi scazza davvero, è entrare ancora alle nove di sera perché l'attesa è snervante. Magari propongo alla Linda una tappa al Circolo e ci beviamo una birretta per farcela passare un po'.

Ho voglia di vedere Fabri, anche se non riesco a togliermi dalla testa che si sia fatto la Sonia. Ma poi, ci avrà solo limonato al Nautilus o se l'è portata nel parcheggio? Meglio non indagare. Che senso ha pensare così tanto a qualcuno che non puoi incontrare quando vuoi? A volte ho la sensazione che questa storia esista solo nella mia testa.

Il concetto resta valido: puoi amare qualcuno ma non puoi costringerlo ad amarti a sua volta.

17 maggio 1997

Troppo bello, minchia!

La Linda mi ha chiamata nel pomeriggio per dirmi che suo padre non ci sarebbe venuto a prendere al ritorno dal Nautilus.

Saltata la serata? Non per me!

Non mi sono scoraggiata e sono andata al bar per cercare uno strappo, anche se mi dispiaceva un casino che lei non venisse.

Ho beccato Oliver e la sua compagnia.

Io, Oliver e Dario eravamo i più convinti a voler andare al Nautilus, ma eravamo anche i tre stronzi senza patente.

Nella speranza che prima o poi anche gli altri si sarebbero decisi, visto che saremmo poi stati vicini a Cardano, abbiamo fatto una macchinata e siamo andati tutti insieme in un bar di Gallarate.

Dopo la seconda birra eravamo tutti decisi ad andare al Nautilus. Tutti tranne uno che continuava a menarla. Nonostante i nostri tentativi per convincerlo – Torniamo presto! È pieno di ragazze! C'è bella musica! Siamo già in zona! – ha rotto il cazzo fino all'ultimo. Ha voluto a tutti i costi che lo riportassimo a casa e ci ha fatto perdere un bel po' di tempo.

Alla fine siamo rimasti io, Dario, Oliver e il loro amico Andre, che poi è quello con la macchina che ci ha salvati. Non lo conoscevo bene, fino a questa sera c'eravamo scambiati giusto un paio di battute ma devo dire che è simpatico. Un po' freddo all'inizio, infatti pensavo di stargli sulle palle, poi s'è smollato un po'.

Con i ragazzi mi sono divertita tantissimo, poi ero l'unica ragazza e quindi erano davvero pieni di attenzioni – Ti arriva aria dietro? Che musica vuoi sentire? – Troppo carini.

Nonostante tutte le sbatte, siamo arrivati verso mezzanotte e il Nautilus era ancora mezzo vuoto. Poi dal nulla, di botto, si è riempito di gente.

Sono andata a farmi un giro sulla pista rialzata e ho visto che c'era Marlon, quindi c'era una possibilità che con lui ci fosse anche Fabri. Infatti, mentre ci stavamo salutando, con la coda dell'occhio ho visto che si stava avvicinando Fabri, dopo aver fatto tappa in bagno. Aveva una faccia! Si capiva da un chilometro che era scazzatissimo e col culo girato.

Quando fa così non lo sopporto: è freddissimo e mi fa sentire un'estranea, quindi sono scappata via prima che ci raggiungesse.

Sono tornata a ballare con gli altri. Mentre eravamo in pista, dal nulla, ho dato un bacio sulla guancia a Oliver. Ha fatto una faccia stranissima, di sicuro non se lo aspettava. Poi, però, abbiamo iniziato a baciarci sul serio. Mi teneva abbracciata, con le mani sulla schiena. Era tenerissimo!

Siamo andati su un divanetto e siamo stati lì un sacco a sparare cazzate e baciarci. Mi accarezzava tantissimo il viso, mentre parlavamo ed era proprio bello essere lì.

Dopo un po' sono tornata a fare un giro sul palchetto rialzato. Volevo controllare se Fabri si fosse ripigliato dall'attacco di stronzaggine ma, soprattutto, volevo salutarlo.

Era in piedi, al centro del palchetto. Fumava una sigaretta e, intanto, rideva con quel tipo super antipatico che conosce anche Fede. Sembrava fosse in buona così mi sono avvicinata. Mi ha abbracciata e abbiamo iniziato a parlare un po', poi mi ha fatto segno di spostarci sul divanetto.

Eravamo seduti vicini, proprio appiccicati e, ogni volta che voleva dirmi qualcosa, mi metteva il braccio intorno alla schiena e mi parlava all'orecchio.

Era super chiacchierino: mi ha raccontato davvero un sacco di cose e mi ha fatta morire quando m'ha detto che sabato scorso è praticamente scappato alla vista della Sonia. Sarà vero? Un po' ci credo perché questa sera non si sono mai avvicinati l'uno all'altra.

Hanno messo *Seek and destroy*, mi ha presa per mano e siamo scesi in pista per ballarla insieme: stupendo!

La canzone dopo non mi piaceva, così ho mollato lì Fabri e sono tornata da Oliver. Avevo un po' paura che qualcuno di loro mi avesse vista abbracciata a Fabri. In effetti non avevo fatto niente di male, quindi me ne sarei potuta anche stare serena ma al momento mi sentivo strana.

Oliver era seduto, stava bevendo una birra tutto sorridente. Si è acceso una sigaretta e, siccome non voleva farmi fare due tiri, gli sono andata vicino per rompergli un po' le scatole. Ci siamo baciati ancora un po' ma hanno messo i Sepultura e siamo corsi in pista.

Verso le tre, Andre voleva andare via ma Dario non si trovava. Oliver voleva che andassi con loro a cercarlo.

Ho pensato che avrei potuto approfittare di questo inghippo e guadagnare ancora un pochino di tempo. Ho dato loro appuntamento all'uscita. Ci saremmo visti direttamente lì, che io dovevo salutare un amico.

Sono andata sul palchetto e mi sono seduta vicino a Fabri, che s'è appoggiato su di me. Abbiamo sparato due cazzate sulla serata, poi gli ho detto che dovevo andare e mi ha dato un bacio. Solo che io ero un po' di fretta e lui non si staccava più! Siamo rimasti lì così, a baciarci per un po'. Poi gli ho chiesto:

«Perché?»

«Come perché?!»

«Eh, perché?»

«Perché sì... scusa, non lo faccio più se non ti va.»

«Noo: volevo solo sapere come mai!»

Mi ha fissata con gli occhioni e mi ha abbracciata.

«Devo andare», gli ho detto.

Mi sono alzata dal divanetto ma sono rimasta in piedi davanti a lui. Era troppo bello, non riuscivo a smettere di guardarlo e non volevo davvero andarmene.

Si è allungato verso di me, mi ha afferrata per la vita, tirandomi verso di lui e ci siamo baciati ancora. Poi gli ho dato un ultimissimo bacio veloce a stampo e ho raggiunto gli altri.

Mi stavano aspettando all'ingresso, come d'accordo. Speravo mancasse ancora qualcuno, per avere un altro po' di tempo, invece c'eravamo tutti. Che palle.

L'ho fatto lo stesso: «Ragazzi, un secondo! Arrivo subitissimo, giuro! Non vi muovete, devo salutare un altro mio amico che non avevo ancora visto!»

Oliver stava venendo con me ma ho fatto finta di non accorgermene e sono schizzata via, seminandolo tra la gente.

Sono tornata di nuovo da Fabri. Ci siamo messi a ridere, non abbiamo detto una parola e ci siamo baciati di nuovo.

Poi me ne sono andata davvero.

Quando siamo usciti, gli altri non ricordavano più dove fosse parcheggiata la macchina ma io sì.

Maschi. A volte sono un po' distratti. Mi piacciono i ragazzi che sanno sempre dove hanno messo le loro cose, quelli che a sistemare tutto non devi pensarci tu. Mi piacciono i maschi che non perdono il controllo, quelli che restano lucidi anche da sbronzi e sui quali sai che puoi contare. Ecco, quelli mi attizzano tantissimo. Un punto in meno per Oliver con 'sta storia della macchina.

All'inizio del viaggio parlavamo tutti, poi Oliver ha chiesto di alzare il volume della musica. Ci siamo baciati per, credo, dieci minuti di fila senza staccarci mai, finché Andre ha piantato di proposito un'inchiodata e ci ha chiesto se ci fossimo morsi la lingua. Che cazzone!

Madonna che serata, veramente troppo divertente!

18 maggio 1997

E così un'altra serata al Nautilus è andata... Potessi riviverla!

Sono passate tredici ore da quando ho scritto tutto ma la felicità resta invariata. È come se fosse successo cinque secondi fa.

Con Oliver sono stata troppo bene e devo ammettere che, se capitasse di nuovo l'occasione, me lo rifarei.

Ogni tanto mi viene in mente che la Linda ci è uscita per un po' e mi fa un po' impressione il fatto che abbiamo un tizio in comune. La cosa stranissima è che la Linda non me ne ha mai parlato molto bene e l'ha sempre descritto come un freddo approfittatore, sensazione che io assolutamente non ho. Anzi: mi ha dato proprio l'affetto e le coccole che desideravo da tanto.

C'è da dire che la Linda quando vuole sa essere pesante: magari con Oliver ha fatto un po' l'appiccicosa e lui l'ha allontanata? È un pericolo che non credo di correre visto che questa situazione mi piace così com'è. Io con lui non voglio una storia. Mi sento libera, mi diverto troppo e poi non potrei fingere di non provare quello che sento per Fabri.

Con Oliver sarebbe ideale una cosa tipo «se ci si becca si sta insieme». Insomma liberi e sereni, senza un impegno preciso e senza menate.

Passiamo a Fabri. All'inizio era in super scazzo, quando sono tornata da lui era tranquillo e ora alla fine sembrava non volesse lasciarmi più andare. Le montagne russe con quel ragazzo.

Mi ha stupita tantissimo che mi abbia baciata come fosse la cosa più naturale del mondo e con quella passione: mi stringeva un sacco.

Quando gli ho chiesto perché l'avesse fatto speravo in una bella risposta. Che ne so: perché ci tiene, perché gli piaccio... Invece ha dribblato completamente la mia domanda.

20 maggio 1997

Mattina stranissima.

Non avevo voglia di parlare con nessuno ma solo di stare immersa nei miei pensieri. E invece... M'ha beccata a sorpresa in geografia!

Quando mi ha chiesto di parlarle dell'India non riuscivo nemmeno a trovarla sulla cartina.

Penso che questa bella figura di merda resterà nella storia dei nostri ricordi di classe.

Prima di tornare a casa, all'uscita da scuola, sono rimasta in cortile con la Fly a fumare una sigaretta. Mi ha detto che ha rimuginato per giorni sulla faccenda di Dedo e sulle stronzate del suo «sedicente essere single», finché ieri non ne poteva più di tenerselo per sé e lo ha messo davanti alla realtà. All'inizio Dedo ha provato a negare ma senza troppa convinzione, poi ha minimizzato, dicendole che sono cose che si dicono per scherzare ma che non aveva nessuna vera intenzione di farle le corna.

La Fly ci è rimasta malissimo, forse in fondo sperava che avrebbe negato. Con il fatto che, invece, lo ha ammesso, ora si ritrova a fare i conti con la certezza che il suo fidanzato è un po' un pirla.

Non vorrei essere nei suoi panni: mi è sembrata davvero molto triste per questa storia.

21 maggio 1997

Questa mattina c'erano un casino di assenti, compresa la Yuna. Mi sono preoccupata perché ultimamente mi sembra un po' giù di corda. Qualche giorno fa mi ha fatto una strana confessione: è partita dicendomi che a scuola non si sente molto integrata e che ha legato solo con poche persone, per poi ampliare il discorso. Ha decretato l'inutilità di fare il liceo qualora non si intendesse proseguire con gli studi universitari, specificando che probabilmente per i suoi sarà un problema pagare le rette. Al momento non mi sono preoccupata: ho pensato fosse in un momento di sconforto – magari anche legato alla frustrazione per la situazione bloccata con Carletto – ma non vedendola questa mattina mi sono un po' allarmata.

L'ho chiamata nel pomeriggio e mi ha detto che ci ha pensato bene: non ha intenzione di mollare la scuola. Per fortuna! Mancano ancora tre anni al diploma: a cosa fare dopo il liceo e a come fare, ci penseremo poi.

Durante l'intervallo ho parlato con la prof e il succo è che se mi sbatto un po' e rialzo la media di storia e geo – dopo lo svarione di ieri – con lei sono a posto.

Domani pomeriggio mi fermo a seguire il corso di recupero di greco: non sono pazza, voglio solo prendere il treno dopo così becco Oliver. Poi il recupero vola e mi piace un casino trovarmi a pranzare da sola quando torno a casa.

Ho una voglia di vestirmi da metallara cattiva! Oggi ho candeggiato i miei vecchi jeans della Replay, speriamo che vengano bene e di non averli devastati.

22 maggio 1997

Quanto mi sento sfigata, oggi? Sono rimasta a scuola un'ora in più per beccare Oliver sul treno ma non l'ho visto.

Il compito di mate è stato una figata: abbiamo copiato tutti, cazzo che ridere se ci penso!

È stato tutto merito della Betta: è una cazzo di secchiona geniale. È stata la prima a finire la prova e, invece di consegnarla appena fatta, ha aspettato che il prof si distraesse. A quel punto, ha scambiato il suo compito con quello della Yuna. Mentre la Betta compilava gli esercizi al posto suo, la Yuna ha copiato le soluzioni del compitino della Betta su un nuovo foglio: lo ha fatto avere a me, che l'ho poi girato alla Fly, che infine l'ha passato a Tommy.

È stato super adrenalinico, è incredibile che ce l'abbiamo fatta tutti senza farci sgamare! E che faccia di merda la Yuna e la Betta, che sono andate a consegnare al prof i compiti l'una dell'altra con nonchalance e senza farsi beccare.

Il pomeriggio l'ho passato alla finestra a prendere il sole in faccia, adoro la primavera.

Chissà Fabri che sta facendo in questo preciso istante?

23 maggio 1997

Inizio a sentirmi una scema: da una settimana a questa parte, la mia vita si sta regolando in base a Oliver. Pantaloni strappati così sono grunge come lui e non sembro hippie, treno dopo per beccarlo e pomeriggio al bar sperando di vederlo. Poi?

Mi ero ripromessa di non far fare ai tipi il bello e il cattivo tempo ma non ce la faccio: sono proprio succube.

A riprova di quello che ho appena scritto, nel pomeriggio ho fatto un salto al bar sperando di beccarlo ma non c'era – lui e proprio nessun altro – e me ne sono tornata a casa.

Mi annoiavo un po', così sono andata a cercare alcune delle vecchie lettere che mi ha scritto la Linda. Volevo vedere che effetto mi avrebbe fatto rileggere con gli occhi di oggi quelle in cui mi parlava di Oliver e del periodo in cui uscivano insieme. Devo dire che con lei ha fatto veramente lo stronzo. Sembra tanto buono ma, se ci si mette, anche lui sa essere un bel bastardo, come tutti.

Probabilmente è vero, come sospettavo, che lei gli stesse un po' addosso ma, nelle lettere, la Linda ha scritto che Oliver l'ha scaricata senza mezzi termini, dicendole: «Sei una pressa spaccacoglioni, mollami un po'!» davanti a tutti i loro amici.

Per quanto uno possa essere esasperato, c'è modo e modo per dire le cose. Se le avesse spiegato prima cosa gli passava per la testa e che si sentiva messo alle strette dalle sue richieste, forse non sarebbe arrivato a umiliarla pubblicamente.

Dubito che con me potrebbe osare un comportamento del genere ma se dovesse farlo non credo proprio che subirei in silenzio come ha fatto la Linda.

Domani la Yuna va al Nautilus, le ho detto di tenermi d'occhio Fabri.

25 maggio 1997

Verso le sei io, Oliver, la Linda e Dario siamo andati a Varese. È stato divertentissimo.

Durante un momento in cui Dario e Oliver parlavano tra loro, la Linda mi ha confidato di essere stata di nuovo a letto con Livio, di recente. Non abbiamo fatto in tempo ad approfondire ma l'ho cazziata. Non riesco veramente a capire perché continui a dargli corda: sono certa che adesso le farà il solito scherzetto di scomparire dai radar, oppure sarà sì presente ma ricomincerà a trattarla male.

Al ritorno, ho chiamato a casa i miei dalla cabina e ho sparato che avrei cenato dalla Linda. Invece siamo andati tutti al bar.

Abbiamo ordinato dei tranci di pizza che non sono mai arrivati, così la Linda e Dario sono andati a mangiare da un'altra parte. Che bello sarebbe se si mettessero insieme loro due? Potrei mettermi il cuore in pace per entrambi, sapendo che stanno con una brava persona, e invece non succederà mai.

Io e Oliver siamo rimasti al bar a bere e chiacchierare.

Stava andando tutto benissimo finché, a un certo punto, si è impegolato in un discorso assurdo.

Ha iniziato prendendola larga, dicendo che con me si diverte e sta bene eccetera eccetera e poi è andato al punto. Non gli va che ci facciamo e basta e vorrebbe che stessimo insieme seriamente, che fossimo una coppia. Dice che, per come la stiamo vivendo adesso, ha la sensazione di usarmi.

Boh, che stronzata.

Io l'ho lasciato parlare per un po', soprattutto per prendere tempo: questa idea dell'usarmi mi suonava un po' assurda – anche perché io non ho questa percezione nei suoi confronti: siamo solo due che stanno bene quando si incontrano – ma non volevo essere troppo dura.

Mentre parlava lo guardavo: ha un bel nasino, è proprio carino.

Ci ho pensato un po' e alla fine gli ho detto che ok, mi andava bene stare con lui.

Ora che sono a casa, però, sento un peso sullo stomaco.

26 maggio 1997

Ieri sera sono stata con Oliver fino alle dieci. Sono rientrata a casa poco dopo e mi sono messa subito a letto.

Speravo di farmi una bella dormita ma sono rimasta sveglia almeno fino alle due. Non so cosa avessi addosso, non riuscivo assolutamente a prendere sonno.

Devo ammettere che Oliver mi ha stupita tantissimo. Sia per l'intraprendenza che per le cose che mi ha detto. Non avevo idea di piacergli così tanto, pensavo anzi addirittura di essere l'unica tra i due a cercare di beccarci in giro.

Mi fa stranissimo pensare di essere la sua tipa. Forse è solo perché non sono più abituata all'idea di stare con qualcuno. «Avere il ragazzo». Mi sembra assurdo anche solo a vederlo scritto.

27 maggio 1997

La fine della scuola è sempre più vicina, non ho molto tempo per rimettermi in sesto con storia e geo.

Sul treno Oliver mi ha chiesto se ci vediamo venerdì sera, ma non saprei come sgattaiolare fuori casa. E poi, se anche ce la facessi, mi giocherei un buono «serata fuori» per stare con lui e dovrei saltare il Nautilus.

Un conto è uscire nel pomeriggio ma la sera, fino a che non finisce la scuola, è un pacco: non ho voglia di mettermi a contrattare le uscite con i miei.

Lo so che non dovrei ma oggi stavo pensando a Fabri, ho una voglia pazzesca di vederlo.

Oliver e gli altri sabato vanno al Garage e mi ha chiesto di andare con loro. Non lo so, deciderò all'ultimo in base a quello che avrò davvero voglia di fare.

Sto bene con Oliver ma mi è chiarissimo che, per ora, non sono innamorata. Va benissimo così perché nell'ultimo anno ho pianto troppo e non sono pronta a rischiare che succeda ancora. Niente innamoramento uguale niente drammi.

28 maggio 1997

Mi dispiace per le cose un po' fredde che ho scritto ieri. Sarà che oggi vedo tutto rosa per quanto è stata bella la giornata.

Finita la scuola, ho preso il treno delle due con Oliver e un altro po' di gente, poi sono andata a pranzo dalla Linda.

Come immaginavo, era tutta mogia per colpa dell'ennesimo scazzo con Livio. Questa volta la cosa è stata super pesante perché durante l'ultima discussione che hanno avuto lui le ha detto che non deve farsi illusioni su un futuro insieme perché – testuali parole, mi ha detto la Linda – lui non la ama e non la amerà mai. E allora perché torna sempre da lei? Che la lasciasse in pace, cazzo.

Verso le tre e mezza sono schizzata a casa per lavarmi al volo. Mi sono pure rasata le gambe con la lametta: ero così di corsa che mi sono tagliata ovunque e non smettevo più di sanguinare. Ho provato a tamponare i rivoli con quella specie di gessetti bianchi che usa il babbo quando si fa la barba, ma non sono serviti a un granché. Che disastro.

Nonostante questo inghippo, sono stata davvero speedy perché poco dopo le quattro ero al bar.

Ho aspettato un po', seduta sul portico a guardare le macchine che passavano, ma Oliver non arrivava.

Ho scroccato delle monetine e l'ho chiamato a casa dal telefono a gettoni del bar.

Ha risposto subito ed era tutto agitato. Mi ha detto che per poter uscire doveva aspettare che rientrassero sua mamma e sua sorella. Erano andate a fare la spesa senza prendere le chiavi, quindi se lui fosse andato via, loro non sarebbero riuscite a rientrare.

Mi ha proposto di raggiungerlo per aspettarle con lui, visto che non aveva idea di quanto tempo ci avrebbero messo.

Me la sono fatta a piedi e dopo una quindicina di minuti ero là. Ho suonato ma non sono entrata, gli ho detto: «Ti aspetto sul vialetto».

Siamo rimasti fuori dal suo cancello, seduti sul marciapiede. Un po' parlavamo, un po' ci baciavamo.

Dopo un po' sua mamma e sua sorella sono arrivate e noi eravamo liberi di andare al bar.

Abbiamo fatto la strada un po' abbracciati e un po' tenendoci per mano e non stavamo zitti un attimo.

Siamo rimasti nel portico del bar fino a sera, a chiacchierare e farci le coccole ma più che altro a parlare e ridere.

È stato davvero bello se escludiamo che, verso le cinque, al bar è entrato A. Mi ha fatto un pessimo effetto vederlo e non ho potuto fare a meno di distrarmi dalla conversazione con Oliver.

Mi è venuto spontaneo riflettere sulla differenza fra quello che provavo all'idea di essere la sua ragazza e quello che sento quando penso che il mio tipo, adesso, è Oliver.

Per fortuna A. è andato via quasi subito e ho cercato di non pensarci più, per non rovinare tutto: Oliver non se lo merita.

Mi ha detto che domani deve andare a Como, ha la visita per il militare. Pure lui. Due coglioni, eh!

Poco prima che andassimo via, è passato dal bar anche Dario: lo abbiamo sconvolto. Non sapeva ancora che stiamo ufficialmente insieme. In effetti mi ero dimenticata di dirglielo: non ci poteva credere che fosse successo tutto così in fretta.

Sento che Oliver ci tiene davvero alla nostra storia e questo mi piace. È bello stare con qualcuno che è felice di stare con me.

1 giugno 1997

È il compleanno della mamma: 48 anni. Quando mi sono alzata le ho fatto gli auguri, ma non sembrava molto contenta.

Fortunatamente è uscita quasi subito. Lei, il babbo e Brando sono andati a fare un trekking e Fede è andato a pranzo da Axel. Non mi ha ancora prestato il fumetto del *Corvo*: speriamo che Fede oggi si ricordi di chiederglielo, sono mesi che aspetto di poterlo leggere.

Che sollievo stare a casa senza vedere nessuno e senza pensare a niente. Non ci sono rumori, urla, niente: si sentono solo gli uccellini che cinguettano fuori dalla finestra. Stupendo. Passerei la vita a dormire.

A dirla tutta, anche io mi sono svegliata malissimo: ho un peso sullo stomaco da ieri e so benissimo perché.

Perché ieri sera sono andata al Garage con Oliver invece che al Nautilus con la Paola: bella cazzata.

Ho passato tutto il tempo a chiedermi: «Chissà cosa starebbe succedendo, adesso, se invece che essere qui a perdere tempo, fossi andata al Nautilus?»

Ne ho parlato un po' con Dario già ieri, senza entrare troppo nel dettaglio. Mi sono sfogata, spiegandogli che stare in coppia mi fa mancare l'aria. Stando a quel che m'ha detto lui, Oliver non si è reso conto di niente, anzi è felice e, molto probabilmente, è innamorato. Questo complica ogni cosa, perché io no.

Ci sto bene sì, magari potrei anche sceglierlo per farci sesso la prima volta, perché sono certa che mi tratterebbe benissimo ma non ho proprio voglia di avere il ragazzo.

Sto scanalando tutte le frequenze radio: da quando è uscito il nuovo di Bon Jovi, sono riuscita a intercettarlo al massimo due volte.

Possibile non ci sia un cane che metta *Destination Anywhere*?

3 giugno 1997

Oggi la Astrid mi ha fatto incazzare parecchio. Dopo scuola ho chiamato la Astrid e mi ha fatta incazzare parecchio. Si stava parlando di andare al Nautilus con lei e la Bea tra due sabati e mi sono esaltata un sacco.

Così lei se n'è uscita con una frase e un tono veramente del cazzo: «È un'idea eh, adesso non dare per scontato che si vada! Bisognerà prima sentire se Lupo ha voglia di portarci!»

Se sa già che non ha voglia di andare può anche dirlo, tanto lo sappiamo benissimo che Lupo lo pilota lei: decide quello che vuole fare ed è legge per tutti.

Questa è stata la goccia che ha fatto traboccare il vaso, oggi, perché mi aveva già fatto girare il cazzo a nastro quando, al ritorno da scuola – dopo che ho salutato Oliver in stazione – mi fa: «Adesso non c'è più nessuno eh? Solo Oliver!»

La risposta mi è uscita senza pensare:

«Ma senti chi parla, che da quando stai con Lupo sei scomparsa! E sei pure recidiva, visto che anche quando stavi col tuo ex hai fatto lo stesso! Forse è meglio se stai zitta!»

S'è data una calmata e con un tono più accomodante, ha detto:

«Sì, infatti, te lo dico perché tu non ripeta i miei errori!»

Ma vaffanculo, va'.

4 giugno 1997 - Lettera alla Astrid

Cara la mia Astrid,

qualche giorno fa parlavamo di lettere mai scritte.

Ebbene (minchia, i paroloni!) eccomi qui, con carta, penna e un gran senso di... sì, direi frustrazione.

Odio rinfacciare alle persone il passato ma credo che in questo caso sia l'unico modo per farti arrivare il senso del mio sfogo. Ci sono tante cose che non ti ho mai detto, fino a oggi.

Vuoi sapere la verità? Ieri mi hai delusa. È proprio così ed è inutile che ti incazzi. Non temere, questo non cambia niente rispetto al bene che ti voglio.

Credi che mi sia scordata delle tue ultime storie? Ho sofferto per quasi due anni, quando sei scomparsa. Credi che mi sia scordata che non c'eri mai?

Ho sofferto anche quando hai iniziato a frequentare Lupo e sei sparita. Ci ho fatto l'abitudine ma non ho mai interferito nelle tue storie. Non mi sono mai permessa di entrare a gamba tesa e dirti che stavo male, perché non ho nessun diritto di farti sentire in colpa per essere felice. Non ce l'hai nemmeno tu.

Io ti rispetto e da te pretendo lo stesso. Rispetto le tue idee e le tue scelte, anche se non sempre coincidono con le mie (dopo tutto, non ci hanno mica fatte con uno stampino!).

Che poi, mi hai aggredita come se io fossi sparita da mesi. Non sono nemmeno due settimane che sto con Oliver e già mi tiri le storie da fidanzata gelosa? Nella mia vita non ci sei solo tu, come nella tua non ci sono solo io.

Hai idea di quante cose cambieranno dopo che avrai fatto la maturità, da settembre? Andrai all'Università, a Milano. Avrai nuovi impegni, farai nuove amicizie e i nostri incontri, se va bene, si dimezzeranno.

Pensi di vivere il tempo che resta con il rancore nei miei confronti solo perché ho trovato una persona con cui sto bene?

Mi sono rotta i coglioni di stare a chiedermi cos'ho sbagliato.

Ora, può darsi che la storia tra me e Oliver duri due giorni o venti anni, ma sicuramente non ti permetterò di intrometterti.

Non so se è giusto che ti scriva questa lettera e spero che tu la prenda nel modo giusto, perché è piena di emozioni contrastanti.

Tengo così tanto a te che sto cercando di rimettere insieme i pezzi del nostro rapporto, esternando rancori e frustrazioni che mi porto dentro da un bel pezzo.

Non hai idea della paura che ho mentre scrivo: come la prenderai? Magari non ti farai più sentire ma magari, invece, ti renderai conto di non essere la sola che sta male su questo pianeta.

Forse puoi capire cosa intendo quando dico che, per me, la fine delle tue ultime due storie sia stata una manna. Ci siamo riunite e sembrava non fossero nemmeno mai esistiti quei mesi di distacco.

Ora c'è Lupo e se tu sei felice, buon per te. Non mi sembra giusto rinfacciare certe cose. Ti piace essere accusata per aver fatto una scelta che ti rende felice? Dubito.

Ti voglio un sacco di bene, Astrid, davvero, quindi non ti incazzare.

7 giugno 1997

Che carino, oggi Oliver mi ha telefonato. Purtroppo, per le prossime due settimane sarà incasinato con la scuola. Deve studiare un sacco per non farsi segare e mi sa che non ci vedremo un granché.

Poi mi ha telefonato anche la Astrid. Ha detto che ha voluto far passare qualche giorno per metabolizzare le cose che le ho scritto. Si è anche scusata e, finalmente, ci siamo chiarite anche a voce. Dopo dieci minuti eravamo le stesse deficienti di sempre, come non fosse mai successo niente.

Nel pomeriggio sono andata in biblioteca per cercare qualcosa di sfizioso. Ho trovato un libro che racconta della prima volta di un sacco di tipe, si intitola: *La prima volta. Le adolescenti raccontano la loro iniziazione sessuale.*

È una collezione di interviste anonime sul tema. Alcune hanno avuto una prima volta davvero bella ma moltissime di loro hanno vissuto esperienze proprio fredde e deludenti.

In tanti casi non hanno avuto modo di valutare bene la persona con cui avevano a che fare, oppure sono state imbrogliate. I maschi sanno essere gentili se ti vogliono scopare e sanno sparire quando si annoiano. Alcune ragazze l'hanno fatto perché spinte dalla curiosità o dall'insistenza del ragazzo. Alla fine si sono lasciate andare ma forse non erano pronte o convinte. Questo libro dà parecchio da riflettere.

Non considero la prima volta come una cosa sacra, né in senso religioso né da altri punti di vista, ma di certo non vorrei sprecarla con una persona cattiva.

Sabato ho voglia di andare al Nautilus, mi manca troppo.

13 giugno 1997

Nautilus.

Io, la Linda, la Yuna e la Betta siamo passate prima al Circolino a farci una birra. Un po' per carburare e un po' per prolungare l'inizio serata.

All'ingresso del Nautilus ho intravisto Oliver e gli altri. Erano a un buon punto della coda, praticamente stavano per entrare. Non avevo voglia di attraversare la ressa per andare a salutarlo: la gente in fila mi avrebbe linciata e poi vederlo m'ha presa un po' male.

Noi abbiamo fatto una mezz'ora piena in coda: tra la festa di chiusura delle scuole e l'ingresso gratuito, c'era davvero il delirio.

Appena varcato l'ingresso, siamo andate a presidiare la nostra postazione sui divanetti del palchetto rialzato.

La musica bella è iniziata quasi subito e noi giù tutte a ballare.

Che serata pazzesca: c'erano proprio tutti. In mezzo al casino ho visto anche il thrasher con la sua compagnia di thrashers. All'inizio ha fatto finta di non vedermi ma poco dopo è venuto lì: «Non sono ancora abbastanza sbronzo per parlarti ma almeno ciao te lo posso dire!» Non ho nemmeno fatto in tempo a replicare che se n'era già andato. Se sono pazzi, sono miei.

Faceva un caldo mostruoso in mezzo a tutta quella gente e sono andata in bagno per darmi una sciacquata. Lì ho beccato una delle amiche mitiche di Michi e Fabri che mi ha detto che erano appena entrati anche loro.

Questa notizia mi ha caricata da morire e ho deciso che fosse arrivato il momento per andare a prendermi da bere. Uscendo dal bagno mi sono trovata davanti la Astrid e siamo impazzite di gioia. Urlavamo come delle sceme: ero troppo felice che fosse lì.

Siamo corse insieme verso la pista rialzata per beccare le altre e siamo rimaste a ballare tutte insieme.

A un certo punto, qualcuno mi ha abbracciata da dietro e sollevata da terra: era Michi, sembrava al settimo cielo. A quel punto non vedevo l'ora di salutare Fabri così gli sono corsa incontro. Era scazzatissimo. È rimasto immobile, senza sorridermi mai e mi ha salutata in modo molto freddo.

'Fanculo Fabri. Mi sono ripromessa di non farmi rovinare questa serata bellissima e sono tornata dalle mie amiche.

Durante il resto del tempo, con Michi è stato tutto stranissimo. Come quando s'è avvicinato dal nulla e m'ha dato un bacio sulla guancia, per poi schizzare via.

Da lì in poi, io ho fatto con lui tutto quello che mi veniva in mente. Mentre ballavamo, continuavamo a prenderci dentro e toccarci il culo a vicenda.

A un certo punto, ho appoggiato il mio petto alla sua schiena e, da dietro, gli ho messo una mano sul pacco. Lui stava tantissimo al gioco e questa cosa mi esaltava ancora di più: era come se stessimo gareggiando a chi tra i due alzava di più il tiro. Lui, poi, era davvero in formissima e più scemo che mai: continuava a farmi il dito medio con entrambe le mani e tirar fuori la lingua. Addirittura, poi, sempre guardandomi, si è morso il labbro inferiore, mimando il gesto di accompagnare una testa immaginaria a succhiargli il cazzo. Tutto questo in mezzo alla pista piena di gente! Non smetteva di provocarmi, così gli sono andata a cinque centimetri dalla faccia: «E questo pompino, vuoi che te lo faccia qui?» Ero certa che questa uscita gli avrebbe smorzato l'entusiasmo e avrebbe abbassato le ali. Invece no. Anzi, mi ha fatto sì con la testa, si è slacciato la prima asola dei 501 e ha finto di sbottonare anche il resto. Siamo scoppiati a ridere come due scemi e ci siamo abbracciati. Ho sentito quel profumo. Profumo di Michi.

Spinta più da una specie di senso del dovere che da altro, sono andata a cercare Oliver. Ci siamo dati un bacino e abbiamo scambiato due parole che nemmeno ricordo.

Mentre ero con lui mi sentivo soffocare. Avevo la sensazione di stare perdendo tempo e non volevo che questa cosa contaminasse il mio umore, quindi sono andata subito via.

Ed eccomi di nuovo alla nostra base tattica: la pista rialzata.

Mi sono seduta sui gradini a guardare Michi e Fabri che ballavano insieme gli Ac/Dc: erano proprio bellissimi, come sempre.

Dopo un po' Fabri si è seduto sul muretto e Michi è venuto ad appoggiarsi alla colonna, in piedi di fianco a me. Ci siamo smezzati una delle sue Chesterfield – che carino, ogni tot me la passava, senza che nemmeno glielo avessi chiesto.

Ha iniziato ad accarezzarmi i capelli e si è avvicinato di più.

Fabri sembrava aspettare qualcuno e comunque mi pareva nervoso.

Ho cercato in tutti i modi di intercettare il suo sguardo, anche solo per capire cosa gli passasse per la testa ma niente. Era come se fossi trasparente per lui.

C'è stato un momento in cui Michi l'ha chiamato. Masticava la cicca con la bocca aperta – è veramente figo, così grande e sicuro di sé – e gli ha fatto segno con la mano di star calmo. Fabri non gli ha nemmeno risposto, ha distolto subito lo sguardo.

A quel punto, dal niente, Michi ha afferrato il collo della mia maglietta, allargandolo. Ci ha guardato dentro dall'alto, cercando di sbirciarmi le tette. Sarà coglione.

Dopo un po' era stufo di stare in piedi e si è seduto di fianco a me. Ha appoggiato il braccio sulla mia gamba, lasciando la mano abbandonarsi sul mio ginocchio.

Sul più bello, è venuta lì correndo una sua amica: l'ha preso per un braccio, portandolo fuori dalla sala Rock perché doveva parlargli con urgenza. Chissà che cazzo stava succedendo tra tutti, in quella compagnia?

Io sono rimasta immobile, nella speranza che una volta di ritorno, saremmo ripartiti da dove eravamo rimasti.

Invece, quando Michi si è riavvicinato è rimasto in piedi, mettendo di nuovo una distanza tra di noi.

Nel frattempo è arrivata la Astrid:

«Oh, non ci crederai mai! Stavo ballando, nel casino mi sono sentita prendere per un braccio. Mi sono girata e c'era A. con...»

«A.???» – non l'ho nemmeno fatta finire, non mi interessava con chi fosse venuto.

La Astrid mi ha presa per mano e mi ha trascinata da lui.

Stava ballando con i suoi amici ma io l'ho abbracciato fortissimo, senza nemmeno dargli il tempo per realizzare che fossi io – anche perché ero fuorissimo.

Mi ha fatto una carezzina sulla testa e abbiamo scambiato due chiacchiere, ma mi è stato subito evidente che non avesse voglia di parlare con me né un granché da dirmi, così me ne sono andata in fretta.

Sono tornata ad appollaiarmi sulle scale e mi sono risaliti di botto un milione di ricordi: la primissima volta nella mia vita che sono entrata al Nautilus ed ero con lui, il giorno in cui ci siamo messi insieme... con quel vento allucinante, le domeniche pomeriggio imboscati nel parco della villa comunale, la notte della festa a casa della Paola, Capodanno a casa mia, le sere durante le vacanze di Natale in giro per mano sotto la neve… e sono scoppiata a piangere.

In quel mentre è passata di lì l'amica di Michi – quella del bagno a inizio serata – e mi ha chiesto se stessi piangendo per Fabri:

«No, no: ho appena visto il mio ex.»

«Ah… dai, poi ti passa! Io il mio lo vedo sempre: adesso è in giro con una stronza, per esempio!» È stata carina con questo goffo tentativo di tirarmi su.

Poi è arrivato lì Oliver. Mi sono asciugata al volo le lacrime e, dentro di me, pregavo solo che sparisse all'istante per non dovergli dare spiegazioni.

Michi, che era rimasto in zona tutto il tempo, guardava Oliver. Poi guardava me. Io guardavo Michi e guardavo Oliver, poi di nuovo Michi e con questo confronto ravvicinato ho realizzato che... be', Oliver non poteva assolutamente reggere il paragone.

«Scusa, devo parlare con la Astrid» gli ho detto. Mi sono alzata di scatto e sono andata via, mollandolo lì.

Michi mi ha afferrata al volo, per un polso. Mi sono liberata con uno strattone, senza guardarlo e senza voltarmi.

Mentre cercavo la Astrid, in mezzo alla ressa sono passata accanto al biondo bellissimo di Gallarate. Ha fatto un commento sarcastico del cazzo, qualcosa tipo: «Piccola non piangere che ti si rovina il trucco». In altri frangenti avrei sicuramente fatto salti di gioia – da stronzo, ma mi ha rivolto la parola! – o, comunque, gli avrei risposto a tono. Invece in quel momento non me ne fregava niente, nemmeno che m'avesse vista – effettivamente – con il mascara colato sulla faccia.

Quando, finalmente, ho intercettato la Astrid, ho ricominciato a piangere, ma proprio come una fontana. Ero disperata.

Mi ha accompagnata ai divanetti lontani dal casino della pista. Mi stringeva tantissimo, mi dava dei bacetti sulla testa e mi accarezzava i capelli. Quando poi mi sono calmata mi ha chiesto cosa fosse successo.

«Non credo di essere ancora innamorata di A., ma vederlo qui è stato troppo forte, mi ha sconvolta!»

Le ho spiegato che, più dolorosa di ogni cosa, è stata la freddezza che ho sentito da parte sua.

Le ho detto anche di Oliver, che ultimamente quando sono con lui mi manca l'aria e credo che tra noi non sia più cosa.

La Astrid ha proposto che andassimo un po' in bagno. Lì mi sono data una sciacquata e mi sono ripresa un attimo.

A quel punto lei mi ha chiesto: «Pippi non ti arrabbiare ma... Ti sei mai chiesta perché dopo A. non riesci a stare con nessuno?»

In tutta sincerità no, non me l'ero mai chiesto. Non avevo una risposta, comunque.

Quando siamo uscite, Michi era fuori dal bagno. Sicuramente mi aveva vista piangere. Mi stava sorridendo ma non ero assolutamente in condizione di parlargli. Chissà che film si sarà fatto lui su tutto questo dramma adolescenziale del sabato sera?

Non avevo più voglia di stare dentro al Nautilus, ormai la serata era rovinata. Poco dopo, ho chiesto alla Astrid e a Lupo di portarmi a casa.

Prima di uscire non ho salutato nessuno, né Oliver, né Michi, né Fabri. Proprio nessuno. Volevo solo andare via, in fretta.

Per strada li ho fatti fermare perché avevo una voglia incredibile di vomitare. Ho detto loro che stavo male e abbiamo accostato. Mi sono infilata due dita in gola e via, verso casa, come nuova.

14 giugno 1997

Alla fine ieri sera abbiamo fatto comunque le quattro. Questa mattina ho dormito fino alle undici, bigiando ufficialmente l'ultimo giorno di scuola.

Della nottata, ora che ci penso, ho tralasciato un paio di cose.

Prima cosa: ho la certezza assoluta che, la volta scorsa, Michi abbia adocchiato la Bea perché ieri mi ha chiesto come mai non ci fosse. Questa domanda non mi è piaciuta per niente: per arrivare addirittura a chiedermi di lei, significa che ci sta facendo un pensierino. È vero anche che la Bea è fidanzata, sta con il suo tipo diggei ma non ho idea di come stiano andando ultimamente le cose tra di loro. Michi è troppo un figo: sono certa che se lei venisse a sapere di interessargli, ci farebbe un pensierino a sua volta. Sarebbe veramente un po' strano per me, se combinassero qualcosa: non so bene come la vivrei. Certo è che se due persone si piacciono, cosa ci vuoi fare? Mica ti puoi mettere in mezzo, per quanto la cosa ti possa far girare il cazzo.

Seconda cosa: ci sono rimasta troppo male per il comportamento di Fabri, davvero cattivissimo ieri sera.

L'unica volta in cui mi sono avvicinata a lui per cazzeggiare mi ha guardata serissimo e ha fatto no con la testa, quindi gli sono stata alla larghissima.

Per fortuna che ieri sera c'era la Astrid. Le voglio troppo bene. Ci conosciamo così a fondo: può passare anche del tempo senza vederci ma non cambia nulla, il legame è più forte di ogni cosa.

«Non ti sei mai chiesta prima come mai dopo A. non riesci a stare con qualcuno?» Ci sto ancora pensando.

Non so se sia ancora innamorata di A. ma la ferita è profonda. Non so nemmeno perché sia corsa da lui appena la Astrid mi ha detto di averlo visto lì! Una pazza.

Poi quando sono tornata sulle scale e mi è venuto da piangere, è comparso Oliver e proprio non ci voleva. Non mi andava che mi parlasse né tanto meno che mi toccasse, per di più davanti a Michi. Devo trovare il coraggio di dirgli come stanno le cose. Non mi va di avere un ragazzo: io voglio uscire, fare la scema, non dare spiegazioni a nessuno se per qualche motivo sto piangendo.

Voglio essere libera: parlare se mi va, stare zitta se sono scazzata. E, soprattutto, quando sono al Nautilus, voglio poter fare la cogliona con Michi e Fabri.

Ieri Michi era giocherellone e, a suo modo, affettuoso con me. Non so perché, non lo voglio sapere, è stato bello e basta. Ci sculacciavamo, ci guardavamo ballare, facevamo gli scemi.

E mi ha chiesto della Bea. Ovvio che gli piace. Mi gira il cazzo se ci penso. Sono gelosa ma non gliel'ho detto.

Quando mi sono alzata per andare dalla Astrid e mi ha presa per il polso, era perché sapeva che c'era qualcosa che non andava. Io però non volevo parlarne con lui.

Che poi, chissà cos'ha pensato Oliver, vedendo tutto 'sto cinema!?

Ho deciso: dopo cena esco e lo mollo.

16 giugno 1997

Fatto. Ero così al limite con questa storia di Oliver che lasciarlo è stato abbastanza semplice.

Gli ho chiesto di vederci al bar, che dovevo parlargli. Sono andata subito dritta al punto, senza girarci intorno.

Gli ho spiegato che tra noi non può andare avanti, che so che lui è una bella persona ma che la nostra storia non fa per me. Che stare con lui mi mette l'ansia, invece di rendermi felice, cosa che entrambi meriteremmo.

Ha incassato il colpo senza aggiungere grandi commenti. Ha detto che non capiva cosa avesse fatto perché io potessi sentirmi soffocare, che evidentemente è un mio problema e non abbiamo altro da dirci.

Poi si è alzato ed è andato via. Ovviamente non ho cercato di trattenerlo. Sapevo benissimo di averlo ferito e poi aveva ragione: ci eravamo già detti tutto.

Mi sono incamminata anche io e ho allungato un po' la strada facendo un giro più largo del solito. Mi sono accesa una sigaretta. C'era uno stupendo venticello estivo che mi lisciava i capelli e, alzando lo sguardo al cielo, ho notato che brillava una stellata pazzesca.

Mentre tornavo a casa, ho proprio provato un sollievo incredibile.

20 giugno 1997

Oggi sono andata a Varese con la Astrid che doveva farsi battere al computer la tesina per la matura. Mi ha detto che la Bea è in scazzo col suo tipo diggei. Sabato vuole venire con noi al Nautilus e ha chiesto alla Astrid di parlarle di Michi e Fabri. Dice che sono belli, hanno dei bei culi ed è curiosa di sapere che tipi sono, caratterialmente. Eh, adesso sono cazzi miei.

Nell'attesa della tesina siamo andate verso la mia scuola, per vedere i quadri.

Quando siamo arrivate non erano ancora stati esposti, abbiamo aspettato un po' lì, nel cortile del liceo.

Io me la sono cavata, nonostante sia stato un anno di cazzeggio assoluto: in mezzo a tutte le sufficienze avevo anche qualche 7.

Sono troppo felice che sia finito 'sto ginnasio del cazzo. L'anno prossimo avremo più ore ma mi auguro che con le nuove materie i programmi di studio saranno più interessanti.

Cazzo, alla fine hanno segato Dedo. Chissà la Fly? Passeranno un'estate con lui preso male? Che poi, magari, invece quel matto è anche contento: mi ricordo che una volta mi aveva detto che se fosse successo, avrebbe chiesto ai suoi di trasferirsi all'artistico.

Nella mia classe non hanno segato nessuno ma bisogna vedere cosa succederà con lo smistamento di settembre.

Mentre guardavamo i quadri, sono arrivati anche Tommy e Anna, ci siamo salutati e li ho presentati alla Astrid.

Mentre andavamo a ritirare la sua tesina in stamperia, dal nulla, se ne esce così: «Minchia Pippi, adesso ho capito perché passi le mattine aspettando che quello lì ti faccia l'occhiolino! Che torello».

Delle volte mi ammazza, la Astrid.

21 giugno 1997

Primo giorno d'estate, clima assolutamente perfetto.

Ho passato il pomeriggio in giardino a prendere il sole, mentre leggevo *Bastogne* di Brizzi. È veramente un po' fortino, specie se sei una ragazza: i protagonisti sono completamente pazzi e davvero tremendi con le tipe della storia. Non so se riuscirò a finirlo, però è scritto da Dio, ti sembra di essere lì con loro. E poi ti fa capire bene come possono ragionare alcuni maschi, che è sempre utile.

Questa sera siamo andate al Nautilus: serata spettacolo!

Sono corsa dalla Astrid appena ho finito di cenare. Ho riempito lo zaino della Mandarina Duck di vestiti per la serata: nel dubbio mi sono portata mille cose per prepararmi poi da lei, alla fine strabordava e l'ho chiuso a fatica.

La Astrid era a casa da sola. Mentre ci preparavamo, abbiamo frugato nella dispensa alcolica dei suoi. Ci siamo fatte un cocktail a base di alcool puro e succo d'arancia ma con l'alcool siamo andate leggere, per non devastarci subito.

Sua mamma ha dimenticato in cucina un pacchetto di Merit e glielo abbiamo spazzato, per portarlo al Nautilus.

Mi piace un casino questo genere di pre-serata: casa tutta per noi, musica a palla, finestre spalancate, sigarette, alcool e adrenalina che sale mentre ci trucchiamo, spariamo cagate e facciamo previsioni su quello che potrebbe accadere con i ragazzi.

Alla festicciola si sono aggiunte la Paola e la Raffa. Poco dopo è arrivata anche la Bea – senza il suo fidanzato diggei e senza Lupo per la Astrid.

Abbiamo fatto una macchinata unica e siamo andate al B&B a berci una birretta. La Bea ci ha raccontato di aver mollato il tipo diggei. Non ha nessun rimpianto. Anzi: al pub, ci siamo sprecate tutto il tempo con le battute sul culo di Michi e Fabri.

Verso mezzanotte siamo entrate al Nautilus. Lì ho beccato la Linda, con la Betta e la Yuna. Che figata: c'eravamo proprio tutte! Siamo andate a prenderci da bere tutte-tutte insieme. Eravamo davvero bellissime e felici e abbiamo brindato all'estate.

Durante una tappa al bagno, la Linda mi ha detto che ieri sera è uscita con il cugino di Oliver e che sono stati benissimo. Hanno bevuto qualcosa in un pub poi erano così lanciati che sono finiti subito a letto insieme. Si sono imboscati in macchina, vicino al cimitero. Cazzo con tutti i posti che ci sono, proprio lì? Io me la sarei fatta sotto! Sono stra-contenta per lei e spero che questa storia la distolga completamente da quel cazzone di Livio. Che poi Livio è un carissimo ragazzo, in realtà, il problema è che con la Linda si comporta proprio male.

A lei non ho detto niente perché l'ho vista stra-esaltata ma mi chiedo se abbia fatto bene a scoparci già la prima sera. Non è una questione di giudizio morale, ovviamente: se le andava di farlo ha fatto benissimo. Sto solo pensando a quando la mamma mi dice che per conquistare i maschi bisogna essere misteriose, non concedere mai tutto e soprattutto non darsi mai subito, perché se ti danno per scontata è finita.

È davvero così? Adesso che il cugino di Oliver ha preso dalla Linda quel che c'era da prendere, si allontanerà? Speriamo di no.

Poco più tardi sono entrati Michi e Fabri. Con loro c'era anche un tipo simpaticissimo che non avevo mai visto prima. Fabri ci ha presentati – ma non mi ricordo come si chiama – e abbiamo passato un sacco di tempo insieme a chiacchierare.

Michi era abbastanza in forma. A un certo punto, per fare il simpatico, mi ha detto che gli prudeva una chiappa e voleva che lo aiutassi a grattarsela. Mi ha fatta ridere parecchio durante la serata – a parte sul finale, quando stava andando via e mi ha detto: «Dai un bacione alla tua amica Bea da parte mia, quando la vedi!» – Lo so già: quei due, a furia di guardarsi, finiranno per combinare qualcosa.

Ho beccato anche Laveno e la Sonia e ho passato un po' di tempo con loro a sparare cazzate. Speravo di poter tornare a casa con loro, così avrei potuto fare un po' più tardi ma Laveno non era con la sua macchina, purtroppo. Gli ho chiesto se il suo amico che guidava potesse darmi uno strappo: ha detto di no. Che poi Laveno è stato super carino, s'è sbattuto un sacco a cercare di convincerlo ma quello non aveva proprio intenzione di fare una deviazione per accompagnarmi. Vabbè, lo capisco anche: loro arrivano da lontanissimo e hanno già un sacco di strada da fare.

Noi ragazze abbiamo ballato tutta la sera.

A un certo punto della serata, mentre ero in pista a schitarrare con la Linda, mi sono ritrovata, non so come, tra le braccia di Fabri. Che figata.

Mentre stavamo ballando è venuto verso di me e ha infilato una gamba tra le mie! È pazzo a fare una cosa del genere? Era super eccitante. Ci siamo abbracciati stretti e gli ho dato un bacio sul collo. Poi ci siamo baciati sul serio e di brutto, così, in mezzo alla pista. La sua gamba era sempre lì, mentre lui mi stritolava a sé, tenendomi per la schiena.

Ci siamo divisi per ballare ancora e dopo un po' lui è andato a sedersi per terra. Era bellissimo, tutto vestito di nero e con quel suo sguardo sempre mezzo imbronciato. Ce l'ha anche quando non ha le palle girate. Mi piace davvero tanto, cazzo.

L'ho raggiunto: avevo una voglia assurda di toccarlo. Mi ha presa per un braccio, ha allargato le gambe per farmi spazio e mi ha fatta sedere davanti a lui.

Mi ha abbracciata stretta, le sue mani sulla mia pancia e il suo petto attaccato alla mia schiena. Ha appoggiato la testa alla mia e mi ha dato un bacio tra i capelli. Poi li ha spostati e ha iniziato a baciarmi il collo. Era stupendo. Mi sono voltata in parte verso di lui e ci siamo baciati un sacco.

«Andiamo a fare un giro?» Non era mai successo prima. Non me lo aveva mai chiesto. Ovvio che sì: morivo di gioia. Ho avvisato le altre che ci saremmo riviste più tardi e siamo usciti dalla sala Rock, andando verso l'esterno. Adesso che è estate, il cortile del Nautilus con le piscine all'aperto è sempre accessibile dalla discoteca e chi vuole può anche farsi il bagno.

C'era un dondolo libero e siamo andati a sederci lì. Ci siamo messi a parlare, fumare e sparare cazzate. Siamo passati abbastanza in fretta ai discorsi surreali – se penso alla storia assurda dell'omino verde che abbiamo tirato fuori, mi viene ancora da ridere.

Volevo godermi tutto quello che questa situazione così intima e nuova mi stava regalando. Soprattutto, volevo stargli addosso e sentire il suo profumo. Mi sono raggomitolata su di lui. Mi ha chiesto se avessi freddo. Ho detto di sì ma non era tanto vero. Avevo solo voglia di stare stretta tra le sue braccia. Gli ho chiesto se fossi troppo pesante, visto che gli ero praticamente in braccio: «Un po'!» ha risposto. Ho fatto per alzarmi ma lui mi ha trattenuta e si è messo a ridere, dicendo che sono una babba e che mi stava prendendo per il culo. Mi ha acchiappata ancora più stretta di prima.

Mi ha detto che a fine mese gli arriva la moto nuova. Ha preso l'Harley: il suo titolare gli ha fatto un mega sconto sulla 883 dei suoi sogni ed era felicissimo. No vabbè, che figo, cazzo! Mentre non so che altro stesse dicendo, io mi sono persa via completamente: fantasticavo, immaginando me e lui che ci facciamo il giro del lago di Varese in moto. Quanto bello sarebbe?

Ah ma che ridere, poi! Mi ha detto che ha un cane e che si chiama Simba: «Ma non è più un nome da gatto?», gli ho chiesto. «Be' no! E il Re Leone?» Il Re Leone. Fa lo stronzo spaccone, tutto figo con l'Harley… e poi si guarda il Re Leone – che, ok, non ho mai visto ma sono abbastanza certa essere un felino più che un canide, quindi avevo ragione io.

Ridendo e scherzando, siamo stati sul dondolo un'oretta, poi ha iniziato a fare freschino per davvero, così siamo rientrati.

Abbiamo raggiunto i nostri rispettivi amici e non ci siamo più cagati, se non per salutarci prima di andare.

Non è tutto senza senso?

Il rapporto con Fabri, durante la serata, è stato proprio un climax ascendente... e poi discendente.

È partito tutto con strusciamenti, incastri, abbracci. Siamo passati ai baci e agli slinguazzamenti, poi si è spostato tutto sul tenero – coccole e chiacchiere sul dondolo, sigarette condivise, confidenze e risate. E alla fine, ognuno per la sua.

Mi rendo conto che Fabri sia cambiato con me, rispetto agli inizi. Ci sono momenti – o serate intere – in cui si raffredda di botto, lo sento distante, disinteressato: fa il figo, cazzo.

E pensare che mi piaceva anche perché con me, all'inizio, è sempre stato tenero e spontaneo e avere a che fare con lui era semplice. Lo è ancora, in realtà, quando è in buona e non fa lo stronzo.

Una delle loro amiche, qualche tempo fa, mi ha detto: «Michi è davvero un cazzone, sempre carino e allegro. Non so cosa ci trovi in Fabri: è uno scorbutico. Se proprio devi fissarti con uno dei due, mille volte meglio Michi!»

Mi era sembrata esagerata nel giudicare Fabri così duramente e non le avevo dato troppo retta.

Anzi, mi aveva intrigato sapere che è una persona selettiva: «Non è uno scorbutico: è solo uno che decide con chi essere carino e con chi no», mi ero detta. Con me era tenero e questo mi faceva sentire speciale.

Con il passare del tempo, però, si è rivelato davvero incostante: quando vuole tenermi alla larga, riesce a farmi sentire un gelo assoluto. E se riesce a farlo anche con me, significa che no, non sono speciale. Realizzare questa cosa mi mette una tristezza assurda.

25 giugno 1997

Oggi mi ha chiamata la Astrid. Si è sfogata, dice che è un po' in crisi con Lupo, che ultimamente stando con lui si annoia e si sta facendo qualche domanda sulla loro storia. Non vedo un grande futuro per loro ma non gliel'ho detto: è vero che è lei che si sta staccando da lui, ma lasciare qualcuno con cui si è stati bene può comunque essere difficile e non volevo ferirla.

Nel pomeriggio è venuta a trovarmi la Linda e siamo andate a farci un giro in bici nei boschi. Mi ha detto che qualche giorno fa Livio le ha telefonato: non ha voluto rispondergli e ha fatto dire a sua mamma di essere uscita. Non l'aveva mai chiamata prima: la Linda sospetta che Livio abbia saputo che si vede con un altro e vuole «pisciare di nuovo sul suo territorio», testuali parole. Dice che la storia con il cugino di Oliver sta andando avanti e non vuole rovinare tutto cedendo alle moine di Livio. Speriamo bene. Al ritorno siamo andate da lei a mangiare il gelato e mi ha prestato la videocassetta di *The Doors*. Non mi fanno impazzire come gruppo ma la Linda dice che il film è stupendo. Me lo sono sparato stasera e la Linda aveva troppo ragione, è una figata! Specie all'inizio, quando Jim è giovane. Mi ha esaltata un casino anche perché Val Kilmer vestito in quel modo e con quei capelli assomiglia troppo a Michi. Cazzo, è Michi. Madonna ma poi la scena dell'ascensore? L'ho mandata indietro un paio di volte per rivederla. Stupenda, cazzo.

C'è un sacco di fumo in quel film e questo mi ha fatto venire in mente che Fabri, l'altra sera, mi ha soffiato il fumo in faccia. Era proprio in vena di scherzetti.

A parte questa parentesi esaltante, oggi non mi sento in formissima.

Sarà lo scazzo, sarà che non ho nient'altro a cui pensare, ma in 'sti giorni ho in mente solo: Nautilus, Fabri, sesso. Che poi sono tutte cose collegate. Magari con il tempo, io e lui avremo modo di approfondire davvero le cose.

Tempo al tempo: magari quando avrò trent'anni uno dei due si farà coraggio.

1 luglio 1997

Finalmente ha smesso di piovere e mi è tornata la voglia di uscire. Oggi sono stata al parco con la Linda. Abbiamo passato il pomeriggio sdraiate sull'erba a fumare e sparare minchiate.

Si sta ancora vedendo con il cugino di Oliver anche se lui abita lontano e non riescono a beccarsi spesso quanto vorrebbero. Mi sembrava abbastanza felice di questa storia ma oggi mi ha detto che è un po' perplessa. Dice che si vedono poco e quando si vedono fanno sempre sesso. Il che potrebbe non essere un male, se non che mi ha fatto capire che lui non sembra interessato a fare molto altro con lei. Lo schema dei loro incontri è un po' sempre lo stesso: la passa a prendere, bar, bevono, si imboscano e poi la porta a casa.

Forse, nei suoi panni, anche io mi farei due domande. O meglio, dipende un po' da cosa sta cercando lei: penso che se vuole un fidanzato con cui andare al cinema o alle mostre – oltre che farci sesso – dovrebbe chiarirsi le idee e poi affrontare il tema con lui.

Dopo il parco siamo passate a casa sua. Ha un guardaroba immenso, credo sia la fortuna delle figlie uniche. Mi ha prestato un suo vestitino pazzesco. È un abitino color crema, corto, con le spalline sottili e i pizzi. È davvero super grunge e con i Dr. Martens o gli anfibi sta da Dio: sembro una delle Hole. Oliver avrebbe apprezzato!

La Linda ha detto che posso metterlo per andare al Nautilus, la prossima volta. Non vedo l'ora.

Questa sera ho chiamato la Astrid, per sapere come sta. La situazione con Lupo non è cambiata: alti e bassi, un po' di noia ma non ha preso ancora nessuna decisione. Dice che preferisce concentrarsi sulla maturità e poi penserà al resto.

A proposito: con la Astrid si sta pensando di andare qualche giorno a Riccione, appena lei, la Paola e la Bea finiscono gli esami.

Non credo la nonna possa lasciarci in prestito la sua casa al mare – anche perché a luglio c'è sempre lì lei – ma sicuramente posso usare il suo elenco telefonico di Riccione per chiamare gli alberghi e trovare una soluzione un po' economica per noi.

6 luglio 1997

Nautilus abbestia.

Questa sera non sarebbe potuta andare meglio: è stato tutto così perfetto che quasi non mi sembra vero.

Già il pre-serata è partito da Dio. Sono andata dalla Astrid alle nove e, mentre lei si preparava, abbiamo sparato un casino di minchiate. La Paola e la Linda ci hanno raggiunte quasi subito.

La Linda era un po' triste: ci ha detto che ha parlato con il cugino di Oliver e lui le ha detto chiaramente che, al momento, non vuole una fidanzata, così lei ha deciso di smettere di vederlo. Quindi la sua sensazione era giusta: la stava frequentando per fare sesso. Povera Linda, che delusione. Spero che questa mazzata non la ributti tra le braccia di Livio.

La Bea era in ritardo e, per ammazzare l'attesa, abbiamo ravanato nella dispensa alcolica del padre della Astrid. Abbiamo fatto fuori tutto quello che abbiamo trovato, ci siamo bevute perfino il punch al mandarino.

Io avevo su il vestitino grunge della Linda, con gli anfibi. La Linda invece, dopo avere ravanato nel guardaroba della Astrid, si è fatta prestare la canottierina nera a costine che le rubo sempre anche io.

Quando, finalmente, è arrivata anche la Bea siamo partite. Eravamo proprio carichissime.

Una volta entrate al Nautilus, la sala Rock era già bella piena. Ci siamo assicurate la nostra postazione sul palchetto rialzato e siamo andate a prendere da bere. Io ho chiesto una vodka alla pesca con la Lemonsoda. Se il Nautilus fosse un gusto, sicuramente ormai, per me, sarebbe quello.

Io e la Astrid eravamo proprio fuorissimo e continuavamo a fare le sceme tra di noi.

In pista c'erano gli amici di Fede e parecchia gente della compagnia di Michi e Fabri. Anche Marlon: sono andata a salutarlo che, col fatto che lui, Fede e Axel stanno sempre facendo serata a Milano, non lo vedevo da un casino.

Mentre parlavamo, mi sono sentita abbracciare da dietro.

Era Michi, sempre bellissimo e con quel suo sorrisone, che era venuto a unirsi alla chiacchiera.

Per buona parte dell'inizio serata, io e le altre abbiamo ballato. A un certo punto, però, ho visto Fabri seduto da solo sulla scala del palchetto. Gli sono andata incontro euforica e anche lui sembrava contento di vedermi. Mi sono seduta e abbiamo parlato un po', smezzandoci la sua sigaretta.

Hanno messo una canzone figa e sono tornata dalle altre a ballare: «A dopo, Fabri!» gli ho detto, dandogli un bacino sulla guancia.

Eravamo tutte in cerchio e di fianco a noi c'era anche Michi.

Era davvero in formissima, super simpatico. Continuavamo a stuzzicarci e fare gli scemi e ho iniziato a menargliela perché si facesse avanti con la Bea.

«Quanto sei contenta che sia una tua amica?!» mi ha chiesto in tono retorico.

«È vero! Quanto mi stai sul cazzo quando ti fai le tipe che non conosco! Dai cazzo, vai da lei: è la serata giusta!»

In quel frangente è arrivato Marlon, fingendo di rimproverare Michi: «Se ti vede Fede fare il pirla con sua sorella, vedi te...» Michi si è allontanato un po', ridendo e facendo un'espressione da angioletto innocente.

Ci siamo messi a parlare noi tre e, dopo poco, Marlon mi fa: «C'è Fabri dietro di te». Ho allungato le braccia indietro, senza girarmi e l'ho stretto a me. Mi ha abbracciata anche lui, mettendo le sue mani sulla mia pancia, che è una cosa che adoro.

Avrei voluto tantissimo imboscarmi con lui ma ero certa che non avrebbe voluto lasciare Michi da solo per troppo tempo. Così gli faccio: «Fabri convinci tu Michi ad andare dalla Bea! Fai qualcosa: lei è venuta qui per lui!»

Non avevo finito la frase che Fabri ha preso Michi per un braccio e l'ha portato dalla Bea. Li ha presentati, mollandoli lì, mentre si dicevano: «Piacere!» Michi secondo me era emozionato e non stava realizzando, perché non le lasciava più la mano.

Li ho visti uscire dalla sala Rock, credo per parlare, perché il volume in pista era assurdo ed era impossibile comunicare. Fabri stava tornando da me, finalmente. Ci siamo sorrisi, complici del successo dell'operazione Stranamore, quando hanno messo *Paradise City*.

A quel punto ha invertito la rotta, schizzando verso l'uscita della sala, per riprendersi il suo amico. Michi ha pregato la Bea di scusarlo ed è tornato in pista per ballare i Guns con il suo socio. Che scena!

Io mi sono seduta sui gradini a fumare una sigaretta e li guardavo ballare: sono proprio bellissimi quei due.

Quand'è finito il pezzo, Michi è venuto da me: «Ma l'hai piantata lì così, povera Bea?!», ridevo.

Ha sorriso, l'ha cercata nella ressa, poi è tornato da lei. L'ha presa per mano e l'ha portata di nuovo fuori dalla sala.

Fabri stava parlando con un suo amico, vicino alla cassa gigante della sala Rock. Mi sono appoggiata alla sua schiena. Si è girato, mi ha abbracciata e mi ha spinta con delicatezza contro il muro, dove siamo rimasti a baciarci per un po'. Stupendo. Eravamo stra-presi, mi ha detto: «Vieni!» Mi ha presa per mano e siamo andati alla ricerca di un posto per sederci e stare un po' soli. In fondo alla sala, abbiamo intercettato una fila di divanetti liberi... e imboscatissimi.

Si è seduto e ha tirato fuori dalla tasca dei jeans lo Zippo e il pacchetto di sigarette, che ho messo in salvo nella mia borsetta, perché non lo distruggessimo.

Mi ha presa per il polso, tirandomi piano verso di sé. Mi sono seduta in braccio a lui, a cavalcioni, e abbiamo iniziato a baciarci tantissimo: sulla bocca, sul collo, sul viso. Ovunque ci fosse della pelle scoperta. Nella foga, ho infilato le mani sotto alla sua maglietta. Lo accarezzavo e sentivo il suo corpo asciutto e il suo petto, liscissimo. Mi mordeva la spalla, poi il collo. Abbiamo ripreso a baciarci con una passione stupenda, mi muovevo su di lui e sotto di me potevo sentire benissimo quanto fosse preso dalla situazione.

Siamo andati avanti per un bel po', finché la cosa è diventata parecchio intensa, forse troppo. Ci siamo guardati, sospirando: «Pausa sigaretta?», mi ha chiesto. «Sì Fabri, diamoci un attimo di tregua!» Mi sono seduta di fianco a lui e ho ripescato le sue Merit dal fondo della mia borsetta.

Abbiamo scambiato due chiacchiere, flirtando un po'. Non smettevamo mai di guardarci negli occhi. La Astrid, approfittando della nostra pausa, è venuta ad avvisarmi che era ora di andare via.

Io non volevo: era tutto così eccitante... anche perché si capiva che non vedevamo l'ora di saltarci di nuovo addosso. E infatti, appena ho lanciato via il filtro, Fabri mi ha messo un braccio intorno alle spalle e mi ha baciata. Con l'altra mano, mi ha presa per un fianco. L'ho abbracciato e sono tornata a sedermi a cavalcioni su di lui. Un po' era il nostro modo per salutarci e un po', anche volendo, non riuscivo proprio a staccarmi.

La Astrid è tornata a chiamarmi: «Pippi! Ti lasciamo qui?!» – uffa, cazzo!

Mi sono alzata ed ero tutta scombinata. Ho rimesso in sesto la gonna del vestitino e aggiustato i capelli. Fabri mi guardava. Gli ho dato un bacio, poi un altro. Mi ha presa per i polsi e mi ha riportata su di lui, appoggiandomi con la schiena al muro della colonna, alla sua destra. È partito un limone assurdo, intensissimo. Quando ci siamo staccati, siamo rimasti a fissarci qualche secondo. Mi ha fatto l'occhiolino, sorridendo. Ecco, quando fa cose come questa mi fa impazzire completamente. Che figo che è, cazzo.

Gli ho ridato le sigarette e lui le ha rimesse in tasca.

Ci siamo dati un ultimissimo bacio veloce e ho raggiunto gli altri all'ingresso. Michi e la Bea stavano parlando con le altre. Ridevano tutti perché gli avevano appena spifferato la leggenda che circola su di lui nel nostro gruppo. Mi fa: «... e così io sarei 'Lo sverginatore folle'?»

«Così dicono i tuoi amici, prenditela con loro!» ho replicato sorridendo.

«Oh ma dov'è Fabri?» – nel frattempo ci aveva raggiunti. Ne abbiamo approfittato per baciarci ancora.

Fabri ha incrociato le mani dietro la schiena, a quel punto eravamo uniti solo dalle nostre bocche. Mentre mi baciava, avanzava verso l'uscita, spingendomi indietro, nel tentativo di «buttarmi fuori» dal locale. Mi faceva ridere.

Michi ci stava guardando con l'aria divertita. Le altre, nel frattempo, erano tutte già fuori e mi stavano aspettando.

Appena salita in macchina, mi sono resa conto che ero completamente in aria e anche che ero felice.

Al ritorno, la Paola era un po' fuori e ha fatto guidare la Bea.

Mi sono seduta davanti con lei per darle indicazioni, visto che non è della zona e non sapeva esattamente dove andare.

Eravamo così infottate dalla serata che non ce ne fregava un cazzo di tornare a casa: continuavamo a parlare di Michi e Fabri e ci distraevamo continuamente, sbagliando strada.

7 luglio 1997

Ho passato il pomeriggio a chiamare gli alberghi del lungomare di Riccione e prendere appunti sul costo delle stanze.

Quando ho trovato la soluzione più economica, ho chiamato tutte per avere l'ok definitivo. Ho trovato la Linda di ottimo umore e sono contenta: sembra si sia buttata alle spalle la storia con il cugino di Oliver e non ha fatto passi falsi verso Livio.

La Paola mi ha detto che in questi giorni si è mollata con Mino – in effetti l'ultimo periodo era un po' un tira e molla – e ha confermato che ci sarà anche lei. Sinceramente un po' sono contenta che sia finita: merita di trovarsi una storia un po' più esaltante, era tutto troppo piatto con Mino. Comunque anche lei non mi sembrava troppo dispiaciuta, anzi. Figata che ci siamo tutte!

Ora di sera sono finalmente riuscita a prenotare. Tra pochi giorni si parte.

10 luglio 1997

Oggi sono stata un po' con Fede in camera sua a parlare e sparare cazzate. Mi ha chiesto se sabato io e le altre abbiamo voglia di fare serata a Milano con lui, Axel & co. Magari anche sì, vediamo.

Gli ho raccontato un po' di sabato sera e ci siamo fatti un casino di risate, specie sul resoconto di alcuni dei momenti più assurdi – tipo quando mi sono cappottata, inciampando su un tavolino.

Gli ho anche detto che penso che a Fabri non importi molto di me. All'inizio sembrava un po' dispiaciuto. È stato un po' zitto, con l'aria pensierosa. Poi è partito con un discorso super serio che non riesco assolutamente a riportare fedelmente, nel modo in cui me l'ha espresso lui.

Più o meno, girava intorno al fatto che ognuno deve agire sulla base dei propri obiettivi e puntare a ciò che lo fa stare bene. Per riuscirci, è fondamentale diventare abbastanza forti da non farsi mai ferire da nessuno.

Per come l'ho riportato io non mi convince. O meglio, a parole, sembra anche un ideale giusto ma poi concretamente, nella realtà, come cavolo si fa a perseguirlo? È davvero possibile? E poi, mi chiedo, se uno avesse obiettivi spregevoli o che implicano un danno per gli altri, a quel punto come si gestisce la questione?

Mi sto incasinando. Il punto di vista di Fede era più sottile e intelligente di così ma non riesco a spiegarlo.

Credo che il suo scopo fosse quello di tirarmi un po' su di morale e volesse suggerirmi di concentrarmi su me stessa, senza lasciarmi distrarre o abbattere dalla delusione per il comportamento di Fabri. Insomma, a suo modo voleva consolarmi.

E forse parlando con me si rivolgeva anche un po' a se stesso.

Penso a come stanno andando le cose tra lui e la mamma negli ultimi anni e mi dispiace. Quando eravamo piccoli, lei non era così tanto aggressiva e rompicoglioni – con noi tre ma soprattutto con Fede.

È sempre pronta a trovare una scusa per dargli contro e criticarlo, e lo fa senza nessun tatto. Quando le faccio notare che sta esagerando si incazza anche con me e dice: «Non vedo perché, se penso una cosa, non dovrei esternarla!»

Io invece penso che se ragionassimo tutti così, fossimo sempre giudici degli altri e non calibrassimo modi e contenuti... be', il mondo sarebbe un posto ancora più di merda di quello che è.

E comunque, essere il fratello maggiore è un bordello.

15 luglio 1997 - Comple di Fede, 22 anni

Ore 6.30 mattina, quindi circa ventiquattro ore che non dormo.

Le altre sono crollate tutte appena rientrate dalla nottata ma io mi sto prendendo un attimo per me: qui, sul balcone della camera c'è un bel freschino e si sta bene. Ieri mattina io, la Astrid, la Linda, la Bea e la Paola abbiamo preso il treno delle sei e mezza e siamo partite per il mare. Tra Milano e Riccione abbiamo dovuto fare un cambio a Bologna, ma il tempo è comunque volato e il viaggio è stato fighissimo. Il regionale era un forno ed era stra-imballato di gente, quasi tutti giovani. Alcuni dei passeggeri si sono addirittura accampati nello spazio tra un vagone e l'altro. Chissà che viaggio da incubo, con tutto il viavai della gente che andava al cesso!

Noi eravamo prese benissimo e abbiamo socializzato con tutti quelli che ci circondavano.

La pensione che ho trovato è infilata in una traversa di viale Dante, davvero a uno sputo dal mare. Raggiungerla dalla stazione, con il bagaglio, è stata un po' una vasca ma passeggiare per Riccione è sempre troppo bello.

Ho passato tutte le estati della mia infanzia qui, con Brando e la nonna. Mi ricordo cha mamma ci caricava su un bus di linea, alle sei del mattino, affidandoci all'autista di turno. Il tragitto era infinito: sette ore e cinquantasettemila fermate, con una tappa pipì in autogrill a metà tragitto.

Tornando in albergo, poco fa, mi è tornata alla mente quella volta in cui la vicina di casa della nonna, la signora Borghetti, all'epoca già ultrasettantenne, era scesa in strada con le forbici. Voleva aiutarmi a staccare il poster dell'Aquafan che annunciava il concerto di Nikki affisso sotto al palazzo. Ero troppo piccola per poterci andare: il massimo cui potevo aspirare era il manifesto rubato dalla strada, appeso in camera mia. A ogni modo, quel cazzo di poster era affisso con non so che super colla. Non siamo mai riuscite a portarcelo via ma la scena del tentativo era stata abbastanza comica.

Mi ricordo che in quelle estati, vagando per il centro con una sfruttatissima biciclettina degli anni Settanta, guardavo i gruppi di ragazzi girare per viale Ceccarini. Si divertivano come pazzi e mi chiedevo se un giorno sarebbe successo anche a me, di essere qui con i miei amici anziché con la nonna e le sue amiche della briscola.

La risposta è sì: eccomi qui!

Dopo aver lasciato i bagagli in camera ci siamo fatte una piada volante. Le altre hanno voluto fermarsi a una cabina per chiamare a casa e avvisare che eravamo arrivate. Ho pensato che fosse una cosa sensata, così ho telefonato anche io. Ha risposto mia madre e già dal «Pronto?» si capiva che aveva un umore del cazzo.

«Mamma sono io! Siamo arrivate, tutto bene!»

«E perché non dovreste essere arrivate? Sei appena partita e già chiami a casa? Fatti la vacanza, ci vediamo quando torni!»

Nessun altro dei genitori aveva risposto in questo modo, ma nessun altro dei genitori è mia madre. Una cosa è certa: non la chiamerò mai più da nessuna vacanza.

Abbiamo passato il pomeriggio in spiaggia. Prima che calasse il sole siamo tornate in albergo per cambiarci e fumarci una cannetta. A cena ci siamo fermate in una trattoria di quelle tipiche, ci siamo ammazzate di fritto misto e abbiamo preso un vino bianco che ci ha dato una legnata incredibile!

Dopo aver cazzeggiato un po' per viale Ceccarini, ammazzando il tempo con una Corona col limone, abbiamo preso uno di quei bus navetta ricolmi di tamarri e turisti tedeschi e siamo andate al Cellula.

Minchia, che posto assurdo! È davvero l'opposto del Nautilus.

Sicuramente ero bella cotta dalla giornata e si era bevuto parecchio ma, già poco prima di entrare nel locale – e ancora di più quando eravamo in pista a ballare – mi ha preso un senso di angoscia. Ho fatto un salto in bagno e mi sono messa due dita in gola. Pensavo che liberandomi sarebbe sparito anche il peso delle sensazioni fastidiose che stavo provando. Di botto, avevo iniziato a sentirmi fuori luogo, sbagliata. Ero certa di essere la più cessa del locale.

Mi guardavo intorno, vedevo un sacco di gente sfatta, che mi sembrava in aria ma in una maniera strana. Non era come essere circondata dagli sbronzoni del Nautilus: era un mondo estraneo, fatto di musica di merda e personaggi poco rassicuranti.

Le altre, però, erano così felici: sembrava che non si stessero accorgendo di niente e non vedessero quelle impressionanti differenze.

Cercavo di gestire il casino che s'era scatenato nel mio cervello: ballavo e cercavo di nascondere alle altre tutto questo malessere.

Durante la serata, la Bea e la Paola sono state avvicinate da un gruppetto di milanesi, mentre la Astrid e la Linda sono state marpionate da un paio di bergamaschi – uno di loro, biondo ossigenato e mega tamarro, era davvero figo!

Verso fine serata, io, la Bea e la Paola siamo uscite dal Cellula per spostarci verso la spiaggia. I milanesi si sono aggregati. Madonna, erano insopportabili e con accento e modi di fare da fighetti sostenuti. Quando è spuntata l'alba, pur di levarceli di torno, abbiamo detto loro che saremmo tornate in albergo e ci siamo allontanate. Siamo andate a fare colazione e abbiamo fatto schifo: Coca Cola e patatine fritte.

La Astrid e la Linda ci hanno raggiunte al chiosco e con loro c'era anche il biondo figo del Cellula: Loris. I suoi amici erano rientrati già da un pezzo ma lui e le altre avevano legato, così ha voluto restare. È stato un bene perché è davvero simpatico. Sembra molto dolce e, a giudicare da come la guardava, secondo me, c'è rimasto sotto per la Linda.

Dopo le patatine, Loris ci ha invitate ad andare con lui nell'appartamento in cui alloggia con la sua compagnia. I bergamaschi hanno affittato un appartamentino fighissimo, al piano terra, vicino alla Darsena. Lì abbiamo conosciuto i suoi amici e ci siamo fumati un paio di canne con loro. Sono sei ragazzi, tutti tra i diciotto e i vent'anni. Alcuni giocano a calcio, altri sono rugbisti e sono mega simpatici. Mica come quei cazzo di sboroni «uè Milano».

Uno dei rugbisti si chiama Paolo. Abbiamo chiacchierato un po' e non è niente male: «Dai Pippi! Ti piace quello con la faccia da cane?» Alla Astrid Paolo non piace.

Sono distrutta, vado a letto. Prima però una cosa la devo scrivere: ho la sensazione che, sullo scatenarsi della mia presa male di questa sera, incida tantissimo la faccenda di Michi con la Bea. Ci devo riflettere.

16 luglio 1997

Ore 6.15 mattina. Anche oggi abbiamo fatto l'alba.

La Astrid e la Paola dormono. Siamo tutte in mutande e canottiera perché in questa stanza fa caldissimo e appena ti muovi sudi.

Non ho idea di dove siano la Linda e la Bea ma penso fossero troppo sbronze per tornare fino a qui e siano rimaste a dormire dai bergamaschi. Cavolo, sono tutti troppo dei grandi.

Ieri abbiamo passato il pomeriggio in spiaggia con loro e ci siamo dati appuntamento dopo cena per fare serata insieme.

Prima che ci raggiungessero al puntello in viale Ceccarini abbiamo fatto in tempo a finire nella merda, come nostro solito.

Eravamo sedute per terra, in un angolino del centro, e ci stavamo fumando una canna. Me l'avevano appena passata che mi si è avvicinato un tipo. Un tipo qualunque: «È buona, almeno?», mi chiede. «Sì dai, vuoi fare un tiro?», ribatto io, soffiando fuori il fumo. Il tizio qualunque, ripieno di adrenalina, mi sbatte in faccia un distintivo: «Digos. Documenti!»

In un secondo siamo circondate da poliziotti in divisa. Allunghiamo loro le carte di identità. La mia è azzurra, è quella dei minori di sedici anni. Il tizio qualunque fa un commento sulla mia età che non ricordo, perché non ci stavo capendo più un cazzo.

Ci hanno schedate tutte e ci hanno chiesto dove alloggiamo. Ci hanno fatto una mega ramanzina, chiedendoci dove avessimo preso il fumo.

«Abbiamo comprato una canna in spiaggia questa mattina da un tizio mai visto. Sinceramente non ricordo nemmeno che faccia ha!» La Astrid è una figa: non so come le sia uscita 'sta risposta perfetta, anche perché il fumo ce lo siamo portato da casa e in albergo avevamo canne per tutta la vacanza.

Quando se ne sono andati mi tremavano le gambe e avevo un po' paura che chiamassero i miei, visto che io sono minorenne.

«Pippi! Il fumo in albergo! Sanno dove alloggiamo!» – «Cazzo, Astrid! Andiamo a imboscarlo!» Siamo corse in camera, anche perché lo avevamo comprato noi e ci sentivamo responsabili. La nostra idea geniale è stata di nasconderlo sotto la moquette delle scale, un piano sotto al nostro, nella speranza che non ce lo aspirassero quelli delle pulizie.

Una volta completata l'operazione, io e la Astrid siamo scoppiate a ridere. Non ci potevamo credere che fosse successo davvero. Certo che anche noi... fumare una canna in pieno viale Ceccarini! Che pre-serata allucinante.

Quando siamo tornate dalle altre, erano già arrivati anche i bergamaschi e siamo andati al Cellula tutti insieme.

Dopo un po' che eravamo dentro, Paolo mi ha chiesto se mi andasse qualcosa. Mi ha offerto una vodka alla Lemonsoda e ci siamo seduti a bere. La musica del locale continuava a farmi cagare ma questa sera ero super serena, nonostante lo sgamo assurdo con il fumo.

Non abbiamo parlato molto e ci siamo baciati quasi subito. Baciava proprio bene e non pensavo a niente. Mi ha chiesto di andare in spiaggia. Ho avvisato la Astrid che sarei uscita dal locale con quello con la faccia da cane. Mi ha detto: «Divertiti ma non fare cazzate!» e ha abbaiato. Sarà scema.

Abbiamo puntato un lettino lontano dalle luci e ci siamo sdraiati lì. Io sotto, lui sopra di me, per il lungo. Non ero completamente a mio agio perché la borsetta mi dava fastidio. In più avevo il mollettone tra i capelli e anche quello mi rompeva. L'ho tolto e l'ho agganciato alla tracolla. Di fianco al nostro lettino c'era un tavolino da ombrellone e ho appoggiato tutto lì.

Abbiamo ricominciato a limonare e strusciarci come i pazzi. Ero presissima, non mi era mai successo di sentirmi così a mio agio con un estraneo. Stava succedendo tutto in una maniera così naturale che ho pensato: «Potrei farlo con lui. È bravo e potrei tornare a casa da Fabri, senza più questa menata della verginità!» Credo di piacere davvero un sacco a Paolo perché era davvero carino con me: era molto dedito al mio corpo e al mio piacere, molto più che al suo. Non mi era mai successo prima di lasciarmi andare in quel modo con qualcuno, nemmeno con A.

Poco dopo, l'idea di farlo con lui iniziava a scemare. Mentre continuavamo a baciarci, stavo ragionando sul da farsi, se andare oltre oppure no e, all'improvviso, abbiamo sentito un rumore. Ci siamo voltati di scatto e c'era un tizio con in mano la mia borsetta. Come cazzo aveva fatto ad avvicinarsi così silenziosamente?

Le puntine del mollettone avevano scricchiolato, strisciando sul tavolino, mentre il ladro cercava di sfilare lentamente la borsetta dal supporto. In pratica, hanno fatto da antifurto.

Il pezzo di merda ha iniziato a correre con la mia borsa in mano ma Paolo non ha esitato un secondo e l'ha rincorso. L'avrebbe sicuramente acchiappato e con quel fisico da rugbista gliele avrebbe suonate di certo. Il tipo deve averlo realizzato e ha lasciato cadere la mia borsa sulla sabbia, continuando a scappare. Paolo ha smesso di inseguirlo, l'ha raccolta e me l'ha riportata.

Cazzo, se penso che ho rischiato che mi scippassero mentre eravamo sul lettino... documenti, soldi! Mi avrebbe rovinato la vacanza, quello stronzo.

Comunque, c'è un lato positivo – oltre al fatto che Paolo è stato un grande e che non sono stata derubata – sono contenta che questo imprevisto ci abbia interrotti e di non averlo fatto con lui. Ho capito che è con Fabri che voglio farlo la prima volta.

Abbiamo raggiunto i nostri amici rimasti al Cellula: erano fuori dal locale e stavano venendo verso la spiaggia. All'appello mancavano la Linda e Loris, il biondone: anche loro si sono imboscati da qualche parte. Avevo ragione, aveva troppo puntato la Linda!

La Paola e la Bea hanno sboccato al locale ma quando ci siamo beccate si erano già riprese.

Siamo rimasti in spiaggia a cazzeggiare tutti insieme, fino alla mattina. A una certa, io, la Astrid e la Paola eravamo cotte e siamo tornate in stanza con il bus. La Bea è rimasta con i ragazzi. La Linda e Loris non sono più ricomparsi, immagino si siano ribeccati tutti all'appartamento e ci vedremo a mezzogiorno, minimo. Ora crollo.

18 luglio 1997

Ore 14.25 treno.

Siamo ferme alla stazione di Bologna. Che carini: Loris e Paolo sono venuti a prenderci in albergo, per fare colazione con noi e accompagnarci al treno.

Paolo era un po' preso male e ha voluto parlarmi. Mi ha detto che gli piaccio e vorrebbe ci vedessimo ancora, una volta tornati anche loro dalle vacanze.

Non volevo fare la stronza e non volevo che ci restasse male ma non credo avrebbe senso. Per me è stato un bell'incontro, anche piacevole, ok, ma niente di più. Mi ha detto che in questi pochi giorni lui si era affezionato.

In treno ho aggiornato le altre. La Bea mi ha detto che ieri sera Paolo le aveva chiesto di me. Voleva sapere se secondo lei ci sarebbe stato modo di rivederci. «Non me la sono sentita di stroncarlo del tutto ma gliel'ho detto che sei sotto per Fabri... Sì, insomma, per uno!»

La verità è semplice: ci siamo fatti una serata particolare e per me è subito finita lì. Non credo che ci rivedremo mai più.

Ore 23

Che merda essere di nuovo a casa.

Questi cinque giorni con le altre sono stati bellissimi! Eravamo completamente libere, anche solo di fare le sette del mattino, di dormire fino alle tre del pomeriggio, di mangiare cose assurde a orari improbabili o di non mangiare mai.

Oggi stavo pensando alla faccenda di Paolo.

Da una parte, trovo che abbia un po' esagerato ad attaccarsi così. Come si può stare male per una persona appena incontrata? In fondo nemmeno mi conosce!

Dall'altra, forse, è semplicemente questo il meccanismo magico del colpo di fulmine. È completamente irrazionale.

Incontri casualmente qualcuno e all'improvviso, per te, non è più un estraneo.

20 luglio 1997

«L'orgasmo è quel breve istante che separa il desiderio di possederla dal pensiero di doverla portare a casa.» (Gianni Monduzzi)

Nautilus. Ieri sera è stato semplicemente stupendo: la serata che ho sempre sognato!

Sono uscita con la Paola e la Linda, abbiamo fatto tappa al Circolino e abbiamo rievocato i giorni della nostra vacanzina insieme. Prima della nostra partenza, la Linda e Loris si sono scambiati il numero e oggi lui l'ha chiamata. Che carino! Lei era contenta ma non mi sembra troppo coinvolta. Dice che Bergamo è troppo lontana da Varese e non ha molta voglia di sbattersi per beccarlo. Alla fine mi sa che anche per lei è stata solo un'avventura.

Siamo entrate al Nautilus dopo le undici e per la musica un po' bella abbiamo dovuto aspettare un bel pezzo.

Dopo la mezzanotte ancora non vedevo Michi e Fabri all'orizzonte, ero rassegnata all'idea che non sarebbero venuti.

Verso l'una, io e la Paola siamo tornate a prenderci da bere. Ho visto Fabri: stava venendo verso il bancone ed era da solo. Ci siamo salutati con un abbraccio, poi hanno messo un bel pezzo e sono andata a ballare.

Più tardi mi sono seduta sulle scale del palchetto a fumare una sigaretta. Mi ha raggiunta e si è seduto davanti a me, un gradino più giù. Ha appoggiato le braccia sulle mie gambe ed è indietreggiato un po' con la schiena, appoggiandola sul mio petto. Che bello, cazzo. È una cosa stranissima, la nostra. Non ci vediamo per tutta la settimana, per settimane. Non ci sentiamo. Ci vediamo quasi per caso e riscatta la magia. All'improvviso, è come se fossimo una coppia e poi, ancora, ognuno per la sua strada.

Un po' ci baciavamo e un po' parlavamo. Gli ho raccontato un po' della nostra vacanzina e s'è fatto qualche risata.

Non c'era nessuno della sua compagnia, solo il tizio antipatico che conosce anche Fede ma che, comunque, è delle mie parti e non delle sue. Michi è uscito con la Bea questa sera – primo appuntamento ufficiale, fuori dal Nautilus, wow. Ero felice: senza Michi, Fabri avrebbe anche potuto saltare la serata e invece era lì. Con me.

Dopo un po', lui è andato a ballare con l'antipatico e io sono uscita verso le piscine con le altre. Tirava un venticello, faceva un po' freddo e avevo lasciato la felpa in macchina della Paola. Sono rientrata e sono tornata ad appollaiarmi sulle solite scale.

Fabri è tornato quasi subito da me e si è seduto al mio fianco.

Ci siamo baciati un po' ma non eravamo comodissimi. Si è guardato un po' intorno alla ricerca di un divanetto in zona ma era tutto pieno. Mi ha fatto segno di spostarci in fondo alla sala, sull'ormai «nostro» divanetto imboscato.

Solito: lui sotto, io in braccio, a cavalcioni. Siamo partiti abbastanza in quarta e dopo un po' che eravamo lì mi fa: «Ma se uscissimo da qui?»

Cazzo. Sì. Finalmente! Non ci potevo credere: mi stava davvero chiedendo di andare ad infrattarci con la sua macchina!

Ho avvisato le altre. La Paola mi ha fatto notare che erano praticamente le due, che era distrutta di stanchezza e che, massimo mezz'oretta, lei sarebbe andata via.

L'ho detto a Fabri. Non avremmo avuto tempo per fare un cazzo ma siamo usciti lo stesso.

Abbiamo recuperato la sua macchina, siamo usciti dal parcheggio e siamo finiti in un enorme pratone deserto e buio, subito dietro al Nautilus. Per primissima cosa si è occupato della musica: ha spinto la cassetta dentro al lettore e sono partiti i Guns: «Vanno bene?», mi ha chiesto. Ovvio che andavano bene.

Poi ha spento la macchina e ha chiuso le sicure. Non ci avrei mai pensato io e questa sua accortezza mi ha fatto sentire protetta: eravamo io e lui, soli, e non ci sarebbe potuto capitare niente di male.

Ho fatto appena in tempo a togliere la cintura di sicurezza che lui si è avvicinato a me, spostandosi verso il mio sedile, e mi ha baciata. Siamo andati avanti un po', poi ha detto: «C'è un modo per stare più comodi».

Ha tolto le testate dai sedili, spostandole nella zona poggiapiedi del retro e, con una mossa, ha inclinato completamente il suo sedile. È tornato da me e, mentre mi baciava, premendo con il suo corpo sul mio, ha fatto scendere lentamente anche il mio sedile. Mi sono ritrovata sdraiata e, a quel punto, l'interno dell'auto era praticamente un letto.

A furia di rotolarci per la macchina, ci siamo ritrovati io sopra e lui sotto. Mi sono presa un attimo per guardarlo. Mi ha chiesto: «Va tutto bene?» ma io non gli ho risposto. Ci siamo sorrisi. Ha impugnato la parte bassa della mia maglietta e me l'ha sfilata via. Ho alzato le braccia per aiutarlo a spogliarmi, poi gli ho tolto la sua. Mi sembrava tutto assolutamente irreale. Non avevamo un cazzo di tempo e, allo stesso tempo, era come se avessimo tutto il tempo del mondo.

Ci siamo baciati ancora un sacco, abbracciati stretti, pelle contro pelle. Mi sono ritrovata sotto di lui, sdraiata sulla schiena. Lo guardavo mentre andava avanti a togliermi delicatamente il resto dei vestiti. Ero persa in questa immagine.

E un attimo dopo eravamo lì: completamente nudi, in mezzo al nulla, durante una stupenda notte d'estate, con le orecchie che fischiavano, assordate dalle casse del Nautilus e Axl Rose che si confessava, in sottofondo: «I used to love her...» Non avevo mai sentito prima quella canzone e non me la dimenticherò mai più.

Era sopra di me e stava per succedere: «Così?!» gli ho chiesto, un po' allarmata.

«Mi sa che non ce l'ho con me!» ha detto Fabri. Subito, ha aggiunto: «E vabbè, niente».

«Niente: vabbè, facciamolo lo stesso anche senza, starò attento»: pensavo sottintendesse questo con «Niente».

Invece no. Non ha assolutamente insistito, né a parole né con i gesti. Mi avrebbe convinta se lo avesse voluto, ma non lo ha fatto e questo mi ha fatto sentire serena. Non sono servite grandi parole, ci siamo capiti e per me questa è una semplice magia, non saprei come altro definirla. Siamo rimasti nudi, a baciarci e toccarci con tenerezza, senza foga.

Quando ha buttato un occhio all'orologio, avevamo già sforato ampiamente le due e mezza. Mi ha chiesto: «Ti porto a casa io se vuoi, ma non è che le tue amiche ti stanno aspettando?»

Mi ero completamente persa via, non ci pensavo proprio più alle altre: «Se non mi vedono arrivare, immagineranno che torno con te... Non mi preoccuperei!»

A quel punto avevamo davvero tutto il tempo del mondo. Si è sdraiato su di me e ha appoggiato la testa sul mio petto. Gli accarezzavo i capelli e profumava da morire, sapeva proprio di buono.

Poco prima di andare, sempre abbracciati, ho appoggiato la testa sulla sua pancia e gliela baciavo, mentre lui mi accarezzava la schiena. Potevo vedere il rilievo delle ossa del suo bacino. Adoro il suo corpo, è proprio perfetto, cazzo.

Siamo rimasti così, completamente nudi, fino alle quattro. Poco prima di andare, ha iniziato a tempestarmi di domande sul tragitto. Probabilmente aveva realizzato la sbatta che si sarebbe dovuto fare e si è preoccupato: «È lontano? Quanto ci vuole? Ma la sai la strada?» Mi faceva ridere: era uscito dal torpore tutto di botto.

Ci siamo ricomposti – noi e la macchina – e mi ha accompagnata a casa. Ha aspettato al cancello finché non è stato sicuro che fossi entrata.

Mi dispiace che non l'abbiamo fatto ma sento che va bene così. Sono sicura che prima o poi succederà e sarà con lui.

22 luglio 1997

Nel pomeriggio sono uscita con la Astrid. Abbiamo fatto un giro a Varese. In centro ho visto un paio di Dr. Martens verdi. Mi piacciono un casino e starebbero da Dio con i pantaloni neri a vita bassa che ho preso a Riccione. A Varese si moriva di caldo, così ci siamo rifugiate ai giardini con una birretta.

Spero di prendere quei Doc e di rivedere presto Fabri. Continuo a pensare a lui e a quello che è successo sabato sera. Ancora non mi sembra vero e quando rientro nei ricordi sento la pelle come fosse in fiamme, dove mi ha toccato lui.

Mi ero ripromessa di non raccontare niente di me e Fabri alla Astrid ma non perché volessi tenerglielo segreto. Forse ero solo «gelosa» di quello che avevo vissuto e stavo cercando di mantenere una specie di legame esclusivo, forte con quei ricordi. Mi sembrava un modo per coccolarli dentro di me e non farli sfumare.

Però la Astrid è più grande di me e avevo bisogno di confrontarmi con un'amica che di certe cose ne sappia di più. Non era particolarmente sorpresa – e non sembrava nemmeno troppo entusiasta – ma mi ha detto che ho fatto bene a non volerlo fare senza il preservativo, che non si sa mai e che come madre non mi vede portatissima. Che scema.

Poi ha detto: «Pippi, ti brillano gli occhi e si vede che sei felice. Per me, però, ti sei messa nella merda e hai fatto un po' una cazzata ad andarci quasi a letto. Lo sai anche te ma sei una testarda. Il lato positivo è che finalmente avete combinato un po' di schifezze. Tutta esperienza, brava! Adesso sei pronta per il passo successivo, tipo prenderglielo in bocca!»

«Minchia come sei cinica, Astrid.»

«Secondo me ti piacerà!»

«Dai scema, non intendevo quello! Guarda che Fabri è stato tenerissimo, davvero!»

«Sì ma lo conosciamo il soggetto, ormai, no? Oggi carinissimo, domani ti calpesta con gli stivali e io qui a raccoglierti con il cucchiaino!»

La Astrid ha ragione – anche sulla faccenda del cucchiaino.

Le ho detto anche che sono combattuta, per la faccenda della verginità. Se ci ritrovassimo nella situazione, devo dirglielo che sarebbe la mia prima volta?

Temo che potrebbe anche tirarsi indietro, se lo sapesse. Cazzo, però se non glielo dico, gli sporco la macchina e si incazza?

«Il sangue non va via mai più, Pippi!» dice la Astrid.

Mi sto arrovellando su questa faccenda della verginità.

Forse ho fatto una cazzata a non farlo al mare, con Paolo: mi sarei tolta il problema!

E se Fabri non mi porta più fuori dal Nautilus?

E se invece sì e lo facciamo e sento solo male?

E se sanguino tantissimo?

Che palle: a che cazzo serve l'imene che tanto prima o poi tutte lo fanno? È una specie di sigillo di garanzia che ci ha affibbiato la natura, tipo i dentini dei tappi della bottiglia d'acqua, che se quando li giri non fanno cric cric cric significa che ci ha già bevuto qualcuno prima di te.

26 luglio 1997

Factory – Aquatica

Serata alternativa, completamente non prevista. Fede mi ha chiesto se io e le altre avessimo voglia di fare serata a Milano con lui e i suoi amici e abbiamo detto di sì.

La Paola era a casa da sola così io, Fede, Axel e la Astrid siamo andati da lei a cena. Dopo aver mangiato, abbiamo fatto una macchinata e siamo andati tutti a casa di Marlon, anche lui senza i suoi.

Lì c'erano altri tre tizi della loro compagnia, che poi è anche la compagnia di Michi e Fabri.

Mi faceva stranissimo sapere di essere nelle loro zone e me li immaginavo suonare al citofono, da un momento all'altro.

Marlon era fuorissimo: faceva veramente ridere, parlava a raffica ma non ci capivamo niente, anche perché pure noi eravamo tutti in aria. Cannoni e vino bianco: combo letale.

Siamo entrati al Factory verso mezzanotte. Sinceramente all'inizio pensavo di essere lì lì per sboccare, invece mi sono ripigliata in fretta.

La serata è una figata: durante l'estate spostano la serata del Factory dentro il parco dell'Aquatica. Il locale è gigante e ha delle enormi vetrate dalle quali si vedono le piscine e gli scivoli illuminati.

Anche la musica era proprio bella, più di quella del Nautilus: hanno messo un casino di pezzi nuovi che nella sala Rock non sono mai stati suonati e un casino di pezzi vecchi ma dei quali non abbiamo la nausea, a furia di sentirli.

Abbiamo ballato un po' e c'era proprio bellissima gente. A un certo punto della serata la Paola s'è imboscata sui divanetti con Marlon, coronando il suo sogno di limonarselo.

Prima che sparissero, Marlon non ha perso occasione per farmi una ramanzina: me l'ha menata un casino con Fabri. Dice che mi prende in giro, che mi farà soffrire e lo devo lasciar perdere.

Minchia, tutto 'sto pippone senza che io l'avessi mai nominato. E chissà cosa direbbe se sapesse della nostra ultima serata insieme. Che poi magari lo sa, ed è per questo che mi ha detto queste cose. Però Fabri non mi sembra il tipo che va in giro a sbandierare i cazzi suoi in compagnia.

Vai a sapere come stanno davvero le cose.

31 luglio 1997

Io e la Astrid abbiamo passato il pomeriggio al bar. C'era lì anche Oliver con i suoi amici, tra i quali anche Andre e Dario. Più tardi si è aggiunto anche qualcuno dei più grandi, della vecchia compagnia della piazza.

Io e Oliver praticamente non andiamo oltre al «Ciao».

Può anche essere che ce l'abbia ancora con me per averlo mollato ma di base mi sembra che non abbiamo molto altro da dirci.

Chissà cosa ci ha spinti a metterci insieme, o anche solo ad abbracciarci l'ultima volta che ci siamo incrociati per caso al Nautilus?

Probabilmente l'alcool. O – per quanto riguarda l'abbraccio – il fatto che, quando sono lì dentro, voglio bene a tutti.

Dopo il bar, la Astrid mi ha chiesto di restare a cena da lei. Siamo passate al discount a comprarci degli spinaci surgelati e ci siamo fatte una bella cenetta gourmet a base di erbette bollite, uova sode e birre. Facciamo cagare.

Mi ha detto che nei prossimi giorni deve andare alle Terme di Salsomaggiore con i suoi e sua nonna. Che palle, poverina! Se mi va posso raggiungerla e stare lì un po'. La voglia di stare lì potrei anche averla ma zero quella di fare il viaggio in treno da sola. Ci penso un po', vediamo, magari poi cambio idea e vado anche io a farmi i fanghi o quel che è.

Mi chiedo come stia procedendo la cosa tra Marlon e la Paola, penso che stiano uscendo insieme.

Tutte queste coppie che mi orbitano intorno – la Bea e Michi, la Paola e Marlon – nascono sui divanetti delle discoteche e poi si spostano fuori, nella vita vera, vedendosi in bar qualunque, durante la settimana.

Tutte queste coppie, tranne la mia, che coppia non lo è.

3 agosto 1997

Quanto cazzo è bello *Destination Anywhere*? La Paola mi ha fatto una cassettina. Che album: troppo bravo Jon.

Nautilus. Serata strana.

Io e la Bea ci siamo trovate per le sette e siamo andate dalla Linda. Ci ha detto che con Loris ha chiuso definitivamente, nel senso che non si sentono praticamente più. In effetti non aveva molto senso continuare a chiamarsi al telefono, se poi non c'era intenzione di vedersi. Ci ha anche detto che dopo tutte le storie che le sono capitate, vorrebbe prendersi un attimo di pausa dai ragazzi e pensare solo a se stessa. Mi sembra una scelta saggissima, anche se la mia paura è sempre la ricaduta dietro l'angolo con Livio. Forse la sottovaluto, forse se vuole è più forte di quanto ci sembri e saprà starne fuori.

Abbiamo cenato tutte insieme a casa sua, poi siamo andate a prendere il treno per Gallarate.

Ci siamo prese una birretta a testa in un barettino di passaggio e ci siamo incamminate verso il Nautilus. Saranno un bel sei o sette chilometri ma è estate, fa caldo e per il Nautilus si può fare anche questo. Il tragitto è stato super divertente e non abbiamo nemmeno sbagliato strada.

Siamo entrate verso le undici e mezza e ci siamo divanizzate un po' per riprenderci.

La Bea e Michi si erano sentiti nel pomeriggio, quindi eravamo certe che sarebbero venuti. Infatti, dopo mezzanotte l'ho visto entrare con Fabri. Sono venuti subito da noi a salutarci. Michi mi ha dato i tre bacini. Fabri mi ha fatto gli occhioni e mi ha abbracciata. Gli ho dato un bacio sulla guancia.

La musica era un po' una merda e loro due erano seduti sulle scale. Sono andata lì a fare due chiacchiere, finché Michi è andato in bagno e mi sono seduta al suo posto.

Io e Fabri abbiamo parlato un po' e ci siamo baciati. Mi abbracciava come fa sempre. Poi, non so, di botto si è scurito in volto. È rimasto un po' per le sue con l'aria incazzata e quando poi han messo un bel pezzo è andato a ballare.

Michi è tornato dal bagno, ha acchiappato la Bea e sono spariti. Mi dispiaceva che la Linda fosse da sola, così sono andata a ballare con lei.

Fabri è rimasto tutto il tempo appollaiato sulle scale del palchetto. A giudicare dallo sguardo che aveva, sarebbe stata sicuramente una cazzata andare da lui. Penso avesse proprio voglia di stare da solo, quindi sono rimasta in pista a ballare.

A una certa, io e la Linda abbiamo iniziato a darci da fare per trovare uno strappo. In pista abbiamo conosciuto due tizi della zona che ci avrebbero portate almeno fino in stazione a Gallarate. Avremmo dovuto aspettare il primo treno, credo, almeno un paio d'ore, ma sarebbe stato comunque meglio di niente – anche perché l'alternativa era tornare in stazione a piedi, post-serata.

All'ora di chiusura, la Bea e Michi sono ricomparsi. Lui e Fabri sono andati a casa e noi ci siamo accollate al nostro passaggio.

Alla fine, questi tizi sono stati davvero gentilissimi. Erano dispiaciuti all'idea di mollarci in stazione e ci hanno portate a casa della Linda. Davvero troppo carini. Non mi ricordo nemmeno come si chiamassero.

Sono tornata a casa dopo pranzo. Continuavo a pensare a Fabri, così gli ho telefonato. Volevo sapere se fosse tutto ok e se si fosse ripreso. Ha detto che stava bene ma aveva davvero un tono bruttissimo, si sentiva che stava sotto un treno. Gli ho fatto notare che ultimamente mi sembra diverso, che prima della naja non l'avevo mai visto così, che ci facevamo un casino di risate. Non aveva voglia di parlare e ha minimizzato dicendo: «Sono cose che capitano», per poi liquidarmi.

Come sto di merda. Sono talmente incasinata tra pensieri ed emozioni. Non riesco a dare un senso a niente. Mi stanno sul cazzo pure questi quadrettini in cui devo scrivere, sono così piccoli che devo tenere tutto compresso quando, dentro, avrei solo voglia di esplodere.

A volte ho solo voglia di mettermi a letto e non svegliarmi più.

Perché si deve stare così male?

Perché, semplicemente, non si può avere quello che si desidera?

Perché ci sono persone a cui va sempre tutto bene, che hanno botte di culo clamorose e altre che devono sempre guadagnarsi tutto e lottare?

Michi e la Bea si trovano così bene ed è successo da subito.

La Paola e Marlon hanno iniziato a uscire e, semplicemente, funziona.

Mi sento una sfigata, veramente. Per non parlare della cazzata che ho fatto oggi, di telefonare a Fabri.

La cosa migliore sarebbe, davvero, non vederlo mai più. Ma poi come faccio? I sabati al Nautilus sono l'unica cosa che mi fa venire voglia di andare avanti e mi motiva a mettere un po' di testa sullo studio.

Oggi ero davvero in pensiero per Fabri. Mi è dispiaciuto un casino ieri sera vederlo così giù, ci ho provato a farlo parlare ma non accennava a dirmi niente, il che mi fa davvero pensare quanto poco conti per lui. Se ci tenesse a me, si aprirebbe.

Probabilmente viene da me quando si annoia, per riempire i buchi tra le canzoni che non gli piacciono.

Questa notte, a casa della Linda, ho fatto un sogno proprio di merda ma lo ricordo solo a sprazzi.

Tentavo di spiegare a Fabri quanto ci tenessi a farlo con lui per la prima volta, per quello che provavo nei suoi confronti.

In un primo momento lui diceva di volermi bene, poi mi diceva che quello che provavo per lui era esagerato e sarebbe stato meglio non frequentarsi più... e io giù a piangere.

Perché devo essere così testa di cazzo?

Perché proprio a lui mi dovevo affezionare?

Per fortuna che c'è la Astrid.

11 agosto 1997

Questa mattina mi ha detto Fede che ieri Fabri era al Nautilus. Cazzo. E io che sono stata a casa, che scema. Al mio: «Com'era?» ha risposto: «Boh, normale, il solito Fabri».

Vabbè, dai: maschi. È impossibile ottenere informazioni utili.

Poi ho chiamato la Bea per chiacchierare un po'. Cazzo: ha deciso che a settembre andrà in Inghilterra per sei mesi. Questa cosa mi ha demoralizzata: eravamo riuscite a mettere insieme un bel gruppetto di sguasce e adesso lei se ne va. Che palle, sarà un inverno del cazzo.

Questa sera sono uscita con Lupo, la Astrid, la Bea e alcuni suoi amici romagnoli che sono venuti a trovarla.

Abbiamo pensato che potremmo tornare a Riccione per Ferragosto, anche perché questi ragazzi potrebbero ospitarci.

La Astrid verrebbe, ma mi ha confidato che l'idea che ci sia anche Lupo le rompe il cazzo: vorrebbe farsi una vacanzina senza di lui. Mi sa che è sempre meno convinta di starci insieme. Comunque non sono certa che i miei mi darebbero l'ok per tornarci di nuovo. Vedremo.

Durante la serata dalla Bea ero un po' in aria. Vederla ultimamente mi fa pensare subito a Michi & Fabri e questo mi distrae da ogni altra cosa.

Quando sono tornata a casa e mi sono messa a letto, mi sono sparata un'ora buona di Guns, mentre fantasticavo su amori impossibili. Per me sono malata. Cioè, è un'ossessione: non sto bene.

Cazzo: tra un mese riparte la scuola. Non ci posso pensare che dovrò tornare a farmi il culo sui libri per nove mesi, solo per meritarmi di andare al Nautilus.

19 agosto 1997

Che figata: ieri sera Michi è stato tutto il giorno dalle nostre parti, per uscire con la Bea. La sera siamo andati a cena tutti insieme: è veramente un cazzone simpaticissimo, abbiamo proprio riso tanto.

Già quando siamo arrivate dalla Bea e ho visto la sua macchina parcheggiata fuori ho provato una sensazione stranissima. Ero emozionata.

C'era un clima bellissimo, di cazzeggio totale, e ci si prendeva tutti un po' per il culo. In tutti i discorsi, Michi ci infilava Fabri:

«Ma perché lo devi nominare in continuazione?» gli ho chiesto – ovviamente era tutta scena, perché avere lì Michi che continuava a parlare di Fabri era un sogno per me!

«È il mio migliore amico! Sono sempre con lui ed è la persona che conosco meglio!» mi ha risposto. Che tenero.

Siamo andati tutti insieme a Laveno per cena. Anche a tavola è stato proprio divertente, abbiamo riso un casino. Dopo la seconda birra, la Astrid si è messa a lanciare le fette di pizza addosso alla Paola che era dall'altra parte del tavolo. Che scema.

L'unico un pochino sotto tono era Lupo: prima della cena la Astrid gli ha parlato e hanno deciso di chiudere la loro storia.

Prima di tornare a casa, Michi mi ha chiesto se sabato sarei andata al Nautilus ma gli ho detto che avrei preferito il venerdì, per poi andare all'Aquatica sabato sera.

Mentre andavamo alla macchina m'ha detto: «Per me comunque te e Fabri avete fatto una cazzata a mettervi... cioè, ad andare via insieme!»

Non era un discorso che avevamo toccato durante la serata ma, evidentemente, gli premeva farmelo sapere. Ci sono rimasta male, perché sottende che lui sappia cose non belle che io non so: «Io non me ne sono pentita», gli ho risposto.

«Non dico che devi pentirtene ma sappi che non succederà più.»

Mentre la Bea salutava Lupo, io e Michi ci siamo detti ciao. Mi ha abbracciata ma, a quel punto, ero un po' presa male:

«Perché sei triste adesso?»

«Eh, cazzo Michi, non dovevi dirmi così! Vaffanculo!»

«Dai non lo so eh, cioè l'ho detto così per dire!»

È evidente che le sue affermazioni siano il risultato di qualcosa che si sono detti. Probabilmente è Fabri quello pentito. Però Michi ha aggiunto:

«Veramente: è una cosa che penso io! Non parliamo mai dei cazzi nostri, soprattutto dopo che abbiamo passato più di un mese, tempo fa, a non parlarci per colpa di una tipa! Ma la sai la storia?»

«So che avete avuto una ragazza in comune e avete scazzato per lei.»

«E allora vedi che la sai la storia! Chi te l'ha raccontata?»

«Non mi ricordo, qualcuno della tua compagnia.»

«Pazzesco comunque: tutti sanno i cazzi miei» – ci siamo messi a ridere. Comunque, a parte la sua uscita finale, è stato proprio bello passare la serata insieme.

22 agosto 1997

Ho preso il sole tutto il giorno, da mezzogiorno fino alle cinque, e adesso sono abbronzatissima.

Verso le sei è venuta a trovarmi la Linda per raccontarmi delle vacanze e le ho fatto un riassuntino delle ultime cose successe, specie tra me e Fabri. Al contrario della Astrid e della Bea, non ha una visione completamente negativa della faccenda. O meglio, lei ritiene che io a Fabri piaccia ma non quanto e come desidererei io. Secondo la Linda non potrò mai pretendere da lui più di quello che mi dà e, se voglio averci a che fare, devo mettere in conto i suoi alti e bassi. Soprattutto, devo capire se sono disposta ad accettarli. Mi sembra una visione molto razionale della faccenda e con la testa la condivido anche. Certo, poi gestire emozioni e sentimenti quando fa lo stronzo, è tutta un'altra storia. A un certo punto la Linda mi ha fatto un discorso pazzesco. Una cosa tipo: «Se è lui quello con cui vuoi farlo la prima volta, fallo. Lo hai scelto, sei convinta. Giusto? Metti solo in conto che non sarà quello a legarvi. Non pensare: 'Lo faccio con lui così poi sarà mio' perché, vedendo come si comporta – scusa se te lo dico così schiettamente – dubito che accadrà. Magari andrete avanti così per mesi, anni, o magari tra due settimane sparisce dalla circolazione e di lui non saprai più niente. Magari ti spezzerà il cuore e ci resterai sotto per un po'. E vabbè, poi tornerai in te. Soffrire per amore è una merda, Pippi, ma non si muore. E fidati che io lo so bene! Se vuoi lui, per me, te lo devi prendere».

È incredibilmente saggia la Linda, quando non si tratta della sua vita. Anche se ultimamente mi pare stia migliorando anche con quella. La sera io e lei siamo andate al Nautilus con la Paola. È stata anche una serata carina ma non è successo niente di che, siamo state tra noi, a bere e cazzeggiare.

Ho chiesto alla Linda se ci fossero novità con Livio e ci ha dato una risposta secca: «No, non voglio mai più vederlo. Non so proprio cosa farmene di uno così, nella mia vita. Avere capito questa cosa mi mette in pace con il mondo, ragazze». Io e la Paola siamo rimaste in silenzio. Non avevo mai visto la Linda così lucida, determinata e serena nel parlare di lui.

Mi sa che ha deciso davvero.

23 agosto 1997

Altra serata milanese.

Io, la Astrid e la Paola siamo andate con Fede e Axel a cena da Marlon: questa volta i suoi c'erano.

Anzi, sua mamma era contentissima di averci ospiti e ci hanno rimpinzati per benino. Non la finivano più di portare in tavola roba da mangiare – e, intanto, suo padre zitto zitto ci riempiva sempre il bicchiere.

È troppo carina lei, e anche con Marlon è affettuosissima: si vede che lo adora, è proprio una mamma vera.

Dopo cena siamo andati alla Stellina, che ho scoperto essere il baretto di riferimento della compagnia di Marlon.

Poco dopo il nostro arrivo, infatti, è arrivato anche Fabri. È venuto lì con la sua nuova Harley. Cazzo. Era semplicemente stupendo: stivali, jeans stretti, magliettina nera.

Mi chiedo come cazzo debba essere questa fantomatica tipa che è stata sia con Michi che con Fabri. Cosa devi essere per farli impazzire tutti e due?

Comunque Fabri è troppo figo, non credo resterà per molto sulla piazza. Adesso che Michi si è fidanzato con la Bea, sono certa che si troverà una da portare in giro in moto.

Comunque s'è comportato malissimo: non ha nemmeno salutato. È rimasto seduto con dei suoi amici per un po' e se n'è andato quasi subito via, senza ciao né arrivederci.

So che hanno ragione i suoi e i miei amici: non merita assolutamente la mia attenzione. Il problema è che non è una cosa che posso controllare. È ovvio che se si potessero pilotare i propri sentimenti sceglierei di innamorarmi di qualcun altro.

Per esempio di Livio che è bello e con me è sempre stato buono e gentile. Certo, è anche un po' grezzo ma magari potrei educarlo – e poi, oggettivamente, è un po' la versione bionda di Fabri, ora che ci penso, si assomigliano parecchio.

29 agosto 1997

Io e la Astrid siamo state a casa in pantaloncini, canottiera e felpetta tutto il giorno. Da quando ha mollato definitivamente Lupo è tornata la cazzona di sempre e ci stiamo divertendo un casino insieme.

Nel pomeriggio è venuto a trovarci Dario.

Ci ha portato gli ingressi omaggio delle Pagine Gialle di sua nonna e di sua zia: «Ragazze, quello di casa dei miei lo tengo, che qualche volta ci vengo anche io. Sicuramente quello di mia nonna e mia zia fa più comodo a voi che siete drogate di Nautilus!» È stato carino! «Drogate di Nautilus». In effetti ha ragione.

Oltre agli omaggi ha portato anche un paio di canne di ganja, così abbiamo passato il pomeriggio a scassarci in veranda e a ridere come scemi.

Quando Dario è andato via, io e la Astrid siamo andate dal panettiere di fianco a casa mia a comprarci le pizzette per la fame chimica. Già che c'eravamo, gli abbiamo scroccato due ingressi omaggio dalle Pagine Gialle che aveva a casa e in negozio.

Prima che venisse buio, io e la Astrid abbiamo fatto una scappata a casa sua. Doveva far vedere a sua mamma che era ancora viva e poi cambiarsi per la serata.

Mentre tornavamo a piedi verso casa mia, ce la siamo fatta sotto di brutto: un tipo assurdo ha iniziato a seguirci e parlava da solo. Sembrava ci stesse pedinando, così abbiamo allungato la strada, cercando di seminarlo per le viette sterrate dietro alla stazione. Appena girato un angolo, ci siamo nascoste dietro un muretto. Siamo rimaste lì una cifra, finché non è sparito dalla nostra vista e siamo tornate a ritroso sui nostri passi.

Essere femmine è durissima, a volte. E per fortuna che eravamo insieme! Da sola mi sarei assolutamente cagata addosso.

Dopo cena è venuta a prenderci la Paola. Abbiamo acchiappato anche la Linda. Siamo passate dall'autogrill per le sigarette, poi classica tappa al Circolino per una birretta.

Ho preso una Bud che mi ha stampata un po', visto che non avevo mangiato un granché: la faccenda del tizio pazzo mi aveva agitata e mi si era chiuso lo stomaco.

Una volta dentro al Nautilus ci siamo fatte una tirata unica in pista, ballando un casino, almeno fino alle due. Mi sentivo la febbre e mi sono riposata un po' su un divanetto.

A una certa sono entrati anche Fede e Axel. Avevano fatto tardi con il pre-serata e hanno preferito venire al Nautilus anziché andare a Milano. Figata, è troppo bello quando ci siamo tutti.

Mi stavo annoiando e sono andata a scroccare una sigaretta al biondo bellissimo di Gallarate, sempre in ottima forma.

«Se proprio la vuoi, prenditela da sola!» mi ha detto. Aveva il pacchetto nella tasca anteriore dei jeans, praticamente in zona pacco. Se pensava di sconvolgermi, si sbagliava. Non ho fatto una piega e gli ho messo la mano in tasca. Mi sono messa in bocca un Marlborino dei suoi e ho rimesso le sigarette al loro posto. A quel punto, mi fa:

«La prossima volta, la mano mettila qui!» indicando il pacco. Che coglione.

Comunque mi ha fatto ridere. Con quella faccia da modello che ha, può dire veramente qualunque cosa.

La Paola e la Linda si stavano annoiando e sono tornate a casa presto. Io e la Astrid abbiamo fatto chiusura con Fede e Axel.

La Astrid è rimasta qui a dormire ma, in realtà, siamo rimaste sveglie a chiacchierare un bel po'. Che ridere, cazzo.

30 agosto 1997

Dopo esserci svegliate, ci siamo annullate davanti alla tv per un paio d'ore. Dopo pranzo la Astrid è tornata a casa e mi sono fatta la doccia.

Durante il pomeriggio mi sono riposata, in previsione della serata che ci aspettava.

Verso le sei la Astrid è tornata da me e ci siamo messe a preparare una valanga di riso freddo.

Prima di cena siamo andate in stazione a prendere la Bea. Ci hanno raggiunte da me anche la Linda e la Paola e poco dopo sono arrivate anche la Yuna, la Betta e la Fly. Troppo bello: tutte le mie amiche e tutte le mie compagne preferite! Abbiamo mangiato tutte insieme e ci siamo divertite veramente un casino. Dopo cena la Yuna, la Betta e la Fly sono andate a Varese. Io, la Linda, la Astrid, la Bea e la Paola siamo andate al Nautilus, anche se mi sentivo un po' di febbre.

Appena arrivati al parcheggio ho visto la macchina di Michi. È sempre un'emozione sapere che lui e Fabri sono lì... e chissà cosa succederà?

Una volta dentro sono andata al volo in bagno e durante il tragitto li ho incrociati. Fabri mi ha fatto un sorrisone e ha alzato le sopracciglia.

Io invece mi sono limitata a fargli ciao con la mano e ho tirato dritto, senza mai accennare un'espressione accogliente.

Durante la serata io e le altre abbiamo un po' ballato un po' cazzeggiato, c'era una bella atmosfera tra di noi.

Dal nulla, ero in piedi e Michi m'ha dato un calcetto sul sedere per attirare la mia attenzione:

«Come stai, tesoro mio?» – che amore che è!

«Credo di avere la febbre» gli ho risposto e poi mi sono seduta. Mi si è seduto vicino. Ho chiuso un po' gli occhi e mi ha fatto una carezzina. Era così vicino:

«Va' che bello che sei» gli ho detto quando ho riaperto gli occhi.

«Eh, me lo dice sempre anche la mia mamma!» – gli voglio proprio bene.

Fabri era seduto sul muretto della pista e, ogni tanto, buttava l'occhio dalla nostra parte.

Sono andata a far pipì e al ritorno me lo sono trovata davanti. Non so cosa si aspettava che facessi ma non ho più resistito:

«Certo che sei un bello stronzo eh!»

Mi ha guardata con un punto interrogativo in faccia.

«Ti costava così tanto dirmi ciao, sabato scorso?»

Ha risposto che avevo ragione e si è scusato. Il fatto che riconoscesse di essersi comportato da merda era già qualcosa ma l'incazzatura non mi passava, così sono tornata dalle altre.

Verso l'ora di chiusura erano tutte imboscate con qualcuno, così io sono andata a ballare per i fatti miei. Ho visto Fabri da solo e sono andata a prenderlo, visto che la musica non era male:

«Vieni a ballare!» gli ho detto.

«Non mi va», ha risposto. Mi ha presa per i polsi e mi ha tirata verso di lui, facendomi sedere in braccio. Ci siamo baciati. Faceva lo scemo, fingeva di pulirsi le mani sporche di cicca su di me. A quel punto, l'avevo perdonato al cento per cento.

Dopo un po' che ci baciavamo mi sono alzata perché andassimo su un divanetto, per stare più comodi. L'ho preso per mano ma lui restava inchiodato al gradino, ridendo.

«Dai Fabri, alzati!», lo tiravo ma lui niente.

«Alzami tu! Vediamo quanto sei forte!»

Ridevo: «Dai, non ce la faccio!» Alla fine s'è tirato su, m'ha presa per mano e siamo andati verso un divanetto libero.

Mi sono seduta a cavalcioni su di lui ed era stupendo, come sempre. Ci siamo baciati tantissimo, poi ho scoperto che lo fa impazzire quando gli lecco l'orecchio.

Mi piaceva un sacco quando, dopo i baci lunghissimi con le mani strette addosso, stavamo a fissarci negli occhi.

Giocavamo un casino, ci mordicchiavamo e, a turno, fingevamo di scappare e non volere più baciare l'altro.

A un certo punto gli ho preso il viso tra le mani perché non voleva farsi più baciare. E niente, ha ceduto quasi subito.

Verso la fine, troppo bello, lui era sdraiato e io ero sopra di lui, con i miei capelli sparsi dappertutto sul suo petto. Parlavamo di quando, la sera che mi ha portata a casa, gli ho fatto sbagliare strada un milione di volte e ridevamo come scemi:

«La sai la strada?»

«Ma ceeeerto» – Era bello essere così, complici, a parlare di qualcosa che era soltanto nostro.

Ci siamo messi seduti perché voleva fumare una sigaretta. La mia testa sul suo petto e il suo braccio intorno alla mia schiena. Non riuscivo a smettere di stargli addosso e baciarlo: gli occhi, il naso, la fronte, le guance, la bocca... dappertutto.

Siamo rimasti lì, mano nella mano, finché è finita la musica e hanno acceso le luci. Michi è venuto a chiamarci e siamo andati tutti insieme al guardaroba a prendere le giacche.

Ci siamo salutati al parcheggio e mi teneva super stretta, non smettevamo più di baciarci.

Al ritorno io e le altre ci siamo raccontate tutti i dettagli succulenti delle nostre imboscate. Una volta arrivate a casa mia ci siamo fatte due ravioli e siamo rimaste sveglie fino alle sei a ridere e parlare.

Mi ha detto la Bea che Michi, quando ha visto me e Fabri sul divanetto, le fa:

«Oh, mi sa che le è passata la febbre: guardala là come si dà da fare!» – che cazzone!

E Fabri che mi pigliava per il culo: «Trentasette di febbre non si può sentire! Non è febbre nemmeno per le formiche...»

5 settembre 1997

Nautilus.

Prima di entrare io, la Astrid, la Paola e la Linda siamo passate a bere al B&B: una reunion tutte donne, come ai vecchi tempi! Stupendo. Siamo entrate al Nautilus verso mezzanotte e dentro c'erano anche la Yuna e la Betta.

Abbiamo ballato un paio d'ore, poi ero stanca e mi sono fermata a chiacchierare con Marlon.

Mentre andavo in bagno, ho incrociato il biondo bellissimo di Gallarate e ci siamo dati un'occhiata. Lui mi ha salutata: non me l'aspettavo assolutamente. Ho risposto al saluto con un sorriso un po' impacciato.

Qualche minuto dopo, ho visto che stava parlando con un amico della Linda che conosco anche io e mi sono avvicinata a loro, con la scusa di salutarlo.

Poco dopo, l'amico della Linda è andato a cercare uno della sua compagnia, così io e il biondo siamo rimasti soli. Ci siamo seduti a chiacchierare, nell'attesa che l'amico della Linda tornasse. Mentre parlavamo ho pensato: «Ok, ora o mai più!» e gli ho dato un bacio sulla guancia. È rimasto un po' interdetto e mi ha guardata. Si è avvicinato a me. Ci siamo sfiorati le labbra ma non mi sembrava davvero convinto di baciarmi:

«Scusami, forse non dovevo» gli ho detto.

«È che non me l'aspettavo proprio! Perché l'hai fatto?»

«Sono un po' di mesi che ti vedo qui: mi piaci!»

«Oh cazzo! Ma davvero? Io non l'avevo capito assolutamente!» e a quel punto mi ha baciata, questa volta seriamente.

Bacia benissimo, lento e con una passione incredibile. È stato davvero un bacio stupendo. Quando ho aperto gli occhi, mi sono emozionata: ha un viso assolutamente perfetto cazzo. Con 'sti capelli biondi lisci e questa faccia da attore: sembra uscito da un telefilm americano sulla storia dell'hard rock.

La Linda è venuta a chiamarmi per andare via:

«Ragazzi, scusate la rottura, ma noi dobbiamo andare! Continuate un'altra volta, ok?» – rideva, e anche noi. Il biondo mi ha dato un bacio sulla guancia e mi ha chiesto: «Ci vediamo giovedì sera qui? C'è l'inaugurazione della nuova stagione!»

Anno scolastico
1997 - 1998

6 settembre 1997

La prima pagina della Smemo nuova vuole dire una sola, bruttissima cosa: si torna a scuola. Che sadness!

Questa mattina mi ha chiamata la Yuna. Era da un po' che non trovavamo il tempo per farci una bella chiacchierata e mi ha aggiornata su una clamorosa novità. Oggi pomeriggio era in giro per il centro a Varese e alla Casa del Disco ha incontrato casualmente Carletto e Dedo. Si sono messi a chiacchierare e, dal niente, Carletto, il principe dei mostri, le ha chiesto – udite, udite – di uscire insieme. Lei non se l'aspettava nel modo più assoluto, anzi ultimamente mi sembrava avere proprio perso le speranze, così ha esitato un attimo. Lui ha aggiunto un imbarazzato: «Solo se ti va, ovviamente», al che lei è rinsavita e gli ha detto di sì.

Credo escano nel weekend. Non vedo l'ora, sono troppo contenta per lei e che le stia girando bene. Perché, invece, a me sta girando malissimo.

Poco fa su Radio Gufo hanno passato *Sweet dreams* mentre ora ci sono gli Smashing. Figo, sembra di essere al Nautilus. Venerdì sera la Bea esce con Michi.

Sono certa che giovedì il biondo bellissimo non mi cagherà e Fabri avrà il suo solito sclero.

Cerco di preparami psicologicamente per non farmi abbattere dall'impatto di tutte queste possibilità ma, onestamente, vedo già tutto nero.

11 settembre 1997

Questa mattina sono rimasta a lungo in cucina con Brando. Gli ho dato una mano con i compiti. Una specie di corso accelerato con ripetizioni su alcune materie.

Ho parlato un po' con lui per cercare di capire in cosa consista la sua difficoltà con la scuola. Studiare è sempre stato un problema, fin dalla prima elementare. La mamma si limita ad arrabbiarsi e dargli del pigro ma io penso che ci sia qualcosa di più, qualcosa che lo blocca. Mi ha detto che lui ci prova a mettersi di impegno, che si mette lì, apre i libri e dopo poche parole o poche righe, nella testa gli si forma una specie di buco nero, come se andasse in black out e non riesce a registrare nessuna delle informazioni che sta studiando.

Secondo me la pigrizia qui c'entra poco e mi dispiace. Vorrei aiutarlo ma non so come fare: posso solo dargli qualche ripetizione e sperare che qualcosa gli rimanga in mente.

Fino a poco fa andava tutto abbastanza bene ma, adesso che mi sono chiusa in camera, sono in balìa di tanti pensieri.

Sarà 'sto cazzo di *Spirito* dei Litfiba che gira nello stereo, sarà che la mamma mi ha chiesto se davvero sono così convinta che avrei voluto sposare A. (per l'ennesima volta le ho detto sì) ma continuo a pensare a lui e a quella sensazione di casa che avevo quando stavamo insieme. Io e sua cugina parlavamo tantissimo, mi dava un sacco di dritte carinissime. Anche il giorno dopo che io e A. ci siamo lasciati, siamo state un sacco di tempo a parlare: aveva cercato di consolarmi e darmi dei consigli. Le volevo proprio bene.

Serata bruttissima.

Io e il biondo bellissimo di Gallarate non ci siamo cagati di striscio. Anzi, l'ho beccato vicino ai bagni che si limonava una tipa stupenda con le gambe lunghissime: sembrava una modella.

Non mi piace il mio corpo. Perché bisogna restare per sempre in una forma che non abbiamo scelto?

15 settembre 1997

Non sono nemmeno le otto di sera e il sole è già andato via. Che merda: tra poco mi ci sveglierò anche, con il buio.

Questa mattina ho tartassato di domande la Yuna per sapere come fosse andata con Carletto, se alla fine si fossero visti o meno in questo we. Era esaltatissima: mi ha detto che si sono visti ieri, a Varese. Lui l'ha aspettata in stazione, sono stati un po' in giro per il centro e poi sono andati a fumarsi una cannetta ai giardini. Lì, sulla panchina più imboscata del parco, si sono baciati. Poi si sono fatti prendere dalla cosa e sono andati a casa di Carletto, che i suoi erano via. E, cazzo: l'hanno fatto. Non me l'aspettavo, così da zero a cento. Poi per la Yuna era la prima volta e da quello che ho capito, anche per lui. Sono stati un po' dei cazzoni perché non avevano il preservativo e l'hanno fatto lo stesso e mi ha detto la Yuna che lui ha fatto appena in tempo a venire fuori. Mamma che paura, io non dormirei la notte dall'ansia fino all'arrivo del ciclo! Ovviamente ho tempestato la Yuna di domande: mi ha detto che non le ha fatto male, è stato più una specie di bruciore e ha perso un pochino di sangue ma se ne è accorta solo una volta arrivata a casa. Per il resto ha detto che non le è sembrato questo granché, perché lui ha finito quasi subito. Poi erano un po' imbarazzati e si sono subito rivestiti.

A scuola, questa mattina, non si sono quasi cagati ma le ho detto di non allarmarsi subito e vedere come va.

Nel pomeriggio sono tornata a Varese in treno con Brando. Dopo essere passati in libreria per prendere i suoi libri nuovi, ci siamo fatti un giro in centro.

Minchia, però non ero più abituata ai ritmi della scuola: si arriva a sera completamente devastati.

Per fortuna che in classe c'è Tommy, la sua presenza mi motiva un po' ad alzarmi la mattina.

Sconvolgente comunque: in questi giorni ho proprio voglia di tornare a casa, studiare e rivedere i miei appunti.

22 settembre 1997

Oggi pomeriggio, io e la Astrid siamo andate a Varese perché dovevo prendere dei libri per la scuola. Durante il tragitto mi ha raccontato di lei e del suo amico Ruggero. Di recente hanno fatto un'uscita a due con l'idea di vedersi per sfumacchiare e sono finiti a rotolarsi nell'erba e limonare nel parco del Comune. Devo dire che la cosa non mi ha stupita per niente, ultimamente li vedevo parecchio affiatati e, secondo me, lui ha una cotta per lei da sempre. Comunque non mi sembra particolarmente presa dalla cosa, potrebbe anche restare solo un innocuo limone e via.

In stazione c'era anche Oliver e siamo rimaste a parlare un po' con lui. Ci ha raccontato un po' della sua compagnia: ormai tutti sono sotto con il fumo, pensano solo a quello. Per fortuna che con loro ho mollato il colpo. Gli ho chiesto di Dario perché non lo vedo da un sacco e non vorrei mai stesse facendo quella fine. Oliver mi ha detto che ha una nuova compagnia e si fa vedere poco. Devo chiamarlo, cavolo.

Tornando a scuola e ribeccando Tommy in classe, mi sono proprio resa conto che è un bel tipo.

Oggi, mentre il prof di chimica ci spiegava come funziona il laboratorio, riuscivo solo a pensare a me e lui in un bel lettone. Non credo lui e Anna si lasceranno mai ma, vabbè, continuerò a fantasticare in silenzio.

Oggi la mamma è rimasta abbastanza impressionata quando le ho detto che sono certa che non incontrerò mai la persona giusta per me. È una sensazione forte e chiara quella che ho dentro, ne sono convinta davvero ma non penso sia davvero un problema. Voglio dire, può capitare. È una grande fortuna incontrare qualcuno che valga la pena e può anche non succedere mai, va messo in conto.

4 ottobre 1997

> «Ti romperai i coglioni, prima o poi, di andare in discoteca!» (cit. Tommy)

Nautilus.

Davvero: io Fabri non lo capisco ma ormai è chiaro che, se lo voglio, me lo tengo così com'è. Mi ci sono quasi abituata ai suoi comportamenti contraddittori e non ho nemmeno più voglia di prendermela né restarci male.

Eppure ieri mi ha rovinato buona parte della serata.

Già all'inizio, quando sono scesa con lui in Symbol e mi teneva per i fianchi, sentivo che era strano, che qualcosa non quadrava. Poi però mi ha abbracciata e tirata su di peso, facendomi girare un po' ed ero così felice che mi son detta: «Ok, no, sono io: è solo una mia sensazione».

Invece poi ho passato il tempo a scervellarmi e ragionare per capire cosa potessi aver fatto o detto che l'avesse ferito al punto di dirmi: «Questa sera è meglio se mi giri al largo: ho saputo!»

Saputo cosa? Non mi ha nemmeno dato il tempo di reagire, di parlarci, di capire qualcosa in più. Ha buttato lì 'sta frase acida e se n'è andato per i fatti suoi.

Ho pensato e ripensato ma non ho trovato assolutamente niente, non ci sono proprio arrivata alla risposta.

A fine serata, finalmente la svolta.

Mentre tornavo dal bagno, verso il palchetto, Fabri era davanti a me. L'ho chiamato un paio di volte e non capivo se non mi avesse sentita o se mi stesse volutamente ignorando.

L'ho raggiunto e l'ho preso per una spalla. Si è girato e mi ha acchiappata per un fianco: «Io tra poco vado... non me lo vuoi proprio dire cosa c'è?!» gli faccio.

La musica era altissima e non mi sentiva, ci siamo spostati nel corridoio e gliel'ho chiesto di nuovo. È scoppiato a ridere ma proprio di gusto:

«Ma io stavo scherzando! Volevo vedere cosa avresti fatto!»

Sono rimasta a bocca aperta, mi sono letteralmente cadute le braccia. Lui continuava a ridere.

L'ho mandato a fare in culo e me ne sono andata.

Pensavo mi sarebbe venuto dietro ma no: mi sono girata e non c'era. Mi è venuto spontaneo: sono tornata da lui e l'ho abbracciato da dietro – che sfigata! Ha detto una cosa a un tizio, poi mentre stavamo tornando al palchetto, mi ha presa per un braccio. Mi ha stretta a lui e mi coccolava.

Io ero arrabbiatissima e mi sentivo umiliata ma, allo stesso tempo, ero sollevata dal fatto che fosse stata tutta una finta.

Nel frattempo lui continuava a dire che recita troppo bene e dovrebbe fare l'attore:

«Guarda che quando fai così sembri incazzato sul serio, diventi proprio cattivo» ho confermato.

Poco dopo l'ho salutato perché era ora di andare. Ci siamo abbracciati e mi ha dato un bacio tra i capelli.

Io ero comunque un po' fredda, frastornata da quello che era successo. Fabri non mi lasciava andare. Mi ha messo le mani sulla schiena, sotto la maglietta:

«Come sei sudata.»

«Eh, stronzo: mi hai fatta ballare tutta la sera! Ti sei divertito almeno?» gli ho chiesto.

«Parecchio! Tu no?»

«... Sono senza parole, Fabri!» Mi ha stretta ma io non l'ho abbracciato. Ero delusa e triste. Sono rimasta tra le sue braccia tipo sacco vuoto, con le braccia a penzoloni.

Poi gli ho dato un morso fortissimo sul collo:

«Ahia cazzo, mi hai fatto male!»

«Uh come mi dispiace!»

«Tranquilla: dispiace di più a me! Ci sei sabato?» mi ha chiesto.

«No, scordatelo: io non ti voglio mai più vedere!»

Ci siamo baciati un po' e a questo punto c'era una tensione interessante tra noi.

«Ma alla fine qual era lo scopo di questo bellissimo scherzo?» ho buttato lì.

«Ma niente di che, volevo solo farti arrabbiare.»

«Ah… e sei soddisfatto?»

«Be', direi molto!»

«Ma tu ti rendi conto che mi hai rovinato la serata e che, se non fossi venuta a parlarti, sarei rimasta tutto il resto della settimana a chiedermi cosa cazzo ti avessi fatto!?»

Ci siamo baciati con gli occhi aperti, guardandoci.

«Che uomo di merda», gli ho detto prima di andare.

Ovviamente è stata una liberazione sapere che fosse tutto uno scherzo, ero quasi contenta però, dai, vaffanculo!

Mai e poi mai avrei pensato che mi stesse prendendo per il culo e fosse una finta. Poi farlo proprio con me, che credo a qualunque cosa, sai che soddisfazione? Che gusto c'è?

Penso che con la sua mitica L. non sia mai stato così merda. Chissà com'è quando è innamorato?

Come si comporta con chi ama?

6 ottobre 1997

Questa mattina, a scuola, ho scritto una letterina alla Bea. Un piccolo saluto prima che parta per Londra.

Sarà la stanchezza, saranno la malinconia e il dispiacere di sapere che lei al sabato sera non ci sarà più e le serate non saranno le stesse ma, mentre scrivevo, mi sono commossa. Sei mesi senza di lei. Mi sembra così strano. Non me ne rendo nemmeno davvero conto.

Penso che lo realizzerò davvero quando nessuno mi telefonerà un'ora prima della serata per decidere come vestirci, quando al B&B la Astrid sarà la sola a pigliare quella cazzo di DuDemon da diecimila gradi, quando non saremo insieme al Nautilus a ridere come sceme o, di più ancora, quando avrò voglia di confidarmi con una voce amica che non si limiti a dirmi: «Lascialo perdere».

Sento che con la sua partenza cambierà qualcosa. È come se stesse finendo una stagione, un ciclo di vita. Penso che quando tornerà, niente sarà più come prima.

Quando ti separi da qualcuno a cui vuoi bene, dentro ti resta un buco.

Per tutta la mattina sono rimasta scazzatissima e non mi andava di parlare con nessuno: volevo solo che arrivasse questa sera per buttarmi a letto.

Oggi sono uscita un po' in centro a Varese con la Yuna. Mi sembrava strana, pensierosa, così ho indagato un po' e alla fine mi ha confessato di essere preoccupatissima a causa di un ritardo del ciclo. «Ecco i risultati della sconsiderata scelta di farlo senza preservativo» ho pensato, ma non gliel'ho detto perché non volevo mandarla ancora più in sbattimento. Abbiamo affrontato la questione con pura e semplice razionalità e c'era una cosa sola da fare: togliersi subito il dubbio angosciante di esserci rimasta. Siamo andate insieme in farmacia a comperare il test. La farmacista ci ha guardate malissimo, ho sentito il suo giudizio da vecchia bigotta varesina entrarmi nelle ossa. Ci siamo chiuse nel bagno del Burghy, tutte agitate. Ogni tre per due qualcuno bussava alla nostra porta e la cosa ci metteva ancora più ansia. Nessuna delle due riusciva a parlare, mentre aspettavamo il risultato. Dopo un'attesa che ci è sembrata infinita è arrivato il verdetto: negativo. Grazie al cielo. Sono contenta che abbia chiesto a me di starle vicino e accompagnarla in questa «avventura», chiamiamola così. Abbiamo parlato tanto e mi sono resa conto di volerle proprio bene.

16 ottobre 1997

Oggi compio sedici anni.

Questa mattina io e la Yuna abbiamo deciso di aderire allo sciopero e si sono aggregate anche la Betta e la Fly. In soldoni, abbiamo passato la giornata al bar e ai giardini a spaccarci di canne.

Sul treno del ritorno c'era il biondo bellissimo di Gallarate. Che flash vederlo fuori dal Nautilus, non me lo aspettavo assolutamente. Quando ci siamo incrociati sul vagone ci siamo salutati: cazzo, è bellissimo anche alla luce del giorno.

Nel primo pomeriggio io, la Paola e la Astrid siamo andate a farci un giro a Varese.

Con parte delle cinquantamila lire che mi ha regalato la nonna per il compleanno, ho preso una canottiera fighissima, troppo da Nautilus.

Nel tardo pomeriggio sono uscita di nuovo ma con Brando e la mamma: ho visto una giacca di pelle bellissima e l'ho scelta come regalo di compleanno.

Invece di tornare diretti a casa, poi, ci siamo fermati a mangiare la pizza.

18 ottobre 1997

Che giornata stupenda.

Oggi io e la Astrid siamo state in giro tutto il pomeriggio con Fede ed è stato super divertente.

Io e la Astrid ci siamo provate il Barbour in un negozio e recitavamo la parte delle stronze snob della mia scuola.

Ci siamo provate un paio di scarpe da ginnastica dello stesso colore. Lei però, alla fine, ha preso le Gazelle rosse perché è una rimastona uscita dagli anni Settanta. Comunque meglio le Gazelle che le sue orribili Clarks da comunista, per quelle non smetterò mai di prenderla per il culo.

Siamo tornati a casa verso le otto.

Mentre registravo la cassettina dei Negrita alla Linda mi sono preparata per la serata.

Alle nove son passate a prendermi lei e la Paola. Siamo andate dalla Astrid e ci siamo dirette verso Varese. In centro ci siamo beccate con la Betta e la Yuna, per poi andare tutte insieme a mangiarci una pizza.

A metà della cena hanno tirato fuori due pacchettini per me: sono state davvero tenerissime!

Mi hanno regalato una maglietta stupenda della Replay che avevo provato l'altro giorno e un orecchino viola che si intona sia al disegno della t-shirt che ai miei Dr. Martens purple. Io e la Astrid eravamo cariche e ci siamo fatte il doppio giro di birre.

Dopo mangiato io, la Astrid, la Paola e la Linda siamo andate al Nautilus e abbiamo stappato una bottiglia di vino per brindare.

Ce la siamo seccata e siamo entrate.

Nautilus.

Da questo resoconto mancheranno un casino di pezzi: anche se io e la Astrid oggi ci siamo viste e abbiamo parlato di ieri sera, ricordavamo una meno dell'altra.

Sicuramente, appena entrate, siamo andate a ballare come delle pazze. Poi la pista s'è riempita in modo esagerato e la musica è peggiorata, così sono andata al bancone a farmi dare un bicchiere d'acqua gelida e gasata.

La Astrid si è avvicinata. Gliel'ho tirata addosso, cogliendola di sorpresa. L'ho lavata completamente. Ridevamo come delle cretine.

In pista, vicino a noi, c'era una tizia che sono sicura si sia fissata con Fabri: è da un po' che la tengo d'occhio e ho visto che va da lui a parlare appena può. Continuava a buttare l'occhio all'ingresso e lo so bene cosa significa: stava aspettando qualcuno.

Quando Michi e Fabri sono entrati sono venuti a salutarci, Michi mi ha fatto subito gli auguri, Fabri non ne sapeva niente – o ha fatto finta? Quando ha capito che era il mio compleanno, mi ha stretto la mano come un diplomatico e mi ha dato i tre bacini. Vabbè. Se voleva fare il simpatico, non gli è riuscito benissimo.

Del resto della serata non ricordo molto altro, so solo che è volata e che, mentre stavo ballando, Fabri mi ha abbracciata e ci siamo baciati in mezzo alla pista.

Da lì ci siamo spostati contro il muro. Mentre mi baciava mi spingeva fortissimo contro la parete. Poi s'è seduto sulle scale e io mi son seduta un gradino sotto di lui, tra le sue gambe, a fumare una sigaretta. Mi baciava i capelli e il collo.

Quando ho buttato la sigaretta mi sono seduta in braccio a lui e ci siamo baciati tantissimo.

Volevamo imboscarci ma, nei paraggi, non c'era un divanetto libero. Nell'attesa, sono andata a bere dell'acqua e poi in bagno. Al mio ritorno, c'era una bella canzone e mi son fermata a ballare con le altre.

Verso le tre sono tornata da lui, più che altro per salutarlo perché a breve saremmo venute via e continuava a dirmi:

«Ok, te ne stai andando? Bene dai, vai che tra poco viene qua una con cui ho appuntamento e se mi vede con te mi fa una scenata» – si riferiva alla tizia che lo stava aspettando?

Penso mi pigliasse per il culo, almeno lo spero. Comunque mi faceva ridere:

«Mi ha invitato a dormire da lei» ha specificato.

«Vabbè, finché dormite!» ho detto io.

«Sì ma sai, poi sei lì… da cosa nasce cosa.»

«Guarda che non sono gelosa!» – seeeee!

Ci siamo salutati venti volte. Alla fine mi ha presa in braccio e, mentre continuava a baciarmi, mi ha portata all'uscita, consegnandomi tra le braccia della Astrid che era lì ad aspettarmi da un pezzo. Che ridere, cazzo.

Mi è dispiaciuto un casino per Michi: era fuorissimo e tanto triste. È proprio innamorato della Bea.

25 ottobre 1997

Serata a Milano.

Io, la Astrid e Fede siamo passati a prendere un amico suo e di Axel che non conoscevo. Un tizio simpaticissimo ma davvero assurdo. Ha dei capelli lunghissimi, lisci, alla Sebastian Bach, che tiene sempre davanti a mezza faccia. Si intravedono solo un occhio e parte della bocca.

Ci aspettava a casa sua. Fede ha suonato al citofono e il tizio gli ha detto «arrivo». Da quel momento sono passati 20 minuti netti: peggio di una di noi!

Fede dice che ci mette sempre un casino a prepararsi perché come ultima cosa si passa il filo interdentale. Solo che lo fa con una cura maniacale e una lentezza esasperante.

Non ne capisco molto il senso, visto che poi ci beve su una bottiglia di whisky ma ok.

Nonostante la lentezza del nostro nuovo amico, siamo riusciti a passare parte del pre-serata a Milano, al bar della compagnia di Marlon – che poi è lo stesso di Michi & Fabri.

Appena arrivati al bar, io e la Astrid siamo andate subito a pisciare. Quando siamo uscite dal bagno, ci siamo trovate davanti Michi. Era felice di vederci lì e lo eravamo anche noi. Ci siamo presi da bere e siamo usciti a chiacchierare.

Oddio, in realtà era Michi a parlare tantissimo e principalmente della Bea. Povera stella – come direbbe proprio lui: si vede davvero che gli manca un casino. Penso gli abbia fatto bene potersi confidare e sfogare un po' con noi che la conosciamo e siamo sue amiche.

Dopo un po' è arrivato anche Fabri. Questa volta ci siamo salutati e mi ha anche abbracciata – davanti a tutti! È stato proprio tenero e mi ha fatta felice. Poi era bellissimo, completamente vestito di nero.

Abbiamo raggiunto Fede e il suo amico in cortile. Ci siamo seduti fuori tutti insieme a bere.

Dal nulla, Michi mi fa: «Ma guarda come sei bella questa sera!», davanti a tutto il gruppone. Che carino, è proprio un amore.

Sono contenta perché venerdì sera c'è la festa di Halloween al Nautilus e mi ha detto Fabri che ci saranno anche loro due. Tra l'altro, quell'occasione sarà un anno esatto che io e Fabri ci conosciamo. Dovrei dirglielo? Perché certamente lui non ne è consapevole.

10 novembre 1997

Questa mattina, a scuola, avevo su una mini.

Durante le ultime due ore c'era assemblea di classe autogestita e Tommy è venuto a sedersi vicino a me. Si è portato il righello e ha misurato la lunghezza della mia gonna. Che scemo. È rimasto con me a sparare un po' di cazzate per tutta l'ora.

Ha sempre un buon odore: sono sempre più sicura che abbia su il profumo di qualche super marca da spandimerda varesino.

Al cambio dell'ora è suonata la campanella e molti di noi sono usciti a prendere un po' d'aria o fumare una sigaretta.

Anche Tommy si è alzato, passandomi dietro: gli ho preso le gambe in una specie di abbraccio e lui mi ha accarezzato un orecchio, per poi andare verso la porta.

Quando è rientrato è tornato a sedersi ma al suo posto. Questa volta sono andata io da lui.

Durante la seconda parte dell'assemblea, mi ha raccontato della sua storia con Anna. È veramente una figata da sogno: lui la ama davvero tantissimo, si capisce da come parla di lei e di loro due. È la relazione che ogni ragazza vorrebbe, proprio da telefilm.

Dopo un po' abbiamo iniziato i nostri soliti discorsi zozzi e siamo passati a parlare di masturbazione. Gli ho chiesto se avesse mai fatto dei pensieri su di me, mi ha detto di sì e ci ha tenuto a specificare i dettagli delle sue fantasie. Mi fa piegare, è troppo scemo.

Mi ha chiesto se anche io avessi fantasticato su di lui ma io non sono stata sincera. Gli ho detto che non riesco a pensare in quel senso alle persone che conosco bene. Ho ammesso che, sì, mi è capitato di immaginare vagamente noi due che facciamo sesso ma non nel dettaglio. Tommy voleva saperne di più:

«Boh, sei tenero e basta: è bello.»

Non penso fosse la risposta che voleva sentire.

So bene che ai ragazzi non frega un cazzo di sapere che noi li immaginiamo «teneri» mentre scopano. Ma perché galvanizzare il loro ego?

A ogni modo, dopo tutto questo nostro parlare, ci era venuta voglia di baciarci:

«Se non fosse che tu hai questo enorme difetto di essere fidanzato» – l'ho provocato un po'.

«Non credo sarebbero corna: ti bacerei perché ci vogliamo bene. Sarebbe un limone innocuo tra due persone amiche.»

Maschi. Trovano una giustificazione paracula per qualunque cosa, se serve.

Il problema sarebbe stato suo, visto che io sono liberissima, quindi ho lasciato cadere la conversazione.

Abbiamo cercato in tutti i modi di restare soli in classe, trattenendoci fino all'ultimo e aspettando che tutti fossero fuori dall'aula. Alla fine ci siamo riusciti.

C'eravamo solo noi ed era la nostra occasione tutta ribelle. Ci siamo guardati e ci siamo messi a ridere. Non abbiamo avuto davvero il coraggio.

Gli ho dato un bacio sulla guancia ed è stato bello così.

Abbiamo preso le nostre cose, zaino in spalla e siamo usciti dalla classe. Vicino alla porta c'era Anna: stava aspettando Tommy e sembrava pure un bel po' incazzata. Quando ci ha visti uscire insieme, ci ha lanciato un'occhiataccia e se ne è andata.

Spero si siano chiariti, sinceramente, perché Tommy è proprio innamorato.

15 novembre 1997

La giornata era già partita bene. Nel pomeriggio i miei sono usciti e hanno portato Brando con loro. Io e Fede siamo rimasti a casa a farci i cazzi nostri. Lui si è esercitato con la chitarra, io ho letto un po'.

La Astrid è venuta da me dopo cena. Io, lei e Fede siamo andati a prendere la Linda.

Una volta tornati a casa, al cancello c'erano Axel e altri amici di Fede ad aspettarci.

Siamo partiti tutti per Milano. Dopo un'oretta di viaggio, risate assurde e giri infiniti per trovare parcheggio, siamo arrivati davanti al Rolling Stone.

Siamo rimasti fuori dal locale per un po': c'era davvero casino, una cosa esagerata, ed eravamo indecisi se entrare o meno.

Abbiamo aspettato Marlon per decidere il da farsi. Quando è arrivato, con lui – sorpresa – c'era anche Michi! Ero stra-contenta di vederlo.

Ho chiesto subito di Fabri, speravo di incontrarlo ma non è venuto: è andato a fare serata in un locale fighetto. Poco dopo, però, ci hanno raggiunto tutti i più simpatici della loro compagnia.

La coda era estenuante, così abbiamo deciso di spostarci al Factory, dove c'erano già altri amici di Axel e Fede.

Michi era in super forma, abbiamo passato la serata insieme e parlato tantissimo. Continuava ad abbracciarmi e farmi le coccole e in più di un'occasione mi ha detto che ero proprio figa. Sentivo che ci vogliamo bene per davvero. È diventato una specie di secondo fratello maggiore, è molto protettivo nei miei confronti.

A un certo punto, un tizio che non avevo mai visto mi fa:

«Oh, ti ho vista da dietro e ho pensato fossi una figa e invece...»

Io mi stavo concentrando sulla parte positiva della frase – ovvero i complimenti per il culo – e ridacchiavo ma Michi, che ha sentito tutto, l'ha presa super seriamente: «Oh, ma va 'sto coglione!», ha detto guardando il tizio, che intanto si stava allontanando. Ci è rimasto male lui per me.

Siamo andati a prenderci da bere e mi ha parlato tantissimo della Bea. Ho pensato: «Povero Fabri, gli farà sicuramente una testa così con 'sta Bea!»

A fine serata ci siamo dati appuntamento per sabato prossimo al Nautilus, ma non so se ci sarò davvero perché sabato mattina non ci sarà scuola e potrei anticipare il Nautilus a venerdì.

Spero solo di beccare Fabri, ormai avrà finito la naja.

Sono già dieci mesi che indosso il suo bracciale.

20 novembre 1997

Se ho fatto bene i conti, oggi è il giorno in cui Fabri si congeda.

Da domani potrà tornare proprietario della sua vita di sempre. Chissà come sta? Sarà emozionato?

Questa mattina, a scuola, è stato fantastico.

Abbiamo fatto una versione in classe. Appena ho consegnato il compitino sono uscita a fumare. Al distributore automatico c'era Tommy, aveva finito poco prima di me e mi ha chiesto se mi andasse un caffè.

Mi ha scroccato una sigaretta e siamo rimasti a parlare un po', mentre aspettavamo che la macchinetta finisse di prepararci le sue prelibatezze.

Siamo andati verso l'uscita, per dirigerci in cortile a fumare. Io ero davanti e mi sono appoggiata alla maniglionа antipanico per aprire la porta. Tommy si è appoggiato a sua volta ma su di me, con il suo corpo ha fatto pressione sulla mia schiena, spingendomi fuori delicatamente. Non mi sono mai girata e non ho detto niente. Sentivo il suo profumo. È stato un bel momento. Sicuramente sa di farmi effetto o, comunque, gli piace giocarci su.

Siamo rimasti a fumare all'ingresso. Eravamo solo io e lui. Ci siamo confrontati velocemente sulla versione, che non ci è sembrata troppo complicata.

Rientrati in classe, eravamo completamente deficienti. L'ultima ora l'abbiamo passata a lanciarci bigliettini idioti pieni di schifezze – ti faccio questo, ti faccio quest'altro. Alla fine dell'ora, ci siamo ripromessi di mettere in atto tutte queste intenzioni durante la gita di quest'anno.

Nel pomeriggio sono andata a studiare dalla Astrid ma era solo una scusa per uscire: sapevo che non avrei combinato un cazzo.

È che eravamo abituate a vederci tutti i giorni nel tragitto per la scuola e adesso che lei ha finito le superiori, mi manca un casino.

22 novembre 1997

Oggi pomeriggio io la Astrid ci siamo beccate in stazione: tutte e due in mini e stivalazzi. Abbiamo preso il treno delle quattro per Varese.

Ci siamo fatte un giro ai giardini. Ci siamo sedute su una panchina a fumarci una cannetta e ci siamo ammazzate dal ridere. Nonostante sia inverno e io odi questo periodo dell'anno, è stato super divertente. C'era un'atmosfera stranissima, come se oltre a noi anche tutto il resto del mondo avesse fumato.

Ci sono successe una fila di cose assurde. Un tizio sui trent'anni che passeggiava da solo per i giardini ci è passato vicino. Poi, allontanandosi, ha iniziato a urlare – senza mai girarsi ma certamente rivolto a noi, visto che eravamo le sole in zona: «TROIEEEE!!!! GEISHEEEE!!»

Non abbiamo avuto tempo di offenderci perché siamo scoppiate a ridere per l'assurdità della scena.

Poco dopo, mentre stavamo lasciando il parco ed eravamo sotto i portici dell'uscita, un altro tizio ci ha puntato. Avrà avuto una ventina d'anni. Si è avvicinato e ha iniziato a blaterarmi cose senza senso, tipo: «Io ti amo. Dimmi che non sei fidanzata! Dove ti rivedo? Cosa fai questa sera?» Io e la Astrid abbiamo allungato il passo per seminarlo. Girato l'angolo eravamo quasi arrivate in corso Matteotti e un terzo soggetto assurdo ci si è accollato. Questa volta non chiedeva niente di noi ma voleva solo parlare, parlare, parlare di se stesso. Ci ha tirato una pezza con la storia della sua vita. Io e la Astrid continuavamo a camminare, senza fermarci mai, ma questo non si scollava e accelerava il passo con noi.

Fortunatamente in centro abbiamo incrociato Dedo e Antonello. Ci siamo fermate a salutarli, raccontando loro di quanti folli avessimo incontrato nel giro di un'ora e, solo a quel punto, il tizio se ne è finalmente andato per la sua strada.

Ma siamo noi o sono loro i matti? Perché li attraiamo così? Mai più in centro con gonna e stivali, mi sa.

Verso mezzanotte siamo entrate al Nautilus. La musica era già bella.

Parecchio più tardi sono entrati Michi e Fabri ma non sono andata a salutarli. È venuto Michi da noi ed era abbastanza allegro, aveva quel suo bellissimo sorrisone da ragazzo dei telefilm americani.

Dopo un po', visto che lui non faceva una piega verso di me, mi sono decisa e sono andata a salutare Fabri.

Prefigurandomi il suo scazzo, immaginavo sarebbe stata una toccata e fuga: psicologicamente ero pronta a essere rimbalzata. Al contrario, era simpaticissimo. Aveva voglia di parlare, mi ha raccontato tantissime cose, mi abbracciava ogni volta che mi parlava. Wow!

Sono tornata dalle altre e abbiamo ballato parecchio, finché a metà serata ho raggiunto di nuovo Fabri.

Questa volta era seduto su un divanetto e sono andata da lui per fumarci una sigaretta insieme. Appena mi sono avvicinata mi ha abbracciata e mi ha baciata. Niente sigaretta.

Poco dopo ci siamo spostati su un divanetto in una zona più imboscata per stare un po' soli, ma quasi subito mi ha chiesto a che ora dovessi andare via.

«Credo intorno alle due e mezza» ho risposto.

Ci siamo baciati ancora un po', poi dal nulla mi ha chiesto:

«... E se, invece, ti portassi a casa io?»

La risposta nel mio cervello era: «Oddio sì, sì, sì, sì!», invece gli ho detto: «E Michi? Lo lasciamo qui da solo per così tanto tempo?»

«Non penso sia un problema. Lo avviso: lo ribecchiamo qui alle quattro e poi torni con noi.»

Che figata, ero stra-felice. Io sono andata ad avvisare le altre e lui a dirlo a Michi.

Quando ci siamo ricongiunti, hanno messo i Metallica. Ci siamo sorrisi, siamo andati in pista e ci siamo ballati il pezzo insieme.

Poi siamo usciti.

Appena salita in macchina, nemmeno eravamo ancora fuori dal parcheggio del Nautilus, mi son tolta gli 883 e ho appoggiato i piedi sul cruscotto. Mi sentivo perfettamente a mio agio. In quel momento ero la donna di Fabri sulla macchina di Fabri, punto e basta.

Lui era di ottimo umore, era troppo scemo e continuava a chiamarmi «signorina»:

«Ti va bene questa cassetta, signorina? Va bene la temperatura della macchina, signorina? Hai abbastanza spazio, signorina?»

Finalmente: erano mesi che aspettavo accadesse di nuovo!

Siamo tornati in macchina al pratone imboscato della scorsa estate.

Dopo avere spento il motore, Fabri ha chiuso le sicure delle portiere. Come prima cosa, ha reclinato il mio sedile e si è subito sdraiato su di me. Siamo rimasti tantissimo così, a baciarci. Era stupendo sentire il suo corpo completamente sopra al mio. Poi ha tirato giù anche il suo sedile e ha tolto le testate: l'interno dell'auto è diventato un letto matrimoniale.

Ci siamo spogliati senza fretta, baciandoci praticamente ovunque e accarezzandoci in tutti i modi possibili.

Dio, poi lui è stupendo: è così asciutto, liscio e ha una pelle morbidissima, vellutata. È proprio un figo, mi piace tantissimo.

Per tutto il tempo, qualunque cosa facessimo, ci siamo sempre baciati in una maniera assurda.

Stavo benissimo, mi sentivo completamente al sicuro ed esattamente dove avrei voluto essere. Era tutto così perfetto. Sapevo che stava per succedere ed ero pronta.

A un certo punto, però, io ho iniziato a sentire freddo. La sensazione peggiorava velocemente e in un attimo mi sono ritrovata a tremare. Lui se n'è accorto subito, si è messo completamente sopra di me, abbracciandomi per cercare di scaldarmi.

Ha fatto partire la macchina e ha acceso il riscaldamento ma niente, continuavo ad avere freddo, non c'era modo di tornare a una temperatura accettabile. Non sapevo come fosse possibile, non riuscivo in nessun modo a riprendere calore, stavo praticamente congelando.

Anche lui era completamente nudo, come me, ma non sembrava patire il freddo.

Forse ero in preda a una congestione, non so proprio. So solo che stavo malissimo, continuavo a tremare e sapevo che stavo rovinando tutto.

Fabri era super paziente con me, forse era anche un po' preoccupato. Ha preso la sua giacca e mi ha coperta. Si è steso di fianco a me, dietro alle mie spalle, stringendomi forte. Mi baciava le orecchie, il collo, la schiena:

«Fabri… mi dispiace tantissimo. Pensa che bello se fossimo in un letto, sotto al piumone?»

«Sarebbe bello sì, ma adesso pensa solo a riscaldarti, stai congelando. Alzo ancora un po' il riscaldamento.»

Finalmente, a un certo punto, ho smesso di sentirmi morire. Siamo rimasti comunque appiccicati nella stessa posizione, nudi, abbracciati a cucchiaino a coccolarci per un sacco di tempo ed è stato proprio bello.

Quando è stato certo che stessi bene, ha iniziato a fare lo scemo: mi mordicchiava dappertutto e mi faceva il solletico. Mi faceva ridere, ero contenta che fossimo così stupidi.

Poi si è staccato improvvisamente: «Visto che tu stai lì sotto la giacca, io mi metto qui nell'angolino da solo in disparte!», ha detto, fingendo di fare l'offeso e dandomi le spalle.

Mi sono girata e l'ho abbracciato io da dietro, appoggiando la testa su di lui. Gli baciavo le spalle e il collo.

È tornato da me e ha messo la testa sulla mia pancia. Io gli accarezzavo i capelli. A un certo punto ha guardato l'ora ed erano quasi le quattro. Il Nautilus stava chiudendo.

«Cazzo, mi sa che abbiamo fatto tardi. È ora di andare: inizia a tirar su tutto il tuo ambaradan» – il tuo ambaradan… Non me lo dimenticherò mai.

Non volevo che finisse tutto, così ho fatto finta di non sentirlo. Non mi muovevo e lo guardavo.

«Se non lo fai tu, lo faccio io!» ha detto.

Ha cercato tutti i miei indumenti sparsi in giro per la macchina. Lentamente mi ha rivestita, mentre io lo guardavo e lo lasciavo fare: mi ha infilato gli slip, poi i collant, la gonna e infine la maglietta. È stata una scena bellissima e divertente.

Quando mi ha infilato la maglietta, mi ha baciata, siamo ripartiti a limonare come pazzi e ha finto di spogliarmi da capo. Abbiamo riso e io ero ufficialmente felice, sentivo un legame con lui.

Ci siamo spostati verso l'uscita del Nautilus per aspettare Michi, che ci ha raggiunti quasi subito.

Sono saltata sul sedile posteriore e ci siamo diretti verso casa mia. Il viaggio è stato super divertente – Michi ci sfotteva tantissimo – e questa volta non ho nemmeno sbagliato le indicazioni della strada.

Abbiamo parlato un casino tutti e tre, anche della Astrid che da quando è di nuovo single si imbosca sempre con qualcuno, in ogni serata.

Prima che scendessi, una volta arrivata a casa, io e Fabri ci siamo dati un bacio.

Una volta arrivata in camera mia mi sono infilata nel mio letto.

Non mi sono struccata, non mi sono lavata.

Volevo che mi restassero addosso il suo odore e tutta questa notte stupenda.

27 novembre 1997

Avevo completamente rimosso la tristezza incredibile che mi prende qualche tempo dopo avere passato la notte con Fabri.

I primi giorni sono ancora piena di adrenalina ed è tutto un susseguirsi di ripassoni e ripassini mentali della serata: le sue mani, le sue labbra, il suo petto, la sua schiena, il suo collo e quel suo culo pazzesco! È perfetto, semplicemente perfetto.

Poi, man mano che passa il tempo, inizio a starci male. È una sensazione di malinconia mista a frustrazione: mi manca e realizzo che non posso averlo quando voglio. Ricominciano l'attesa e l'incertezza sul futuro: come andrà la prossima volta che ci incontreremo?

Mi domando come mai, alla fine, lui si ritrovi sempre a farsi me. Ho qualcosa che gli piace oppure si accontenta del fatto che stravedo per lui e sono sempre disponibile?

Vorrei vederlo così tanto questo weekend ma mi ha detto che, per le prossime due settimane, sarà in viaggio dall'altra parte del mondo con suo padre.

Intanto mi è venuta un'infiammazione laggiù. Forse ci siamo strusciati troppo? Spero che mi passi.

Non vedo l'ora che torni dalle vacanze e che ricapiti l'occasione.

Non ci restano molte serate per approfittare del fatto che è da solo: tra poco Michi finisce la naja, loro due saranno di nuovo sempre insieme e vorranno sempre solo ballare tantissimo.

11 dicembre 1997

Oggi la Astrid compie diciannove anni. Inizia a essere una vecchietta. E pensare che ne aveva poco più di quindici, quando ci siamo conosciute. Come vola il tempo!

La prendo in giro ma pagherei per avere la sua età: i miei diciannove anni sono un miraggio lontanissimo.

Questa sera, a casa, abbiamo cenato prima del solito e mangiare è stata un'impresa perché sono in ansia e mi si è chiuso lo stomaco. Questa mattina, a scuola, mi hanno dato il pagellino. So che devo farlo vedere ai miei ma non ho detto niente e non ho intenzione di farlo a brevissimo: tenermi i segreti è una cosa che mi viene malissimo.

Mi sento in colpa ma col cazzo che lo faccio firmare a poche ore dal weekend, non vorrei mai che mi saltasse tutto il piano di festeggiamenti della Astrid.

Nonostante il pagellino e questa sensazione di merda, non ho assolutamente nessuna voglia di studiare letteratura latina, preferisco restare qui a cazzeggiare sulla Smemo.

A dirla tutta, in generale, mi sembra che tutto quello che riguarda la scuola non c'entri davvero con me. Dovrei mettermi sotto con lo studio ma non c'ho cazzi di sbattermi per rialzare la media.

Per filosofia, poi, credo che sarà impossibile farcela da sola e sto pensando che forse dovrei prendere ripetizioni da uno bravo. Se avessi una prof più simpatica e meno astrusa, magari, ci capirei qualcosa e mi appassionerei anche.

Non mi era mai successo nella vita di poter fare ogni fine settimana tutto quello che voglio: i miei mi stanno dando fiducia e so che forse non me la merito.

L'unica cosa certa è che non voglio essere punita: mi piace un casino la libertà che ho adesso e sarei proprio scema a perderla.

Questa potrebbe essere l'unica leva che mi spingerebbe a studiare, il problema è che quando arrivo a casa mi sento sempre stanca. Dormirei continuamente.

13 dicembre 1997

«Ballare è l'espressione verticale di un desiderio orizzontale» (George Bernard Shaw)

Oggi pomeriggio avevo appuntamento dal parrucchiere, a Varese. Mentre aspettavo il treno sono arrivati in stazione anche Oliver e Dario. Ci siamo fumati una cannetta insieme, in attesa del viaggio. Abbiamo riso tutto il tempo come degli idioti: stupendo.

Dal parrucchiere ci sono arrivata completamente in aria.

Ho portato con me una foto di Meg Ryan e mi sono fatta accorciare i capelli di un bel pezzo: adesso ho un taglio medio corto e un po' pazzerello, tipo il suo, che mi piace un sacco.

Al ritorno da Varese mi sono riposata un po', poi ho sentito la Paola e la Linda. Ci siamo accordate per la serata e mi sono venute poco prima di cena.

Ci siamo fatte un paio di birrette al Circolino e poi siamo entrate al Nautilus.

Non avevo grandi aspettative per la serata e non sapevo se Michi e Fabri sarebbero venuti.

Poco dopo la mezzanotte li ho visti entrare. Fabri era vestito completamente di nero ed era bellissimo.

All'inizio non avevo fatto caso a quanto cazzo fosse abbronzato: me lo ha fatto notare la Linda.

Quando sono andata a salutarlo e l'ho visto bene di fianco a Michi, che sembrava bianchissimo, faceva abbastanza effetto.

L'abbronzatura rende tutti più belli, ma Fabri era proprio stupendo.

Mi sono fatta un giro e sono stata a ballare un po' dappertutto, sia in sala Rock che con le truzze, nelle gabbie soppalcate della Giuditta.

Quando sono tornata nella nostra amata zona palchetto della Rock, hanno messo un pezzo strafigo e sono scesa a ballare ma, all'improvviso, mi sono sentita malissimo.

Ho fatto appena in tempo ad arrivare in bagno e a spalancare la porta della prima turca libera che ho beccato e ho sboccato di getto. Ero ancora in piedi, non ho nemmeno avuto modo di accucciarmi.

Era una roba gialla e verde amarissima, praticamente un mix di bile e succhi gastrici. In effetti, prima di uscire non avevo mangiato un cazzo. È stato sufficiente liberarmi per stare di nuovo benissimo.

Non avevo nessuna voglia di sprecare la serata in bagno: mi sono data una sciacquata, ho messo in bocca una cicca e sono tornata in pista.

Abbiamo ballato per il resto della serata, finché la Paola ci ha fatto capire che era ora di andare. Prima di uscire, sono passata da Fabri per fargli un salutino.

Mi ha abbracciata e mi ha dato un bacio tra la guancia e la bocca:

«Come sei bello, stai benissimo così abbronzato!» gli ho detto, ma la musica era altissima e non capiva. Mi ha abbracciata e mi ha portata fuori dalla sala per parlare un attimo.

Quando è stato il momento di andare, gli ho dato un bacio sulla guancia, ho salutato anche Michi e siamo uscite. È stato strano, nessuno dei due ha cercato un contatto con l'altro per tutta la serata ma ormai non mi stupisco più di niente. È una «storia» senza nessuna logica.

15 dicembre 1997

Dopo la scuola sono andata verso la stazione con la Yuna e la Betta. Al treno abbiamo beccato anche la Linda e poco dopo ci hanno raggiunti Oliver, Andre, Dario e un paio di altri loro amici che conosco ma non vedevo da parecchio, tra i quali anche Marzio con i suoi incredibili occhi verdi.

È diventato davvero bello. Non lo incrociavo dai tempi delle medie, anche perché ha un anno più di me e le superiori è andato a farle a Gallarate.

Mi ha detto che si è appena trasferito all'istituto tecnico di Varese, perché nell'ultima scuola ha avuto un sacco di scazzi: l'hanno beccato a smazzare e in più andava di merda. Insomma, immagino che d'ora in poi ci vedremo spesso.

Io, la Yuna e la Linda siamo rimaste con i ragazzi. Abbiamo fatto il viaggio di ritorno tutti insieme ed è stato divertente. Mi fanno tutti stra-ridere. Tutti tranne Oliver. Non so cosa gli sia preso ma era ingestibile. Parlava ad alta voce, a macchinetta, e faceva di tutto per mettersi in mostra. Era davvero fastidioso. A un certo punto mi ha anche detto:

«Oh, di solito saluti a fatica, oggi com'è che sei presa bene e stai qui con noi?»

Marzio è appena entrato nel gruppo ma si capisce subito che è quello con le palle perché ha rimesso Oliver al suo posto in tempo zero:

«Non ti allargare: è chiaro che sta qui con noi perché ci siamo io, Andre e Dario che siamo simpatici, mica è qui per te». Grandioso.

Per rincarare un po' la dose, ha aggiunto:

«Vedrai che finisce pure che ci mettiamo insieme!»

Oliver ha incassato per qualche secondo, poi ha continuato a essere pesante per il resto del viaggio. Forse non è intelligente come pensavo quando uscivamo insieme.

In ogni caso la battuta finale di Marzio mi ha dato parecchio su cui fantasticare.

Dopo cena ho fatto vedere il pagellino alla mamma. Essendoci un paio di cinque mi aspettavo una lavata di testa incredibile, urla, discorsi morali, punizioni. Invece, assurdo: non ha fatto una piega. Meglio così. Sono un po' presa male comunque: la mia cazzo di infiammazione ai piani bassi non è ancora passata.

18 dicembre 1997

Sul treno del ritorno ero con la Yuna. Ci eravamo appena sedute quando ci hanno raggiunti Marzio e Andre. Poco dopo sono arrivati anche Dario e Oliver che era – aridaje – assolutamente odioso. Parlava a voce altissima, così tanto che a tratti non riuscivo nemmeno a sentire cosa mi diceva la Yuna che era seduta cinquanta centimeri davanti a me.

La Yuna dice che Oliver è geloso di Marzio e cerca in tutti i modi di distrarci, mettendosi al centro dell'attenzione. Direi con scarsi risultati, anzi.

Marzio era seduto sul sedile dietro al mio, eravamo schiena contro schiena. Ogni tanto si girava e mi chiamava dalla fessura sotto al poggiatesta per fare il pirla o dirmi qualcosa.

In prossimità della nostra fermata, si è alzato prima di tutti e, passandomi accanto mentre ero ancora seduta, mi ha scompigliato i capelli. Quando siamo scese dal treno, io e la Yuna abbiamo raggiunto i ragazzi per attraversare i binari insieme. Marzio si è accorto che avevo la gonna con i Dr. Martens:

«Oh, quando scopiamo dovrai essere vestita così!»

«Nuda con gli anfibi», ha precisato Andre, ridendo.

Mi lasciano senza parole: saranno deficienti?

Marzio continua a spingere sulla faccenda dell'uscire da soli.

Non so decidermi. È un bel ragazzo e mi fa ridere. Sicuramente ha più carattere di Oliver, ma non so se voglio ripetere l'errore di incasinarmi con un altro di loro, specie perché mi spiacerebbe rovinare altri rapporti se le cose dovessero poi andare male. Vedremo.

Quando sono tornata a casa, la Astrid è passata a trovarmi.

Mi ha raccontato del suo recente weekend a Londra dalla Bea: hanno festeggiato i loro compleanni a Camden e si sono divertite un casino. Deve essere stato proprio un posto stupendo. In un pub inglese la Astrid ha conosciuto un tizio francese. Dice che è bellissimo e mi farà vedere le foto appena le sviluppa. Si sono scambiati gli indirizzi per scriversi delle lettere e, magari, vedersi presto a Parigi. Mi sa che è stato davvero un colpo di fulmine.

20 dicembre 1997

Ho passato il pomeriggio a studiare in cucina, in modo che la mamma vedesse quanto mi stavo impegnando. In effetti sono molto fiera di me, mi sono concentrata tantissimo e, per una volta, sento di avere fatto il mio dovere e di essermi guadagnata la buonuscita.

Sono andata dalla Astrid prima di cena, verso le otto. Abbiamo cazzeggiato un sacco in camera sua. In casa c'era anche sua mamma. Ogni tanto fingeva di andare in bagno per passare a origliare i nostri discorsi. Dopo che la Astrid si è preparata ci siamo spostate in cucina e lì sua mamma ci ha concesso una delle sue Merit e una birretta.

Dopo che la Paola e la Linda sono venute a prenderci abbiamo fatto tappa al nostro solito Circolino. Io e la Astrid ci siamo date ai bianchini, come gli anziani. Abbiamo aspettato lì la mezzanotte, poi siamo entrate al Nautilus.

Michi e Fabri sono arrivati poco dopo di noi. Ero felice di vederli e sono andata loro incontro appena hanno messo piede sul palchetto rialzato.

Ho salutato prima Michi, poi sono andata da Fabri, sperando fosse in buona.

Era simpaticissimo. Continuavamo a sparare cazzate e mi faceva proprio ridere:

«Andiamo a bere», ha detto a un certo punto.

«Fabri io ho appena finito la mia consumazione! Sono già in aria... magari più tardi!»

«Allora accompagnami!»

Siamo andati al bancone tenendoci per mano.

Alla fine mi sa che ad acolici era a posto anche lui perché ha ordinato solo un'acqua gassata che ci siamo steccati.

Poi ci siamo baciati e abbiamo continuato a farlo in tutti gli angoli del Nautilus: contro i muri, sulle scale, in pista, seduti per terra. Alla fine ci siamo spostati su un divanetto, nella nostra solita maniera. Dopo un minuto netto ha detto la mia frase preferita al mondo:

«Ti porto a casa io?» – Cazzo sì, sì, sì, sì!

«Se va bene per te, certo, sì! Sei tu che hai un sacco di strada da fare poi al ritorno!»

Non gliene fregava un cazzo della strada del ritorno.

Abbiamo avvisato tutti e siamo andati a recuperare le nostre giacche al guardaroba.

Appena saliti in macchina, ha acceso il riscaldamento per non spegnerlo più. Impara in fretta, il ragazzo.

Arrivati alla nostra solita piazzola imboscata, abbiamo tirato giù i sedili – ho quasi imparato anche io come si fa! – poi lui si è sdraiato dalla sua parte e ha detto:

«Non stare a toglierti la giacca tanto io dormo!»

Me la sono tolta lo stesso e mi sono chinata su di lui per baciarlo. È rimasto immobile, con gli occhi chiusi e le braccia incrociate al petto. Mi ignorava completamente. Non mi sono scomposta.

Ho fatto il suo stesso gioco e mi sono stesa anche io, mettendomi al suo fianco ma dandogli le spalle.

Mi ha cercata un po', sfiorandomi il fianco con un dito. Io però non mi muovevo. A quel punto mi ha abbracciata ed è venuto lui a baciare me. Stava per togliermi la canottiera ma io giocavo a fare la scontrosa. La voglia ci è salita tantissimo e ho ceduto quasi subito. Mi sono lasciata spogliare e gli ho sfilato la maglia. Mi ha baciata ovunque e gli ho lasciato fare tutto quello che voleva. Anche lui ha lasciato che facessi ciò che mi andava.

Quando siamo arrivati al momento volevo farlo tantissimo, ero proprio pronta:

«Ce l'hai?» gli ho chiesto – Dai, cazzo: se lo sarà portato questa volta! Nutrivo grandi aspettative.

Ma Fabri ha detto di no. Mi sono un po' irrigidita. Volevo tantissimo farlo con lui ma questa faccenda del preservativo era davvero un impedimento serio. Sarebbe stata la mia prima volta, cazzo, non volevo viverla con il pensiero di restare incinta o chissà che altro.

La sua risposta mi ha irritata e non ho detto più niente. Mi sono girata a pancia in giù, incrociando le mani sotto al mento.

Fabri mi accarezzava i capelli, poi s'è sdraiato su di me. Mi baciava la schiena ed era stupendo.

Quando mi è passata l'incazzatura per la delusione, mi sono girata verso di lui:

«Mi abbracci forte?» gli ho chiesto e lui l'ha fatto.

«Fabri, c'è una cosa che voglio dirti ma sto ragionando un attimo su come farlo!» Lui è rimasto zitto.

«Be', non vuoi saperla?» gli ho chiesto.

«Hai detto che ti serviva un attimo!»

«Sì, ok, ma a questo punto tu dovresti fare quello curioso!»

«Ah giusto, ok! Me lo dici? Dai me lo dici? Ti prego, dimmelo... Devi dirmelo assolutamente!» – Che scemo è?! Comunque poi gliel'ho detto:

«lo lo voglio fare con te. Lo voglio fare tantissimo ma mi sembra rischioso farlo così! Non pensi?»

«Sì, lo è. Ma quello che penso più di tutto è... ci dovevi proprio mettere un quarto d'ora per dirmelo?!»

Mi sono messa a ridere e ho sentito la mia tensione scomparire completamente. Ha aggiunto:

«Facciamo che la prossima volta ci penserò! Va bene?»

«Sì, va bene. Non me la sento proprio senza: non so nemmeno cosa hai fatto in vacanza!», gliel'ho buttata lì.

«Non ho fatto niente con nessuno in vacanza, se è quello che intendi.»

Era quello che volevo sentire.

Siamo rimasti sdraiati a coccolarci e baciarci tantissimo, poi mi ha chiesto:

«Ti va se ci vediamo il primo sabato subito dopo Capodanno?»

Ci siamo dati una specie di appuntamento per quella serata. Quindi sarà quello il giorno della mia prima volta?

Io non so se lo amo, però sono veramente persa per lui.

Se sapessi di un'altra impazzirei, lo voglio solo per me.

22 dicembre 1997

Questa sera, a tavola, il babbo mi ha fatto notare che ultimamente sembro serena e che ho il viso riposato. L'ha fatto con un certo stile, discreto e rispettoso. Il babbo non mi fa mai domande dirette o personali e non commenta né giudica mai come sono e quello che faccio.

Questa sera sembrava lì lì per volermi dire che mi trova bella ma si è trattenuto. E per fortuna perché, forse, sarebbe stato un po' imbarazzante. Mi ha fatto piacere però. Sentirglielo dire e sapere che, ogni tanto, mi osserva.

«Massì, dai!» ho risposto io.

Non ho dato nessuna spiegazione ma io so cosa sta succedendo dentro di me. Diciamo che sto vivendo pacificamente. Ultimamente rido tanto. Mi piacciono la mia vita e quello che mi circonda.

E poi con Fabri è proprio un periodo stupendo.

Quando arrivo a casa, dopo essere stata con lui, mi sdraio sul letto sempre con il sorriso stampato.

Prima di addormentarmi, ripasso nella mia testa tutti i suoi gesti e mi sento fortunata. Vorrei tanto poterglielo dire. Tengo così tanto a lui. Quando non fa lo stronzo e riusciamo a parlare è bellissimo stare insieme. Ci conosciamo sempre di più, con la testa e con il corpo ed è proprio stupendo.

Dopo cena io, la Paola, la Linda e la Astrid siamo andate al B&B per bere qualcosa. In realtà io ho preso solo un tè perché non mi andava granché di bere alcolici.

Abbiamo chiacchierato un po' e ci siamo aggiornate sulle varie news. Rimane il problema di cosa fare a Capodanno, al momento non abbiamo programmi e manca poco.

Io continuo a non amarlo particolarmente quel giorno: quello che aspetto davvero, adesso, è solo quel magico sabato sera.

26 dicembre 1997

Nautilus. Serata tranquilla.

Ci sono andata senza aspettarmi niente ma un po' mi sarebbe piaciuto vederlo.

Quando ho intercettato Marlon da solo, senza nessun altro della loro compagnia, ho capito che avrei dovuto farmene una ragione: niente Fabri.

In compenso c'era il Cowboy. Poverino: cercava di farmi ingelosire girando per il Nautilus con la tipa che secondo me è innamorata di Fabri. Li ho anche visti baciarsi – guarda caso proprio sul palchetto rialzato, dove di solito stiamo sempre noi.

Non ho fatto assolutamente una piega, anzi trovo che siano una bella coppia. E poi hanno senso: lui vuole me e non può avermi, lei vuole Fabri e non può averlo. Si sono trovati, no?

A fine serata non ha resistito, è venuto da me:

«Comunque non so se mi hai visto ma ero con una ragazza questa sera. Ragazza che tra l'altro ti odia!»

«Ah sì, vi ho visti. Certo, so di starle sul cazzo!»

«Eh sì, è gelosa: non riesce a farsene una ragione che io e te ci siamo fatti!»

A questo punto mi è stato tutto più chiaro e ho capito perché sta sul cazzo un po' a tutti: il Cowboy è un egocentrico.

A quel punto gli ho detto la verità: si meritava di essere rimesso un po' al suo posto. Gli ho specificato che io e lui ci siamo fatti una sola volta, mille mesi fa, che per me non ha contato niente e che quella mi odia perché ha messo gli occhi su Fabri.

Se n'è andato bofonchiando qualcosa ma con la coda tra le gambe. Comunque l'ho trovato molto peggiorato. È davvero antipatico: fa troppo il figo.

Per buona parte del tempo ho ballato nella Giuditta. La musica è divertente e dall'altezza delle gabbie vedi tutta la pista. A un certo punto un tizio con la faccia allucinata è rimasto fermo davanti a me. Mi fissava con le pupille fuori dalle orbite. Poi ha soffiato un bacio verso di me, si è allontanato e non l'ho più visto. Per fortuna, perché era abbastanza inquietante.

Quando sono tornata dalle altre, ho visto che la Paola stava parlando con il thrasher. Era arrivato da poco ed era lì con tutti i suoi amici thrashers.

Ci siamo salutati e mi ha chiesto se mi andasse di bere una cosa con lui:

«Mi sa che tra poco andiamo, sai? Meglio di no!» – l'ho liquidato. Poteva sembrare solo una scusa ma, effettivamente, poi siamo tornate a casa.

30 dicembre 1997

La Paola ha trovato il modo per ospitare tutte noi in montagna da sua nonna per Capodanno, quindi io, lei, la Astrid, la Raffa e la Linda siamo partite da Gallarate questa mattina verso le otto e mezza, direzione Venezia. È una città surreale, assolutamente stupenda.

Una volta lì, ci ha raggiunte in stazione la cugina della Paola che è di zona e siamo state in giro per la città tutto il giorno. Fa un freddo allucinante, quindi principalmente ci siamo occupate di bere e cercare di scaldarci. Verso sera abbiamo preso un altro treno e siamo andate in montagna dalla loro nonna.

Sono solo le undici di sera ma siamo già belle distrutte. Vado a letto.

31 dicembre 1997

Per pranzo la nonna della Paola ci ha fatto l'arrosto: era incredibile, buonissimo!

Nel pomeriggio siamo andate a fare due passi nei dintorni del paesino. Ci siamo anche fatte un giro sul calcio in culo a pedali, sporcandoci completamente di fango.

Anche oggi faceva freddissimo, così ci siamo rifugiate in un bar. Siamo state lì tutto il tempo a bere punch e a giocare a Trivial Pursuit. Siamo rientrate in casa verso le sette di sera, per cambiarci, e siamo uscite di nuovo.

Ci è venuto a prendere un amico d'infanzia di Paola e ci ha portate alla festa. La serata era stata organizzata in un enorme casale, pieno di gente. Abbiamo cenato tutti insieme, poi abbiamo iniziato a bere e ci siamo distrutti aspettando la mezzanotte.

La Linda ha sboccato quasi subito dopo il «tre, due, uno, buon anno!» e dopo essere stata male si è addormentata in una camera da letto enorme. Io e la Astrid siamo state con lei nel lettone. Mentre la Linda riposava, ci siamo fumate una serie di canne e abbiamo riso come sceme.

Quando si è ripresa, ci hanno raggiunte anche la Raffa e la Paola. Si sono sdraiate sui letti liberi che c'erano e siamo state tutte lì a finire di spaccarci con cannette e vinello.

Si è unito a noi anche un ragazzino timido e gracilissimo che si era preso una cotta per la Raffa. Non parlava ma non si scrostava mai da noi e rideva per tutte le nostre cazzate. Sicuro che era ubriachissimo pure lui.

A una certa ora eravamo davvero cotte e anche la Raffa si è addormentata. Il ragazzetto, intanto, si era appisolato di fianco a lei ma la Raffa era così fuori che non se n'era accorta. Ogni volta che si muoveva, lo schiacciava. A quel punto lui emetteva un suono ma nessuna di noi andava a salvarlo. Io e la Astrid eravamo piegate dal ridere e non ci saremmo mai private di questo spettacolo surreale e assolutamente troppo divertente.

Verso le cinque del mattino, con non so quale voglia e coraggio, l'amico d'infanzia della Paola si è messo a grigliare delle costine.

Saremmo anche andate a mangiarle ma ci eravamo conquistate dei posti letto troppo belli e la casa era piena di gente: se ci fossimo alzate, non li avremmo mai più trovati. Abbiamo preferito riposare un po' e ci siamo addormentate.

Al nostro risveglio, c'era un tizio assurdo – mai visto prima – che ci fissava, appoggiato allo stipite della porta. Ci guardava come fossimo delle piccole cavie da laboratorio, degli strani animaletti da studiare.

In realtà ci guardava un po' divertito e basta, ma quello dei test su di noi esserini strani è il film che ci siamo fatte io e la Astrid al nostro risveglio e del quale abbiamo riso come sceme per tutto il giorno seguente.

Quando poi, finalmente, abbiamo lasciato la stanza, ci siamo fintamente prodigate per aiutare a ripulire la casa (in realtà ci siamo solo preoccupate di trovare qualcosa da mangiare).

Dopo pranzo siamo tornate a casa della nonna di Paola, dove siamo collassate definitivamente fino alle sei del pomeriggio.

Dopo cena abbiamo trovato le forze per far serata in un agriturismo. C'erano moltissimi dei ragazzi della festa di Capodanno e ci siamo divertite un sacco, erano tutti simpaticissimi.

Ci siamo davvero sentite da Dio: tutti ci hanno accolte come fossimo di famiglia. Sarà strano tornare a casa? Mi sentirò sola senza le ragazze, come quando siamo rientrate da Riccione? Almeno questa volta ho qualcosa da aspettare.

Manca pochissimo al grande giorno. Spero sia tutto stupendo come l'ho sognato.

3 gennaio 1998

Il 3 gennaio è arrivato e io sono pronta. Nel pomeriggio sono andata a trovare la Astrid. I suoi sono usciti a fare la spesa e abbiamo approfittato per setacciare la camera dei suoi, alla ricerca di un preservativo. Il piano era che se Fabri non lo avesse avuto, per l'ennesima volta, be'... lo avrei avuto io.

Sono tornata a casa a sistemarmi. Mi sono fatta un bagno lunghissimo e mi sono rasata le gambe con una cura mai avuta prima. Non mi sono nemmeno tagliata col malefico rasoio ed ero liscissima.

Ho scelto i miei vestiti preferiti. Ho messo la canottierina porpora, corta, i Dr. Martens viola e i jeans della Replay candeggiati, con gli strappi alle ginocchia.

Sotto tutto questo, avevo il mio completino intimo nero di Cacharel. Lo metto pochissimo, se no si rovina, ma per questa occasione ne valeva la pena. Immaginavo solo il momento in cui Fabri me l'avrebbe sfilato via.

Sopra mi sono coperta un sacco perché in questi giorni fa freddissimo e da sempre vivo nel terrore delle congestioni.

Dopo cena fremevo. Non vedevo l'ora di uscire. Mancava ancora qualche minuto all'orario del puntello con le altre ma sono uscita lo stesso, con un po' di anticipo, a costo di schiattare al gelo. Le ho aspettate nel piazzale vicino a casa. Mi sono fatta fuori almeno tre sigarette.

C'eravamo tutte – la Astrid, la Paola, la Linda e la Raffa. Eravamo parecchio su di giri e si prospettava una serata pazzesca. Ci siamo fermate a bere al Circolino e le altre mi hanno fatto mille raccomandazioni, prendendomi anche un po' per il culo.

Quando siamo entrate al Nautilus ero elettrizzata. Conosco Fabri, so che è un cazzone lunatico e avrebbe potuto riservarmi qualche sorpresa, tipo essere di pessimo umore, fare lo stronzo o, addirittura, non presentarsi. Ero pronta a tutto. E nonostante questo, è riuscito a sorprendermi.

L'ho visto entrare con gente assolutamente nuova per me, che non conoscevo. Non sono andata subito a salutarlo perché volevo prima studiare la situazione e capire come fosse l'andazzo.

A una certa, ci siamo incrociati in zona bar. Io avevo appena preso da bere e stavo tornando verso il palchetto. Lui stava venendo verso il bancone. Quando ci siamo trovati in prossimità l'uno dell'altra, è rimasto serio e si è limitato ad alzare le sopracciglia, in segno di saluto. Poi mi è passato di fianco ed è andato oltre, ignorandomi completamente.

Mi sono detta che avremmo avuto modo di salutarci decentemente più tardi. Che tante belle serate passate erano partite con un suo ciao del cazzo e poi si erano rivelate grandiose.

Ho ballato tutto il tempo con le altre. Cercando di inghiottire il rospo, tenevo a bada la delusione e mi dicevo che magari, prima o poi, sarebbe venuto da me.

La sala Rock non era piena come nelle migliori serate e, nonostante questo, Fabri non l'ho mai più visto.

La freddezza del suo saluto non mi ha sicuramente motivata a cercarlo e non ho idea di dove abbia passato il tempo, visto che nelle nostre zone abituali della Rock non si è più palesato.

Ma è chiaro che mi sono rimaste ben poche parole: Fabri, sei uno stronzo del cazzo.

4 gennaio 1998

Questa mattina il risveglio è stato terribile.

Non ha nessun senso ma, quando succede qualcosa di brutto al Nautilus, il giorno dopo ho solo voglia di tirarmi mille storie pensando ad A. e ascoltando *Buon compleanno Elvis* a tutto volume.

Considerato quanto sia stata una serata di merda, c'è un lato positivo di cui non ho ancora scritto.

Ieri sera al Nautilus c'era anche un tizio dell'artistico di Varese. È un bellissimo ragazzo che tutti chiamano «il Corvo», perché ha una lunga giacca di pelle, identica a quella di Eric Draven, il protagonista del film. Non ci eravamo mai parlati prima, nonostante spesso la mattina ci si incontri in zona stazione e abbiamo un sacco di conoscenze in comune.

Comunque, ieri era al Nautilus e mi ha raggiunta mentre ero sul divanetto del palchetto rialzato a fumare una sigaretta. Si è presentato ufficialmente, abbiamo parlato un po' di Varese e della scuola e poi mi ha chiesto se qualche volta mi va di uscire con lui. Ha detto che posso scegliere la serata che voglio e che mi avrebbe fatto avere il suo numero. Poco dopo, è tornato da me con un foglietto.

L'ho messo nella borsetta, nella stessa taschina del goldone che avrei voluto usare con Fabri.

Non lo chiamerò mai, ovviamente.

Oggi pomeriggio ho cercato di distrarmi un po' e sono andata dalla Linda con la Raffa e la Astrid. È stato bello, ci siamo divertite e non ho pensato più di tanto. E poi sono ancora in vacanza e non volevo rovinarmi questi ultimi giorni di non-scuola per colpa di Fabri.

Prima di andare a letto penso che scriverò una lettera alla Bea. La riempirò sicuramente di tutte le mie paranoie ma almeno la aggiorno e mi sfogo.

Non so come devo comportarmi d'ora in poi con quella merda, probabilmente ignorandolo per sempre.

13 gennaio 1998

Questa mattina ho fatto la strada per andare a scuola con Marzio, Dario e Oliver. Non li incrociavo da un bel po'.

Mi hanno raccontato delle loro ultime serate. Di base fumano tutto il tempo. Non escono più dal paese e non fanno nient'altro. Marzio a un certo punti mi fa:

«Devi troppo esserci anche te, raggiungici alle scale delle scuole quando vuoi: siamo sempre lì dopo cena.»

«Eh ma in settimana non posso uscire. La mattina c'è scuola e i miei rompono un po' il cazzo.»

«E vabbè, e tu scappa dalla finestra no?» Troppo punk.

Questa mattina ho preso un bel sette e mezzo nel compitino di greco ed ero felicissima. Appena tornata a casa da scuola ho mangiato in fretta e furia.

Ho chiamato subito la Astrid e ci siamo date appuntamento in piazza. Appena ha aperto, siamo andate a fare un giro in biblioteca.

Ho preso in prestito un paio di libri: *I fiori del male* di Baudelaire, che mi ha consigliato la Astrid, e *Alice: i giorni della droga*, che ho trovato io. Stavo per noleggiare *Christiane F.* per la millesima volta ma questa mi è sembrata un'alternativa valida. E poi se la mamma rivede ancora a casa «lo zoo di Berlino» le viene un infarto.

Già che eravamo in piazza, ne ho approfittato per controllare gli orari dell'ambulatorio medico.

L'infiammazione che mi è venuta dopo quella serata con Fabri non mi è mai più passata e devo farmi vedere.

Adesso ho capito perché la Bea obbliga sempre Michi a lavarsi le mani prima di fare qualunque cosa.

Verso sera sono tornata a farmi visitare dalla moglie del mio dottore. Non è il mio medico ma almeno è una donna e mi ha potuta guardare.

Ci ha messo cinque secondi netti a farmi la diagnosi e a prescrivermi i farmaci.

Dice che è una bella infiammazione e che me la sono trascinata per troppo tempo, ma mi ha dato una cura da fare per almeno dieci giorni. Speriamo che funzioni. Non ne posso più di sentire bruciare ogni volta che faccio la pipì.

Domattina entro alle nove così ne approfitto per studiare letteratura, visto che oggi non ho concluso niente.

Ho convinto la mamma che la mia prof di filosofia è incomprensibile e ha deciso di mandarmi a ripetizioni. Sono contenta: finalmente inizierò a capirci qualcosa.

Ha detto che domani chiama il prof che aveva aiutato Fede quando aveva avuto cazzi con storia e, se lavora ancora, posso andare da lui.

Al liceo Fede aveva un prof che gli stava così sul cazzo che ci ha litigato e ha smesso di studiare. Solo che poi s'è beccato l'esame a settembre. Per fortuna non esistono più 'sti cazzo di esami, se no io quante estati mi sarei rovinata.

Sabato vorrei andare a ballare. Se ci dovesse essere Fabri, ho deciso come comportarmi: farò finta di niente. Fingerò che lui non sia lì. Mi convincerò che lui, quelle serate in macchina e quella in cui ci saremmo dovuti incontrare, non siano mai esistiti.

17 gennaio 1998

Nel pomeriggio sono andata a Varese per beccarmi con la Yuna, che era già in centro.

Il viaggio di andata l'ho fatto con Oliver e i suoi amici. C'era anche Marzio, sempre bellissimo, allegro e con quei fanali al posto degli occhi.

Arrivati in stazione ci siamo separati: loro sono andati ai giardini a fumare, io ho raggiunto la Yuna in corso Matteotti.

Mi ha aggiornata subito sulla sua storia con Carletto: dice che non sa più cosa prova per lui ma che ha paurissima di lasciarlo, perché si è legato molto a lei e quando la sente allontanarsi la fa sentire in colpa. Povera Yuna, cavolo. Mi spiace per questa situazione ma se adesso lo vede solo come un amico, non credo abbia molto senso tenerlo attaccato a una speranza infondata. Secondo me, se ha già deciso di non voler più stare con lui, deve trovare il coraggio di chiudere. Dice che è d'accordo ma le dispiace troppo e che, forse, non è ancora pronta.

Mentre passeggiavamo, guardando le vetrine dei negozi, ci è successa una cosa stranissima.

Un tizio sulla trentina, non molto alto, con dei lunghi capelli impomatati legati in una coda, ci ha avvicinate. Non era per niente gradevole ma ho pensato avesse bisogno di indicazioni.

Invece ha detto:

«Ho un'agenzia di modelle e voi siete molto carine. Vi lascio il mio biglietto da visita, chiamatemi per venire a fare un provino.»

La Yuna non ha detto niente, io ho preso il biglietto e ho tagliato corto: «Ci pensiamo, grazie.»

L'ho buttato subito, senza nemmeno leggerlo, nel primo cestino che abbiamo incrociato.

Saremo anche carine ma siamo due quindicenni alte un metro e sessanta. Nella mia testa le modelle hanno tutto un altro aspetto e il tizio era troppo losco.

Mi è venuta in mente mia madre, una volta mi ha detto:

«Tu nella vita dovrai sempre puntare sul cervello, perché con il tuo fisico non andrai lontano.»

È una frase cinica e anche cattiva, se vogliamo, ma credo che in parte sia realistica e che, in questo caso, ci abbia salvate da un'avventura spiacevole.

Dopo cena sono andata a casa della Astrid. È venuta a prenderci la Paola e abbiamo deciso di andare al Nautilus.

Non l'ho detto ma ero felice e – siccome sono una cazzo di sfigata – speravo che avrei rivisto Fabri. Ero curiosa di sapere che effetto mi avrebbe fatto.

Dopo la solita tappa birretta al Circolino, siamo entrate. La musica era bellina ma ero un po' cotta e non avevo molta voglia di ballare. Mi piaceva anche starmene tranquilla sul divanetto della pista rialzata a fumare e vedere la gente scatenarsi al posto mio.

Più tardi sono andata in Giuditta a ballare un po'. Hanno messo a raffica: *Let a boy cry*, *Barbie girl*, *Doctor Jones*, *Come into my life* e *It's like that*. Forse mi sto trasformando in una truzza. Quando sono tornata in Rock, stava partendo *Tra palco e realtà*. Sono andata a ballarla.

Mentre tornavo al palchetto ho incrociato Fabri. È stato un po' uno shock perché non pensavo neppure fosse lì.

Di quello che – non – è successo con lui non voglio nemmeno scrivere perché sarebbe davvero uno spreco di tempo. In ogni caso, Michi è un vero tesoro. Sono contenta ci fosse anche lui, non lo vedevo da un sacco.

In macchina, al ritorno, la Astrid e la Paola mi hanno tirato un pippone. Penso abbiano ragione quando dicono che da parte di Fabri è tutto finito e che, per bello o meno che sia stato, è arrivata l'ora di chiudere anche per me.

Devo solo accettare che, con tutto quello che è successo, non ha nessun senso cercare di rimettere insieme mille pezzettini. Soprattutto perché lui, è evidente, non ha nessuna intenzione di farlo. Gli scivola sempre tutto addosso e probabilmente è innamorato di qualcun'altra. Questo lo dico io, ma sono certa che lo pensino anche loro. O magari lo sanno per certo. Magari la Bea ha detto loro cose che a me non racconta per non ferirmi.

Sono davvero stanca di tutta questa storia e so che molta della responsabilità di questo disastro è mia.

Mi pongo nel modo sbagliato nei confronti dei ragazzi che mi piacciono e, probabilmente, sono solo delusioni quelle che mi aspettano da qui a per sempre.

20 gennaio 1998

Questa notte mi sono svegliata mille volte con un dolore fortissimo, quasi fisico. Era come se mi avessero infilzata con un pugnale.

Devo trovare il modo di perdonare me stessa per la situazione in cui mi sono infilata, per le illusioni che mi sono voluta creare e per come mi sono fatta trattare da Fabri.

In questi giorni continuo a prendere proprio dei bei voti.

Forse, senza rendermene conto, mi sto buttando nello studio più di quanto avessi davvero intenzione di fare. Benissimo così.

Non penso a nulla di particolare, mi sento abbastanza passiva a tutto ma ho un milione di energie da buttare sui libri. Sono nervosissima, in realtà, ma tengo il controllo.

Quando sono con altre persone sento sempre che c'è qualcosa che mi mangia e mi rode dentro ma non riesco a dargli voce né forma. Cerco di ignorarlo e lo spingo più giù.

In ogni caso mi piace questo andazzo, in generale.

La mattina va tutto bene, le cose filano e sono tutte al loro posto e la sera posso andare a ballare senza pensieri.

Sabato sera avrei solo voluto provare a me stessa che non era cambiato nulla: che sono ancora carina, che sono ancora viva, che gli piaccio ancora.

Invece Fabri è stato capace di distruggermi. Ha usato parole che avevano il solo scopo di farmi male:

«Devi starmi lontana. Non funziona tra noi e non sono io la persona giusta per te».

22 gennaio 1998

Lo sgamo di filo di oggi mi ha buttata un po' giù. Nonostante le ripetizioni, durante l'interrogazione sono stata un po' mediocre e non è andata bene come speravo. Poi quella stronza si vede benissimo che ci prova anche gusto a mettermi in difficoltà.

Ma perché parlo di scuola, quando so benissimo di cosa dovrei scrivere?

Un'ora fa mi ha telefonato Marzio. Aveva voglia di chiacchierare e mi ha chiesto se riesco a raggiungere lui e gli altri alle scale, una di queste sere.

Mi fa ridere e mi piace parlare con lui, è davvero intelligente.

Al momento però, questo mi basta, non voglio andare oltre.

La telefonata di Marzio mi ha davvero spaccata in due e adesso mi sento più stupida di prima: perché il pensiero e il desiderio di chiamarmi vengono a lui e non ad altri?

A Radio Gufo stanno passando la canzone più bella e lunga del mondo, *Foreign affair*.

Quando la sento, sono subito al Nautilus. Settembre di un anno fa: il culo di Michi davanti agli occhi. Ormai il collegamento è quello, inestirpabile dal mio cervello.

23 gennaio 1998

Non va affatto bene: le cose peggiorano e l'apatia aumenta. Oggi mi ha chiamata la Astrid, dice che domani sera la Paola va al Nautilus con una sua amica dell'Università.

Poi ha aggiunto: «Ma non è una cosa che ti riguarda o ti tocca, giusto? Non ti interessa più il Nautilus».

Tastava il terreno e, contemporaneamente, mi stava facendo il culo. La conosco. Già, come se davvero da un giorno all'altro uno potesse spazzare via il passato, cancellare gli ultimi trecentosessantacinque giorni della sua vita.

Certo che mi interessa il Nautilus, è ovvio! Mica voglio rinchiudermi per sempre in qualche pub del cazzo o sostituirlo con un'altra discoteca.

Voglio il mio Nautilus. Il mio folle, rumoroso, affollato, gigantesco Nautilus.

Questa mattina siamo andati a Milano con la scuola, per vedere uno spettacolo teatrale.

Con Tommy, sull'autobus, è stato davvero divertente. È venuto da me e la Yuna, abbandonando i suoi amici spandimerda. Si è seduto nei nostri paraggi, dove c'erano due posti liberi. Poi mi ha chiamata perché lo raggiungessi.

Ha messo la mano sul sedile e non l'ha mai tolta, quindi mi ci sono seduta sopra. Cercavo di restare seria ma è troppo coglione: l'ha lasciata lì tutto il tempo, sotto le mie chiappe.

Mentre tornavo a casa dalla biblioteca ho fatto un salto in piazza, ho incrociato alcuni della vecchia compagnia e mi hanno detto che faranno una festicciola per il compleanno di Livio: «Ci vieni? Sarebbe una bella sorpresa, gli farebbe sicuramente piacere».

Arrivata a casa ho chiamato la Linda per sapere qualcosa in più su questa festa per Livio. Ultimamente hanno ricominciato a sentirsi ma il loro rapporto è completamente diverso da quello che avevano prima: hanno deciso che saranno solo amici. Mi sembra un'ottima cosa, anche se non mi spiego come lei abbia fatto a liberarsi di questa specie di malattia che aveva nei suoi confronti. Comunque, pensavo semplicemente di chiamarlo per fargli gli auguri ma secondo lei non ha molto senso.

Dice che sarebbe sicuramente più felice se facessi un salto al bar per salutarlo di persona. Non lo so, decido domani.

25 gennaio 1998

Alla fine sono passata dal bar della piazza ma, per il tempo in cui sono rimasta lì, Livio non è mai arrivato.

Niente auguri.

Be', bella festa a sorpresa. Una festa senza il festeggiato. Più sorprendente di così.

26 gennaio 1998

Dopo pranzo ho telefonato a Livio: era felicissimo di sentirmi. Mi ha spiegato che in realtà la festa c'è stata: è arrivato al bar poco dopo che io me ne sono andata. Semplicemente, non ci siamo incrociati.

Mi ha chiesto se mi andava di vederci e sì, mi andava. Per un attimo ho pensato di chiamare la Linda, per avvisarla della cosa o chiederle se a lei stesse bene. Poi mi sono detta: «Lei l'avrebbe fatto con me? Mi avrebbe avvisata?» e ho deciso, per una volta, di pensare prima a me stessa. E poi, adesso, sono solo amici, no? Verso le tre e mezza è passato a prendermi. Lo stavo aspettando fuori casa. Quando è arrivato stavo fumando una sigaretta.

È sceso dalla macchina ed è venuto ad abbracciarmi. Era elegante: aveva su un bel cappotto nero, lungo. Ci siamo dati i tre bacini e gli ho fatto gli auguri.

Abbiamo deciso di andare a Varese, allo Scottish.

Mi dispiace, ma lo devo dire: mentre eravamo in viaggio e stavamo decidendo dove andare, lui guidava guardando la strada. Stavamo valutando le opzioni per i bar e io osservavo il suo profilo. Si è messo l'indice sul labbro inferiore – cosa che fa sempre anche Fabri, nello stesso modo – e ho notato che aveva una fedina d'argento al dito – esattamente come Fabri. Se ci mettiamo anche che un pochino si assomigliano, viene fuori che nel mio cervello è esploso un casino.

Ho cercato di mettere a tacere tutti questi collegamenti malati: mi stavano distraendo e volevo essere lì con lui. Parlavamo tantissimo.

Mi ha confessato che aveva saputo che ieri sono passata dal bar e che mi ha anche cercata, pensando che io e la Linda ci fossimo solo spostate in piazza a cazzeggiare.

Allo Scottish non ci siamo dati proprio respiro: era tutto un parlare continuo, senza silenzi. È stato davvero bello.

Appena capitava che mi zittissi o mi guardassi intorno, si accertava che stessi bene, che fosse tutto ok.

Usciti dal pub, ci siamo presi per mano e ci siamo baciati:

«Come gli innamorati», ha detto lui. Che tenero che è. Ci siamo fatti una passeggiata in centro e il tempo è davvero volato via. Quando siamo arrivati sotto casa era praticamente ora di cena.

Livio ha spento la macchina e mi ha abbracciata, ci siamo baciati un po'. Il mio corpo rispondeva.

Eravamo abbastanza presi e mi ha chiesto se mi andasse di andare in un posto migliore.

Ci siamo imboscati nella zona buia del campo sportivo. È super tattica: vedi arrivare eventuali macchine ma loro non vedono la tua, se non all'ultimissimo momento.

Una volta lì, ha iniziato subito a baciarmi e ha abbassato il mio sedile e mi ha infilato una mano nei pantaloni. All'inizio era anche bello, poi però mi è venuto spontaneo guardarlo negli occhi, come ho sempre fatto con Fabri. Ho realizzato che non era lui e che, invece, era con Fabri che avrei voluto essere. Mi si è stretto lo stomaco e mi stava venendo l'ansia.

Ho stretto le gambe e mi sono irrigidita. Gli ho detto che era troppo tardi e sarei già dovuta essere a casa.

Durante la strada del ritorno, Livio mi diceva che gli sarebbe piaciuto uscire di nuovo presto insieme.

Gli dicevo: «Sì, sì, poi ci organizziamo» ma pensavo a tutt'altro e sapevo benissimo che non ci saremmo mai più rivisti.

27 gennaio 1998

Il risveglio di questa mattina è stato un incubo. Ho posticipato la sveglia mille volte e anche una volta uscita di casa avevo un sonno incredibile. A scuola mi sarei potuta tranquillamente addormentare sul banco.

In pratica non vedevo l'ora che arrivasse questo momento: non sono nemmeno le dieci di sera e sono già sotto le coperte, a scrivere. Tra poco mollo il colpo.

Oggi pomeriggio sono tornata a Varese per andare dal parrucchiere a dare un ritocchino alla piega. Adesso sono davvero corti, non so se sto bene ma il taglio in sé è stupendo.

Se ripenso a Livio e al post-serata con lui mi sento veramente molto strana. Continuo a chiedermi perché cavolo sia voluta uscire con lui. È stato un bel pomeriggio, ok, ma sapevo benissimo che lui ci tiene e di non provare niente nei suoi confronti. Volevo vedere se era lì ancora a morire per me? Volevo darmi una chance con lui? Volevo provare a cancellare Fabri dalla mia testa? Non riesco a darmi una risposta e credo che abbiamo fatto una cazzata a imboscarci. È vero che non abbiamo fatto quasi niente e mi sono fatta portare subito a casa, ma mi sento comunque sporca.

29 gennaio 1998

All'intervallo, questa mattina, ho beccato uno degli amici spandimerda di Tommy, Christian. Anzi, forse è proprio il suo miglior amico. Ha un anno più di noi e la sua classe è esattamente sopra alla nostra. Eravamo tutti e due alla macchinetta del caffè e mi ha scroccato una sigaretta.

Un sacco di ragazze della scuola sono in fissa con lui, in primis la Betta che ormai da due anni a me e la Yuna con 'sto Christian ci fa una testa così.

Non l'avevo mai guardato più di tanto, ma ha ragione lei: che cazzo di figo è?

Nel pomeriggio è venuta a trovarmi la Astrid. Ci siamo chiuse in camera mia a sparare cazzate, come sempre.

Le ho raccontato del compleanno di Livio e del mio moto di schifo per quello che ho fatto con lui – sì: a distanza di giorni è arrivato. Le ho chiesto se secondo lei è il caso che racconti tutto alla Linda.

«A che pro, Pippi? Tanto ti è già venuto il vomito, non ci uscirai mai più. Fai come non fosse mai successo, se glielo racconti rischi di incasinare il rapporto per una cosa della quale nemmeno ti importa». Quanto cazzo è saggia la Astrid? Quando se ne esce con 'ste cose mi ricordo cosa significa il fatto che abbia tre anni più di me.

Abbiamo parlato di Fabri e, senza remore, mi ha detto tutta una serie di cose che pensa di questa storia. Tutte brutte. Dentro di me ho sempre saputo che lui mi usa quando mi intercetta al Nautilus – se è in vena – e che non prova niente per me. Fa veramente male parlarne ma apre gli occhi. È giusto.

Sabato sera la voglio passare al Nautilus, ma evitando la Rock. Starò nelle gabbie della Giuditta, tanto ormai sto diventando una truzzona maledetta.

2 febbraio 1998

Finalmente: domani è venerdì.

Questo fa sicuramente di me un'amica e una compagna di merda ma al mio diario posso confessarlo. Ultimamente, mi piace beccare

Christian per i corridoi della scuola, anche se è un po' un pacco questa cosa che mezzo liceo gli sbavi dietro. E quando, per un secondo, i nostri sguardi si incrociano, mi viene un brividino.

È proprio bellissimo: alto, con gli occhioni verdi da cerbiatto e quel fisico da nuotatore.

La Betta ci ha visto lungo.

In questi giorni ne ho fatto cenno con Tommy, visto che sono amici. Per tutta risposta, mi ha chiesto se sabato sera vado con loro al Resort:

«Magari sì, sai? Poi sento le mie amiche.»

«Non con le tue amiche: vieni tu da sola a fare serata con noi!»

«Ma perché? Non posso fare la merda così, se vengo invito anche loro.»

Maledetti fighetti. Se non hai l'invito ufficiale non puoi essere parte del loro gruppo? Per una qualche ragione che non conosco, Tommy mi considera degna di frequentarli, evidentemente.

Non sento la Bea da un po' e non ho sue news. Secondo gli ultimi aggiornamenti di Michi, stava vagando per Londra alla ricerca di una nuova casa. Ora come ora, quindi, non saprei come beccarla perché non ho il suo numero nuovo. Devo aspettare che sia lei a chiamarmi.

3 febbraio 1998

Sono sollevata: oggi la Betta ha bigiato con Christian e si sono fatti. Finalmente. Hanno passato la mattina ai giardini e prima di tornare a casa si sono baciati a lungo.

Benissimo. Questa cosa mi fa davvero piacere. Se Christian diventa «della Betta» io smetto di pensarlo. E poi sono contenta per lei che è una grande e se lo merita.

Vorrei tantissimo comprarmi l'Eastpak color sabbia, è proprio figo. L'ho visto in un negozio del centro a Varese, però cazzo: 90 carte! Al ritorno da scuola ho comprato un top della Onyx super figo: la parte superiore della schiena è scoperta perché si allaccia all'americana dietro al collo, tramite due cordini. È tutto nero, a costine, con una linea grigia e rossa orizzontale all'altezza del seno.

4 febbraio 1998

All'intervallo ero seduta sulla cattedra del bidello, in corridoio. Quando è suonata la campana, sono tutti corsi nelle classi ma io me la sono presa comoda e sono rimasta lì ancora un po'.

Nel frattempo Christian è rientrato dal cortile, facendo ingresso a scuola attraverso l'uscita di sicurezza posta alle mie spalle.

Ha percorso tutta la rampa di scale che avevo di fronte, dandomi la schiena mentre saliva al primo piano. Arrivato quasi in cima, si è fermato. È tornato indietro, percorrendo di nuovo la scala. Questa volta saremmo stati faccia a faccia. C'eravamo solo io e lui ma nessuno dei due guardava l'altro. È stato più impegnativo evitare i reciproci sguardi di quanto non lo sarebbe stato dirsi ciao-ciao.

È arrivato alla macchinetta che avevo vicino. Si è preso un tè. Mi dava nuovamente le spalle, quindi io potevo tenergli gli occhi addosso.

Appena la macchinetta ha finito di preparare la bevanda, prima che Christian si voltasse, sono scesa dalla cattedra per schizzare in classe.

Mi piace pensare che fosse un giochino tra noi. Farsi guardare da dietro, senza incrociare mai gli sguardi.

Finita la scuola sono andata verso la stazione con la Betta e la Yuna. Fantasticavo su tutta questa faccenda, della quale avrei voluto parlare con loro e mi sentivo così tanto una merda.

Avrei voluto condividere tutti questi micro dettagli inutili, renderle partecipi di questo niente che stava succedendo solo nella mia testa, ma non potevo.

Questa situazione mi fa sentire scorretta nei confronti della Betta e, allo stesso tempo, sapere di avere nuovamente un po' di vita interessante dentro alla scuola mi svolta le mattinate.

Come quando stavo in fissa per Antonello, entrare al liceo, la mattina, mi fa un po' meno schifo del solito.

6 febbraio 1998

Tra ieri sera e questa mattina dev'essere successo qualcosa di bello tra la Betta e Christian perché lei era stra-felice. Non abbiamo avuto tempo per parlarne ma me lo farò sicuramente raccontare. Spero che si mettano insieme così io guarisco da questa malattia.

Durante la lezione di storia mi sono sfogata con la Yuna e le ho detto che forse Christian mi piace e che mi rendo conto che è un problema. La Yuna mi ha consigliato di smettere di cercarlo, di guardarlo e di illudermi che si sia accorto della mia esistenza.

All'uscita io e la Yuna stavamo aspettando la Betta fuori dalla scuola mentre lei finiva di recuperare le sue cose. È passato Christian e ci siamo tirati un'occhiata:

«Noto che hai seguito subito il mio consiglio», ha ironizzato la Yuna. Poi ha aggiunto:

«A tua discolpa, ho fatto caso che ti stava fissando già dalla cima della scala.»

Durante il tragitto verso la stazione la Betta ci ha raccontato che ieri Christian le ha telefonato e sono stati a chiacchierare quasi un'ora. Ecco spiegato il buon umore di oggi. Ribadisco: speriamo che si mettano insieme, così io mi metto l'anima in pace.

Avere dei segreti con la Betta mi fa sentire una merda assoluta ma ammetto che è bello sentire lo sguardo di Christian addosso, girarmi e beccarlo che mi fissa.

Questa mattina Tommy mi ha invitata di nuovo a fare serata con la sua compagnia. Non voglio uscire con gli spandimerda senza le mie amiche ma lui mi ha detto senza mezzi termini che loro non le vuole. Risultato: non ci vado. Che stronzo.

7 febbraio 1998

Nautilus con la Paola e la Yuna.

Durante il pre-serata siamo andate a bere un paio di birrette. Abbiamo chiacchierato un sacco e la Yuna mi ha detto che quando la Betta e Christian hanno bigiato lui le ha parlato di me. Pare che abbia fatto dei commenti positivi sul mio nuovo taglio di capelli. Mi ha anche detto che la Betta sospetta che lui possa essere interessato anche a me.

Quello che so per certo è che non voglio che questa faccenda tra me e Christian abbia degli sviluppi concreti. Devo darci un taglio e lasciare campo libero alla Betta.

La serata al Nautilus è stata stranissima ma mi sono divertita.

Mentre stavamo ballando ho visto che in pista c'erano anche Laveno e la Sonia, così sono andata da loro. La Sonia mi fa:

«Hai già salutato Michi e Fabri?» – io nemmeno mi ero accorta che ci fossero.

In quell'istante Michi è venuto da me. Ero felice di vederlo e ci siamo abbracciati stretti. Ormai è palese che a modo nostro ci vogliamo bene.

Nei paraggi c'era anche Fabri. Non si avvicinava, così sono andata io da lui. Mi è sembrato abbastanza tranquillo ma ci siamo limitati a un saluto veloce.

«Non ho fatto fatica ad andarmene subito via da Fabri. Non ho più nessuna aspettativa e non ho più voglia di elemosinare le sue attenzioni. Cazzo: forse sto guarendo!» – avevo appena finito di vantarmi del mio successo con le mie amiche che Fabri è venuto da me e mi ha abbracciata. Porca puttana.

Provavo un mix di emozioni contrastanti, ma non volevo che vedesse quanto sono debole. Deve smettere di pensare di avere tutto questo potere su di me.

Non ho fatto una piega e non ho risposto al suo abbraccio. L'ho guardato in faccia, lui mi ha guardata in faccia. Sono andata a ballare e non l'ho più cercato.

Prima di andare via sono andata a recuperare il mio maglione imboscato dietro a un divanetto del palchetto rialzato.

Fabri era seduto proprio lì:

«Vai?» mi ha chiesto.

Ho fatto sì con la testa e mi sono accucciata vicino a lui per dargli i tre bacini. Il contatto con lui mi ha uccisa e ho ceduto. Ho appoggiato la mia testa alla sua spalla e lui mi ha abbracciata forte. È stato bello sentire di nuovo le sue mani sulla mia schiena.

Poi, che coglione, per sdrammatizzare il tutto ha fatto finta di infilarmi il bicchiere pieno d'acqua dentro al collo della maglietta. Insomma dai, questa sera era in buona.

9 febbraio 1998

«... e così deve pensare a tutto il tuo amico Tommy: per fortuna che hai me!» (cit. Tommy)

Venire a scuola e vedere Christian mi distrae da Fabri. Un lato positivo di questo casino, quindi, c'è.

Poco fa Tommy mi ha detto che ha parlato di me con Christian durante il fine settimana.

«Non serve che ti racconti i dettagli ma non preoccuparti: ho lavorato io per te. Christian è un ragazzo molto sensibile e, se dovesse trovare quella giusta, stai tranquilla che non la lascia scappare».

Mah, Tommy è furbo e ha capito i miei punti deboli.

Non ho idea di cosa abbiano parlato davvero ma sono degli stronzi varesini, di loro non mi fido per niente, quindi sicuramente non gli ha detto niente di davvero carino.

10 febbraio 1998

Alla quarta ora sono uscita a fumare. Tommy stava rientrando in classe subito dopo di me. Arrivati alla soglia della porta mi ha placcata:

«Oh, hai sentito cosa ti ho detto?»

«No, cosa?!»

«Che si può fare!»

«Eh? Ma cosa? Cosa cazzo stai dicendo, Tommy?»

«Christian. Christian ha detto che con te si può fare. E che hai un bel culo!»

Non ho approfondito oltre. Dio, chissà che cazzo si sono detti questi due. Mi sono quasi pentita di avere accennato a Tommy che Christian mi piace. Però: «Ha detto che si può fare»...

Questa sera mi ha chiamata la Yuna per sapere se domani voglio andare a scuola in macchina con lei: sua mamma ha un appuntamento a Varese e ci darebbe volentieri un passaggio. La prima cosa che ho pensato è che entrando per tempo avrei sicuramente intercettato Christian al suo arrivo. E niente, è proprio vero: sono una merda di amica.

11 febbraio 1998

Grazie al passaggio della mamma della Yuna siamo effettivamente arrivate a scuola prestissimo: abbiamo anche fatto in tempo a farci sigaretta & caffè.

Christian è entrato alle otto spaccate. L'ho visto con la coda dell'occhio, mentre accucciata a terra frugavo nella tasca anteriore dello zaino, alla ricerca dell'accendino. Sembrava di fretta e ho finto di non averlo notato quando ci è passato accanto. Non so se lui mi abbia vista.

Durante l'intervallo sono stata in corridoio con le mie compagne e l'abbiamo tirata un po' lunga. Quando Christian è rientrato dal cortile eravamo faccia a faccia ma divisi da un bel paio di metri di corridoio. Ci siamo fissati spudoratamente per tutto il suo percorso dal suo ingresso, finché non mi ha superata e ha imboccato le scale. È stato un bel brividino. Poi ha questo sguardo luciferino che mi manda fuori.

Finita la scuola ha buttato un occhio dalla mia parte prima di andare al parcheggio. Io ero di spalle e non me ne sono accorta, me lo ha riferito la Yuna che ormai spinge sempre più perché parli subito con la Betta. E tifa perché accada qualcosa tra me e Christian:

«... Perché ormai questa storia mi sta appassionando! Ma per favore confessati con la Betta, vedrai che non gliene frega un cazzo e ti dà la sua benedizione. E poi mi sta sul cazzo dover custodire questo segreto!»

Come darle torto. Nei suoi panni la penserei esattamente così.

Sono mega conciata: ho un raffreddore super e un mal di testa pauroso. Mi sono presa l'aspirina a stomaco vuoto e mi sono già messa a letto. Non mi va nemmeno di cenare.

E che palle: prima di dormire devo dare un'occhiata al bigino di storia, mi sa che domani mi becca.

12 febbraio 1998

Questa mattina Tommy mi ha lanciato un bigliettino. C'era scritto: «Chiamalo», seguito da un numero di telefono.

L'idea non mi piace affatto. Ci vediamo ogni giorno a scuola: penso che dovremmo scambiarci due parole a voce, prima di passare a qualunque altro livello successivo. Nemmeno ci diciamo «Ciao» e lo devo chiamare a casa? Non esiste.

Durante l'ora buca ho fatto cambio di posto con il suo vicino di banco e sono andata da Tommy. Gli ho spiegato il motivo della mia reticenza nel telefonare a Christian e lui mi ha detto:

«Io ho lavorato per te ma una cosa la devi sapere perché siamo ragazzi sinceri: Christian non cerca una storia. Poi ovvio che, se doveste scopare, ti tratterebbe bene, come se foste insieme».

Sì, dai, vabbè. Antonello due, la vendetta. Che palle eh? Sempre la stessa storia.

All'intervallo ho fatto una figura di merda incredibile. Sono passata vicino a un capannello di gente e ho notato solo all'ultimo che lì in mezzo c'era anche Christian. Presa dal panico, ho cercato di cambiare percorso ma sono inciampata, finendo nelle braccia di un suo compagno di classe.

Si sono girati tutti e io sono diventata bordeaux, così per distrarlo dalla mia gaffe, ho detto a Christian:

«Sbaglio o io e te dobbiamo parlare?»

«Sì lo so ma non adesso perché mi interroga in fisica!» e se ne è andato. Vabbè, mi sta già sul cazzo.

Ha ragione la Astrid: me li cerco proprio fatti con lo stampino tutti questi stronzi montati.

14 febbraio 1998

Non me l'aspettavo assolutamente, ma verso le tre mi ha telefonato Christian.

Mi sono chiusa in camera mia con il cordless e siamo stati al telefono una mezz'oretta. Ha una voce super sexy e mi ha fatto molto ridere. È davvero simpatico e si capisce che con le tipe ha esperienza, ci sa troppo fare. Prima di attaccare, ha detto:

«Ciao tesoro, buona serata».

E questa sera? Il programma è di andare al Nautilus, ma chi lo sa.

Io e la Astrid siamo andate a cena della Linda e, alla fine, abbiamo deciso di andare al Resort.

Non pensavo proprio che lo avrei beccato lì, anche perché al telefono, nel pomeriggio, mi aveva detto che sarebbe rimasto a casa di amici. Inoltre, fino a mezzanotte e mezza non s'era visto nessuno della sua compagnia.

L'ho intravisto entrare nel locale ma ho fatto finta di niente. Anzi, con una scusa ho convinto le altre a spostarci verso un'altra zona meno centrale perché non ci vedesse.

A un certo punto la Astrid mi ha detto:

«Pippi, c'è un manzo che sta venendo qui!» – il manzo era lui.

Io ho fatto quella tutta un po' sorpresa: «Ma dai, quindi alla fine anche tu qui?» Ci siamo dati i tre bacini e siamo stati a parlare un bel po'. Mi ha presentato un suo amico che mi ha fatto il baciamano. Ho socializzato con lui mentre Christian parlava con una ragazza.

Christian mi ha detto che doveva allontanarsi dal locale ma che sarebbe tornato in seguito e ci saremmo rivisti più tardi.

Io e le altre siamo andate a ballare e ci siamo fatte un bel mucchietto di cazzi nostri, interagendo con un casino di gente. I posti fighetti sono diversi dal Nautilus: i maschi vengono ad attaccare bottone mentre stai ballando, il che non so ancora se mi piaccia un granché, ma è comunque una novità.

Verso fine serata, io e le altre siamo andate a sederci sui divanetti.

Christian è effettivamente ricomparso e ci ha raggiunte, sedendosi di fianco a me. Abbiamo iniziato a parlare e siamo stati lì insieme veramente a lungo. Quando è arrivato il momento di salutarlo ho fatto per dargli i tre bacini ma lui ha detto:

«Adesso la mossa tocca a te!»

«Quale mossa, scusa?» ho risposto io. Babba.

Christian ha spostato con calma il suo viso, facendo in modo che gli centrassi in pieno la bocca.

Madonna. Bacia benissimo: è lentissimo e ha delle labbra morbidissime. Non ci staccavamo più.

Per tutto il viaggio di ritorno, in macchina, non ho mai parlato. Ero sconvolta, sono riuscita solo a ripetere mille volte: «Oh, Madonna!»

15 febbraio 1998

Nel pomeriggio mi ha chiamata la Yuna e, poco dopo, la Betta. Volevano sapere che avessi combinato ieri sera.

Alla Yuna qualcosa ho raccontato ma davvero non potevo dirle quanto cazzo sia stato incredibile e bellissimo baciare Christian, aprire gli occhi, vedere i suoi e che sarei rimasta attaccata un'ora alla sua bocca.

Con la Betta è stata durissima. Odio dire le bugie e poi mi viene di merda, quindi sono stata molto generica:

«Siamo andate al Resort e abbiamo ballato tutto il tempo: speravo sarebbe venuto Tommy ma non s'è fatto vedere.»

«E Christian c'era? Era con qualcuna?»

«Sì, l'ho intravisto ma non ho fatto troppo caso, eravamo stra in aria e la musica era bella…»

Faccio cagare. Sono una persona bruttissima.

Ah, che poi ieri sera Christian era tanto carino e gentile ma si è presentato al locale con un cazzo di succhiotto enorme sul collo. Ho finto assoluto disinteresse per la cosa ma altroché se l'ho notato. E che fastidio!

Vabbè, andiamo per gradi, prima di incazzarmi per queste cose… Non pensavo nemmeno ci saremmo baciati così in fretta, dovrei solo essere contenta.

Magari, a questo punto, qualche volta lo chiamo io, non lo so. Devo chiedere alla Astrid qualche consiglio sulle prossime mosse. Speriamo solo che a scuola non faccia lo stronzo.

16 febbraio 1998

Oggi sono proprio felice.

Non vorrei mai che un giorno tutta questa gioia mi ritornasse diretta nel culo, trasformandosi in grandi pianti.

Mi ha chiamata anche oggi pomeriggio e, chiaramente, questo fatto che io e Christian parliamo una cifra mi piace molto.

Forse ho fatto un po' una cazzata oggi, confidandogli che questa situazione mi prende bene. Mi sono esposta troppo?

A scuola non ha fatto lo stronzo per niente, anzi: mi ha lanciato una marea di adorabili frecciatine.

La cosa con la Betta è diventata troppo strana. Non so bene come gestirla ma, soprattutto, non voglio ferirla raccontandole tutto. Se non si trattasse proprio di lui, lei e la Yuna sarebbero felicissime per me e potrei confidare loro ogni cosa.

Mi dispiace un casino ritrovarmi in questa situazione.

17 febbraio 1998

Io e Christian sembriamo due deficienti.

Di mattina sembriamo praticamente due estranei e di pomeriggio stiamo al telefono per ore.

In realtà, a scuola è divertente: cerchiamo in continuazione delle micro occasioni per stare da soli ed è difficilissimo riuscirci, senza dare nell'occhio e far scattare i pettegolezzi.

Adesso vorrei sentirlo ma non mi va di chiamarlo. Magari mi telefona lui, oppure oggi saltiamo.

Cazzo, non vedo l'ora di baciarlo di nuovo.

Nel pomeriggio ho chiamato la Yuna e le ho raccontato tutto, compreso il fatto che tenermi dentro questa roba con lei e la Betta è stato ed è tuttora un incubo.

Mi ha detto che si era già immaginata qualcosa, un po' perché ha visto come Christian mi guarda quando lo incrociamo nei corridoi e un po' per un errore: pensava che quel cazzo di succhiotto glielo avessi fatto io.

In ogni caso, dice che gli sguardi di fuoco che lui mi lancia a scuola e che io cerco di schivare, guardando per terra, lasciano poco all'immaginazione.

Non voglio assolutamente perdere lei e la Betta: devo parlarle.

18 febbraio 1998

Sono nel mio letto e sto tirando le somme di questa bella giornata.

Nel pomeriggio ho sentito la Astrid per chiederle un consiglio. Volevo avere il suo via libera per telefonare a Christian, temendo che fosse una mossa da sfigata.

Siccome l'ultima volta che ci siamo sentiti è stato lui a telefonare e sono passati un paio di giorni, la Astrid ha detto che chiamarlo era una cosa accettabile.

All'inizio della telefonata non sapevo bene come comportarmi, però ho sentito che era contento e mi sono lasciata andare quasi subito. Alla fine siamo stati in linea per un'oretta.

Ogni tre per due gli partiva il suono dell'avviso di chiamata: qualcuno continuava con insistenza a chiamare il suo numero. Lui lo ignorava bellamente e continuava a parlare, ma per me era abbastanza fastidioso. Era come se ci fosse qualcuno che bussa in continuazione e ti mette fretta.

Alla terza volta che è partito, ho perso la pazienza:

«Senti, facciamo che ci salutiamo e ci sentiamo domani!» – era super irritante.

«Ma no, col cazzo. Tu lasciali provare a chiamare: piuttosto che mettere giù ignoro l'avviso».

Sembrava tenerci di più a restare in linea con me e mi ha fatto piacere, così anche io ho accettato la cosa:

«Quando ci vediamo?» mi ha chiesto a un certo punto della conversazione.

«Questo fine settimana i miei saranno via, se ti va di passare da me per un caffè.»

Non potevo proporre molto di più, perché i miei saranno via ma a casa ci saranno Fede e Brando e sarebbe imbarazzante pensare di chiudermi in camera con lui, anche se è la cosa che vorrei più al mondo.

«Peccato per i tuoi fratelli: sarebbe stato bello passare la notte insieme... a studiare chimica» ha detto lui.

In realtà sabato ha una cena con gli amici ma ha specificato che se dovessimo davvero vederci la manderebbe affanculo senza pensarci due volte. Bello sì, però io non lo mando affanculo il Nautilus, quindi meglio se ci vediamo nel pomeriggio.

Mi ha detto che i suoi hanno anche un appartamentino libero vicino a casa dei miei e che, se mi va, potremmo vederci lì. Ha pensato proprio a tutto, eh?

20 febbraio 1998

A scuola, Tommy mi ha chiesto che programmi avessimo io e Christian per sabato. È evidente che si sono parlati e la cosa non mi piace. Gli ho risposto che non ne ho assolutamente idea.

È vero che anche io racconto tutto alle mie amiche, ma di loro mi fido: non vanno da Christian a provocarlo e non mettono i manifesti dei cazzi miei nei corridoi della scuola.

Dopo cena è venuta da me la Yuna e mentre ci stavamo preparando ha squillato il telefono. Era Christian.

Ho risposto direttamente dal corridoio perché non avevo intenzione di tirarla per le lunghe. Non per altro, ma non ero sola e non mi andava che lei si annoiasse mentre stavo a flirtare con lui al telefono.

L'ho liquidato un po' in fretta e sono tornata in camera: i miei sono via e saremmo andate al Nautilus… di venerdì sera!

«Visto che stasera vai a ballare, chiamami tu domani quando ti sei ripigliata!» mi ha detto Christian, prima di attaccare.

Più tardi è passata a prenderci la Paola, abbiamo acchiappato la Linda e siamo andate al Circolino per il nostro solito pre-serata alcolico. Uscite dal bar ci ha fermate la finanza.

Ci hanno chiesto i documenti. Volevano sapere dove fossimo dirette e se avevamo con noi del fumo. Grazie al cielo no, ma abbiamo comunque perso un po' di tempo.

Finalmente siamo entrate al Nautilus, che era già pieno da scoppiare. Ho beccato diversi amici di Fede e con loro c'era anche il Cap, che non vedevo da un pezzo. Da quella volta che era in stazione a Varese con l'Harley. Mi ha detto di essere venuto al Nautilus in moto. Cazzo è sempre bello, sempre allegro e in forma smagliante.

Mentre salutavo il Cap, è entrata la compagnia di Michi e Fabri. Loro due in testa al gruppo.

Michi, carino come sempre, è venuto subito a salutare. Ho dato tre bacini anche a Fabri e mi sono defilata in fretta. Ho ribeccato le altre e abbiamo ballato fino alle tre. Ero al Nautilus con il corpo ma con la testa ero assolutamente da un'altra parte: non vedevo l'ora che arrivasse il momento di chiamare Christian.

21 febbraio 1998

Mi sono svegliata alle nove. Ero così gasata all'idea che avremmo passato il pomeriggio insieme che non riuscivo più a dormire, nonostante fossi andata a letto praticamente alle quattro.

Ho aspettato tantissimo prima di chiamarlo, rimandando la telefonata a dopo pranzo, lasciandogli credere di essere ancora un po' distrutta dalla serata.

Mi ha detto:

«C'è un imprevisto: mia madre oggi sarà a supervisionare il lavoro dell'idraulico nell'appartamento di cui ti avevo parlato, perciò non possiamo vederci lì.»

Ahia, il nostro piano stava saltando di brutto.

«Facciamo così: ti chiamo appena ne so di più, magari se ne va sul presto e facciamo in tempo.»

«Ok Christian, a dopo.»

Che palle. Mi sono messa a guardare un po' di tv: era chiaro che non ci saremmo visti.

Alle quattro mi ha chiamata di nuovo:

«Senti, se per te va bene io vengo da te per quel caffè e poi vediamo. Magari usciamo, che dici?»

A me bastava vederlo, quindi certo che sì.

«Il tempo di arrivare» ha detto.

Ha preso la moto e in quindici minuti era a casa mia. L'ha lasciata fuori dal cancello, sul piazzaletto di ingresso. Era davvero ben visibile dalla strada principale ma non ci ho dato troppo peso, considerato che dopo il caffè saremmo andati a fare un giro.

A posteriori dico che l'abbiamo scampata: se fosse passata per caso la Betta davanti a casa mia ci avrebbe beccati in pieno.

Siamo rimasti a chiacchierare in cucina. C'erano anche Fede e Brando e abbiamo bevuto un caffè tutti insieme.

Poco dopo Fede mi ha detto che lui e Brando sarebbero usciti: andavano a pattinare a Varese e non sarebbero rientrati prima di cena. Be'.

Io e Christian siamo rimasti a casa da soli. In tempo zero siamo saliti in camera mia. Mi ha abbracciata da dietro, mentre salivamo le scale.

Non abbiamo perso tempo e siamo finiti subito sdraiati a letto. Ci baciavamo e parlavamo, parlavamo e ci baciavamo. Siamo andati avanti così per ore, senza nemmeno spogliarci, ed era davvero una figata. Abbiamo guardato l'ora e ci siamo resi conto che erano le otto di sera. Abbiamo smesso di parlare e abbiamo cominciato a baciarci di brutto, levandoci i vestiti.

Ci sembrava di essere pronti e abbiamo provato a farlo. Aveva portato un paio di preservativi ma quando siamo arrivati al punto, sul più bello, non c'è stato verso.

Eravamo stati così arrapati per tutto il giorno che alla fine ci siamo ritrovati esausti.

«Mi fai venire i brividi. Non mi era mai successo» ha detto, mentre gli baciavo la schiena.

Era bello essere lì con lui e c'era un'intimità stupenda. Solo con Fabri mi ero sentita me stessa fino a quel punto e mi sono lasciata andare. Ho incominciato a baciargli la pancia e poi sono scesa sempre più giù.

È successo tutto in modo assolutamente naturale, nonostante fosse una cosa talmente intima per me che, fino a quel momento, l'avevo fatta solo con Fabri.

È venuto praticamente subito. Dopo che è tornato dal bagno, siamo rimasti insieme un sacco di tempo, nudi, a farci le coccole. Era una figata:

«Mi spiace che alla fine non l'abbiamo fatto» ha detto.

«Avremo altre occasioni» – ero serena, era stato tutto bello.

Siamo rimasti a letto fino quasi alle dieci. I miei fratelli non erano ancora tornati e la sua cena era decisamente saltata.

Ha detto che sarebbe passato da casa e forse avrebbe raggiunto i suoi amici per il post-serata. Che era stato bene e gli sarebbe piaciuto rimanere a dormire ma non voleva creare problemi.

Pensavo che avremmo avuto tempo e ci stava non bruciare tutto subito. Avevamo già passato insieme un sacco di tempo, per l'inizio era sufficiente. È stata una giornata intensissima.

Forse mi sbaglio, ma sembra che ci tenga. Io a lui ci tengo tantissimo, è evidente.

Era da un sacco di tempo che non mi sentivo così a mio agio con un ragazzo. Con il corpo di un'altra persona.

Mi accarezzava il viso: «Come sei bella» diceva, e mi baciava.

Durante tutto quel tempo insieme ci siamo aperti un sacco. Abbiamo parlato del nostro passato e di un mucchio di temi personali. Dice che gli ispiro fiducia.

Se stavo zitta mi chiedeva se fosse tutto a posto o a cosa stessi pensando.

Non mi sembrava vero che non dicesse mai: «Ok, adesso vado».

Ma poi che ridere, durante il pomeriggio continuava a suonare il telefono. Andavo in corridoio per rispondere e lui mi seguiva. Mi baciava il collo mentre stavo parlando e dovevo cercare di restare seria mentre in realtà stavo impazzendo.

C'è stato un episodio stupendo: appena ho messo giù la cornetta, mi ha presa in braccio tipo sposa e mi ha portata dritta a letto, mentre mi baciava.

23 febbraio 1998

Non ci siamo più sentiti da quando è stato da me, così dopo pranzo l'ho chiamato:

«Ieri sera avevi il telefono staccato: ho provato a chiamarti per tre volte ma non dava mai libero».

È stranissima questa cosa e non so se crederci. Tra l'altro siamo stati al telefono pochissimo: era distratto e scostante e mi ha liquidata quasi subito perché in tv c'erano i Simpson e voleva assolutamente vederli.

Ci sono rimasta male, ma mi sono detta che non devo esagerare e devo dargli fiducia. In effetti, un paio d'ore dopo mi ha chiamata lui. In quel momento però a casa mia c'era la Yuna e abbiamo rimandato la chiacchierata al dopo cena.

Verso le otto ci siamo risentiti, ma mio padre aveva bisogno del telefono e niente, è fallito così anche il nostro terzo tentativo della giornata.

Ha fatto in tempo a chiedermi a che ora sarei entrata a scuola domani:

«Alle undici, come stamattina!»
«Ma se Tommy era già in classe alle dieci, oggi!»
«Entro alle undici. E che fai, mi controlli?» – Bene.

24 febbraio 1998

Oddio mi sono tolta questo peso allucinante, non mi sembra vero: finalmente ho confessato tutto alla Betta.

L'ho chiamata nel pomeriggio, dicendole che avevo bisogno di parlarle.

È venuta da me dopo cena ed è stata qui a lungo. Le ho raccontato tutto, ma proprio tutto, e lei è davvero una figa.

Penso che nessun altro avrebbe affrontato una cosa del genere in maniera così saggia. Sicuramente ci sta male, penso che Christian le piaccia ancora parecchio, anche se dopo la loro bigiata lui si è raffreddato tanto con lei.

In ogni caso l'ha gestita con una obiettività incredibile. Mi ha detto che non ha nessuna intenzione di rovinare tutto per un ragazzo che comunque non la caga, e mi ha persino fatto mille raccomandazioni:

«Christian non è un angelo, non fidarti troppo di lui».

Sarà vero? Lei lo conosce sicuramente da più tempo di me.

Pensando al weekend, venerdì sera vorrei tantissimo andare al Nautilus. Alla fine, la musica che c'è lì non è comparabile a quella di nessun altro locale.

26 febbraio 1998

Ieri sera è stata una figata.

Dopo avere girato un'ora per il centro di Varese per decidere dove andare a bere, alla fine abbiamo scelto lo Scottish.

Eravamo io, la Betta, la Yuna e la Linda ed ero contentissima che con noi ci fosse anche la Astrid. Più tardi siamo andate tutte a ballare al Resort.

Come prima cosa, appena entrate siamo andate a finire di alcolizzarci, sparandoci un paio di Tequila Sunrise di fila.

Eravamo così fuori che abbiamo cominciato a scroccare da bere a tutti quelli più simpatici che ci passavano vicino, appropriandoci delle loro cannucce.

Fulminatissime e assolutamente fuori luogo, per un locale fighetto come quello.

La Yuna irriconoscibile, andata completamente, continuava a ridere come una pazza. Per concludere in bellezza, si è presa un whisky che l'ha stampata del tutto.

A metà serata ho accompagnato la Astrid in bagno e siamo volate per terra. Non ci siamo nemmeno preoccupate di tirarci su subito: siamo rimaste lì, una sull'altra a ridere come pazze.

Quanto tempo era che non ci scassavamo di alcool così?

Stupendo! Ma poi il mio corpo non lo capisco. In passato ho sboccato per molto, molto meno. Come cazzo ho fatto a reggere quel mischione? Saranno state l'adrenalina e la felicità. Non so.

Abbiamo ballato come delle matte per tutta la sera.

A metà serata ho beccato Christian. Ci siamo guardati per un nanosecondo, poi lui si è girato dall'altra parte. Non ci siamo mai salutati.

Mi girava un po' il cazzo e allo stesso tempo mi importava solo di stare in pista a ridere con le mie amiche.

Di Christian che devo dire? Sono delusioni alle quali ormai ho fatto il callo. I ragazzi sono tutti uguali. Prendono quando c'è da prendere, per poi fingere di dimenticarsi che esistiamo. Ormai ho capito come funziona.

Mi godo quello che c'è stato e sono contenta per il tempo passato insieme. Era comunque troppo bello perché durasse.

27 febbraio 1998

Oggi pomeriggio il telefono è impazzito, era un continuo suonare, suonare e suonare.

Stavo male: ogni squillo era un sobbalzo e non era mai per me. Non era mai lui.

Mi sa che ha ragione Fede: a Christian non gliene frega un cazzo di me e non telefonerà mai più.

Mi chiedo dove abbia sbagliato questa volta. Sinceramente, solo per capire: qual è la mia colpa?

Mi ha trattata così bene, potevo davvero aspettarmelo questo cambio di traiettoria? Devo capire che cos'ho di così sbagliato.

28 febbraio 1998

Questa mattina mi sono svegliata malissimo: ero senza energie e mi è salita una specie di voglia di farmi del male.

Dopo pranzo ho preso il treno e mi sono fatta un giro a Varese, da sola, per schiarirmi un po' le idee.

Ovvio che nutrivo la «segreta ma non troppo» speranza di beccare Christian in giro per la sua città. È stato un insuccesso ma almeno ho camminato, respirato e mi sono sgranchita le gambe.

Sono tornata a casa poco dopo le sei. Mi stavo togliendo la giacca quando ho sentito suonare il telefono. Non avevo nessuna aspettativa, invece era lui.

Sono salita in camera mia correndo su per le scale con il cordless in mano e mi sono buttata sul letto. Ero felice. Siamo stati parecchio al telefono.

Mi ha detto che era pronto a una mega scaricata per non essersi fatto vivo prima e per come si è comportato al Resort. Non ho fatto una piega e si è detto stupito che fossi così tranquilla:

«No, guarda, io non sono proprio tipa da menate. Resta sottointeso che se non fossi stato tu a chiamarmi, non ci saremmo mai più sentiti.»

«Hai ragione.»

Prima di chiudere la chiamata ha detto:

«Ci vediamo lunedì» – ci sono rimasta male e gli ho detto che come finale della chiamata era proprio brutto.

«Ah... e cosa avresti voluto sentire?»

«Che ci sentiamo domani?» ho buttato lì.

«Va bene: allora ci sentiamo domani!»

Appena ho messo giù con Christian, ho telefonato alla Astrid: doveva sapere che era stato lui a chiamarmi:

«Grande Pippi: abbiamo vinto!» ha esclamato.

Ma io non credo.

1 marzo 1998

Christian si sta rivelando per quello che è: uno stronzo.

Sta giocando troppo. Io me ne sto tranquilla e non mi incazzo ma se continua così mollo direttamente il colpo. Come se poi la cosa gli interessasse.

Eravamo rimasti che ci saremmo sentiti oggi. Lo chiamo e lui mi liquida in mezzo secondo, dicendo: «Ti richiamo tra poco» per poi non richiamare più.

Ho aspettato mezz'oretta e ho capito l'andazzo, così sono uscita a comprare le sigarette e fare un giro a piedi per il paese.

Col cazzo che rimanevo a casa ad aspettarlo, tirandomi le storie. Sono convinta che abbia un sacco di puntelli con tipe diverse e che ci tratti tutte allo stesso modo, per tenerci buone. «Tesoro, stella, cara, gioia della mia vita». Mai una volta che mi chiami per nome. Lo fa con tutte, sono sicura.

Non lascerò mai più che un essere umano mi chiami in questi modi, sono nomignoli così falsi e viscidi che mi fanno venire i brividi.

2 marzo 1998

Dopo scuola sono rimasta in cortile con la Betta e la Yuna.

Stavamo fumando una sigaretta e Christian ci ha raggiunte. È venuto lì da noi come niente fosse.

La Betta e la Yuna gli hanno dato un po' di corda, credo più per gentilezza che per altro ma io non l'ho mai nemmeno guardato in faccia.

L'ho ignorato nel modo più assoluto, il suo atteggiamento mi fa venire la nausea.

Questa mattina poi ho saputo che di recente si è limonato la figlia del mio prof di mate e credo non riuscirò mai più a guardarlo in faccia. Lui e il prof.

Dopo averlo snobbato apertamente oggi, un po' me lo sentivo che mi avrebbe chiamata.

Infatti, alle nove spaccate ha suonato il telefono e la mamma mi ha chiamata. Ero già in camera mia, sono scesa in cucina a prendere il cordless e sono tornata su, ma con estrema calma. L'ho lasciato aspettare un po', non avevo nessuna fretta di parlargli.

Dopo un inizio un po' freddo mi sono lasciata andare, anche perché lui era davvero scemo e mi faceva ridere. Abbiamo cazzeggiato una mezz'ora. A un certo punto, mentre stavamo parlando, ha messo il volume della tv a zero e ci ha tenuto a sottolinearlo.

«Chissà perché l'ho fatto? Mi è venuto spontaneo e sai, di solito non lo faccio, tengo sempre la tv in sottofondo. Sarà perché mi piace ascoltarti completamente?»

«Con 'di solito' intendi quando stai al telefono con tutte le altre?»

«Quali altre?»

Ho sorvolato, era un giochino che non avevo più voglia di fare.

Dopo questa cazzatina abbiamo parlato a getto continuo, non siamo mai stati zitti.

Quando abbiamo messo giù non ero contenta. Non come lo sarei stata all'inizio, le prime volte che ci sentivamo.

Non penso lo richiamerò più: credo che non dovremmo più sentirci. Mi sembra tutto studiato a tavolino: è evidente che è tutto fatto apposta, ha il solo scopo di mandarmi fuori per lui. Oppure, peggio, siccome ci siamo visti nudi, non vuole fare la merda al cento per cento passando per il cattivo che mi ha usata. Sta cercando di tenermi buona o di defilarsi con stile?

Per fortuna tra poco torna la Bea da Londra.

Non vedo l'ora che sia di nuovo a casa, così mi faccio dare due dritte per uscire da questa situazione di merda. Lei con i ragazzi ci sa sempre fare.

6 marzo 1998

La situazione è pesante: io e Christian a scuola non ci caghiamo e non ci sentiamo da martedì.

Ah, come non detto. Ho appena scritto la frase che si è messo a squillare il telefono.

Siamo stati a chiacchierare la nostra solita oretta. Ho trovato il coraggio di dirgli di finirla con questi «Tesoro, Gioia, Amore della mia vita», che mi urtano il sistema nervoso. È che si sente proprio che sono parole finte, che non gli vengono dal cuore. È una specie di copione che recita con tutte le ragazze.

Ho avvertito che non gli piace essere criticato né inibito ma non me ne frega un cazzo. Tanto è chiaro che c'è un po' di tensione tra di noi. Mi sa che non andiamo tanto bene.

Ma una cosa normale, a me, mai?

7 marzo 1998

Resort: serata fantastica.

In realtà, tutta la giornata è stata una figata.

Ho pranzato a casa della Astrid che era da sola. Dopo aver mangiato mi sono fatta il bagno. I capelli mi sono già cresciuti un casino e la Astrid mi ha aiutato a sfilarli un po' con il rasoio.

Poi abbiamo messo in pratica il nostro piano tattico: mentre ci scolavamo la riserva di limoncello di suo padre, la Astrid mi ha fatto un bel succhiotto sul collo.

Abbiamo messo i Nirvana a cannone e ci siamo messe sul balcone, a prendere il sole e sbronzarci. Seccato il Limoncello, ci siamo fatte fuori qualche birretta e del Martini.

Prima di cena ci hanno raggiunte anche la Linda, la Paola e la Yuna. Siamo andate avanti a bere tutte insieme, fino alle undici, svuotando l'angolo bar dei suoi.

Quando siamo entrate al Resort il locale era abbastanza deserto, così siamo rimaste nella saletta al piano superiore a cazzeggiare e commentare l'abbigliamento fighetto della gente che entrava via via. Ora dell'una, il piano di sotto esplodeva come sempre.

Da brave marcione, come la volta scorsa, abbiamo assaggiato i cocktail di tutti quelli più simpatici in cui ci imbattevamo.

A una certa, nella ressa ho visto Tommy con i suoi amici e sono andata a salutarlo. Non gli ho chiesto di Christian ma lui, spontaneamente, mi ha detto che non sarebbe venuto:

«È rimasto a casa, era stanco.»

Eppure dopo pochi minuti Christian è apparso tra noi.

Quando è entrato al Resort io e le mie amiche eravamo nell'apoteosi assoluta della sbronza. Non me ne fregava un cazzo di Christian, mi stavo troppo divertendo con le altre. Interagivamo con tutti e abbiamo fatto un casino di amicizie. Quando non eravamo impegnate a rialzarci da terra.

La situazione del Resort è completamente diversa da quella del Nautilus: lì fare nuove conoscenze non è così semplice.

Non abbiamo mai sentito così tanti: «Sei bella! Sei carina» come in questi ultimi sabati al Resort.

Mentre andavo verso il bagno sono passata vicino a Christian. Mi sono fermata per salutarlo ma ha fatto veramente lo snob del cazzo. A parte un secondo netto in cui si è un po' smollato e abbiamo cazzeggiato ridendo, per il resto ha fatto tantissimo il figo. A fine serata è andato via senza salutarmi.

Boh, 'sticazzi, noi ci siamo divertite un casino.

9 marzo 1998

Che giornata incredibile, stupenda: quanto amo il vento con il sole. In giornate del genere sembra poter succede qualunque cosa e le passo con un senso di eccitazione e di attesa.

Sento tutta la potenzialità della vita e dell'essere al mondo. Sono certa che dipenda dal fatto che sta per finire l'inverno. Con la natura, anche io sto per rinascere e rifiorire.

Quello che c'è oggi è lo stesso clima di quel giorno.

Il giorno in cui A. mi ha dato appuntamento la prima volta. Ricordo bene il vento folle e persino come eravamo vestiti quando ci siamo visti.

Avevo su dei Levi's svasati, una camicia di flanella a quadrettoni e il bomber bordeaux.

Lui aveva i suoi 501 chiari, gli 883 e il bomber blu.

Quanto tempo fa.

Quel pomeriggio, mentre andavamo verso le panchine della piazza per parlare, avevamo incrociato la Astrid con il suo tipo dell'epoca. In quei mesi lei era completamente assorbita dalla sua storia e avevamo quasi del tutto smesso di sentirci. Ricordo il suo stupore nel vedermi a passeggio con A.

Lui è stata la sola persona a cui mai abbia detto: *Ti amo*. Ce lo siamo detti un'unica volta, in tutta la nostra storia.

Questo aggiunge valore a quella frase? Io penso di sì, perché le parole ripetute troppo spesso perdono per strada la loro rilevanza.

Ma A. è una persona di un altro spessore e di un altro livello. Niente di quello che è successo con lui è paragonabile a quello che sto vivendo ora.

Questa mattina, a scuola, Christian ha tirato dritto. Mi è passato di fianco senza guardarmi, non si è nemmeno sprecato nel salutare. Sarei curiosa di conoscere la motivazione o, almeno, la spiegazione che nella sua testa si dà per un comportamento così del cazzo.

A ogni modo, questo suo fare il prezioso me lo sta rendendo insopportabile.

10 marzo 1998

Questa mattina ho parlato un po' con Tommy.

Volevo capire qualcosa in più dell'atteggiamento di Christian. Appartengono a un mondo che conosco poco e mi pare di capire che abbia codici molto diversi dal mio.

Tommy suppone che Christian non mi chiami più perché il mio atteggiamento durante le serate lo disturba. Secondo la concezione della loro cricca di spandimerda, le ragazze non si devono sbronzare.

«Ma poi scusa, quando sei andata al Resort avevi già quel succhiotto? Ti fai un altro e pretendi che Christian ti chiami?»

Ho spiegato a Tommy che per me questa faccenda che noi ragazze non ci possiamo scassare è assurda. Io non sono una fighetta come loro, mi diverto esattamente come fanno i maschi e non vedo perché dovrei nasconderlo. Non ci trovo niente di male. Per la faccenda del succhiotto, gli ho svelato che era tutta una montatura architettata ad hoc con la mia amica Astrid. Mi sono pentita subito di averglielo raccontato perché lo dirà sicuramente a Christian, facendomi passare per una sfigata – se mi va bene – o una squilibrata manipolatrice – se mi va male.

In realtà fa solo ridere ed era un piano geniale per ferirlo nell'orgoglio. Specchio riflesso.

La chiacchierata con Tommy mi ha comunque un po' illuminata circa il loro modo di ragionare. Ho capito che Christian è offeso o arrabbiato con me, così dopo pranzo l'ho chiamato.

Ero piuttosto agguerrita e la mia intenzione era quella di mettere in chiaro giusto un paio di cosine.

Quando ha risposto e ha capito che ero io ha detto:

«Uuuh ma ciao» con un tono dolcissimo che suonava come un «Oh che bello ma guarda chi si sente» e poi ha aggiunto «Buongiorno, signorina».

Maledetto. Con questa sua reazione inaspettata mi stavo già sciogliendo. In mezzo secondo gli avevo perdonato qualunque cosa. Ho cercato di non farmi fottere e mantenere il punto:

«Quindi sei ancora capace di salutare!» ho detto.

Lui è passato subito alla mossa successiva:

«Mi devo scusare per come mi sono comportato sabato sera e non essere stato molto con te» – maledetto. In questo gioco sarà sempre più bravo lui.

Mi ha spiegato che lui e i suoi amici erano agitati: poco prima c'era stata una rissa e a un certo punto è dovuto intervenire anche lui, quindi aveva la testa da un'altra parte. Si insomma, mi ha raccontato una serie di cagate.

Mentre parlavamo di tutt'altro, ha buttato lì un commento sul fatto che avessi dei segni sul collo.

L'ho ignorato – anche perché figuriamoci se Tommy non gli aveva già detto del mio finto succhiotto by Astrid. Lui però ha insistito ed è tornato sul tema. A quel punto gli ho detto:

«Non credo che la cosa ti riguardi. E poi quando è capitato a te, io non ho fatto domande, o sbaglio?»

A partire da questo battibecco, è scattata una dinamica stranissima. In pratica, tra una battutina e l'altra ci siamo insultati reciprocamente, anche in maniera abbastanza pesante, visto che a un certo punto mi ha persino dato della troia. Sempre ridendo, eh. Certo.

Il rapporto con Christian si è trasformato in un gioco davvero spiacevole. Me ne rendo conto, eppure ho ancora la speranza che possiamo tornare quelli dell'inizio.

Credo sia questa assurda illusione che mi frega e non mi fa chiudere davvero con lui.

14 marzo 1998

Sgamo filo di questa mattina: 7.

Sì, cazzo: adesso iniziamo a ragionare. Le ripetizioni stanno dando i loro frutti e sono davvero contenta.

A parte un minimo di gioia per questa cosa bella, ho passato il resto della giornata completamente in sclero.

Ero agitatissima e nervosa. Almeno fino alle sette, quando sono andata dalla Astrid e ci siamo fumate una bella canna.

Già lì m'ero presa bene, ma quando poi ci hanno raggiunte le altre e ci siamo date alla dispensa degli alcolici, il mondo è stato di nuovo ufficialmente bellissimo.

Abbiamo fatto la nostra tappa obbligatoria al Circolino e quando siamo entrate al Nautilus la musica era già bella carica.

Dopo una mezz'ora dal nostro ingresso sono arrivati anche Michi e Fabri. Non li vedevo da un po' ed ero emozionata. Ero felice che fossero lì ma non ero nella condizione di farmi rovinare la serata, così l'unico con cui ho scambiato due parole è stato Michi. Anche lui è felice che la Bea sia di ritorno.

Per il resto del tempo abbiamo parlato tra noi ragazze e poi ho aiutato la Linda a intrallazzare con uno nuovo che le piaceva.

Verso le due e mezza le altre sono andate a casa, ma io e la Astrid siamo rimaste perché eravamo ancora fuorissimo.

Ci stavamo divertendo troppo e poi c'era Laveno: ci avrebbe portate a casa lui con i suoi amici.

A fine serata eravamo devastate e ci siamo accasciate sui divanetti del palchetto rialzato per ripigliarci. In quelli di fronte a noi c'erano Michi e Fabri. Noi eravamo scemissime e continuavamo a ridere per i cazzi nostri.

Ogni tanto Michi andava a farsi un giro e Fabri restava lì da solo. Cosa avrei dato per potermi sedere tranquillamente accanto a lui, come abbiamo sempre fatto. Mi metteva tristezza pensare a come ci teniamo a distanza e cercavo di accontentarmi del fatto che fosse lì davanti a me e potessi guardarlo, senza che lui se ne accorgesse.

A un certo punto è venuto un tizio a fare due chiacchiere con noi. Ho fatto caso che Fabri ha buttato un'occhiata dalla nostra parte. Si è accorto che lo stavo guardando e ha subito girato il viso dall'altra parte. Fa ancora un po' male, cazzo.

Prima di andare via sono passati a salutarci. Io e Michi ci siamo dati i tre bacini e un abbraccio. Quando è stato il turno di Fabri, mi ha abbracciata. Non me l'aspettavo. Ho ricambiato e siamo rimasti un pochino stretti così, come facevamo tempo fa.

Ci siamo dati i tre bacini, sempre restando abbracciati perché io non lo lasciavo andare e lui mi ha accarezzato i capelli. Gli ho dato un morsino sul collo. A quel punto se ne è andato, senza mai girarsi.

Il primo premio per il più bel culo del Nautilus resta suo.

15 marzo 1998

Mi sono svegliata con Fabri in mente, così ho chiamato Christian per distrarmi.

Mi ha risposto dalla vasca: parlava con me con il cordless mentre stava facendo il bagno e ogni tanto mi faceva sentire il rumore dell'acqua. Abbiamo scherzato un sacco sul fatto che fosse nudo, anche perché l'idea di lui immerso nella schiuma, be', mi faceva un certo effetto.

Mi ha detto che non sarebbe potuto restare troppo al telefono perché c'era in giro sua mamma che origliava, ma secondo me era solo una scusa. Dopo un inizio brillante ha cominciato a essere parecchio scazzato. Si capiva che non aveva già più molta voglia di parlare. Le cose tra noi – quali cose, poi? – non vanno bene da un po', ma direi che adesso è tutto in netto peggioramento. Questa situazione di noia e semi stasi non promette un granché di buono.

Mi dispiacerebbe se ci perdessimo, ma sento che a lui non importa.

Cosa dovrei fare? Giocare il tutto per tutto? Dirgli che lo penso e che non mi piace il punto a cui siamo arrivati? Mi servirebbe sapere cos'è successo, cos'è scattato in lui per raffreddarsi così.

17 marzo 1998

Ho fatto una cazzata enorme. Oggi pomeriggio sono tornata dal parrucchiere con l'idea di ridare forma al taglio bellissimo che mi aveva fatto l'ultima volta.

Non so cosa gli sia preso, dev'essere impazzito: mi ha fatto una cazzo di pettinatura allucinante che non gli ho mai chiesto e ora non mi posso vedere allo specchio. Giusto perché per il resto la mia vita andava alla grande.

Cazzo, ha veramente esagerato. In pratica, adesso ho un caschetto super scalato: riga in mezzo, molto lungo davanti e cortissimo dietro, così corto che mi ha anche rasata parte del coppino con la macchinetta. Avere il collo scoperto è una sensazione bruttissima e io sono orribile. Mi ci vorranno almeno sei mesi per tornare normale. Sei mesi è settembre. L'estate è sputtanata. Sono tornata a casa piangendo.

Per fortuna è venuta la Yuna subito in mio soccorso, è passata da me a farmi fare due risate.

Non voglio uscire fino all'autunno.

19 marzo 1998

Dopo questa mattina posso confermare: con Christian è proprio finito tutto. Fatica persino a salutare.

Quanto poco durano le cose belle?

Sono contenta perché una cosa positiva c'è. La prof di filo ha voluto fare un po' di spostamenti con i banchi e, adesso, dietro di me c'è Tommy. È una figata averlo così vicino, anche se ci distrarremo sicuramente ogni giorno, fino alla fine dell'anno.

Devo assolutamente impedirmi di parlargli di Christian, neanche una parola.

Sarà dura, vero, ma se oggi sono riuscita a prendere otto in chimica posso veramente riuscire in qualunque altra cosa.

Oggi pomeriggio è venuta a trovarmi la Astrid. È stata da me fino a sera, così non sono riuscita a studiare italiano, né a sistemare chimica né tanto meno a preparare latino. La cosa incredibile è che mi sento stanca come se avessi fatto tutte queste cose.

Stasera ho sentito la Betta al telefono ed è stato stupendo: abbiamo riso tantissimo.

Nonostante tutto, questa storia inutile con Christian ha avuto un risvolto positivo, avvicinandoci tantissimo l'una all'altra. È una bellissima persona e ha un mondo intero da dare.

Le amicizie sono troppo importanti: è così bello avere intorno a te persone alle quali vuoi bene e che ti vogliono bene.

Le mie amiche sono tutte fondamentali. Non posso pensare alla mia vita senza di loro: sono dei legami che superano ogni cosa. Per l'amore ci sarà sempre tempo.

22 marzo 1998

«Mi sento come un verme infilzato a un ago.»
(The Crow)

Certe volte mi rendo conto da sola – ma un po' troppo tardi – di quanto io possa essere deficiente.

Ho telefonato a Christian per dirgli che tengo alla nostra amicizia – bugia: la verità è che mi manca e vorrei uscire ancora con lui – ed è stato abbastanza carino.

Ho fatto 'sta cazzata da sottomessa ma facendo la sostenuta, allo stesso tempo.

Mi sono sempre detta che non mi sarei omologata al comportamento di tutte le sue amiche spandimerda viziate del cazzo e, invece, è esattamente quello che ho fatto.

È che ci sto proprio male. Come tutte loro, del resto.

Nel pomeriggio sono andata dalla Astrid e anche lei non se la passa benissimo: è completamente partita per il tizio francese che ha conosciuto a Londra quando è andata a trovare la Bea.

Si stanno sentendo e scrivendo lettere ma lui è lontano e poi non sono ufficialmente insieme, quindi chissà quello che combina in giro? Ci siamo scambiate un bel po' di seghe mentali.

Non volevo ammetterlo, ma sto davvero alle cozze per Christian. Non capisco come possa essere stato così dolce con me all'inizio, aver trascorso tutte quelle ore insieme e poi essersi trasformato di botto in un'altra persona.

La cosa che più mi sta sul cazzo è che, chiamandolo, mi sono proprio umiliata e ora lui ha la certezza di quanto ci sia rimasta sotto.

Che palle, ero certa che dopo Fabri non mi sarei mai più presa bene per nessuno, e adesso mi ritrovo nella stessa situazione.

Ormai è passato un mese da quando è stato qui. È veramente tanto tempo e nel mezzo non è più successo nulla di buono.

Partiamo dal presupposto che è troppo bello. Forse dovrei semplicemente accontentarmi del fatto che, per un attimo, uno così abbia guardato dalla mia parte.

25 marzo 1998

Inizia il conto alla rovescia ufficiale: meno 80 giorni alla fine della scuola.

Questa mattina sono uscita dalla classe con le altre per bermi un caffè alla macchinetta, tra la prima e la seconda ora.

Christian era lì. Stava cazzeggiando nell'attesa che la sua classe si spostasse verso la palestra per l'ora di educazione fisica.

Si è avvicinato a noi. Parlavo con la Yuna, standomene un po' sulle mie, ma lui si infilava nei discorsi e commentava le nostre cose, come niente fosse. Gli ho preso il cappellino e me lo sono messo in testa. Stavamo flirtando?

All'una, quando siamo usciti tutti, mi sono seduta sulla ringhiera del davanzale, aspettando che arrivassero le mie compagne. Christian è sceso di corsa dal primo piano ed è venuto verso di me, guardandomi fisso.

«Sono così felice che potrei ucciderti!», ha detto shakerandomi, dopo avermi afferrata per le spalle.

Poi è scappato via verso la sua moto. Nemmeno il tempo di sentire il mio:

«Ah, che bellezza!» a commento.

Mi sono girata per guardarlo correre lungo la via e anche lui si è girato verso di me.

Come fa a piacermi uno così?

Sembra sempre che stia recitando un cazzo di copione.

26 marzo 1998 - meno 79

La situazione non cambia: a scuola non ci caghiamo e sono venti giorni che non mi telefona.

Intanto, Tommy mi ha invitata alla festa che farà per il suo diciottesimo compleanno.

L'ha detto solo a due persone della nostra classe. È una festa di stronzi per pochissimi eletti ma, evidentemente, ha deciso che sono all'altezza dei suoi amici spandimerda.

Dice che posso portare una persona. Magari lo chiedo alla Astrid.

Questa sera, poco dopo che ci eravamo alzati da tavola, ha squillato il telefono di casa.

Non avevo una vera ragione per sperare che fosse Christian ma nonostante questo il mio cuore ha iniziato a battere impazzito.

Poi ho sentito Fede dire: «Sì, un attimo».

Ha gridato il mio nome ed è venuto verso di me con il cordless in mano:

«È per te». Me l'ha detto facendo un sorrisetto di scherno: mi stava affettuosamente sbeffeggiando.

Sono schizzata in camera mia.

La situazione era imbarazzante perché mia madre ogni tre per due scassava il cazzo, tirando su la cornetta dal piano terra per origliare e spingermi a metter fine alla conversazione.

Per una volta che questo decide di chiamare, dopo venti e passa giorni di silenzio, lei deve scassare le palle. Che capacità – e che voglia – di rovinare le cose.

Io e Christian siamo riusciti a stare al telefono solo una ventina di minuti, tutti intermezzati dai miei:

«Attaccaaaaaaaa» rivolti al piano di sotto. Lo urlavo ogni volta che sentivo il clic della cornetta che veniva sollevata.

Gli ho chiesto quando ci saremmo rivisti fuori da scuola e mi ha risposto con un'altra domanda, slegata dal tema.

Gli ho fatto notare che stava cambiando discorso e lui ha buttato lì un'accozzaglia di parole confuse, continuando a non rispondermi.

Sabato va al Resort e spero ci andremo anche noi.

31 marzo 1998 - meno 74

Questa mattina è stata davvero strana.

Non mi è suonata la sveglia e non mi sono svegliata.

Per fortuna era una di quelle mattine in cui ci avrebbe accompagnate a scuola la mamma della Yuna. Non trovandomi fuori dal cancello alla solita ora, al loro arrivo hanno dovuto citofonare e il suono del campanello mi ha buttata giù dal letto.

Per fortuna è capitato proprio oggi, che saremmo andate a scuola in macchina, se no avrei perso mille treni.

Sono uscita in fretta e furia per non farle aspettare troppo.

Quando mi sono chiusa alle spalle il cancello mi ha preso quella sensazione di leggerezza che provo spesso nell'allontanarmi da casa. L'ho percepita in modo molto chiaro.

Visto che siamo arrivate a scuola presto, io e la Yuna abbiamo mollato lo zaino in classe e siamo andate in bagno a farci caffè e sigaretta. C'erano anche delle ragazze dell'ultimo anno e, poco dopo, nel bagno delle donne è entrato anche Christian.

Non ci siamo detti niente, nemmeno un ciao. Io mi sono fatta i cazzi miei, parlavo con la Yuna e le nostre compagne che ci raggiungevano man mano.

Lui faceva il brillantone con quelle dell'ultimo anno.

Finita la sigaretta sono uscita perché la sua presenza e il suo modo di fare da gallo nel pollaio mi stavano innervosendo.

Finita la prima ora, al suono della campana delle nove, sono tornata in bagno per fare pipì e mi sono fermata a fumare una siga. Ho cacciato un secondo la testa fuori dalla porta, per tenere d'occhio l'arrivo del prof della seconda ora.

Proprio in quel momento Christian m'è passato davanti. Attraversava il corridoio e ho finto di non vederlo, sebbene ce l'avessi proprio lì in primo piano.

Ho mantenuto lo sguardo fisso sullo sfondo e non l'ho mai guardato in faccia: era proprio come se fosse trasparente.

Più tardi io e la Yuna abbiamo avuto una conversazione in merito a questa faccenda di me e Christian.

Secondo lei, sebbene non sia interessato a me, prova una specie di curiosità nei miei confronti, legata soprattutto al fatto che – anche se io ci sto di merda, ma lui non sa davvero quanto – non gli concedo grandi attenzioni esplicite.

Comunque questa mattina mi sono bevuta tre caffè in tre ore. Forse ho un po' esagerato perché poi ero scleratissima.

All'intervallo sono andata a farmi un giro in cortile con la Yuna e Christian era fuori con un gruppetto di stronzi suoi amici.

Quando siamo passate loro davanti io e lui ci siamo scambiati un cenno di saluto, poi con la Yuna abbiamo tirato dritto verso un'altra zona.

Christian si è scostato dai suoi amici per andare a sedersi da solo su un muretto. Era proprio di fronte a noi.

Non sono andata lì ma manco per il cazzo. Anzi, finita la sigaretta siamo subito rientrate, nonostante l'intervallo non fosse terminato.

L'ultimo giorno di marzo è andato. Finalmente si è concluso anche questo mese di merda.

1 aprile 1998 - meno 73

Ho esattamente due mesi da oggi per studiare come una pazza, ma proprio di brutto.

Mi sono data un programma ferreo da seguire. Iniziamo con la sveglia alle cinque e mezza di domattina per storia e vediamo cosa riesco a combinare.

Non riesco a smettere di pensare a quanto sto alle cozze per Christian e al fatto che Tommy ha ragione.

Dice che Christian è stato chiaro fin dall'inizio: voleva che fossimo solo amici e ora non può immaginare, se non glielo dico io, che per me sia cambiato qualcosa.

Che poi, a ben vedere, io e lui non ne abbiamo nemmeno mai parlato. L'hanno deciso Christian e Tommy il modo in cui avrebbe gestito il rapporto con me e io non sono mai stata interpellata in merito.

L'unica cosa sulla quale concordo con Tommy è che, se non gli parlo, lui non possa immaginarsi che vorrei una storia. Detto questo, non me la sento di fare a Christian questo discorso. Se gli interessassi, non saremmo a questo punto. Non ci sarebbero cose da chiarire.

Non ho molte scelte: o lascio perdere o soffro in silenzio. Che poi, alla fine, si equivalgono... quindi, in realtà, ho solo un'opzione.

C'è di buono che, con tutto questo nervoso da gestire, sono dimagrita tantissimo.

L'idea di mangiare mi dà la nausea, non ho mai fame e non sono mai stata così in forma in tutta la mia vita: la bilancia dice che peso quarantatré chilogrammi.

5 aprile 1998 - meno 69

Ieri pomeriggio sono rimasta tutto il tempo con la Yuna e la Betta. Dopo un'impasse lunga una vita, finalmente la Yuna ha trovato il coraggio di mollare Carletto. Si sono visti ieri e hanno parlato a lungo, fino a che sono giunti alla conclusione che fosse la cosa migliore per tutti. Ci ha detto di essere stupita dalla sua stessa reazione: «Ieri sera sono andata a letto molto triste per questa storia ma questa mattina, al mio risveglio, mi sembrava di essere una persona nuova. Ragazze: arriva la bella stagione e io sono libera! Che figata!» Grande Yuna. Siamo andate a comprare un mucchio di porcherie al supermercato e ce le siamo spazzolate al parcheggio della scuola, sparando cazzate.

La sera poi siamo andate al Resort con la Paola e la Linda ed è stato abbastanza noioso: non c'era nessuno della scuola.

Non ho nemmeno bevuto e siamo tornate a casa presto. Ultimamente nei weekend non ho più voglia di fare un cazzo e mi annoio un po'.

Questa è la sera in cui torna la Bea da Londra: che figata.

Ho passato la domenica davanti alla tv per non pensare a niente. Il niente a cui non ho pensato:

– me e Christian
– le tipe che si fa Christian
– il mio scazzo con la vita
– la scuola
– il compito di greco
– la pioggia
– mangiare
– Michi e la Bea
– Tommy e l'Anna

Che poi, mi chiedo: ma queste coppie, alla lunga, non si rompono il cazzo di stare sempre con la stessa persona?

8 aprile 1998 - meno 66

Nel pomeriggio ho fatto un salto al bar degli spandimerda, in centro a Varese. Ho beccato qualche mio compagno di classe e sono rimasta un po' al tavolo con loro. Stavano programmando la serata e il loro piano era quello di andare al Resort.

Sentirli parlare mi ha fatto tornare un po' la voglia di vivere, così quando sono tornata a casa ho sentito la Yuna.

Anche a lei andava di fare serata. Non avendo un passaggio, abbiamo deciso di improvvisare completamente.

Abbiamo preso il treno alle nove e siamo andate ad alcolizzarci in centro a Varese. Faceva un cazzo di freddo assurdo.

Dopo mille birrette, siamo andate alla fermata del bus che ci avrebbe portate in zona lago, non troppo lontano dal Resort.

Durante l'attesa ci siamo congelate e quel cazzo di bus non arrivava mai.

Dopo quasi quaranta minuti alla fermata abbiamo deciso di prendere il primo bus che sarebbe passato: ne abbiamo preso uno a caso che ci ha permesso di tagliare solo un pezzo misero di strada e ci siamo incamminate verso il Resort.

Fondamentalmente, ce la siamo fatta a piedi.

A parte la faccenda del freddo, lungo la strada ci siamo divertite un casino. Eravamo in panico assoluto per il passaggio del ritorno, visto che non avevamo nessuna idea di come saremmo tornate a casa, ma l'abbiamo presa con sportività, ridendoci sopra tutto il tempo.

Una volta arrivate al Resort siamo andate subito a bere e mentre ci stavamo alcolizzando al bancone è arrivato Christian. È venuto a salutarci e mi ha persino abbracciata.

Io e la Yuna siamo andate a ballare. Eravamo sul cubo come due pazze ed è venuto a salutarci anche Tommy. Ci siamo abbracciati stretti. Era profumatissimo. Gli voglio proprio bene.

Poco dopo sono arrivati dei compagni di classe di Christian.

Fortunatamente con loro c'era anche Mirko: ha un debole assurdo per la Yuna – che, sbronzissima, gli è caduta tra le braccia – e con la sua presenza al locale ci siamo assicurate il passaggio a casa. Nella cricca di spandi c'era anche Luvi, il miglior amico di Christian.

È bruttino & mega spandi, ma devo ammettere che è simpaticissimo: abbiamo passato insieme quasi tutta la sera.

Mi ha fatto ridere tutto il tempo. Non riuscivo a capire se ci stesse provando con me o meno, comunque m'ha spaccata, anche se non mi ricordo assolutamente niente di tutto quello che ci siamo detti né di chi o cosa abbiamo parlato.

15 aprile 1998 - meno 59

Mancano due mesi alla fine della scuola e so già che saranno strani, diversi dal solito. Questa mattina, infatti, siamo stati accolti da un'inaspettata novità.

Un tizio della sezione F si è rotto una gamba ed è sulla sedia a rotelle. Nelle sue condizioni attuali l'area in cui si trova la sua classe è completamente inaccessibile, così hanno scambiato la sua con la nostra.

In effetti noi siamo appiccicati a una delle uscite di sicurezza e siamo al piano terra. Inoltre, la porta antipanico del nostro corridoio è l'unica con una rampa d'accesso utilizzabile con la sedia a rotelle.

L'ala in cui ci hanno spostati è stranissima.

Dal primo giorno del ginnasio siamo sempre stati isolati: abbiamo l'abitudine di condividere lo spazio con quattro classi in croce e pochissimi studenti, in più nella nostra ala si concentrano tutte le persone più alternative della scuola. Nel resto del complesso scolastico non si vedono molti piercing e capelli colorati.

Stando da sempre relegati nella nostra ala un po' punk e incontrando sempre le stesse facce, con la novità di questa mattina ho notato che c'è una marea di gente che viene in questa scuola che non avevo mai visto. Ci sono anche un sacco di volti noti che ho incrociato in giro per Varese ma non sapevo studiassero qui.

Questo nuovo mix sarà un esperimento interessante anche se, in pratica, siamo circondati da fighetti in tenuta Ralph Lauren. Sarà contento Tommy, qui ci sono tutti i suoi amici spandimerda.

Nota positiva di questa svolta: non inciamperò più su Christian a ogni cambio dell'ora. Sono contentissima perché non avrò più distrazioni e potrò concentrarmi per tirare su i voti, visto che nel periodo in cui io e lui pasturavamo mi sono un po' lasciata andare.

Altra novità: la classe del Luvi è di fianco alla nostra. Ci faremo sicuramente un casino di risate.

Oggi pomeriggio ho studiato per cinque ore filate e mi sembra di non avere comunque concluso un cazzo. Forse è perché si sta avvicinando il momento del pagellino, sono in pensiero e faccio fatica a concentrarmi.

Non me ne frega un cazzo dei voti in sé, sono solo preoccupata di perdere la fiducia dei miei e soprattutto tutta la libertà che ho ottenuto quest'anno.

16 aprile 1998 - meno 59

Mattinata veramente intensa. Mi hanno sgamata in francese, storia e letteratura latina. Ho portato a casa un 7 in ogni materia e sono stra-contenta. Per un po' mi lasceranno tutti in pace.

Ho comprato un libro fighissimo di Stephen King. Non è recentissimo ma spacca e psicologicamente è davvero inquietante – come tutto quello che ho letto fino ad ora di suo. Si chiama *La lunga marcia* e mi sta appassionando un sacco.

Per il resto, non ho visto Christian e sono contenta: magari il ricordo della sua faccia si cancellerà dalla mia mente, non incrociandolo più. Speriamo.

Dopo la scuola, io e la Yuna siamo rimaste fuori a pranzo e a noi si è unito anche Luvi. È troppo simpatico, ci ha fatto ridere tantissimo.

Per cena sono passata dalla Linda, che era da sola a casa. Adesso sono distrutta e vorrei solo dormire, invece mi tocca mettermi a studiare letteratura greca.

Non so cosa mi stia succedendo ma è incredibile: si può essere emozionati perché il giorno dopo si va a scuola? Perché io lo sono. Sono pazza?

Inaspettamente è diventato bello stare dentro al liceo. Non so come sia potuto succedere ma c'entrano i successi con le materie, le mie amiche, le nuove conoscenze e la mia stagione preferita in assoluto: la primavera.

Ho questa assurda sensazione costante di amore per la vita che mi parte dal sedere e arriva fino allo stomaco.

18 aprile 1998 - meno 57

Sono troppo contenta.

Nel pomeriggio sono stata in giro per Varese con la mamma: era di ottimo umore. Mi piace prendere la positività che emana e passare del tempo con lei, quando è in buona.

Stare con lei oggi mi ha ricordato un po' quello che provavo quando andavamo in vacanza da piccoli: chiudeva la porta di casa, lasciandosi tutto alle spalle e iniziava la festa.

Al contrario del solito, tutte le volte che ci trovavamo in vacanza la mamma non era mai tesa e imprevedibile e non si arrabbiava mai. Diventava un'altra persona, mi piace credere che diventasse la vera se stessa: allegra, aperta, permissiva e generosa. Disponibile a provare e farci vivere le esperienze.

Quando è in vacanza la mamma ride, scherza ed è bello stare con lei o anche solo guardarla brillare.

Dopo cena sono andata dalla Astrid e siamo rimaste da lei a bere e fumare fino alle dieci e mezza circa. A quell'ora sono arrivate la Bea e la Paola e siamo andate al Circolino.

All'uscita ci siamo fermate nel parcheggio per fare pipì tra le macchine. Mentre stavamo per salire in auto, di fianco a noi hanno parcheggiato Michi e Fabri.

Ci siamo salutati con degli abbracci e i tre bacini.

Come da rituale, appena entrate al Nautilus siamo andate subito a prendere possesso del palchetto rialzato, poi a bere.

La certezza che a breve sarebbero entrati anche loro due mi ha caricata tantissimo, ero proprio felice.

Non sono mai andata a cercare Fabri, perché non ho un'idea precisa di come siamo rimasti, di cosa si aspetti o non si aspetti da me. Non so più come comportarmi, così non ho fatto nessuna mossa.

In compenso lui si è comportato in modo stranissimo, direi ambiguo. Quando mi passava vicino mi prendeva per i fianchi, mi sfiorava a ogni occasione o, comunque, mi faceva notare di essere in zona. Ovviamente mi piace sempre tantissimo e ogni volta che si avvicinava morivo dalla voglia di abbracciarlo.

Allo stesso tempo non volevo assolutamente fare «il pidocchio» – come mi direbbe la Astrid – quindi non sono mai andata da lui e non ho reagito in modo particolarmente importante alle sue mini attenzioni.

Verso le due e mezza la musica da metallari che piace a loro è finita. Michi e Fabri hanno smesso di ballare e lui è venuto da me. In quel momento stavo fumando una sigaretta, seduta sulle scale del palchetto. Si è seduto un gradino sotto al mio, tra le mie gambe. Così, come niente fosse. Come se il tempo non fosse mai passato. Come se il nostro rapporto non fosse diventato improvvisamente freddo per settimane.

Gli ho fatto gli auguri di compleanno in ritardo, mi ha ringraziata e mi ha baciata:

«Come stai, Fabri?» gli ho chiesto. Volevo saperlo davvero ma lui non ha risposto e mi ha baciata di nuovo, questa volta davvero a lungo. Poi ha detto: «Andiamo a bere!»

Si è alzato per primo e mi ha dato entrambe le mani perché mi tirassi su anche io. Siamo andati verso il bancone tenendoci stretti.

In realtà non avevamo davvero voglia di bere, così ci siamo ordinati un giro di acqua gassata. Mentre aspettavamo che ce la dessero mi ha tirata verso di sé e mi ha baciata ancora. Stupendo. Lui è stupendo. Nel frattempo hanno messo i Guns:

«Vai a ballare, te la porto io l'acqua», gli ho detto.

Era di nuovo come se fossimo una coppia, era tutto naturale.

Quando è finita la canzone mi ha raggiunta su un divanetto e si è seduto di fianco a me.

Mi sono resa conto che, fino a quel momento, ero stata completamente passiva e in balìa delle sue decisioni. Così mi sono data una smossa. Gli ho tolto il bicchiere d'acqua che gli avevo passato solo un attimo prima, l'ho buttato a terra e mi sono seduta in braccio a lui. Siamo finiti sdraiati quasi subito. Ero così felice: mi era mancato proprio tanto. Era tutto come sempre: ci baciavamo tantissimo tenendoci super stretti.

Hanno messo un pezzo dei Prozac+ e sono corsa via a ballare, mollandolo lì. È rimasto sul divanetto da solo, a fumarsi una sigaretta.

Quando è finita la canzone sono tornata a sedermi ma senza toccarlo perché volevo vedere cosa avrebbe fatto.

Fabri si è sdraiato per il lungo sul divano, appoggiando la testa sulla mia spalla. Ho infilato la mano sotto la sua maglietta e gli sfioravo la schiena.

Si è avvicinato nel tentativo di baciarmi ma io ho spostato il viso dalla traiettoria.

Per ripicca, ha fatto per alzarsi e andarsene ma io l'ho tenuto stretto. A quel punto, a tradimento, mi ha dato un bacio veloce con le labbra semi dischiuse. Subito dopo mi ha baciata di nuovo, ancora con un bacio brevissimo. Era divertente e lui sorrideva. Mi godevo tutta la situazione ma ne volevo di più. Mi ha baciata ancora e, questa volta, per tantissimo tempo. Eravamo presissimi e, a un certo punto, mi ha detto: «Non mi piace qui, vieni!» Mi ha presa per mano e ci siamo spostati su un divanetto più imboscato.

Si è seduto prima lui, poi io gli sono salita in braccio ed era proprio stupendo come sempre: siamo rimasti lì tantissimo senza dirci una parola, solo a limonare come pazzi, a leccarci e sospirarci nelle orecchie.

Dopo un po', sono finita seduta: le gambe giù dal divanetto e schiena e testa appoggiate al muro. Fabri mi baciava, spingendomi con il suo corpo contro la parete. Con una mano mi stringeva il collo, l'altra era infilata sotto alla maglietta, dentro al reggiseno e mi accarezzava in quel suo modo pazzesco. Le nostre bocche sono rimaste sempre incollate finché mi ha tirato su la maglietta e ha iniziato a baciarmi ovunque. Quanto mi ci voleva questa botta di vita.

Siamo stati interrotti da Michi:

«Oh ragazzi, io esco dal Nautilus con la Bea. Ci vediamo alle quattro, all'uscita, ok?»

Io e Fabri siamo rimasti abbracciati nel nostro angolo buio. Abbiamo ricominciato a baciarci, poi ho sentito di nuovo la sua mano sulla pancia, poi dentro ai jeans. Siamo rimasti appiccicati sul divanetto fino a chiusura: fumavamo, ci baciavamo, ci toccavamo, ci coccolavamo.

C'è stato un momento, mentre ci stavamo baciando, che mi ha preso il viso tra le mani. Mi ha accarezzato una guancia e mi ha guardata fisso gli occhi. Porca troia.

C'è stato un altro momento che mi è rimasto impresso. Quando mi ha detto: «Dammi la cicca». L'ha fatto con un tono così sicuro di sé ed era una richiesta così intima, cazzo. Mentre l'ha detto, mi ha alzato il mento con il pollice. Ci siamo baciati con una delicatezza infinita e gli ho passato la mia Vigorsol.

Per tutto il tempo insieme, ho sentito che aveva proprio voglia di avermi addosso, di stare in contatto con me.

Ci sono stati tantissimi momenti in cui ci siamo baciati con gli occhi aperti, tenendoci per mano e guardandoci. È così delicato e attento. Anche alla fine, quando eravamo spiaccicati sul divanetto dopo l'ultima sigaretta, mi ha tirata verso di sé e mi ha presa per mano.

Più di ogni cosa, mi ha stupita che per tutta la sera sia venuto sempre lui a cercarmi. Boh, è stato proprio fantastico.

Al ritorno, in macchina, la Bea mi ha detto:

«Alla fine hai passato la serata con Fabri, eh? È proprio una calamita per te. Io e Michi ci siamo detti che sarai stata felicissima mentre eri con lui, ma come stai adesso?»

«Benissimo Bea, sono felice: Fabri è proprio speciale per me. Mi mancava tantissimo. Non mi aspetto niente da lui. So che quello che succede al Nautilus, quando succede, è il massimo che posso avere. È ovvio che è venuto da me solo perché aveva voglia. È sempre così: trova me a disposizione e via. È chiaro che non posso pretendere altro: o la chiudo, o prendo quello che c'è. E ora come ora non riesco ancora a dire di no.»

«Cazzo quanto sei cinica. Non ti fai del male a dirti queste cose? Poi non credo sia vero. Ora: non sto dicendo che Fabri sia innamorato di te ma io penso che non avesse voglia e basta. Penso che avesse voglia di stare con te. Sai bene anche tu come funzionano i ragazzi, dai. È un bel tipo, se vuole un'altra la trova e avrebbe potuto tranquillamente cercarla. Io credo che fosse con te che aveva voglia di stare ed era con te che voleva passare la serata.»

La Bea è carina. Può darsi che sia vero, ma non voglio illudermi.

E poi sto cercando di riprendere il controllo sulla mia vita: voglio sapere che se anche non dovesse mai più succedere niente con lui, io al Nautilus mi divertirò lo stesso.

Sono stanca che il mio umore e la mia voglia di vivere dipendano da quello che fa o non fa qualcun altro. Quindi ho preso una decisione: la prossima volta che ci vediamo al Nautilus, io non farò niente. Non lo cercherò, non andrò da lui a elemosinare le sue attenzioni. Dovrà essere lui a venire da me e se non lo farà, be', pace.

24 aprile 1998 - meno 51

Nautilus. Disastroso.

Non ho nessuna voglia di raccontare tutti i dettagli inutili della serata, tanto c'è una sola cosa che conta.

Fabri era al Nautilus con una tizia. L'ho vista quasi sempre di spalle, ma è molto carina: magra, con un bel profilino francese e una lunga treccia bionda.

Hanno fatto gli scemi per tutta la sera.

Parlavano, ridevano, bevevano.

Scoperanno prestissimo. O scopano già.

Sto male.

Male, male.

Vaffanculo.

25 aprile 1998 - meno 50

I miei sono partiti e finalmente si respira per qualche giorno. Siamo rimasti a casa io, Fede e Brando e la Vuitton della mamma.

Sto pensando che forse dovrei cambiare mondo. Forse dovrei cambiare tutto.

Nel pomeriggio mi sono infighettata e sono andata a Varese con la borsa da un milione di dollari della mamma.

Ho raggiunto i miei compagni al loro bar di spandimerda. Alla fine è stato un pomeriggio abbastanza tranquillo e mi sentivo anche integrata con il gruppo. I primi momenti sentivo una specie di muro: i fighetti sono tutti molto educati e manierosi e mancano completamente di spontaneità. Non sono abituata a questo genere di atteggiamento e faccio fatica a comprendere le reali intenzioni dietro a ogni gesto o espressione: io e le mie amiche siamo assolutamente l'opposto.

L'alcool però unisce tutti: dopo il primo Spritz non c'erano più differenze ed eravamo tutti dei coglioni.

Dopo cena io e la Yuna ci siamo viste da me.

Ci siamo preparate tra un vinello e una cannetta e abbiamo aspettato le altre. La Paola e la Linda sono venute da me per un bicchierino pre-serata. Io e la Yuna bevevamo da ore ma non ci siamo tirate indietro, così già appena uscite di casa mi sono accorta che non stavo benissimo.

Appena arrivate al Resort sono andata in bagno e mi sono infilata due dita in gola. Mi sono ripigliata subito e ho raggiunto le altre al piano di sotto.

Appena scesa ho intravisto il Luvi e la sua compagnia ma non ho prestato troppa attenzione. Poi:

«Oddio ma c'è Christian!» ho detto senza riflettere. Non me l'aspettavo ed era fighissimo. Mi sono alzata di scatto e sono salita al primo piano, uscendo dal locale per prendere un po' d'aria. Vederlo mi ha agitata tantissimo, ero quasi in panico.

Quando mi sono sentita più calma sono tornata di nuovo giù e sulle scale ho incrociato Luvi. Mi ha invitata a sedermi con lui.

L'ho seguito, ci siamo accomodati su un divanetto e abbiamo iniziato a parlare. Alla fine, ci siamo presi così bene che siamo rimasti lì a sparare cazzate io e lui da soli praticamente fino alle due. A quel punto, Christian ci volteggiava intorno come un condor ma io non me ne ero accorta.

Luvi si è avvicinato e mi ha detto nell'orecchio:

«Non girarti ma c'è qualcuno che ci tiene a far pesare la sua presenza». Stupendo: non potevo essere più contenta che Christian fosse infastidito dalla nostra amicizia.

Ha cercato a lungo di attirare la nostra attenzione o comunque di farsi notare o distrarci, arrivando anche a chiederci una sigaretta. Alla fine si è seduto con noi. A quel punto, mi sentivo una merda a ignorarlo palesemente, così ho cercato di coinvolgerlo:

«Come va la serata Chri?»

«Una merda: non vedo l'ora di andarmene.»

Il modo in cui mi ha risposto mi ha tirato uno schiaffo di negatività tale che mi sono subito pentita di avergli rivolto la parola. Ha aggiunto qualcosa al suo commento ed era davvero insopportabile, faceva proprio il figo.

Non vedeva l'ora di andarsene ma comunque non si scrostava da noi: è rimasto lì tutto il tempo.

Dato che Christian non sembrava desideroso di integrarsi nella conversazione, io e Luvi abbiamo ripreso a parlare fitto fitto, al punto che mi sono scordata che il suo amico fosse al mio fianco. Mentre parlavamo, Luvi mi ha presa per mano. Christian si è intromesso subito:

«Andiamo!» ha ordinato.

«No, io resto» ha risposto Luvi.

Christian l'ha fulminato con lo sguardo:

«Ti aspettiamo su!» gli ha ribattuto e si è incamminato per raggiungere il piano terra. Arrivato a metà scala si è girato verso di noi. Voleva controllare se Luvi lo stesse seguendo o accertarsi che non stesse succedendo qualcosa tra noi? Era un gioco molto divertente e mi stava dando una certa soddisfazione.

«Devo proprio andare, se no quello sclera» mi ha detto Luvi. Mi ha dato un bacio veloce sulla bocca. Mi ha colta così impreparata che non sono riuscita a evitarlo, ma chi se ne importa? È stato un gesto innocuo.

E poi che gioia aver pizzicato Christian nell'orgoglio.

28 aprile 1998 - meno 47

Questa mattina all'ingresso ho beccato il Luvi e ci siamo fumati insieme la prima sigaretta della giornata.

Mi piace stare con lui, mi fa ridere e mi fa impazzire questa cosa di fare incazzare Christian.

Però fisicamente Luvi non è per niente il mio tipo: anzi!

È grassoccio, con le dita corte e tozze. I suoi capelli sono biondi ma radi, fini, li porta troppo lunghi e hanno l'aria spesso unta.

La pelle del viso deve essere molto delicata perché è sempre arrossata e ha le labbra perennemente secche e screpolate.

Nel complesso direi che è la cosa più lontana dall'essere un bel ragazzo e mi dà un po' fastidio se ripenso al fatto che l'altra sera mi abbia stampato quel bacio in bocca prima di andare.

Dopo cena è passata a trovarmi la Linda. Aveva una cannetta e ce la siamo fatta nel soggiorno dei miei: abbiamo chiacchierato un sacco e continuavamo a ridere di tutte le puttanate che ci succedono. Mentre sparavamo cazzate mi è anche venuta in mente una frase che m'ha detto Livio la volta in cui siamo usciti:

«Quando voglio qualcosa che non posso avere, alla fine la disprezzo».

Funzioniamo tutti così? Perché Christian mi sta proprio sul cazzo adesso.

30 aprile 1998 - meno 45

Christian è allucinante: questa mattina è riuscito a passarmi di fianco, in un corridoio largo un metro occupato solo da noi due, e a fingere di non vedermi.

Eppure sono ancora qui che mi interrogo.

Mi viene in mente quando la Astrid, commentando le novità tra me e Fabri con la Bea, in mia presenza, ha detto:

«Dai Bea, lo sappiamo che la Pippi per queste cose è una vera testa di cazzo».

Fa ridere se ci penso, ma ha ragione: è quello che sono.

Questa sera siamo andate al Resort e ho raccontato a Luvi di Christian, del fatto che non mi saluta nemmeno più.

Lui mi ha detto:

«Non mi stupisce affatto. Fondamentalmente Christian è un bambino con un sacchetto di biglie. Non le presta a nessuno e non ci gioca quasi mai, ma quando ne perde una ne fa una tragedia».

Questa sera Christian ha visto una delle sue biglie rotolare nelle tasche del suo amico.

Non era assolutamente nei miei piani finire a farmi Luvi – anche perché fisicamente continua a non piacermi nel modo più assoluto – ma dopo il terzo cocktail e due ore che mi faceva ridere, ho ceduto e un limone è scappato.

Al momento non ho ancora un moto di schifo ma sono certa che mi arriverà, però sono contentissima perché Christian quando ci ha visti è impazzito. Ah come ci godevo: si sarà girato venti volte a controllare la situazione. Era assolutamente fuori di sé, proprio incazzato nero. Me ne sono accorta io, osservandolo da lontano, ma ce lo è venuto a dire anche un loro amico. Coglione.

1 maggio 1998 - meno 44

Nautilus.

Il presupposto con il quale ho affrontato la serata è stato questo: «Astrid, se una qualche legge della natura ha stabilito che io me la debba sempre prendere nel culo, ho deciso di ribellarmi!»

È venuta da me la Yuna a cena, poi ci hanno raggiunte la Astrid, la Bea e la Paola e siamo rimaste a casa mia a bere e cazzeggiare ben oltre la mezzanotte.

Fatto sta che siamo entrate al Nautilus davvero tardi, poco dopo l'una – di buono c'è che non abbiamo fatto nessuna coda all'ingresso.

Appena entrate ho visto subito Fabri appoggiato a braccia conserte al suo cazzo di muretto, e Michi appollaiato sulle scale.

Quando sono andata a salutarli, Fabri mi ha afferrata per un fianco – ovvero luna buona.

Ho approfittato del suo buon umore per intrattenermi con lui a chiacchierare. Mentre stavamo parlando ha preso dalle mie dita la sigaretta che stavo fumando, per farsi due tiri in simpatia. È un gesto che mi è rimasto impresso.

In qualche modo si è imposto senza domandarmi il permesso, inoltre, mettersi tra le labbra la mia sigaretta implica che ci sia un'intimità tra noi. Infine so cosa sa fare con quella bocca e l'insieme di questi aspetti mi ha eccitata da morire.

A quel punto ho raggiunto le mie amiche, ma sono andata via con una voglia pazzesca di lui.

Più tardi, quando ho visto che stava bevendo appoggiato alla colonna, sono andata a rompergli i coglioni con la scusa di bere un po' della sua acqua. Lui però non voleva darmela: giocava con me e continuava a spostare il bicchiere. Siamo finiti quasi subito spiaccicati contro il muro a strusciarci e baciarci. Poco dopo hanno messo un bel pezzo e Fabri è andato a ballare. Nell'orecchio mi ha detto qualcosa che non ho capito.

Non avevo voglia di ballare, così sono andata a sedermi su un divanetto e ho visto che vicino a me c'era il Cowboy.

Abbiamo chiacchierato un po'. Era in buona e mi faceva ridere, così ho perso di vista Fabri. Il Cowboy mi ha chiesto di vederci a Gallarate questa domenica. Voleva lasciarmi il suo numero perché lo chiamassi per accordarci. Mi faceva veramente ridere per quanto fosse convinto e insistente. Ovviamente non me ne frega un cazzo di uscire con lui, volevo solo che Fabri ci vedesse ridere insieme.

Mi sono anche detta:

«So che bacia bene, so che a Fabri di me non frega un cazzo. In più l'ultima volta ha fatto il figo con quella bionda. Se ne vada affanculo Fabri», e me lo sono limonato.

Mi sentivo un po' una merda per avere limonato con due tipi diversi nella stessa sera, ma 'sticazzi. E comunque Fabri non l'ho mai più visto durante la serata: sarà andato via senza salutarmi, lo stronzo.

La cosa della serata che m'ha più fatto girare i coglioni è stato Fabri quando, prima di volatilizzarsi, mi ha chiesto: «Domani sera vieni qui?»

So perché lo ha fatto: domani sera Michi esce con la Bea e lui sarà lì da solo ad annoiarsi. Ecco perché me l'ha chiesto. Ma che se ne vada a fare in culo. E comunque no che non ci vado.

Ma quanto è fortunata la Bea? A me capiterà mai una cosa del genere? Qualcuno si farà mai 60 chilometri per vedersi un film in mia compagnia o passare un pomeriggio di sole al parchetto, fare una gita sul lago, una cena insieme? Qualcuno che voglia conoscere tutti i miei amici e le mie amiche, un ragazzo stupendo che mi ama e che muore per me. Sono contentissima per lei e Michi.

È solo che la vedo realizzare così facilmente tutti i miei sogni e mi dispiace per me.

In più si sta avvicinando la famosa festa per il diciottesimo di Tommy e sono preoccupata. Perché mi ha invitata al suo raduno di stronzi? Io non c'entro niente con loro, con i figli viziati della borghesia varesina. Ho veramente paura. Dei loro giudizi e di quello che potrebbero pensare di me. Di esagerare con il bere ed essere troppo me stessa.

Si accorgeranno che non sono una di loro.

7 maggio 1998 - meno 38

Oggi ho fatto la scoperta più incredibile: Christian è vergine!

La festa di Tommy è stata spaziale, troppo bella, non avrei mai pensato che mi sarei divertita così tanto. Tutte le mie paure erano infondate, ora posso dirlo.

Alla fine non ho portato nessuno con me, per non rischiare di isolarmi con il mio «più uno», e ho fatto troppo bene.

Ho incontrato una marea di gente che conosco: le ragazze di Varese che frequentavamo con la compagnia della piazza, quando stavo con A. – mi mancavano un casino i loro pettegolezzi – e alcune amichette varesine dei tempi delle elementari.

In più ho avuto occasione di passare molto tempo con l'Anna di Tommy: è stata carinissima con me, è davvero simpatica e gentile.

Mi ero imposta di non bere troppo per darmi un contegno, non rischiare di perdere il controllo e fare figure di merda in mezzo a quella gente, ma ci ho preso gusto. E poi mica potevo buttare via tutti quei cocktail ancora mezzi pieni come facevano le altre ragazze. L'andazzo di quel giro è una posa unica. Da quello che ho osservato, funziona così: i ragazzi possono spaccarsi come se non ci fosse un domani, invece noi femmine dobbiamo avere un contegno ma allo stesso tempo fingere di essere disinibite. Quindi: le tipe si fanno sempre vedere con il bicchiere pieno in mano ma abbandonano il drink appena si scioglie il ghiaccio o ne hanno bevuto qualche sorso. Dio, che spreco. Di base, comunque, non bevono un cazzo.

Già dopo il primo giro io ero super loquace e mi sono ritrovata velocemente al centro dell'attenzione degli amici di Christian. Appena lui è andato via, hanno voluto conoscere tutti i dettagli della volta in cui è stato a casa mia.

Non avrei mai desiderato sputtanarlo ma quello che ho saputo da loro mi ha ferita parecchio, così ho dato la mia versione dei fatti.

Christian ha fatto un quadro pessimo di me ai suoi amici e agli spandimerda della scuola. Ha raccontato loro tutti i minimi dettagli del nostro incontro, descrivendomi nel peggiore dei modi.

È stato molto umiliante sentire parlare così di me, perché sono sempre stata felice della mia natura libera. Non sono una che va con tutti, ho sempre scelto le persone con cui potenzialmente andare a fondo – cosa per altro non ancora successa – e ho sempre agito con naturalezza nella mia sfera sessuale, quando mi sento a mio agio con qualcuno.

Anche le mie amiche sanno tutto di quei momenti con lui, ma non è mai stato un pettegolezzo. Da parte loro non c'è mai stata malizia o giudizio nei miei confronti.

Christian ha raccontato ai suoi amici un sacco di cazzate, la sua versione sul pomeriggio a casa mia era distorta e crudele.

Nella sua versione ha omesso il fatto che, se non abbiamo scopato, è stato solo a causa della sua défaillance.

Non è una cosa che ho vissuto male, non l'ho mai giudicato per questo. Mi stava bene così: eravamo comunque due corpi estranei che si stavano conoscendo, può succedere. Io non l'avrei mai sputtanato con i suoi amici, sinceramente. Mi sarei tenuta la vera storia per me, ma avevo davanti queste persone – orrende tra l'altro: che valore danno alle loro amicizie se tutto si trasforma in un pettegolezzo? – con in mente una versione distorta di me, così mi sono sentita in obbligo di chiarire.

In più, ovviamente, ero incazzata e delusa da Christian per aver messo i cartelli, svalutando un incontro privato e intimo.

Che sia vergine me l'hanno detto i suoi «amici» dopo aver ascoltato tutta la storia.

A quel punto mi è venuto in mente che in effetti tra i due io sono stata la sola a parlare di sé con ingenua onestà. Mi ero confidata davvero con lui, quel giorno: gli ho parlato delle mie esperienze passate, delle mie paure, dei miei blocchi. Mi sono aperta e nonostante questo sono diventata una storiella zozza da condividere con i suoi «amici» vuoti.

Christian si è rivelata una persona insensibile ed egoista.

È incredibile quanto alcuni possano essere crudeli ed egocentrici, come possano rigirare i fatti a loro piacimento e calpestare i sentimenti degli altri, nel tentativo di nutrire il proprio vuoto interiore.

E Dio, per fortuna che non l'abbiamo fatto: che spreco sarebbe stata la mia prima volta con questa testa di cazzo?

Spero di vedere Fabri, domani sera.

È con lui che voglio che succeda.

9 maggio 1997 - meno 36

Nautilus.

La serata era bellissima e il cielo era pienissimo di stelle: siamo in primavera piena e questo è già sufficiente per farmi felice.

Sono uscita con i fuseaux neri stretti a vita bassa che ho comprato a Riccione la scorsa estate. Li ho infilati negli 883. Sopra ho messo il top corto nero e bianco della Phard.

Ho messo anche la catenina a girovita, anche quella presa a Riccione l'anno scorso: era un po' che non la indossavo.

La Paola è passata a prendere me e la Linda dopo cena e ci siamo fermate al B&B a bere una birra. Era tantissimo che non ci fermavamo lì: ho preso una DuDemon, in onore della Bea e della Astrid che la ordinano sempre – e solo – in quel locale, e che questa volta non erano con noi.

Siamo entrate al Nautilus verso la mezza. C'era un bel viavai, ma con lo spazio esterno e le piscine aperte la gente era ben distribuita e si respirava abbastanza.

Ho fatto un salto in bagno e mi sono accorta che mi erano appena arrivate. Fortunatamente con me avevo un paio di assorbenti interni però, cazzo, che sfiga! Se anche Fabri fosse stato in buona, mi sarei giocata la serata con lui a causa del ciclo.

Non avevo troppa voglia di ballare, così sono stata un sacco sul dondolo della piscina a sparare cazzate con la Linda e la Paola:

«Ragazze, per fortuna Fabri non c'è: mi sono appena arrivate e mi mangerei le mani se mi chiedesse di uscire con lui!»

Quando siamo rientrate in sala Rock ho visto Fabri vicino all'ingresso. Era appoggiato al muro, in piedi, con le braccia conserte, e si guardava intorno. Era nella sua posa da Fabri. Ero certa che fosse solo perché sapevo che Michi sarebbe uscito con la Bea. Confidando che fosse di buon umore ma senza troppe aspettative sono andata a salutarlo.

Abbiamo cazzeggiato un pochino e c'era una bella sintonia.

Quasi subito siamo finiti avvinghiati sul nostro solito divanetto imboscato. Ci siamo rimasti per un bel pezzo fino a che, verso metà serata, hanno messo un paio di pezzi fighi e siamo andati a ballare, lui con il suo amico odioso e io con le altre. Quando ci siamo ritrovati, siamo tornati sul divanetto. Appena seduti, mi ha chiesto:

«A che ora te ne vai?»

«Al più tardi tra mezz'oretta» ho risposto.

«... E se ti portassi a casa io?»

Cazzo. Non c'era altro che desiderassi sentire, ma non potevo non avvisarlo:

«Fabri, per me va bene, ma potrei avere un problema: mi sono appena arrivate.»

Ha alzato le spalle:

«Dov'è il problema?»

A Fabri del mio mestruo non gliene fregava un cazzo. Sono andata dalla Paola per avvisarla che mi avrebbe portata a casa lui e ho fatto un salto in bagno, per controllare la situazione.

Mi sono tolta il tampone ed era praticamente intatto: la situazione era ancora gestibile. L'ho buttato nello scarico e sono tornata al palchetto rialzato.

Sulla base di non so quale teoria gravitazionale, mi sono convinta che se fossi rimasta sdraiata il più possibile il sangue non sarebbe sceso a valle, così mi sono stesa per il lungo sul divanetto, in attesa che Fabri venisse a chiamarmi.

Nel frattempo la Paola mi ha detto di averlo incrociato poco prima e di avergli chiesto conferma:

«Quindi la porti a casa tu?» – lui le ha risposto facendole l'occhiolino. Mi sono immaginata perfettamente la scena. Che figo, cazzo.

Fabri è arrivato da me e mi ha fatto segno di andare con un cenno della testa.

Quando esco dal Nautilus da sola con lui e andiamo verso la sua macchina mi sento una figa assoluta, è come se fossimo in un videoclip di Mtv.

Siamo usciti dal parcheggio per andare al solito pratone buio dietro al Nautilus.

Appena ha fermato la macchina mi sono sfilata gli 883 e le calze, restando a piedi nudi.

Fabri si è appoggiato su di me, abbracciandomi. Abbiamo tirato giù i sedili e ci siamo sdraiati, baciandoci tutto il tempo.

Abbiamo iniziato come tutte le altre volte, semplicemente sempre più oltre un pochino alla volta.

Gli ho sfilato la maglietta: adoro il suo corpo. Anche lui mi ha spogliata e ci siamo baciati tenendoci stretti: il contatto pelle su pelle era bellissimo.

Dopo un po' che ci baciavamo e strusciavamo, lui sotto e io sopra, ho sentito le sue mani slacciarmi il bottoncino dei fuseaux: cazzo sì, non vedevo l'ora.

Ogni gesto era sempre quello giusto al momento giusto. Com'è possibile avere un'intesa come questa?

Ci siamo spogliati del resto con molta calma.

Sentivo che eravamo connessi e che ci volevamo a vicenda: io ero esattamente dove desideravo essere.

Da qualche parte, dentro di me, c'era anche una piccola parte spaventata – e se mi fa male? E se non mi piace? – ma Fabri era così dolce che sono riuscita a mettere a tacere ogni dubbio.

Nemmeno questa volta, evidentemente, aveva con sé un preservativo ma non me ne fregava più un cazzo di niente, volevo solo godermi il momento e fidarmi di lui.

Ho lasciato che facesse quello che voleva, mi sono affidata completamente. Quando è entrato ho sentito un po' di bruciore, che è scomparso quasi subito:

«Dimmi se ti faccio male» ha detto, mentre si muoveva lentamente dentro di me.

Ma non faceva male, era tutto perfetto. Mi piaceva essere lì con lui, era proprio totalizzante ed ero sua.

Ero così felice che stesse succedendo davvero con Fabri: la prima volta è una sola volta nella vita, e la mia sarebbe stata per sempre con lui.

Abbiamo cambiato posizione e mi sono spostata sopra di lui. L'abbiamo fatto un po' così e ci stavo davvero prendendo gusto, fino a che, a un certo punto, mi ha afferrata per le chiappe, sollevandomi leggermente e si è sfilato via.

Quando è uscito, mi sono sdraiata al suo fianco. Avevo gli occhi chiusi, stavo iniziando a realizzare che fosse davvero successo.

Mi ha baciata, abbracciata e stretta forte. Ha spostato la mano tra le mie gambe e mi ha accarezzata a lungo, dolcemente. Mi fischiavano un po' le orecchie e di nuovo, era solo bello.

Siamo rimasti abbracciati nudi, per un po':

«Fabri, non mi hai fatto male, sai? Pensavo sarebbe stato doloroso» gli ho detto.

«Magari era delicato...» ha risposto lui. Era. Non sono più vergine: è ufficiale!

Abbiamo smezzato una sigaretta, restando sdraiati ancora un po'.

«Ti vesto io?» mi ha chiesto, quand'è stata ora di andare.

Io avevo iniziato a parlare a macchinetta, ero felice e piena di adrenalina e c'erano un milione di cose che gli avrei voluto raccontare.

Ha cercato di zittirmi, infilandomi la maglietta con un gesto veramente comico e ci siamo messi a ridere.

Una volta rimessi insieme i pezzi, quando i sedili sono stati di nuovo in ordine e i vestiti addosso, prima di avviare il motore, ci siamo guardati fissi, ci siamo sorrisi, ci siamo dati un abbraccio davvero tenero e ci siamo baciati.

Fabri ha fatto come per spogliarmi di nuovo, fingendo di sfilarmi la maglia da capo e ci siamo messi a ridere. Ormai è la nostra gag preferita.

Al ritorno abbiamo parlato un sacco, lui era allegro e mi faceva ridere. Arrivati qui fuori, ci siamo baciati ancora un po'.

Mi sono messa a letto senza lavarmi, con tutto quello che potevo avere di suo addosso.

11 maggio 1998 - meno 34

Le cose a casa non vanno bene. La mamma e il babbo non litigano esplicitamente – quantomeno non davanti a noi – ma da diverso tempo avverto una tensione strisciante tra loro.

Sono cambiate tante dinamiche e non siamo più le persone che eravamo. Non siamo più la famiglia che eravamo.

Dopo pranzo ne ho parlato un po' con la mamma. È stata diretta e sincera.

Poi sono uscita in giardino a scrollare la tovaglia e sono rimasta nel prato a fumare una sigaretta.

Osservavo l'orto e, dal niente, sono scoppiata a piangere.

Non pensi mai che certe cose possano cambiare né tantomeno succedere alla tua famiglia.

I miei genitori sono fragili e il futuro mi spaventa.

12 maggio 1998 - meno 33

Mi sento davvero strana.

Questa mattina sono scoppiata a piangere in classe. Mi hanno raggiunta in bagno la Yuna e la Betta e mi sono sfogata un po' con loro. Ovviamente non immaginavano niente.

La mamma cerca di stare a casa il meno possibile e quando c'è è nervosa, aggressiva e cattiva.

È una nuova versione di lei che non conoscevo e non mi piace.

Penso spesso a sabato sera.

Vorrei urlarlo al mondo, che ho fatto l'amore con Fabri.

14 maggio 1998 - meno 31

Mi ha chiamata la Bea. Le ho raccontato a grandi linee di sabato sera e non era per niente contenta, anzi:

«So che ci tieni molto a Fabri, ma è stata la cosa più stupida che poteste fare».

Non è esattamente quello che vorresti sentirti dire da un'amica alla quale racconti della tua prima volta. Sicuramente sa qualcosa che io non so e non vuole dirmelo per non ferirmi. Lasciarmi in sospeso con un'affermazione del genere non è comunque d'aiuto. E poi parla bene lei: arriva dal niente nel nostro mondo, bella bella si prende il figo della compagnia senza fare il minimo sforzo e pretende di spiegare a me come funziona la vita? Direi che le battaglie che combattiamo non sono esattamente le stesse. Come potrebbe capirmi?

Questa sera esce con Michi e ne parleranno sicuramente. Sono curiosa di sapere se Michi le dice qualcosa, anche se non sono certa che Fabri a lui lo abbia raccontato.

16 maggio 1998 - meno 29

Meno di un mese alla fine della scuola: non ne posso più.

Questo pomeriggio volevo restare a casa a studiare ma la Yuna mi ha corrotta e siamo andate a fare un giro a Varese.

Ci siamo fermate al bar degli spandi e abbiamo ordinato un'acqua e menta. Che alternative vere!

Per la serata c'erano diverse opzioni: la Fly dava una festa a casa sua e Fede sarebbe andato a Milano. Alla fine io, la Paola e la Linda siamo andate al Nautilus.

È stato orribile.

Io e Fabri non ci siamo cagati tutta la sera.

Prima di andare a casa non ho resistito e l'ho affrontato:

«Oh, ma che modo di fare è? Davvero fantastico!»

«Perché?»

«Ti costava davvero così tanto almeno salutarmi?»

«Guarda che non ti avevo proprio vista. Non mi sono accorto che fossi al Nautilus fino a che non sei venuta qui adesso.»

«Dai Fabri ma veramente, vattene affanculo.»

«Te lo giuro, perché dovrei dirti una cazzata? La Bea è con te?»

«No, non è venuta questa sera ma siamo un po' in scazzo: le ho raccontato di noi e ha reagito malissimo.»

Poi lui ha iniziato ad abbracciarmi e baciarmi e io non riuscivo più ad andarmene. La Paola e la Linda mi stavano aspettando all'uscita, così Fabri mi ha presa in braccio e mi ha portata da loro.

19 maggio 1998 - meno 26

Il clima in casa è pesantissimo: non riconosco più la mia casa né la mia famiglia.

Ho telefonato alla Astrid per sfogarmi un po' e le ho raccontato delle ultimissime con Fabri. Mi ha aggredita anche lei, in stile Bea, colpevolizzandomi per averci scopato e per avere ancora aspettative nei suoi confronti.

In questo assurdo momento della mia vita le mie amiche non sono assolutamente di supporto: sembra che facendolo con Fabri abbia fatto un torto a loro. Perché non mi capiscono? Non dovrebbero stare dalla mia parte?

Ero così giù di morale che ho telefonato a Christian, nella speranza che mi facesse un po' ridere. Era allegro e sentirlo mi ha tirata un po' su di morale.

Mi prendeva per il culo, facendomi notare che la mia espressione fissa a commento di ogni cosa – «fantastico» – è stata rimpiazzata da «incredibile».

Nel pomeriggio sono uscita con la mamma. Abbiamo fatto una passeggiata in centro e mi ha comprato un abitino stupendo alla Sisley. È bordeaux con i fiori gialli e l'allacciatura all'americana. Dietro le spalle ha un incrocio e lascia la schiena scoperta. È davvero stupendo, anche se un po' troppo lungo. La mamma ha promesso di accorciarlo, così starà da Dio con i Dr. Martens.

Mancano ventidue giorni alla fine della scuola.

Come farò senza quelle teste di cazzo dell'ultimo anno? Il mio futuro al liceo sarà senza Luvi, Christian e i loro amici spandimerda.

Questa mattina Luvi mi ha chiesto come mai non fossi al Resort lo scorso weekend e mi ha fatto piacere.

Dopo cena sono andata dalla Astrid. Mi dispiaceva per le tensioni che si sono create ultimamente tra noi: l'ultima cosa di cui ho bisogno adesso è scazzare con le mie amiche.

Dopo due minuti che avevo messo piedi in casa sua era di nuovo tutto come sempre. Abbiamo chiacchierato e sbevacchiato un po' e ci siamo preparate nell'attesa degli altri.

Verso mezzanotte sono arrivati Michi e la Bea. Ci hanno aspettate al parcheggio. Abbiamo portato fuori un paio di birrette e siamo stati in macchina a bere. È stato veramente divertente, abbiamo riso un casino.

Michi mi ha anche raccontato del suo dialogo con Fabri in merito alla nostra seratina. Lo riporto qui per come me lo ha raccontato e per come lo ricordo:

M. «Com'è andata sabato?»

F. «Bene!»

M. «Lei c'era?»

F. «Sì.»

M. «... e?»

F. «E niente.»

M. «Vi siete imboscati?»

F. «Eh... stavolta ho fatto la cazzata.»

M. «Noooo, ma allora sei stronzo! Ma perché?»

F. «Eh, cosa ti devo dire? Sa essere convincente.»

Chiaro: io sono un diavolo tentatore, poverino, e la colpa è tutta mia. Be', dai, bene, no? Cazzo che stronzo. Nemmeno la responsabilità delle sue scelte si prende.

Ci hanno raggiunte la Paola e la Linda e siamo partiti per il Nautilus.

Dopo un po' che eravamo dentro è arrivato anche Fabri e ci siamo salutati:

«Hai cambiato profumo?» gli ho chiesto.

«Che naso! Sì. Ti piace?»

«È buono, ma non come quello che usi di solito. Con questo profumo non sei tu.»

Era vero: aveva un buon odore ma non buono come quello di sempre e mi faceva strano.

Quasi subito è iniziato il live dei Rapsodia, ma io avevo voglia di ballare e non volevo stare troppo nei paraggi di Fabri. Ero felice di vederlo ma anche incazzata per le cose che mi aveva raccontato Michi. Sono andata in Giuditta con gli zarri e sono rimasta lì finché non è finito il concerto.

Quando sono tornata in sala Rock ho raggiunto la Astrid, la Linda e la Paola. Michi e la Bea si erano imboscati da qualche parte.

Io e le altre siamo finite sedute sulla cassa della sala Rock a cazzeggiare e commentare lo stile di tutte le persone più assurde che ci passavano davanti.

Arrivata l'ora di chiusura Fabri è venuto a salutarmi, più che altro perché la cassa su cui eravamo sedute è vicina all'uscita e sarebbe stata una vera merda a passarci davanti senza dire niente.

Mi aspettavo un ciao veloce, invece ha iniziato a parlare. Mentre mi diceva qualcosa all'orecchio mi ha presa per mano e mi ha portata con sé verso le scale del palchetto.

Io mi sono appoggiata con la schiena al muro e Fabri mi ha baciata, sempre tenendomi per mano. Ha spostato le mani sui miei fianchi. Ho incrociato i polsi dietro la sua testa, con le braccia appoggiate sulle sue spalle. Con il suo corpo premeva su di me, che ero ancora contro la parete, ed era stra-eccitante.

Ci siamo salutati così, fino a che non ha detto:

«Devo andare» e ha raggiunto Michi che lo aspettava fuori dal Nautilus con la Bea.

Anche Michi, come le mie amiche, è contrario a questa storia: finché c'è lui nei paraggi, con Fabri non si conclude niente più di questo.

27 maggio 1998 - meno 18

Nella sfiga ci è andata bene.

Questa mattina la mamma della Yuna ci ha portate a scuola. Mentre attraversavamo viale Europa, a Varese, abbiamo bucato. Una donna e due ragazze alle prese con una gomma a terra: in qualche modo, presumo, ce la saremmo cavata ma all'inizio ci ha un po' prese il panico.

Quasi subito si è fermato un signore. È stato gentilissimo e ha cambiato la gomma per noi. È stato così bravo che ci ha fatto arrivare a scuola in perfetto orario.

Nel pomeriggio ho provato a chiamare la Bea. Era un po' di fretta perché stava per uscire e siamo riuscite a parlare poco.

Le ho chiesto se avesse novità su Fabri e si è limitata a dire che ha saputo che si sta vedendo con una ragazza. Io so chi è: è la ragazza bionda con la treccia, ne sono certa.

Chissà come sono andate le cose? Dove si sono conosciuti? Dove vanno la sera, quando escono?

Ero preparata. Sapevo che prima o poi sarebbe saltata fuori una persona.

30 maggio 1998 - meno 15

Nel pomeriggio è venuta a trovarmi la Astrid. Siamo state un po' in giardino e abbiamo preso il sole. Poi siamo salite in casa a farci la ceretta con le strisce.

Verso sera sono arrivate anche la Paola e la Linda e siamo andate tutte insieme a cena al cinese.

Una volta tornate da me, ci ha raggiunte la Bea.

Abbiamo fatto un'unica macchinata e siamo andate al Circolino per farci una birretta pre-Nautilus. Mentre stavamo pagando in cassa, un tizio mai visto ci ha offerto un giro di tequila sale e limone.

Subito dopo ci siamo spostate nel parcheggio del Nautilus, dove ci siamo scolate una bottiglia di bianco.

Verso mezzanotte siamo entrate. Non vedevamo l'ora e, ormai, eravamo completamente in aria.

All'inizio abbiamo ballato un pochino ma la musica non era un granché, così siamo andate a farci un giro al piano di sotto.

Quando siamo risalite in sala Rock erano già arrivati Michi e Fabri. Si vedeva da lontanissimo che Fabri era in serata no, ormai i segnali li riconosco. L'ho salutato velocemente e per il resto del tempo gli sono stata abbastanza alla larga.

A metà serata l'ho visto appollaiato sulla colonnina delle scale che portano al palchetto rialzato. Sono andata da lui e gli ho chiesto se fosse tutto ok. Mi ha guardata in faccia per mezzo secondo netto. Ha distolto subito lo sguardo e non mi ha nemmeno risposto a parole: ha fatto solo un gesto con la mano, socchiudendo gli occhi, sempre senza guardarmi, per farmi capire che c'aveva i cazzi suoi.

Sono tornata a ballare con le altre, finché a un certo punto ero sfatta e mi sono diretta verso il palchetto per andare a sedermi. Fabri era seduto nello stesso punto di prima.

Quando gli sono passata davanti mi ha dato un pizzicotto.

Mi sono fermata e gli ho sorriso:

«Ti è tornato il buonumore?» gli ho chiesto. Mi ha acchiappata, ci siamo abbracciati e ci siamo baciati un po'. Aveva di nuovo il suo buon odore di sempre:

«Sei tornato al tuo vecchio profumo!»

Ero contenta: non so se fosse un caso o c'entrasse la mia osservazione della volta scorsa ma mi tranquillizzava che sapesse di nuovo di Fabri.

Hanno messo i Guns e sono andata a ballare, poi hanno continuato con un casino di musica figa.

Verso fine serata, non vedendo Fabri nella nostra solita zona, ho fatto un giro all'esterno per cercarlo. Era seduto su un dondolo, da solo, che fumava guardando la piscina. L'ho raggiunto e mi sono seduta un po' con lui. Continuava a fare lo scemo e a prendermi per il culo, mi ha detto che era stanchissimo.

S'è messo a ridere quando gli ho fatto notare che con la mia mini lucida ero vestita da Spice Girl. Mi ha chiesto come mai fossi vestita in modo più femminile del solito:

«Eh, mi dici sempre che sono una zarra!»

«Guarda che anche questa sera sei zarra ma sei una zarra femminile!» Non so, mi faceva ridere.

Gli ho chiesto come mai se ne stesse sempre appollaiato da solo sul trono del palchetto, vicino alla spazzatura.

«Le merde stanno vicino all'immondizia» ha risposto. Mi ha fatto un po' tenerezza e l'ho abbracciato:

«Devo rientrare Fabri: le altre vogliono andare».

È venuto con me all'ingresso, dove ci stavano aspettando le altre. C'erano anche Michi e la Bea. Ci siamo salutati e siamo uscite.

Una volta arrivate casa mia, la Bea ha svuotato la dispensa: era super affamata. Le ho detto:

«Mi dispiace per Fabri, secondo me c'ha delle menate con qualche tipa.»

La Bea ha fatto un sorrisone:

«Io so una cosa che tu non sai!»

«Oddio: brutta?»

«No… anzi!»

Mi ha raccontato di un episodio recente avvenuto nella loro compagnia. Riguarda Fabri e una tizia con la quale è uscito per un po'. In pratica, lei gli ha fatto una piazzata davanti a tutti perché ha smesso di farsi sentire e lui, sempre davanti a tutti, le ha risposto che non la chiama perché di lei non gliene frega un cazzo.

Non so perché la Bea la considerasse una cosa bella. Forse perché il sottotesto è che non gli importa di questa qui. A me sembra tutto brutto. Sia che sia sparito con lei senza darle spiegazioni, sia che le abbia detto una cosa così brutta davanti ad altre persone.

Nei suoi panni credo mi sarei sentita ferita e umiliata. Non conosco tutti i dettagli della storia, però, né il punto di vista di Fabri, quindi non posso giudicare.

Resta solo un pettegolezzo fine a se stesso.

4 giugno 1998 - meno 10

Domani mattina resto a casa da scuola, tanto oramai siamo agli sgoccioli.

Questa sera, a tavola, è stato un gran casino. La mamma si è messa a piangere, poi ha detto che vorrebbe andarsene di casa. Dice che la cosa che la lega siamo noi, che ha dei doveri nei nostri confronti fino a che non saremo tutti maggiorenni.

Mi sembra tutto sbagliato. Se pensa che la cosa giusta per lei sarebbe andarsene, dovrebbe farlo. Tanto qui siamo comunque tutti tristi.

Forse sono percorsi obbligati dai quali passare per crescere e maturare. Forse è attraversando queste cose che si diventa forti. Sento che sta crollando tutto e sono spaventata. Proprio in questo momento poi, in cui io dovrei solo pensare a finire la scuola. La nostra vita cambierà? Lasceremo la casa in cui siamo cresciuti?

Non ho mai visto il babbo piangere ma se fossi in lui, io lo farei.

5 giugno 1998 - meno 9

Questa mattina sono rimasta a casa per studiare chimica.

A cena eravamo a casa solo io, Fede e il babbo e abbiamo parlato un po' della situazione generale.

Capisco quando dice di sentirsi solo ma mi sembra che non faccia molto per cambiare questa condizione. Nonostante questo, sicuramente è un uomo buono e intelligente.

In una situazione del genere non so quanti altri maschi sarebbero disposti a farsi da parte.

Capisce che la mamma sta attraversando una crisi profonda, che ha bisogno di ritrovarsi e di stare sola con se stessa per scegliere cosa fare della propria vita. Dice che noi tre dobbiamo impegnarci per non creare problemi in casa, in modo da lasciarle lo spazio per occuparsi di sé e poter decidere del suo futuro in serenità.

In ogni caso, come da tradizione da anni a questa parte, domenica andremo tutti a Bologna a raccogliere le ciliegie.

12 giugno 1998 - meno 2

Ultima interrogazione di questo fottutissimo terzo anno. Ho chiuso in bellezza anche con letteratura latina: 7.

Tra poco la Yuna viene da me a mangiare, poi andiamo in centro. E questa sera?

Nautilus.

È stata un'impresa arrivarci. Nessuna delle altre voleva fare serata lì e ho dovuto elemosinare un passaggio a quelli della vecchia compagnia della piazza. Fortunatamente Livio non era con loro, non avevo assolutamente voglia di beccarlo.

Quando siamo entrati Fabri era già lì, ma non sono andata a salutarlo e ci siamo evitati per tutta la sera.

Sul tardi, però, non ho resistito e sono andata da lui. Era in piedi, appoggiato alla colonna del palchetto rialzato. L'ho abbracciato ma lui è rimasto assolutamente immobile. Ho preso le sue mani, portandole sui miei fianchi perché mi abbracciasse come sempre:

«Non posso», ha detto.

«Scusa?»

«Non posso», ha ribadito.

Gli ho dato una spinta fortissima. Sicuramente non se l'aspettava, perché si è mezzo cappottato sul divanetto. Me ne sono andata e mentre cercavo di raggiungere il bagno nella folla ho incrociato il Cowboy.

Dovevo essere visibilmente sconvolta perché mi ha fermata:

«Ohi, tutto ok? Stai bene?»

«Fabri sta con una» – non so nemmeno perché gliel'ho detto, ma l'ho fatto.

Il Cowboy è entrato sulla faccenda a gamba tesa, non si è fatto problemi a dirmi come la pensava in merito e a sbattermi in faccia la verità per l'ennesima volta.

Per quanto riguarda Fabri, me lo dovevo aspettare e la mia reazione è stata esagerata. Magari mi scuserò. Dopo tutto, lui cosa ci può fare se non gli piaccio? Cosa ci può fare se prova dei sentimenti per un'altra persona?

Dovevo sapere che farlo con lui non avrebbe cambiato le cose e che avrebbe comunque incontrato qualcuno.

Sono tornata a casa alle tre e mezza e alle sei mi sono alzata per andare a scuola.

13 giugno 1998 - meno uno!

Mattina: decisamente la più bella dell'anno.

La Yuna e la Betta hanno portato a scuola un paio di beveroni e dopo la prima ora abbiamo inaugurato la bottiglia da un litro e mezzo di gin lemon. Ce lo siamo sparate tutto durante chimica.

Suonata la campana della seconda ora, siamo andate in bagno con lo spumante e ci siamo seccate anche quello.

Ora dell'intervallo, l'intera scuola era in completa autogestione: si andava in giro, si fumava per i corridoi, si sparavano cazzate.

La preside girava per tutto il liceo rompendo i coglioni e cercando di convincerci a mantenere l'ordine, ma eravamo troppi e troppo in aria perché qualcuno potesse davvero contenerci.

L'ora di educazione fisica è stata la migliore: nessuno che si fosse nemmeno portato il cambio. Siamo andati in palestra ma siamo rimasti sugli spalti a delirare, eravamo tutti sbronzi.

Dopo l'intervallo la situazione è degenerata definitivamente: c'era musica a tutto volume, gente che lanciava i gavettoni, venivano lanciate bottiglie piene d'acqua e di coca cola addosso a chiunque.

A un certo punto la Fly mi ha presa in spalletta e siamo tornate verso la palestra urlando dei cori senza senso, tipo:

«TIRA SU CON MEEEE, LA BAMBA! BAMBA!»

Ora dell'ultima campanella ci siamo riversati tutti in cortile a farci le canne. Luvi ha preso le sigarette dalla tasca dei miei jeans:

«Noooo le sighe noooo» ho sbiascicato.

«Siiii, le sighe siiii» ha detto e, approfittando del mio stato pietoso, mi ha rubato un limone in mezzo a tutti.

La prof di filo si è confermata per la grande rompicoglioni che ho sempre saputo essere: è venuta fuori a richiamarci e ci ha costretti a entrare in classe. Io comunque a quel punto ero completamente andata, potevano mettermi dove volevano.

Per il nervoso di dover stare reclusi mentre tutti si divertivano io e la Fly ci siamo mangiate un pacchetto intero di biscotti. Dopo mezz'ora di lezione in cui nessuno se la cagava, la prof ha capito che eravamo sfatti e ci ha lasciati liberi di andare.

Siamo usciti tutti di nuovo e la visione del cortile era apocalittica: eravamo proprio come cani sciolti.

A fine mattinata, finalmente, hanno aperto i cancelli e la gente ha iniziato a defluire, abbandonando il cortile e la scuola.

Io, la Yuna, la Betta e la Fly invece no. Siamo rimaste sedute sui gradini della scuola a guardarci intorno, a osservare tutte le persone che non avremmo mai più incontrato per i corridoi allontanarsi un po' alla volta.

Siamo rimaste solo noi. A quel punto ci siamo salutate. Io, la Yuna e la Betta siamo andate al treno.

A casa non ho pranzato. Mi sono lavata, ho bevuto un litro d'acqua e mi sono buttata a letto.

Sera: dopo esserci preparate dalla Yuna, abbiamo aspettato che la Paola e la Linda ci venissero a prendere e siamo andate all'estivo del Resort.

Appena entrate siamo andate a prenderci una Tequila Sunrise: abbiamo deciso che è il nostro drink dell'estate 1998.

Finito quello non è che fossi proprio fuori-fuori, ma stavo bene e avevo una bella sensazione.

Sono arrivati Christian, Luvi e i loro amici spandimerda.

Io e Luvi siamo andati a farci un giro da soli e ci siamo seduti a bordo piscina: abbiamo chiacchierato un casino, è stato proprio bello. Se solo fosse figo potremmo fare mille cose insieme.

Invece, purtroppo, è un cesso: gli voglio molto bene ma non posso proprio offrirgli niente più della mia amicizia.

15 giugno 1998

Lo so: devo solo farmene una ragione. Era scritto che, prima o poi, si sarebbe trovato una bella tipina.

Ho sempre saputo di non essere quello che voleva e ho vissuto al massimo tutto il tempo che abbiamo avuto.

Se lui è felice, sono felice per lui. Spero che lei sappia apprezzare la persona che ha al suo fianco.

Pensavo che avrei sentito la Bea oggi, ma non mi ha chiamata. Mi aspettavo volesse sapere come va, se sto bene, come è andata sabato.

Mi ha detto la Astrid che i suoi le hanno lucchettato il telefono a causa delle ultime bollette folli, potrebbe essere per questo che non si fa viva.

Quando poi mi riprendo, la chiamo io.

16 giugno 1998

I titoli di coda.

Questa sera ho telefonato prima alla Astrid e poi alla Bea. Con Michi le cose vanno bene, sono felici e si vedono appena lui riesce a spostarsi. Adesso che ha ricominciato a lavorare, la sera è un po' cotto e non sempre riesce a farsi tutti quei chilometri durante la settimana.

La Bea mi ha parlato un po' della storia tra Fabri e la tipa della treccia. Mi ha detto che, da quello che sa, per ora sono usciti ufficialmente solo un paio di volte, una sera da soli in settimana, dopo il lavoro, e una in compagnia.

Mi fa soffrire il fatto che stare con me, per lui, sia stata perlopiù una cosa meccanica o utilitaristica. Che nessuno di quei bei momenti abbia contato davvero.

20 giugno 1998

Oggi sono usciti i quadri e sono andata a Varese con la Yuna per vederli. Cazzo: hanno segato Christian – niente maturità – e Tommy. Tommy, cazzo. Il mio compagno di classe preferito, fra i maschi.

Mi dispiace troppo. L'anno prossimo senza di lui sarà una noia mostruosa. Che merda, come farò? E poi non abbiamo neppure una foto insieme per ricordo.

Una volta tornata a casa ho provato a chiamare Luvi per parlare di questa storiaccia dei suoi due amici. Magari lui ha idea di cosa faranno l'anno prossimo, se ripeteranno l'anno al liceo, o cambieranno, o andranno a fare una di quelle scuole per ricchi da cinquemila anni in uno.

A casa di Luvi non c'era nessuno: il telefono suonava a vuoto e non mi hanno mai risposto.

25 giugno 1998

Lo scorso weekend Fede è andato al Nautilus e mi aveva detto che Fabri non c'era.

Oggi ho sentito la Bea e ho indagato. Era come pensavo: venerdì Fabri non era al Nautilus perché è uscito con la tipa.

Appena ci siamo salutate, ho messo giù e sono scoppiata a piangere.

Avevo bisogno di respirare, così sono uscita e sono andata a fare una passeggiata nel bosco dietro casa. Dopo un'ora che camminavo, sono crollata in un mare di lacrime.

Sapevo che sarebbe successo, me lo dico in continuazione, solo che non pensavo sarebbe accaduto così presto.

Speravo che avrei passato l'estate più bella della mia vita, che avremmo fatto tantissimo l'amore dopo altre assurde serate al Nautilus.

Forse non ci verrà nemmeno più, al Nautilus.

Forse non lo incontrerò mai più.

Mi sento così tanto male.

Cosa mi aspetta ora?

Cosa aspetto ora?

Così tanto tempo dedicato, così tanto pensare e non ho costruito nulla.

Non posso pensare che tutto quello che ho passato non sia servito a niente, quindi una cosa a me stessa la voglio giurare: non permetterò mai più a nessuno di entrare nella mia vita e trattarmi così. «Prima di prenderti bene per un tipo, devi conoscerlo profondamente»: ora so cosa voleva dirmi Marlon con questa frase, e la terrò in testa per sempre.

26 giugno 1998

Vicino a Varese c'era una sorta di festa della birra e con la Astrid e le altre avevamo deciso di farci la serata lì.

Ci siamo ammazzate di birre, salamelle e patatine fritte piene di salsine. Eravamo piene da scoppiare.

Quando la festa è finita non avevamo voglia di tornare a casa, così abbiamo deciso di andare al Nautilus. Siamo entrate che era già tardissimo, saranno state le due.

Ero stra-serena e non mi aspettavo niente. Di bello ma nemmeno di brutto.

Giuro che non pensavo di vederlo lì, ero certa che sarebbe uscito con lei.

Appena entrate, invece, l'ho visto e lui ha visto me. Era vicino alle scale del palchetto rialzato e si guardava intorno. Gli sono passata davanti tirando dritto, senza mai incrociare il suo sguardo.

Sono sfrecciata sul palchetto per imboscare la felpa dietro al divanetto e sono subito schizzata via, scendendo dalla scaletta nella parte opposta della sala, per non rivederlo.

Poco a poco la gente si è diradata, la pista si è svuotata e dalla nostra nuova zona si vedeva chiaramente il palchetto rialzato. Lui non c'era più e, visto l'orario, ero certa fosse andato via.

Io e la Paola abbiamo deciso di fare il bagno e siamo corse verso la piscina in mutande e reggiseno. Ci siamo congelate quasi subito, quindi in acqua siamo durate pochissimo.

Siamo uscite in fretta dalla vasca e ci siamo rivestite, per raggiungere le altre. Pensavo che avremmo potuto riprendere possesso del palchetto rialzato, visto che Fabri era andato via.

A un certo punto, la Linda mi fa:

«Meglio se stiamo qui, perché lui è là!» – indicando la colonna vicino alla scala.

«Ma non sarà lui: è andato via, Linda!»

«No, no: è là.»

Mi sono voltata per controllare e, cazzo, era davvero lui. Tra l'altro era completamente voltato dalla mia parte. Mi sono rigirata subito, sfuggendo il suo sguardo.

Una volta che ci siamo asciugate, siamo tornate fuori nella zona piscine. Pensavo saremmo state al sicuro, invece dopo pochissimo l'ho visto passeggiare vicino a noi.

Fabri e la treccia bionda ci sono passati accanto, mano nella mano, e sono andati a sedersi su un dondolo a bordo piscina, proprio davanti a noi.

Era insopportabile averli così a portata. Cercavo di non guardare ma mi era impossibile: poi erano di spalle, quindi nemmeno mi sgamavano, ed era difficile trattenermi dal fare delle considerazioni. Se ne stavano lì immobili, seduti vicini, senza ridere, ne parlare.

«Escono insieme da due giorni e già non hanno più un cazzo da dirsi?» mi sono beccata a pensare. Cazzo. No: questa non era la serata che mi aspettavo di vivere. Era ingiusto averli sotto gli occhi.

Con la scusa che c'era il venticello e avevo i capelli bagnati, sono rientrata e sono tornata sul palchetto rialzato, nell'attesa di una bella canzone. Poco dopo sono entrati anche loro e finalmente sono riuscita a vederla in faccia: non era più solo una treccia bionda. È proprio bella.

Poi li ho visti andare via. Ero sollevata e triste, allo stesso tempo. Anche se non con me, era masochisticamente consolante saperlo vicino, invece ormai era andato via davvero.

Quando sono tornata a casa, saranno state le quattro e mezza, mi sono messa a letto ma non riuscivo a prendere sonno.

Mi sono alzata e sono andata in cucina a bere un bicchiere d'acqua. Sono tornata a letto e niente. Non ne volevo sapere di dormire. Sono andata in bagno e mi sono seduta per terra con la schiena appoggiata alla vasca. Sono rimasta così per più di un'ora.

Alla fine ho sboccato tutto, poi sono andata a letto.

Questa mattina alle nove mi sono svegliata e avevo solo voglia di piangere. Sono rimasta a letto fino all'una.

Sono scesa in cucina, mi sono messa a tavola. Non ho detto una parola e non ho mangiato quasi niente. Dopo pranzo sono tornata a letto e ci sono rimasta fino alle sei, quando – a sorpresa – è arrivata la Astrid. La Paola l'aveva chiamata per raccontarle della serata e lei si è preoccupata che fossi conciata a merda, così è venuta a vedere come ero messa.

Averla lì è stato d'aiuto. Mi sono lavata, vestita e la sera siamo andate a una festa a Varese, con Fede e i suoi amici.

2 luglio 1998

Oggi ho preso un po' di sole e non ho altro da scrivere. Mi sento svuotata di tutto. Sono davvero una cozza ma non riesco a reagire. Ho paura che queste vacanze mi scivolino tra le mani senza nemmeno rendermene conto.

11 luglio 1998

Nautilus.

«Ti ha tradita?»

«Chi?»

«Come chi? Fabri.»

«Chi?»

«Dai, cazzo: Fabrizio.»

«Ah. Boh.»

«E chi è quella lì?»

«La sua tipa.»

«Ah. Quindi ti ha tradita! No sai, non venivo da un po' e stasera me lo vedo con quella...»

«È bella, vero?»

«Sì, è carina. Ti fa male?»

«Ma no.»

«Nemmeno un pochino?»

«Forse un pochino.»

«Cazzo. Tanto! Ti brucia tanto...»

«Mah, no...»

«Porca troia, ti brucia proprio una cifra!»

«Be' dai, bel modo di tirarmi su il morale comunque...»

«E che cazzo ti devo dire? Comunque per te è vecchio, sono mesi che ti metto in guardia: devi trovarne uno della tua età.»

«Boh dai, prima o poi doveva succedere, no?»

«A me dispiace per te, hai una faccia, sei distrutta cazzo!»

«Sì, grazie. Anche a me dispiace per me.»

Cazzo di Cowboy. Se ne andasse a fare in culo pure lui.

Sono andata in bagno ma non dovevo pisciare.

Mi sono accucciata, la schiena contro alla porta.

Ho fissato la turca per un po'.

Ho sganciato il bracciale dal polso e l'ho guardato andare a fondo. Ho tirato l'acqua e mi sono accertata che non esistesse più.

Ringraziamenti

Mettere mano al diario della mia adolescenza è stato un viaggio divertente e, allo stesso tempo, malinconico. Ricordo distintamente molti dei momenti nei quali ho scritto quelle pagine: dove mi trovavo, le sensazioni che stavo provando, persino com'ero vestita.

È tutto come fosse ieri e, a tratti, ho desiderato fosse oggi.

Spero che *C'era una volta ed era la prima* strappi un sorriso a chi lo leggerà ma soprattutto che, in qualche modo, sappia teletrasportare agli episodi più fighi della storia di ognuno.

Un grazie di cuore ad Alessandro Cattelan, Walter Proserpio, Maurizio Rossato, Radio Deejay e alla redazione di One Podcast: senza di voi, questa follia non avrebbe mai avuto origine.

E grazie di cuore al Signor Nautilus per aver costruito la discoteca più figa del mondo.

Un grazie speciale a Marcella Meciani e Flavia Fratini che hanno creduto in questo progetto, accompagnandomi nella sua realizzazione e a Isabella Polli, per aver maneggiato con delicatezza un materiale così personale.

Indice

Questo libro è stampato col sole

Azienda carbon-free

Finito di stampare
nel mese di febbraio 2023
da Grafica Veneta s.p.a.
Trebaseleghe (PD)